六朝诗学论集

曹 旭／著

上

上海古籍出版社

圖書在版編目(CIP)數據

六朝詩學論集 / 曹旭著. —上海：上海古籍出版社，2021.11
ISBN 978-7-5732-0017-4

Ⅰ.①六… Ⅱ.①曹… Ⅲ.①詩學－研究－中國－六朝時代 Ⅳ.①I207.2

中國版本圖書館CIP數據核字(2021)第139436號

六朝詩學論集
（全二册）
曹　旭　著
上海古籍出版社出版發行
（上海市號景路159弄A座5層　郵政編碼201101）
　　（1）網址：www.guji.com.cn
　　（2）E-mail：guji1@guji.com.cn
　　（3）易文網網址：www.ewen.co
上海展强印刷有限公司印刷
開本890×1240　1/32　印張24.5　插頁12　字數593,000
2021年11月第1版　2021年11月第1次印刷
印數：1—2,100
ISBN 978-7-5732-0017-4
I・3574　定價：118.00元
如有質量問題，請與承印公司聯繫
電話：021-66366565

本著為

上海師範大學"中華典籍與國家文明研究項目"成果

教育部人文社會科學重點研究基地"中國詩歌研究中心"規劃項目
（首都師範大學"雙一流"建設經費資助）成果

國家社科基金項目"六朝文化與詩學"成果（批准號 AW90008）

曹　旭

　　常州金壇人。復旦大學首屆文學批評博士；上海市文史館館員，文史館詩詞研究社社長；上海師大特聘教授、博導。全國《文心雕龍》學會副會長、中華詩教學會副會長、國家重大專案首席專家。曾客座日本京都大學、東京大學、臺灣中大、新加坡國立大學、香港中文大學。主要研究六朝文學、近代文學、中國古典文論和域外漢學；以《詩品》的系列研究享譽學術界。

　　擅長書法、白話新詩及格律詩創作。散文藝術成就載入北京師大"211工程"項目《中國散文通史》當代卷；2015年被評為全國最具公衆影響力的"十大詩人"之一。希望以自己的道德人品、學術研究和詩文創作，秉承、發揚傳統的學者風範和學術精神。

序言：六朝詩性的光芒

六朝，是金粉東南的符號；六朝，是詩性文化的象徵。

有人以"六朝"指代"魏晉南北朝"。忽略地域，而用時間概念，因爲"魏晉南北朝"雖然全面，但稱呼起來太麻煩，不如"六朝"二字簡約、靈便，像六朝小品一般雋永。也可以說，這四百年的文化歷史，"魏晉南北朝"是其正名，"六朝"就是別稱吧。

文學，也是一株植物。它生根，發芽，開花，結果，有自己的呼吸和生命。中國文學，便是這樣一個鮮活充沛的生命體——人和文學的關係，就像一個人的成長史。

先秦是文學的萌芽。人和文學的關係，是無憂無慮，兩小無猜的孩童時代，一切都在美麗的朦朧之中。

兩漢有了自主意識。知道要好看，有文采，便想方設法地打扮自己，頭上戴的，身上穿的，以裝飾爲美，過分爲美，弄得金翠滿眼，珠光寶氣，漢賦就是例子。

六朝文學變成青年。模樣更俊俏，眼角更分明；人與文學開始初戀。騎馬的時候，採蓮的時候，宴飲的時候，贈答的時候，覺醒的時代，覺醒的人，懂得了詩、賦、文學和他自己生命的關係。

唐代是人和詩歌舉行婚禮的時代。文學變成新郎、新娘。凡是讀過唐詩的人，都目睹了婚禮壯觀的場景。看到恢宏的氣勢，聽到震撼的軍鼓，沸天的歌吹；詩人如雲，衆星拱月，李白、杜甫坐在當中，飲酒、掀髯、談詩。

宋詩，是人與文學婚後的回憶。越回憶，越理性；越回憶，細節越多，越清晰難忘：耐得起咀嚼，苦茶一般有味道。

元、明、清詩是人與文學婚後的一大堆雜事：生孩子，做家務，洗尿布。那是一個夫妻吵架、鄰里糾紛的時代，雖有絕妙好詩，但各種各樣的詩觀，各種各樣的詩說，各執一詞的理論更多。

人的一生有很多階段，精彩紛呈。但初戀仍然是大多數人生命裹最甜蜜、最痛苦、也是最難忘的時期。這就是六朝文學的特點——

曹、劉公宴，阮籍詠懷，陸機擬古，潘岳悼亡，左思詠史，郭璞游仙，孫、許玄言，陶潛田園，二謝山水，永明聲律，梁、陳宮體。

那是一個活着的時候唱"挽歌"[1]，暫住幾天要"種竹"[2]，路走到盡頭會"慟哭"[3]，擇婿之美在"坦腹"的時代[4]。在政治鬆

---

[1] "時袁山松出遊，每好令左右作挽歌"，劉孝標於此條引《續晉陽秋》注云"初，羊曇善唱樂，桓伊能挽歌"。見（南朝宋）劉義慶撰，（梁）劉孝標注，余嘉錫箋疏，《世說新語箋疏·任誕第二十三》，中華書局，2007年，第890頁；《世說新語箋疏·任誕第二十三》"張驎酒後挽歌甚悽苦"，事在第892頁；《世說新語箋疏·黜免第二十八》"桓宣武既廢太宰父子"條，劉孝標注"晞未敗四五年中，喜爲挽歌，自搖大鈴，使左右習和之。"事在第1021頁。

[2] 同上（南朝宋）劉義慶撰，（梁）劉孝標注，余嘉錫箋疏，《世說新語箋疏·任誕第二十三》，中華書局，2007年，第893頁，"王子猷嘗暫寄人空宅住，便令種竹。或問：'暫住何煩爾？'王嘯詠良久，直指竹曰：'何可一日無此君！'"

[3] 劉孝標於"阮步兵嘯聞數百步"條下引《魏氏春秋》注曰："阮籍常率意獨駕，不由徑路，車跡所窮，輒慟哭而反。"見（南朝宋）劉義慶撰，（梁）劉孝標注，余嘉錫箋疏，《世說新語箋疏·棲逸第十八》，中華書局，2007年，第762頁。

[4] 郗鑒於王家擇婿，求得"東牀上坦腹食"的王羲之，事見（南朝宋）劉義慶撰，（梁）劉孝標注，余嘉錫箋疏《世說新語箋疏·雅量第六》，中華書局，2007年，第429頁。

懈,道德涣散,人性張揚的社會裹,你在路上走的時候,到處可以遇到"禮豈爲我輩設"的狷介①;"情之所鍾,正在我輩"的執著②;喜歡喝酒、服藥、行散,"乘興而行,興盡而返"的真率③。

那時候,一切都朦朦朧朧地隔着距離:文、筆、札和文學隔着距離;情、事、意和語言隔着距離;聲調和詩律隔着距離;玄言清談和審美隔着距離;人體美學和詩學隔着距離。正因爲有這些距離,文學才變得陌生,變得妙不可言。

在六朝詩歌探險的小路上,佈滿歪歪斜斜的腳印、不確定的因素,有時會往後退。在前面舉火把的人每每會問:

現在的詩歌,是言志,還是緣情?是感物,還是體道?現在的風氣,是人物品評,還是詩歌品評?

一切都在摸索,一切都在試驗,一切都是"初體驗",所有的類型寫作都是"第一次"。

初戀的六朝,雖然爲唐代的婚禮做準備,但戀愛——本身也是目的。可以説,六朝初戀的詩美,有時比在唐代結婚儀式上感受的還要多。

從文學的内部看,文學是"人學",也是"情學"。中國文學在不同的時代,"情"和不同的美學因子結合,演變出不同的文學特徵。

先秦兩漢是"情"和"志"結合,成爲"情志",或稱"志",所謂"詩言志";六朝是"情"與"性"結合,所謂"吟詠性情";

---

① "阮籍嫂嘗還家,籍相見與別。或譏之,籍曰:'禮豈爲我輩設耶?'"(南朝宋)劉義慶撰,(梁)劉孝標注,余嘉錫箋疏,《世説新語箋疏·任誕第二十三》,中華書局,2007年,第859頁。

② "王戎喪兒萬子"條,見(南朝宋)劉義慶撰,(梁)劉孝標注,余嘉錫箋疏,《世説新語箋疏·傷逝第十七》,中華書局,2007年,第751頁。

③ "王子猷雪夜訪戴"條,見(南朝宋)劉義慶撰,(梁)劉孝標注,余嘉錫箋疏,《世説新語箋疏·任誕第二十三》,中華書局,2007年,第893頁。

唐代是"情"與"景"結合，唐詩最大的好處是情景交融，境生象外；宋代是"情"與"理"結合，因爲"情理"而有宋調；至元、明、清，"情"與"趣"結合，"情趣"是小品的神髓。但我以爲，"情"和"性"，是人生命裏最本質的東西。

時代發展，文學相銜：六朝播種，唐代收穫。

從李白那麼深情地贊美謝朓，贊美鮑照，把自己看成是他們的繼承人，就可以知道唐人和六朝人的關係。唐宋許多風俗習慣的形成，都是對六朝既定生活的繼承。在唐宋詩詞裏被虛擬化的典故，不少都是兩晉人真實的故事。唐朝人劉禹錫説："行到南朝征戰地，古來名將盡爲神。"① 隔着時間，六朝人的真實生活，被虛擬成唐朝人的精神財富。

宋代的理性與兩晉異中有同，蘇東坡的才無施不可和知識分子氣，喜歡居有竹，都受東晉王子猷的影響。如寫精神不可一日無寄托，夜間找朋友晤談。蘇東坡言簡意賅的《記承天寺夜遊》，讓人有點破生活的震撼；而比蘇文少四字，卻出了四個成語的《世説新語》王子猷"雪夜訪戴"②，則形神超越，成爲中國文學中的逸品。

在兩篇類似的小品裏，蘇東坡是"隨緣"，王子猷是"任誕"。如果説，宋人的"隨緣"，是情的"内斂"；那麼，六朝的"任誕"，便是情的"外拓"。宋人的精神，與六百年前的兩晉遙遙相接。

在中國思想史上，六朝的魏晉與戰國、晚明、"五四"都是思想大爆發的時代，中國的哲學與宗教、歷史與文學、中國人的文

---

① （清）彭定求等人編《全唐詩》卷三百六十一劉禹錫《自江陵沿流道中》，中華書局，1960年，第4082頁。

② 見（南朝宋）劉義慶撰，（梁）劉孝標注，余嘉錫箋疏，《世説新語箋疏·任誕第二十三》，中華書局，2007年，第893頁。

化精神，都在這些時代得到涅槃。文學的火鳳凰，也在六朝翩翩起舞，美輪美奐。

文學是感情的結晶，活的生命。文學研究，應該是"特殊的"科學研究，除了像研究歷史、哲學那樣靠文獻和理論，還要憑感覺，要感情投入。以前說文、史、哲不分家，那是就文化生態說的。具體研究的時候，應該與哲學研究、歷史研究有所區別。

區別在於，研究文學，既要有研究歷史、哲學的"理性判斷"，同時要傾注人的"感性判斷"；除了要進行"價值判斷"、"歷史判斷"和傳統的"以意逆志"，更應該"以心傳心"，用生命去體驗，去領悟，去感覺，這是文學研究的前提和出發點。

缺少"感性判斷"的研究，把文學與歷史、哲學、天文學、地理學等同起來的研究，是把活文學弄"死"、意義喪失大半的研究。

由此想到，二十世紀王國維的"二重證據法"、陳寅恪的"詩史互證法"。他們爲文學研究拓疆開域，引領向上的一路，樹立楷模而與日月共輝。但是，"二重證據法"也好，"詩史互證法"也好，還都不是文學研究的最後目的。

在"二重證據法"、"詩史互證法"以後，把文學的每一首詩，每一首詞，每一篇文章都當成活的生命體。以"感性判斷"介入"理性判斷"；讓"審美判斷"聯手"歷史判斷"。讓它們共同參與，互相詰難，最後趨於一致，得出全面的結論，應該是二十一世紀文學研究中重要的思想方法和研究方法。

雖然文學研究都要用生命去體驗、領悟和感覺，以心傳心；但不同時代的文學，有不同的語言，不同的生命色彩，要有不同的體悟和感覺。六朝文學研究，要把握六朝人的情緒，感受六朝性靈的脈搏，找回人與文學，人與詩歌初戀時新鮮的感覺。

我進復旦跟王運熙老師學習古代文論和六朝文學以前，曾經在上海師範大學跟馬茂元老師、陳伯海老師學過唐詩，跟徐群法老師、王杏根老師學過近代文學；以後去日本，又拓展了域外漢學；編集的時候，附錄兩篇，看看作爲六朝以外的存在。

曹　旭

2020 年 11 月 22 日星期日
於上海市春九路伊莎士花園 55 號夢雨軒

目 录

序言：六朝詩性的光芒 ·· 1

第一輯　失名氏之歌

朱自清馬茂元與《古詩十九首》····································· 3
忍無可忍才寫的漢樂府··· 21
南朝樂府：江南水鄉女子的歌······································· 26
北朝樂府：冀北秋風壯士的歌······································· 32

第二輯　晉宋詩學

論西晉詩學··· 39
張華《情詩》的意義·· 62
讀陶札記之一　陶淵明究竟留下了多少首詩 ···················· 89
讀陶札記之二　陶淵明組詩的意義································ 94
讀陶札記之三　陶淵明的"精神定力"····························· 98
讀陶札記之四　陶詩藝術：不是平淡，是低調的奢華········ 105
讀陶札記之五　王維與陶淵明的相似與不似···················· 128
讀陶札記之六　陶淵明接受史上的八個人······················· 144

范曄之死及其文化象徵意義 ………………………………… 165
南北朝士族文人的自我轉型 ………………………………… 186

第三輯　齊梁新變

蕭氏與齊梁錦繡的文學 ……………………………………… 211
論蕭統 ………………………………………………………… 225
蕭綱年譜 ……………………………………………………… 244
論蕭繹的文學觀念 …………………………………………… 289
鍾嶸與沈約：齊梁詩學理論的碰撞與展開 ………………… 305

第四輯　宮體詩系列

論宮體詩的審美意識新變 …………………………………… 329
宮體詩與文學放蕩論 ………………………………………… 348
宮體詩的定義與裴子野的審美 ……………………………… 371
辭賦遺傳與宮體詩的展開 …………………………………… 395
宮體詩與漢魏六朝賦的悖論 ………………………………… 417

第五輯　《詩品》與文論

鍾嶸身世考 …………………………………………………… 445
《詩品》的稱名及序言的位置 ……………………………… 462
《詩品》中詩人的排列次序問題 …………………………… 478
鍾嶸的文學觀念及詩學理想 ………………………………… 488
《詩品》批評方法論 ………………………………………… 506

《詩品》評陶詩發微 ………………………………………… 535
《詩品》研究的新成果 ………………………………………… 547
《詩品》所存疑難問題研究 …………………………………… 556
《詩品》流傳史：從隋至清 …………………………………… 579
《詩品》東漸及對日本和歌的影響 …………………………… 604
日本的《詩品》學 ……………………………………………… 628
漢字文化圈的發想 ……………………………………………… 644
文學研究，請重視"特殊的"文學本位 ……………………… 650
中國古代文論研究的民族性與現代轉換問題 ………………… 659

附　　錄

論何紹基詩歌美學創變 ………………………………………… 679
《東瀛詩選》的意義 …………………………………………… 700
20世紀《詩品》研究的重要收穫 …………………………… 755

後記：學術自述 ……………………………………………… 767

第一輯
失名氏之歌

　　《古詩十九首》是中國十九個最美的詩歌模特兒；漢樂府的奇思妙想，連接人心和社會，是忍無可忍才唱的詩歌；喝長江水長大的人，他們的細胞裏有水，性格裏有水，決定了南朝樂府，如南人行船般流利，如吳女執扇般輕盈；北朝勇士的彎刀舞，在陰山的馬背上展開——但這些詩歌都沒有留下作者的名字，是失名氏之歌。

　　是不是詩歌一定要像孤兒一樣，沒有父母才可憐呢？或者像女模特，不知道她們的名字才覺得她更美麗呢？

朱自清馬茂元與《古詩十九首》

一

《古詩十九首》是一組美麗而悲愴的詩。

"十九首"是一個數量詞,所以用作詩歌的名稱,因爲能證明這些詩歌的作者、時代、詩題都丢失了。

梁代昭明太子蕭統(西元 501—531)編《文選》,從許多無名而近於散佚的"古詩"中,選擇了十九首,並給它一個集體的名字——《古詩十九首》,從此,"比類而推,兩漢之作"[①](劉勰《文心雕龍·明詩》)的《古詩十九首》,便以其反映動盪的社會,呼喊遊子思婦直白而熱烈的相思,傾訴下層知識分子的失意、彷徨、痛苦、傷感,以及文温以麗、意悲而遠的風格,被譽爲"一字千金"[②] 和"五言冠冕"[③]。繼《詩經》《楚辭》之後,成爲中國五言抒情詩的新經典。

詩歌至漢代,開始告别四言和楚語騷體,汲取樂府詩的精粹,

---

① (梁)劉勰著,黃叔琳注,李詳補注,楊明照校注拾遺:《增訂文心雕龍校注》卷二,中華書局,2012年,第65頁。
② (梁)鍾嶸著,曹旭集注:《詩品集注》(增訂本),上海古籍出版社,2011年,第91頁。
③ (梁)劉勰著,黃叔琳注,李詳補注,楊明照校注拾遺:《增訂文心雕龍校注》卷二,中華書局,2012年,第65頁。

艱難緩慢地朝五言的方向邁進。由於漢代主流文學樣式是漢大賦而不是詩,當時的風氣,從漢武帝到文化人,只欣賞體式的恢弘開張,語言的金碧輝煌,氣勢的飛揚顯赫,能與好大喜功、富足強盛的漢帝國相匹配的時空觀和"大模樣",滿足於"勸百諷一"的藝術效果。漢代五言詩在漢大賦、漢樂府和四言詩的壓迫下只是很小的一塊,是一股默默的無聲無息的潛流,一方面要脫去四言和騷體的舊外衣,同時要擺脱先秦、戰國以來儒家經典的糾纏;最終要成熟起來,重要起來,變成熱點,變成鍾嶸《詩品》中說的人人終朝點綴、晝夜吟詠的新形式,還要再等三百年。因此,處於旁流,才秀人微,只能隨寫隨棄,或在三五友朋知己中間傳唱吟詠;等三百年過去,雖然詩還在,但時代、作者、具體的篇名卻湮没不彰了。然而,在中國詩歌史上,哪怕是七言詩盛行的唐代,五言詩仍是詩國裏最重要的形式,是詩壇的大宗,任何形式從未動摇過它至尊的地位,這與《古詩十九首》有很大關係。

　　《古詩十九首》作爲中國五言詩的伐山,直接啓迪建安詩歌新途,確立建安詩歌新的形式美學;如鍾嶸《詩品序》説的"五言居文詞之要,是眾作之有滋味者","指事造形,窮情寫物,最爲詳切者"。逐步取代"每苦文繁意少,故世罕習焉"的四言詩,從此,四言讓位於五言,五言成爲占主流地位的詩歌形式。

　　上承《詩經》《楚辭》,下開建安、六朝;連接從先秦至唐宋詩歌史的主軸,開啓五言詩的法門,樹立五言詩的新典範——這就是《古詩十九首》在中國詩學史上的重要意義。隨着法門的開啓,新經典帶來新範式和新內容,包括:

一、抒發了當時人的生命意識,寫出人的覺醒

　　即在哲學層面體現爲人與詩的覺醒,對生命作深層的思考;覺悟到天地的無序,社會的混沌,人的脆弱,以及人生短促、

及時行樂的思想；在世俗的層面，則直白地反映了世態炎涼和下層知識分子不遇的種種悲慨之情。表現了社會的動亂，戰爭的頻仍，國勢的衰微，文士遊宦天涯，思婦不甘寂寞，由此帶來以夫妻生離、兄弟死別、友朋之間契闊相思亂離爲基調的歌唱。值得指出的是，《古詩十九首》中人的覺醒，詩的覺醒，是整個建安時期"人的自覺""文的自覺"的前奏，是"文的自覺"的起始階段。

二、寫出了人的典型感情

人的感情有深淺不同層次，典型感情則是概括一般，人所共有，且帶象徵意味的深情。《古詩十九首》以淺語道深情，寫出人世間典型的感情，是其不朽處。正如陳祚明《采菽堂古詩選》卷三說的：

> 《十九首》所以爲千古至文者，以能言人同有之情也。人情莫不思得志，而得志者有幾？雖處富貴，慊慊猶有不足，況貧賤乎！志不可得而年命如流，誰不感慨！人情於所愛，莫不欲終身相守，誰不有別離？以我之懷思，猜彼之見棄，亦其常也。夫終身相守者，不知有愁，亦不復知其樂，乍一別離，則此愁難已。逐臣棄妻，與朋友闊絕，皆同此旨。故《十九首》雖此二意，而低回反復。人人讀之皆若傷我心者。此詩所以爲性情之物，而同有之情，人人各具，則人人本自有詩也。但人有情而不能言，即能言而言不能盡，故特推《十九首》以爲至極。[①]

---

① （清）陳祚明評選；李金松點校：《采菽堂古詩選》卷三，上海古籍出版社，2019年，第81頁。

歌唱人的典型感情，是《古詩十九首》千年以來膾炙人口的原因和給我們非常重要的啓發。

三、"真"——袒露式的"真情"，白描式的"真景"，對久違的朋友推心置腹説的"真事"

性情中人説性情中語，是《古詩十九首》的藝術表現方法，也是《古詩十九首》的風格特徵。正如元人陳繹曾在《詩譜》裏揭示的："《古詩十九首》情真、景真、事真、意真。澄至清，發至情。"①

所謂"情真、景真、事真、意真"，不僅指對場景、事實作客觀、真切的描寫，更是要求詩人精誠所至，真誠從内心流出②。《十九首》中"何不策高足，先據要路津"，"晝短苦夜長，何不秉燭遊"，"蕩子行不歸，空床難獨守"，均是情真、意真的不隔之作。

四、不迫不露的含蓄藴藉，不可句摘，亦不必句摘的大氣渾成③

從《詩經》發展而來重章疊句的複沓形式；善用疊字，如《青青河畔草》中的"青青""鬱鬱""盈盈""皎皎""娥娥""纖纖"，被顧炎武《日知録》譽爲和《詩經·衛風》"河水洋

---

① 丁福保輯：《歷代詩話續編》，中華書局，2006年，第627頁。

② 如《莊子·漁父》篇説的："真者，精誠之至也。不精不誠，不能動人。故強哭者雖悲不哀，強怒者雖嚴不威，強親者雖笑不和。真悲無聲而哀，真怒未發而威，真親未笑而和。真在内者，神動於外，是所以貴真也。"（清王先謙撰，沈嘯寰點校：《莊子集解》卷八，中華書局，1987年，第275頁。）

③ 如胡應麟《詩藪》卷二所説"不可句摘，章法渾成，句意聯屬，通篇高妙"；費錫璜《漢詩總説》説"《三百篇》後，漢人創爲五言，自是氣運結成，非人力所能爲"，"古詩渾渾浩浩，純是元氣結成"。

洋"一樣，連用六疊字而"極自然，下此即無人可繼"①；結構上自然轉折與巧妙；語言上如秀才説家常話等等。字法、句法、章法、語言和整體感諸種因素，都使《古詩十九首》具有無窮的藝術魅力。

對於"古詩"（《古詩十九首》）的學習和推崇，最早是"擬詩"。"太康之英"陸機把"古詩"作爲寫作詩歌的原則與典範。此後劉鑠、謝惠連、鮑照、鮑令暉、江淹、沈約、孟浩然、韋應物、楊億、洪适、陳襄、張憲、王闓運，六朝乃至晚清，前後相擬，代不乏人。

此後是"評詩"。齊梁以來的詩論家如劉勰、鍾嶸用最接近"古詩"作者的時代和聲音，對"古詩"的美學內涵作了深刻的揭示，並爲千年以來的評論奠定了基調。劉勰《文心雕龍·明詩》贊美"古詩"説：

> 又古詩佳麗，或稱枚叔，其《孤竹》一篇，則傅毅之詞。比采而推，兩漢之作乎？觀其結體散文，直而不野，婉轉附物，怊悵切情，實五言冠冕也。②

同代的鍾嶸《詩品》把"古詩"放在"上品"第一，評論説：

> 其體源出於《國風》。陸機所擬十四首，文溫以麗，意悲而遠。驚心動魄，可謂幾乎一字千金！其外《去者日以疏》四十五首，雖多哀怨，頗爲總雜。舊疑是建安中曹、王所制。《客從遠方來》、《橘柚垂華實》，亦爲驚絕矣！人代冥滅，而

---

① （清）顧炎武著，黃汝成集釋，欒保群、呂宗方校點：《日知錄集釋：全校本》卷二十一，上海古籍出版社，2006年，第1190頁。
② （梁）劉勰著，黃叔琳注，李詳補注，楊明照校注拾遺：《增訂文心雕龍校注》卷二，中華書局，2012年，第65頁。

清音獨遠,悲夫!①

奠定地位的是"選詩",蕭統《文選》不僅使《古詩十九首》有了集體的名字,並由民間進入教科書和官方傳播的主管道。從此,《古詩十九首》建立的藝術法則和新範式就衣被百代,影響千年以來的詩學。

二

《古詩十九首》的研究,大致經歷了三個階段:

第一階段以"釋典""釋事"的方法注解《古詩十九首》。

重在對《古詩十九首》事理的詮釋,語詞的搜尋,出處的羅列,此以唐代李善注爲代表。

李善以實事求是的態度,謹慎地尋繹詩歌中的人、典、事,然後認真詮釋;尋找最初的語源,恰到好處地指出詩中的成語:何句出自何書;何事出自何人;盡可能詳細地給讀者提供閱讀背景,提供"知人論世"和"以意逆志"的可能。雖偶有串講,但決不代你"知人論世""以意逆志",不作意義上的猜測。此種注法客觀公允,對後世有典範和垂示的作用。

第二階段以"比興寄托"的方法注解《古詩十九首》。

以元代劉履的《古詩十九首旨意》等專書爲代表。

自劉履的《古詩十九首旨意》,至清以後的注釋研究,重在對《古詩十九首》內在旨意、微言大義的揭示,正與清人張惠言、周

---

① (梁)鍾嶸著,曹旭集注:《詩品集注》(增訂本),上海古籍出版社,2011年,第91頁。

濟爲代表的"常州詞派"用"比興寄托"解釋一切文學作品相表裏。在他們看來，所有的峽雲楚雨、花草魚蟲皆有寄托，皆可尋繹，《古詩十九首》也不例外。

應該說，用"比興"釋詩是一種創造；它突破了李善僅僅停留在"典"、"事"的局限上，多了一個角度，也多了一種法眼；因爲詩人寫詩，有他的目的和動因；用典事的背後，更有表達痛苦或歡樂上的意義；比興手法既爲《詩經》所開創，爲《楚辭》所承襲，《古詩十九首》運用"香草美人"表現社會、政治、人生就是一種很好的選擇，故解詩不能停留在"事象層面"，而應該向"意義層面"開掘才深得詩心。

但是，過猶不及，過份了就不行；捕風捉影，把什麼都說成"比興"，一笑一顰均有"寄托"也不符合事實。注《古詩十九首》，如果仍用《關雎》是"後妃之德"，《離騷》釋成"《離騷》經"的習慣和眼光，使《十九首》的旨意，全部變成"臣不得於君"或"士不遇知己"，過於絕對，走火入魔，不免鑽進死胡同。

從劉履的《古詩十九首旨意》開始，《古詩十九首》注釋專書有清人朱筠河（筠）口授、清人徐昆記錄、錢大昕作序的《古詩十九首說》（《嘯園叢書》第38冊）、清劉光蕡的《古詩十九首注》（《煙霞草堂遺書》之十三）、清張庚的《古詩十九首解》（《叢書集成初編》第1766冊）、清吳祺的《古詩十九首定論》（《六朝選詩定論》）、清姜任修的《古詩十九首繹》、清張玉轂的《古詩十九首賞析》等等。

第三階段是二十世紀以來的研究。可分前五十年和後五十年。

前五十年的《古詩十九首》研究，運用新方法，出現新局面。由於新思想的傳入，詩學觀念的變化和方法的更新，這一時期的研究更充滿一種人本精神。視野更加寬闊，手段更加多元，考證更加精密，聯繫漢代廣闊的社會背景，研究的領域比以前有所拓展，其成果如：

研究著作有賀靈揚的《古詩十九首之研究》（光華書局印行，民國十六年五月）、隋樹森的《古詩十九首集釋》（中華書局1936年版）；

論文有徐襌心的《古詩十九首在文學上的地位》、徐中舒的《古詩十九首考》、張壽林的《古詩十九首》、梁啓超的《古詩十九首之研究》、訪秋的《古詩十九首所表現的情感》、常工的《古詩十九首論叢》、錢基博的《古詩十九首講話》、史奇生的《古詩十九首的探討》、盧重華的《古詩十九首之研究》、胡懷琛的《古詩十九首志疑》、俞平伯的《葺芷繚蘅室古詩劄記——古詩十九首章句之解釋》、《古詩〈明月皎夜光〉辨》、潘聖予的《古詩十九首論證》、張爲麒的《古詩〈明月皎夜光〉辨訛》、羅根澤的《古詩十九首之作者及年代》、金克木的《古詩〈玉衡指孟冬〉試解》；箋注有髯客的《古詩十九首詮釋》（一）（二）、饒學斌的《月午樓古詩十九首詳解》、陳柱的《古詩十九首解》、王緇塵的《古詩十九首新箋》等等。

後五十年的研究主要是建國以來的研究。這一時期的特點表現爲論文的衆多，主要論文有程千帆、沈祖棻的《古詩〈西北有高樓〉篇"雙飛"句義》、葉嘉瑩的《談古詩十九首之時代問題》、方祖燊的《漢古詩時代問題考辨》、陳慶元的《〈迢迢牽牛星〉成詩于東漢補正》、鄧喬彬的《淺析古詩十九首的美學思想》、趙昌平的《建安詩歌與古詩十九首》、李炳海的《古詩十九首寫作年代考》、潘嘯龍的《古詩十九首抒情藝術三題》、李金坤的《古詩十九首藝術美發微》、劉則鳴的《古詩十九首的孤獨傷痛與漢末士人的生存焦慮》等等。自1949年至1999年不完全統計，各種文章有一百三十多篇；主要繼承前五十年的道路，又有了新的發展。有些研究者運用新的美學和文藝學的方法，取得新成果。有的論文較前五十年更細密、更深入；但品質參差不齊，出現許多重複論文和品質不高的論文。

二十世紀的箋注之學，前五十年以朱自清的《古詩十九首釋》爲代表；後五十年則以馬茂元先生的《古詩十九首探索》爲代表。

朱自清的《古詩十九首釋》最初刊于《國文月刊》1941—1942年第1卷6、7、8、9、15期；後收入上海古籍出版社出版的《古詩歌箋釋三種》，其批評、分析、鑒賞，最爲細緻和精彩。

三

朱自清（1898—1948），原名自華，號秋實，後改名自清，字佩弦。祖籍浙江紹興，生於江蘇東海，後隨祖父定居揚州。1920年畢業於北京大學；畢業後，先後在揚州、台州、温州等地中學教書；1925年任清華大學、西南聯合大學教授、系主任，因不食配售的美援麵粉，1948年貧病而死。書品、人品、美文，均成垂世楷模。

與隋樹森《古詩十九首集釋》原詩加夾注，再匯歷代評論，附録各家原著不同，朱自清的《古詩十九首釋》先抄録原詩，依次録李善注，然後是自己的注，注後是研究性的説明，兼采各家，出以己意。

朱自清的《古詩十九首釋》開了一種新風，特點非常鮮明，他既繼承李善"釋典""釋事"的傳統，同時重視"詩歌意義"，重視對《古詩十九首》内在旨意的搜尋。又以實事求是的態度，摒棄了"臣不得於君，士不遇知己"的陳詞濫調，揭示《古詩十九首》的主題：是對生命、對生死、對時間流逝的焦灼和感歎；

肯定《十九首》中男女之情和熱烈的相思，還其本來面目。

在體例上，朱《釋》往往"注釋"部分用李善的"釋典""釋事"；"説明"部分揭示内在的旨意，把搜尋詩歌中的"典事"和闡發詩歌"意藴"結合得非常完美，因此，對二十世紀四十年代以後的研究産生很大影響。

朱自清早年寫新詩和散文，曾激烈地反對寫格律舊詩，但從1922年開始，他也試寫舊體詩，先成《敝帚集》，收各體詩88首、詞20首；後成《猶賢博奕齋詩抄》，收詩229首。自稱詩功甚淺，不肯輕易示人，建國以後由葉聖陶借出抄録，流傳於世。其實他的詩作得很多，很刻苦。葉聖陶題其集云："猶賢博奕謙辭耳，刻意吟詩島賀儔。"詩如其人，性靈藴藉；早年多喜擬漢魏六朝名作。後轉入學宋，多蘇、黄意味。這些都會增加他對《古詩十九首》獨到的解會。

像解析"詩言志"和研究其他古典文學一樣，朱自清對《古詩十九首》的注釋，有幾個特點：

一是"史家的眼光"

這個"史"是《古詩十九首》産生"横的"的社會背景，同時是詩歌"縱的"發展歷史，抓住歷史的演變，尋根振葉，沿波討源。

朱自清對中國詩學研究有一個宏觀的設想，據李少雍《朱自清先生古典文學研究的貢獻》(《文學遺産》1991年第1期)介紹，朱自清生前，想做兩件比較大的學術工作：一是想仿照朱彝尊《經義考》的體例，纂寫《詩總集考》；二是想輯撰《全唐詩人事蹟彙編》，都因早逝没有成功。但是，從《古逸歌謡集説》、《詩名著箋》、《古詩十九首釋》，到《十四家詩抄》、《宋五家詩抄》，選箋加集評，勾勒先秦至唐宋詩歌史的工作已經進行。儘管後面的選箋集評只停留在講義階段，沒有最後定稿，亦未刊行，但我們仍可清楚地看出《古詩十九首釋》在朱自清詩歌史構想中佔有的位置，釋《古詩十九首》是他構建古代詩歌史的一部分。

二是新舊文學的貫通與融合

作爲一個散文家和詩人，朱自清早年參加"新潮社"和"文學研究會"，是中國新文學運動的健將和先驅。朱自清1919年開始詩歌創作，1922年出版詩合集《雪朝》；1923年寫出長詩《毀滅》；1924年出版詩文合集《蹤跡》；並且是新文學史上第一個詩歌社團"中國新詩社"的發起人，創辦了第一份詩歌刊物《詩》月刊；主編了《中國新文學大系·詩集》，寫了"導言"，開拓性論述了中國新詩發展的道路。這使朱自清以新思維剖析舊傳統，以新的學術眼光和審美趣味分析《古詩十九首》，體現了他新舊文學貫通與融合的原則。

三是考證與鑒賞批評的結合

朱自清長於考證，因爲考證可以弄清事實，但弄清事實不是目的，因此考證要與鑒賞批評相結合，朱自清兼具二者之長。馮友蘭曾經説朱自清做學問的方法是"兼有京派海派之風"。朱自清1948年4月12日的日記裏肯定"其言甚是，惟望能兼有二者之長"。可見他的自信和自許。

四是語義學的分析方法

朱自清相信，任何詞句和語彙都是可以分析的，詩的語言尤其值得分析。他在《古詩十九首釋》序中説：

> 詩是精粹的語言。因爲是"精粹的"，便比散文需要更多

的思索，更多的吟味；許多人覺得詩難懂，便是爲此。但詩究竟是"語言"，並沒有真的神秘；語言，包括説的和寫的，是可以分析的；詩也是可以分析的。只有分析，才可以得到透徹的瞭解；散文如此，詩也如此。有時分析起來還是不懂，那是分析得還不够細密，或者是知識不够，材料不足；並不是分析這個方法不成。這些情形，不論文言文、白話文、文言詩、白話詩，都是一樣。①

因爲詩歌中任何一個詞彙，都處在縱橫坐標的交叉點上，都有縱向和橫向的意義。縱向的意義是：這個詞彙被用過的全部的歷史內涵；橫向的意義是：這個詞在詩中與其他詞彙組成橫向語境所產生特定的內涵。這就使中國古典詩歌的詞彙具有多義性，釋詩要把握"本義"與"變義"，在縱、橫坐標的交叉點上解釋詞彙的真正意義。《古詩十九首釋》實踐了他語義學分析的理論。

可惜的是，朱自清的《古詩十九首釋》只完成了九首，留下了殘缺的遺憾，這一遺憾，直到1957年6月作家出版社出版了馬茂元先生的《古詩十九首探索》（1981年6月由陝西人民出版社再版改爲《古詩十九首初探》），才基本上得到了彌補。

馬茂元（1919—1989），字懋園，安徽桐城人。1938年畢業于無錫國專；長期在上海師範學院中文系任教授。祖父是章太炎極力推崇的桐城派"殿軍"——文章大師馬其昶。馬茂元先生因父親早逝，自幼年跟隨祖父馬其昶生活，在祖父的指導下讀書，祖父對他要求極其嚴格，經史子集，天天背誦，這使馬先生才思敏捷，少年老成；此後的詞章及研究中國古典文學，都體現了祖父的訓導和家庭的淵源。

---

① 朱自清著：《古詩十九首釋》，譯林出版社，2005年，第3頁。

馬先生研究中國詩學，先後出版了《古詩十九首探索》（作家出版社，1957年）、《楚辭選》（人民文學出版社，1958年）、《唐詩選》（人民文學出版社，1960年）、《晚照樓論文集》（上海古籍出版社，1981年）、《唐詩三百首新編》（與趙昌平合作，嶽麓書社，1985年）等。研究《古詩十九首》，主要集中在1956、1957、1958年。

1956年他發表《論古詩十九首》（《新建設》9月號）、《論古詩十九首裏的四首》（《語文學習》10月號）；1958年發表《略談古詩十九首》（《語文學習》7月號）；1957年出版《古詩十九首探索》。雖然只有三年時間，已使馬先生人人爭説，影響很大，原因有幾方面：

一是五十年代開始用美學、文藝學理論解讀古典詩歌成一時風氣，馬先生得風氣之先。1956年，朱光潛在《中國青年》上發表"涉江采芙蓉"；1957年又發表"迢迢牽牛星"，用美學觀點分析《古詩十九首》中的名篇，時間都與馬茂元先生同時或略晚。從1920年髯客發表《古詩十九首詮釋》以來，對《古詩十九首》的研究，大都集中在作者、成詩時間和詩中具體詞句的考證方面，馬先生的文藝學分析鑒賞令人耳目一新。

二是馬先生用朱自清的方法完成全部箋注工作，作為建國後的成果，人們有了閱讀、欣賞《古詩十九首》的新注本。

三是對馬先生的批判起了重要作用。《古詩十九首探索》1957年6月剛由作家出版社出版，就被八篇文章點名批判，從1958年批到1960年沒有間斷。馬先生研究了三年，被批判也是三年。這在當時，是對一種文學研究最激烈、最嚴厲的批判，而且發動了群衆，進行了"立體的"批判，在"文化大革命"風暴到來之前。

馬先生初不甚知名，《古詩十九首探索》是他的第一本著作，但聳人聽聞的批判，反而使他名聲大振。

"馬茂元"三個字與《古詩十九首》的聯繫,開始是自己寫論文"署名";受批判後,"署名"變成"點名",主動變成被動,變成身不由己,變得首當其衝。但就知名度而言,這八篇批判文章對馬先生所起的宣傳作用,即使他自己寫八十篇論文亦未必能過。

"誇張失實"的批判使馬先生對自幼習誦的《古詩十九首》心灰意冷,直到《探索》1981年由陝西人民出版社再版,馬先生還是心有餘悸,謙遜地把《探索》改成《初探》,又請郭紹虞先生題了書名,才慢慢恢復了自信。

馬先生送了一册新版的《初探》給我說:朱自清的《古詩十九首釋》沒有完篇,是他寫《探索》的動因之一。

他說,他用的方法也與朱自清相同:先列原詩,再加注釋,最後是說明,注釋和說明也兼采各家,出以己意。他的一些說明,如《行行重行行》、《青青河畔草》,就是在朱自清先生的基礎上發揮出來的。今天看,馬先生的分析鑒賞,比朱自清的更深入細緻。朱先生重視考證和鑒賞批評方法,在馬先生的《探索》裏又得到美學和文藝學的闡釋。朱、馬在注釋、說明,甚至語言風格都有靈犀相通的地方。

朱自清是現代散文大師固不必說,他的箋注、考證、鑒賞所使用的語言,都是特有的接近口語、明白如話,與他優美的散文《背影》、《荷塘月色》和《綠》相表裏的柔性的語言,這在衆多的箋注家裏是少見的。

與之相同的是,馬茂元先生也是一位著名的美文家,祖父馬其昶以文章聳動天下的才能似乎隔代傳給了馬先生,使馬先生在古文、駢文上自有家法,深得桐城遺緒,白話文又寫得非常精粹優美,學術界傳爲美談。

馬先生多次對我說,他對書裏的"說明"部分比較滿意;滿意的例子,經常舉《青青河畔草》,他以爲那些細緻的分析和優美的文字，是他追求的目標和欣欣所得的地方。他欣賞，也希望我欣賞，常常斜捧着書，對我讀《青青河畔草》的片段。譬如：

> 樓在園中，柳在樓下，草在園外的河邊。詩是用第三人稱寫的，從"河畔"到"園中"，從"園中"到"樓上"，由遠及近，緩緩地由環境過渡到人物。
>
> 起初我們只知道登樓的是一位有姿容的少婦，接着看見了她豔質當窗，接着又看見了她當窗的手，也是由大到小，先有輪廓的勾畫，而後有具體描繪……從近處、遠處無邊春色裏，可以體會出她遠望時的心情；從她意態和行動的表現，又可以推知她的性格和氣質。
>
> 這種帷燈匣劍的手法，所給予讀者的感覺和印象，當然是異常爽朗而鮮明的了。

這時，我也悠然心會。

馬先生做學問的方法是"死"中求"活"，提倡先多讀書，多記、多背誦，然後以"會通"求"活"，以"識力"通變，置之"死"地而後"生"。多背誦，不是爲了多記幾首詩，爲背誦而背誦，而是通過背誦培養人與詩歌的親緣關係，培養對詩歌的向心力，然後才能像潛水員那樣潛入詩心，獲得真正接近詩歌本源的藝術敏感，由此探驪得珠，使馬先生獲得詩的真諦，鑒賞精到，對《古詩十九首》的分析也高於一般的鑒賞家和理論家。

朱自清《釋》和馬先生《初探》之後，箋注又出了三種：一是王強模的《古詩十九首評譯》（貴州人民出版社，1991年）；二是臺灣張清鍾的《古詩十九首彙說賞析與研究》（臺灣商務印書館，1991年）；三是楊效知的《古詩十九首鑒賞》（蘭州大學出版社，1992年），從治學的途徑，箋注、分析和鑒賞的方法，都受朱自清和馬先生的影響，就深度和廣度看，均未出朱、馬二位先生的範圍。

四

在朱自清、馬茂元和二十世紀學者齊心合力的研究之後，二十一世紀的《古詩十九首》研究，還有不少工作要做：

一是材料的工作

材料工作，二十世紀隋樹森先生的《古詩十九首集釋》做得最好。隋《釋》分"考證""箋注""匯解""評論"四部分。其中"匯解"部分彙集了他所能見到的《古詩十九首》研究專書和專論，包括歷代詩話、漢詩選和箋注專書三十一種，幾乎把他見到和當時搜集到的材料都彙集在一起，這使隋《釋》成了二十世紀《古詩十九首》研究的基礎書。1936年中華書局出版後，受到朱自清先生的高度重視。朱自清《古詩十九首釋》前言說："清代箋注之學很盛，獨立說解《古詩十九首》的很多。近人隋樹森先生編有《古詩十九首集釋》一書（中華版），搜羅歷來《十九首》的整套的解釋，大致完備，很可參看。"朱自清《釋》、馬先生《探索》以及《初探》後的"集評"，大都出自隋《釋》。但《十九首》的材料還可以進一步收集：

（一）從《文選》和《玉臺新詠》研究裏收集；"古詩"選入《文選》和《玉臺新詠》；故箋注研究《文選》、《玉臺新詠》的著作都有《十九首》的材料。隋先生對此比較忽視，多數注釋、研究、評點均未涉及。

（二）從"擬詩"中收集；陸機以來的"擬詩""擬作"，都是可供研究的資料，值得我們珍視。

（三）從歷代詩話評論中收集：對"古詩"（《古詩十九首》）的評論，始于齊、梁；劉勰《文心雕龍》"明詩"篇、鍾嶸《詩品序》和上品"古詩"條、上品"魏文學劉楨"條，都高度贊美。唐代皎然《詩式》論《古詩十九首》"辭精義炳，婉而成章"；宋以後的詩話評論更多，隋《釋》多有遺漏，可以繼續收集。

（四）從選本中收集：元、明、清以來，各種"古詩"選本很多，如明代李攀龍的《古今詩刪》，陸時雍的《古詩鏡》，葉羲昂的《古詩直解》，梅鼎祚的《漢魏詩乘》，鍾惺、譚元春的《古詩歸》等。隋《釋》亦多有遺漏，可以繼續收集。

（五）從專書中收集：隋《釋》收集專書很多，但還有一些，如清人陳敬畏的《古詩十九首箋注》手稿本（花近樓叢書，管庭芳輯，稿本藏北圖特藏部）、賀靈揚的《古詩十九首之研究》（光華書局印行，民國十六年5月）等，隋《釋》均未涉及，可以補充。二十一世紀的《古詩十九首》研究，將在材料更加紮實細密的基礎上向前推進。

二是整合的工作

整合也是一種創造。從陸機"擬古"、劉勰《文心雕龍》、鍾嶸《詩品》、蕭統《文選》、徐陵《玉臺新詠》以來，對"古詩"、《古詩十九首》的研究往往局限在一個方面，或選錄，或箋注，或評論，或分析，或鑒賞，缺少整合，缺少全面的綜合性的分析和整體性的研究。整合還包括把詩歌意象的層面、意義的層面、體式的層面、風格的層面結合起來研究。這個工作，二十一世紀可以繼續做。

三是更新觀念、豐富研究方法的工作

二十一世紀應該進一步拓寬視野，豐富我們的方法。譬如，

《古詩十九首》的作者與作年問題，除了現有的材料外，還可以利用電腦分析統計《十九首》中的"語彙流"，通過對《十九首》語彙定性、定量的分析，與兩漢文學作品語彙前後比較，考察何種語彙出現於何時，哪幾首作品中的語彙相近，不僅可爲考證時代、作者之一助，亦可開闢從語言學、文字學和新科技研究《古詩十九首》的途徑，這當然是未來的事情。

曹旭 1999 年 8 月於上海師範大學夢雨軒
（本文原載于《朱自清馬茂元説古詩十九首》，
上海古籍出版社 1999 年 12 月版）

忍無可忍才寫的漢樂府

漢初詩壇，除了《大風歌》和《垓下歌》上接《楚辭》體式，下開漢詩氣象外，其他沒有什麼值得稱道的詩歌。韋孟的《諷諫詩》、《在鄒詩》和高祖唐山夫人的《安世房中歌》，都是《詩經》的模擬品，詩壇一直要寂寞到漢樂府的出現。

一、樂府：從音樂機構到詩體的名稱

樂府，原來是一個音樂機構，從秦代開始就設立了。樂府的職能，主要是掌管、製作、保存朝廷用於朝會、郊祀、宴饗時用的音樂；也許那時的人，還需要通過一個叫"歌詩"的東西來傳遞思想，抒發感情，上情下達，下情上達，起交流紐帶的作用。也許人的本質，在獲得形而下的物質生活以後，還需要形而上的精神生活。所以，不同的國家，不同的民族，總會有一種叫"歌詩"的東西來升華一個民族的思想，表達一個民族的感情。

也許是一個好制度，到漢武帝的時候，漢武帝繼承了秦的做法，也設立了"樂府"機構，同樣做采集民歌、配置樂曲和訓練樂工的工作；以及對歌詞和樂曲加以修改、潤色，"略論律呂"①、"被

---

① （漢）班固撰，（唐）顏師古注：《漢書》卷二十二，中華書局，1962年，第1045頁。

之管弦"①，制訂樂譜，使之合樂歌唱。

這些采集來的民歌，漢人稱"歌詩"；魏晉以後，人們便將由漢代樂府機構收集、演唱的詩歌，統稱爲"樂府"或"漢樂府"，這樣，樂府便由一個音樂機構的名稱，變成一種可以入樂的詩體的名稱。

設立樂府，是一項有創意的文化建制和文化舉措，在我國音樂史、文化史上有極其特殊的意義，漢以後，樂府機構被魏、晉歷朝所承襲。大量的民歌被收集、整理、保存、演唱，對音樂文化創作自覺意識的增強，對文人詩歌汲取民歌營養的繁榮和發展，對漢以後樂府從演唱作品演變成案頭作品，都起了至關重要的作用。劉勰《文心雕龍》設《樂府》篇專論，並說："樂府者，聲依永，律和聲也。"② 是這一演變的標誌。

二、漢樂府：忍無可忍才寫的詩歌

讀漢樂府，最深切、最感人的體會，覺得那些來自社會底層的漢樂府是"忍無可忍才寫的詩歌"。其中家庭的悲劇，戰爭的罪惡，暴斂的酷烈，行役的痛苦，無不在漢樂府民歌中加以暴露和歌吟。班固《漢書·藝文志》説，"代趙之謳，秦楚之風"③，都"感於哀樂，緣事而發"④。

從内容上看，漢樂府題材相當廣泛：從小河邊蓮塘裏采蓮時

---

① （晉）陳壽撰，（南朝宋）裴松之注：《三國志》卷一，中華書局，1982年，第54頁。

② （梁）劉勰著，王運熙、周鋒撰：《文心雕龍譯注》，上海古籍出版社，2012年，第36頁。

③ （漢）班固撰，（唐）顏師古注：《漢書》卷三十，中華書局，1962年，第1756頁。

④ 同上。

男女的談情說愛，到農村上門催租官吏的吆喝；從孤兒、病婦、走投無路鋌而走險的漢子，到從軍歸家的老人，以及被拋棄的婦人，出外打工的兄弟們，社會上貧富懸殊，苦樂不均，形成尖銳的階級對立，都反映在漢樂府裏。

富人家黃金爲門，白玉爲堂，堂上置酒，作使名倡，中庭桂樹，華鐙煌煌。並且是妻妾成群，錦衣玉食。而窮人家則《婦病行》、《孤兒行》，婦病連年累歲，垂危之際把孩子托付給丈夫；病婦死後，丈夫不得不沿街乞討；遺孤在呼喊，母親在痛哭；孤兒受到兄嫂虐待，饑寒交迫，在死亡綫上挣扎。在窮途末路的時候，戲劇般地出現了《東門行》，拔劍而起，走上反抗道路。愛與恨、生與死的交織，種種的悲歡離合，組成漢代豐富多彩的世俗長卷。

這些，都是"忍無可忍"才寫的詩歌。假如杜甫的"朱門酒肉臭，路有凍死骨"是繼承漢樂府，作了人間貧富懸殊、反差極大的對比；那麼，《紅樓夢》中賈府的"白玉爲堂金作馬"，至少在語言上學的就是漢代富人的做派。

值得慶幸的是，這些作品，一部分被漢代官方的"樂府"機構采集到了。"漢樂府"的采詩運動，是繼《詩經》以後又一次大規模的采集詩歌運動。

三、漢樂府的分類和背景音樂

這些采來的樂府民歌，像采自田野上的花一樣新鮮活潑，具有生命力；采來時還說着方言；帶着泥土的新鮮，在中國詩歌史上春意盎然。

采集來以後，各種顏色、各種香味的花都有；放在一起，便蔚然大觀。樂官把它們分類。

第一類叫"鼓吹曲辭"，又叫"短簫鐃歌"，是漢初從北方民族傳入的北狄樂，補寫歌詞而成的；

第二類叫"相和歌辭"，是各地采來的俗樂，配上"街陌謠謳"的創作。許多是漢樂府五光十色的精華。

第三類叫"雜曲歌辭"，其中樂調已經失傳，無可歸檔，自成雜類。裏面有許多優秀的奇葩。

宋人郭茂倩編《樂府詩集》，收集、整理自上古迄五代的歌辭，分十二大類，一百卷，敘述各種曲調、各篇曲辭發展演變的過程。收入的漢樂府，主要分屬在《鼓吹曲辭》、《相和歌辭》、《雜曲歌辭》和《清商曲辭》之中。

漢樂府民歌清新、真率、質樸、剛健，語言朗朗上口，音樂性很強。而響在漢樂府裏的背景音樂，一是來自秦國的音樂；二是來自楚國的音樂。漢樂府之所以繞梁三日，音色優美，感人至深，就是因爲那些音樂曾經經過秦娥、楚女纖手的撥弄。

四、中國敘事詩的新發展

從風格特點看，樂府詩采自民間，正如十五《國風》也采自民間一樣，這些"街陌謠謳"便上承《詩經》"饑者歌其食，勞者歌其事"的傳統，使漢樂府的題材、思想、藝術、形式都有一股活躍的旺盛的生命力，形成了由《詩經》開創的中國敘事詩的新源頭。

明徐禎卿《談藝錄》說："樂府往往敘事，故與詩殊。"[1] 在描寫方法上，漢樂府一個最顯著的特色是用敘事體，像戲劇小品般選擇一個生活場景，通過對人物動作、心理、對話和事件的描寫，表現一則帶有普遍性或典型意義、典型感情的事件，現實性強而生動感人。比起《詩經》來，漢樂府有幾個變化：

---

[1] （清）何文煥輯：《歷代詩話》，中華書局，2004年，第769頁。

一是漢樂府民歌中，寫女性的題材比例上升；

二是口頭文學的形式，故事性比《詩經》更強，有的還情節完整，人物性格鮮明，描寫刻畫細緻入微，成爲我國敘事詩的新源頭。《詩經》中只有少數像《氓》那樣的敘事詩；而敘事詩在漢樂府裏特多，以《孔雀東南飛》爲代表，一千七百多字的長篇敘事詩，被後人一再模仿，至北朝樂府民歌有《木蘭辭》。這是詩歌史上一個特殊而有趣的現象，不僅對中國敘事詩的發展起了重要的作用，而且本身就是一個敘事詩的創作高峰。

五、現實主義的新源頭

中國詩歌在黃河流域發端並擴展開來的時候，先是《詩經》，接着楚辭，再接着是漢樂府和南北朝樂府民歌。它們可以分爲"原典"和"亞原典"。《詩經》、楚辭是原典，"漢樂府"和"南北朝樂府"是亞原典，對中國詩歌的發展起重要影響，是歷代文學都要頂禮膜拜的對象。

漢樂府繼承《詩經》反映廣闊社會生活的優秀傳統，風格質樸、清新、剛健，有強烈的現實感和針對性。其內容和主題成爲後世的母題，幾乎每一篇都確立一種母題。許多藝術方法，爲後世取法。其現實主義精神，從建安時期的"擬樂府"，到唐代杜甫的"即事名篇"，爾後影響了唐代的張籍、王建樂府；元結的"系樂府"；白居易、元稹的"新樂府"；皮日休的"正樂府"；林紓的"閩樂府"以及整個樂府詩系列，鋪平了一條由《詩經》、漢樂府開創出來的現實主義詩學道路。

（本文原載於《古詩十九首與樂府詩選評》增訂本，
上海古籍出版社 2019 年 7 月版）

南朝樂府：江南水鄉女子的歌

一、南朝樂府民歌："吳聲歌曲"和"西曲歌"的産生

從三國東吳開始，一直到陳，在六朝都城建業、建康（今南京）及周邊地區，産生了一些民歌。因爲這一帶習稱吳地，故稱"吳歌"；不久，江漢流域的荆（今湖北江陵）、郢（今江陵附近）、樊（今湖北襄陽）、鄧（今河南鄧縣）等幾個南朝西部主要城市和經濟文化中心，也産生了一些民歌，因爲地域的原因，這些民歌稱爲"西曲歌"。"吳聲歌曲"和"西曲歌"構成了南朝樂府民歌的主體。

南朝樂府民歌主要是東晉、宋、齊三代的民歌，大部分是民間創作，少部分可能是文人的擬作，經東晉、宋、齊專門的樂府機構的收集、整理，擇器配樂，樂器主要以絲（弦樂）、竹（管樂）爲主；有的還配上舞蹈表演；合文學、音樂、舞蹈藝術於一體，具有非常高雅的藝術品味，是在祭祀、朝會、娛賓各種政治場合和娛樂場合演奏或表演，成爲一種禮儀制度和當時人們文化生活的重要組成部分。

東晉渡江以來，長江流域的農業、手工業發展，是商業、交通和城市經濟的發展；南朝樂府民歌的産生，是南朝農業、商業、交通、手工業的發展；是娛樂歌舞的需要。帝王的提倡，貴族的

好尚，上層社會中流行愛好；亦與當時流行的繪畫、書法、音樂、棋藝的日益細密、日益精湛相表裏。

從南中國和北中國的對峙開始，南方因爲其地理、風尚、習俗、特定的文化傳統，加上不穩定的社會因素，影響外部世界和人內在的感情世界，在沿襲漢魏以來以樂府機構采詩的文化體制下，作爲這一時期具有南方人感情特點的南朝樂府民歌產生了。

二、南朝樂府民歌的記載與分類

對於南朝樂府詩，南朝史書《宋書·樂志》從歷史文獻學的角度予以記載，以後又有《古今樂錄》等記錄的專書；北魏孝文、宣武時南侵，收得這兩種歌曲，便借用漢樂府分類，稱爲"清商曲"。後世沿用，至宋代郭茂倩編《樂府詩集》集大成，便將這兩種民歌歸爲"清商曲辭"。"清商曲辭"又分爲"吳聲歌曲"、"西曲歌"和"神弦歌"三部分。

在"吳聲歌曲"中，有《子夜歌》、《讀曲歌》、《華山畿》、《懊儂歌》等二十多種；計歌辭有三百多首；

在"西曲歌"中，有《石城樂》、《襄陽樂》、《三洲歌》、《那呵灘》、《烏夜啼》等三十多種，計歌辭一百多首；

"神弦歌"共十一題十八首。雖然產生和流行的地域與"吳聲歌曲"相同，但因爲宗教祭祀性質的樂曲，且數量比較少，故另列"神弦歌"一類，不歸在"吳聲歌曲"之中。

"吳聲歌曲"、"西曲歌"加起來有四百多首。有的歌曲開始只是"徒歌"，後來才配上管樂和弦樂的伴奏。從性質和地域劃分，有點像《詩經》中的《雅》、《頌》和《十五國風》的不同，《國風》的數量也是最多的。

《神弦歌》也產生在以建業爲中心的長江下游地區。如《白石郎曲》祭祀建業附近的水神;《青溪小姑曲》則祭祀發源于鍾山入于秦淮的青溪神。雖然祭祀的都是地方性的雜神,但其與《楚辭·九歌》相鄰的性質,仍使人神之間充滿了纏綿感情。

"吳聲歌曲"和"西曲歌"的內容基本上沒有區别。根據宋人郭茂倩《樂府詩集·西曲歌》序的説法:"西曲歌出於荆、郢、樊、鄧之間,而其聲節送和與吳歌亦異,故依其方俗而謂之西曲云。"① 即歌曲本身的聲調、節拍、和聲等方面有點區别而已。

還有就是:"吳聲歌曲"是在首都文化圈建業(後改爲建康,今南京市)爲中心流行的歌曲;"西曲歌"是在首都以外大城市,主要是在當今湖北荆州、鍾祥、襄陽、河南鄧縣一帶流行的歌曲。這使"吳聲歌曲"受到重視的程度更高,"西曲歌"知名度稍遜一點。但由於形式新穎,曲調婉轉,和"吳聲歌曲"一樣,都受到社會各階層的喜愛。

三、南朝樂府:江南的歌、水的歌、女子專情的歌

南朝樂府民歌的風格與主題,與漢樂府有不同。與這一時期文人詩相表裏,南朝樂府民歌雖然也有反映社會問題的歌,但就總體而言,它基本上脫離了漢樂府"感於哀樂,緣事而發"② 和"觀風俗,知薄厚"③ 的政教傳統,更多地朝表現人性和純粹娛樂的方面發展。因爲愛情主題也是《詩經》、漢樂府現實主義傳統内

---

① (宋)郭茂倩編:《樂府詩集》卷四十七,中華書局,1979 年,第 689 頁。
② (漢)班固撰,(唐)顏師古注:《漢書》卷三十,中華書局,1962 年,第 1756 頁。
③ 同上。

涵的重要組成部分。

在内容上,南朝樂府詩主要描寫江南水鄉青年男女的愛情,絕大多數是相思離別的情歌;而且主要是江南的歌、水的歌、女子專情的歌。

像《子夜歌》"攬裙未結帶,約眉出前窗。羅裳易飄颺,小開罵春風"①,明明是自己沒有繫好裙帶,被吹開後,竟然小罵春風,表明這位女孩子心裏充盈了太多的愛意要外溢;春風,不過是她發泄的對象。《讀曲歌》:"折楊柳,百鳥園林啼,道歡不離口。"②一個女子因思念情人,聽到園林裏百鳥的叫聲,都好像是在不停地叫着她愛人的名字。《子夜歌》:"夜長不得眠,明月何灼灼。想聞歡喚聲,虛應空中諾。"在一個月光明亮的夜晚,對情人的真切思念使女子如癡如醉,耳畔恍惚響起了情人的呼喚——她朝虛空回應了一聲諾——借月光拋給情郎的一個飛吻。想像而能入幻、入癡、入迷、入定,並在"虛擬情景"中做"實際動作"。如此癡情,非六朝民歌女子不能爲。

以前有人覺得它的主題是不是有點"狹隘"?但狹隘不狹隘是我們的理解;決定南朝樂府民歌走向的是它自身的選擇和審美風氣的轉變;它表明了主題的純粹,表明南朝人對愛情的全面覺醒。我們應該尊重當時社會的整體選擇,而不要求以它的存在來迎合我們的觀念。

愛情是永恒的也是最偉大的主題,它關涉到人類生命的延續,感情的美好,因此,表現愛情的詩總是豐富多彩、美不勝收;而再多的詩篇描寫,再怎麼描寫永遠也不會過分。

---

① (宋)郭茂倩編:《樂府詩集》卷四十四,中華書局,1979年,第643頁。

② (宋)郭茂倩編:《樂府詩集》卷四十六,中華書局,1979年,第672頁。

四、南歌風格：行船般流利，歌扇般輕盈

在風格上，南朝樂府民歌有的熱烈、決絕；有的含蓄、委婉；有的纏綿、悱惻，一往情深。但是，只要把《詩經》、漢樂府和南朝樂府民歌裏的愛情詩比較一下，你就會發現，從觀念、意象、感覺、寫法方面，已經起了很大的變化。

南朝樂府民歌描寫愛情，不只是創造性地運用吳語"同音雙關"、"同字雙關"，以"絲"諧"思"、以"蓮"諧"憐"、以"碑"諧"悲"等藝術手法，運用一系列的動植物意象描寫刻骨的相思，把愛情表現得既纏綿又機智。而是相對《詩經》的經典性、朦朧性和漢樂府的模糊性，南朝樂府民歌裏的愛情詩經常是男女雙方的對唱，意思表現得更加豁然明白，更帶城市市民的意識，描寫也更加大膽，更加活潑，更加貼近人性和自我；在"性描寫"上，也比前代做了更富有創造性和刺激性的試驗。

沿長江生活，喝長江水長大的人，他們的生命裏有水，細胞裏有水，性格裏有水，詩歌裏也有水。這就決定了南朝樂府民歌的風格，如南人夜行船般流利，如吳女執歌扇般輕盈。

儘管東晉、宋、齊的曲譜、舞譜至今多已失傳，今天只留下純粹的歌辭，我們已很難還原當年演奏的盛況。但是，這些以文字爲載體的民歌作品，已在中國文學史上鐫刻下它在表達人性和愛情上獨特的藝術風格。

五、南朝樂府民歌對唐詩影響至深

在形式體制上，南朝樂府詩一般比較短小，最常見的是五言四句；語言清新自然，格調流利婉轉，充滿江南水一般的靈動。

短小的篇幅，含蓄蘊藉的風格，彈丸流走的語言，同音雙關的運用，以五言四句單純中醞釀的豐富，創造出永恒的藝術魅力，成爲唐代詩人學習取法的對象。

在聲律上，儘管絕大多數的南朝樂府民歌是不入律的，但有少數像《西洲曲》等歌曲，經前人統計，有不少句式已經入律，顯示出由梁、陳過渡向初唐絕句發展的方向。假如調一調韻腳或平仄，那就是初唐人的五絕了。唐詩的輝煌，特別是五言絕句裏面，有屬於南朝樂府民歌從形式到語言、從藝術到風格的遺傳。

（本文原載於《古詩十九首與樂府詩選評》增訂本
上海古籍出版社 2019 年 7 月版）

北朝樂府：冀北秋風壯士的歌

一、北朝樂府民歌在陰山遼闊的草原上生成

　　和南朝樂府民歌一樣，從北中國和南中國的對峙開始，北方因其地理環境、民族風俗和不同的文化傳統，加上多民族之間的攻伐等不穩定的社會因素糅合在一起，深深地烙在北方人的感情世界裏，馬背上的生活發爲鏗鏘的歌唱；具有北方人生活特點和感情特點的北朝樂府民歌就產生了。

　　北朝樂府民歌主要是東晉以後北方鮮卑族和氐、羌等族人的民間創作。其中可能少部分夾雜着漢語歌辭，但大多數是用鮮卑語和羌語歌唱的。後燕是東晉十六國時期鮮卑人慕容垂在北方建立的政權，"魏"是北魏。

　　至宋人郭茂倩將這些民歌分類、整理，集大成地收在他的《樂府詩集》中，成爲今天的面貌。

二、北朝樂府民歌的翻譯與分類

　　郭茂倩引《古今樂錄》說：此是"燕、魏之際鮮卑歌也。其詞虜音，竟不可曉"[1]。隨着東晉滅亡，劉裕建立宋（420）以後，

---

[1]　（宋）郭茂倩編：《樂府詩集》卷二十五，中華書局，1979年，第363頁。

南北交通往來增多，各民族之間文化交流更加頻繁；在南北交融的過程中，這些用鮮卑語和羌語的民歌逐漸流傳到南方，並在流傳的過程中被翻譯加工成漢語歌辭。經過宋、齊至梁，被梁代的樂府機關收集、翻譯、修改、配音，保留下來。今存七十餘首，大部分收在郭茂倩《樂府詩集》中《橫吹曲辭》的《梁鼓角橫吹曲》裏。

根據歌曲内容、音樂、配器等不同，北朝樂府民歌可分爲三個部分，分別被《樂府詩集》收在《梁鼓角橫吹曲》、《雜歌謠辭》和《雜曲歌辭》中。

《梁鼓角橫吹曲》開始是一種在馬背上演奏的軍樂。後根據曲調和配器的不同又分兩部分：第一部分是用於朝廷朝會，以簫笳爲主要伴奏樂器的稱"鼓吹曲"；第二部分是用於軍隊操練演習，以鼓角爲主要伴奏樂器的稱"橫吹曲"。因爲在梁代演奏，所以稱"梁鼓角橫吹曲"。而一些徒歌和謠諺，分別收入《雜歌謠辭》和《雜曲歌辭》中。

《梁鼓角橫吹曲》今存《企喻歌》、《琅邪王歌》、《折楊柳歌辭》、《隴頭歌辭》等二十多曲，六十多首。這些北朝樂府民歌和南朝樂府民歌一起，在祭祀、朝會、娛賓各種政治場合和娛樂場合演奏或表演，成爲一種禮儀制度和當時人們文化生活的重要的組成部分。

三、北朝樂府：北方英雄的豪邁之歌

假如說，漢樂府反映了尖銳的社會矛盾，南朝樂府屬於女子專情的歌唱，北朝樂府則在它有限的篇幅裏，表現了廣闊的社會生活，歌頌了北方民族尚武的剛健，歌頌英雄，渴望戰鬥，充滿犧牲的精神。

最著名的是《敕勒歌》："敕勒川，陰山下，天似穹廬，籠蓋四野。天蒼蒼，野茫茫，風吹草低見牛羊。"這首傳為斛律金作的歌曲，當年高歡命將士們唱得地動山搖。打了勝仗也唱，打了敗仗也唱；勝仗唱得雄壯，敗仗唱得悲壯；其實是一首軍歌和鼓舞士氣的動員令。在雄霸、權術和應變方面，高歡一點兒也不輸給曹操。

北朝樂府民歌是長期處於混戰狀態的北方各民族的歌唱，是北方英雄橫刀高唱的豪邁之歌；多數是北魏、北齊、北周時的作品。今存的數量雖然只有南朝樂府民歌的六分之一左右，但卻涉及許多方面的社會內容。從對山川、草原的禮讚，到北方民族的賭勝馬蹄下的爽朗、雄健、尚武的風習，以及女扮男裝，代父從軍的故事，無不洋溢着視死如歸的樂觀主義精神和豪邁的氣概。其中也有描寫出嫁的歡樂，對婚姻的期盼以及對情人的思念等等，內容豐富而立體。

北朝樂府在遼闊的草原和陰山的大背景下展開，四季是美麗的，人民是剛健的，牛馬是歡騰的，但戰爭、徭役、流浪和流離失所，以及白骨無人收的場景，也是歌曲的主旋律之一。

《企喻歌》寫的"男兒可憐蟲，出門懷死憂；尸喪狹谷中，白骨無人收"①，在連年的戰爭中，許多人戰死了，親人分離了，這使他們感到絕望和沮喪，行進中發出了痛苦的悲鳴。此外像《紫騮馬》中的流浪者之歌："高高山頭樹，風吹葉落去。一去數千里，何當還故處！"②歌聲因北風和落葉的淒厲傳得更加遙遠。

---

① （宋）郭茂倩編：《樂府詩集》卷二十五，中華書局，1979年，第363頁。

② 同上，第365頁。

四、北朝樂府民歌的藝術與影響

在《折楊柳歌辭》："健兒須快馬，快馬須健兒。跊跋黃塵下，然後別雄雌。"①《琅琊王歌辭》："新買五尺刀，懸著中樑柱。一日三摩挲，劇於十五女"②裏，把北方民族粗獷豪邁的個性表現得淋漓盡致。

在藝術上，北朝樂府民歌體裁多樣，有像南朝樂府民歌一樣五言四句形式，也有四言、七言和長短句；語言質樸、勁健、粗獷、生動。風格雄健豪放，氣概悲涼。也許是原來與漢語修辭方式、表達習慣完全不同的鮮卑語和羌語的質樸生動性，與漢語翻譯過程中的修飾加工二者合一形成了今天的風格。在同一時期，與產生在江南以"吳聲歌曲"和"西曲歌"爲代表的南朝樂府民歌，從曲調、配器、演唱到歌辭內容，都形成南方清新秀麗、婉轉纏綿和北方質樸粗獷、豪爽雄健迥異的藝術風貌。在藝術上各有千秋，各有特點，各有所長，對後世都產生重要影響，尤以庾信、徐陵、王褒等由南而北的詩人，在汲取南朝樂府民歌和北朝樂府民歌的優點以後，以自己的生活遭際發爲歌詠，將南北兩種風格、兩種美學融爲一體，形成了唐代剛柔相濟新風格的先驅。

北朝樂府的風格固然質樸剛健，粗獷豪放，自然清新。但今天的研究者以爲，北朝樂府民歌是靠流傳到南方才保留下來的。因此，其歌辭多少已經過南方漢人的翻譯和潤飾。譬如《折楊柳歌辭》中說："我是虜家兒，不解漢兒歌。"③ 其中以"虜"自稱，

---

① （宋）郭茂倩編：《樂府詩集》卷二十五，中華書局，1979年，第370頁。
② 同上，第364頁。
③ 同上，第370頁。

顯然是南朝樂官譯成漢語時所改。還有一些歌的曲調雖起於北方，歌辭可能已經被梁代樂官修改或夾雜了南朝人的作品。

因此，從某種風格特徵上說，北朝樂府民歌兼具漢樂府的詩歌精神和南朝樂府的情采；既有漢樂府剛健的底色，又有南朝樂府別致的花紋。因爲表面上看，北朝樂府剛健豪放，與南朝民歌的豔麗柔弱迥然不同。但其實，能在那個時代流傳下來的樂府民歌，南北朝樂府民歌內在的美是相同的。

以前我們總是強調它們的不同，今天讀讀，覺得很多地方是相同的。譬如在語言的節奏上，質樸純真的風格上，心靈綻放的美麗及對唐詩的影響上。因爲北朝樂府民歌的影響和魅力，唐代的邊塞詩才如此雄奇，如此豪放，如此色彩繽紛、軍歌嘹亮。

北朝樂府與南朝樂府、漢樂府、《古詩十九首》一起，都是播之人口，又集體失名的歌；是流浪在北風的街頭又被收編的歌；是對人生、人性、命運、幸福和死亡寫得最通透——沒有之一的歌。

是美麗如錐子，歷史布衣袋裏——藏不住的歌。

（本文原載於《古詩十九首與樂府詩選評》增訂本，上海古籍出版社2019年7月版）

第二輯

晉宋詩學

　　文化史上的兩晉，使許多強盛的朝代黯然失色；劉裕把東晉的風流收束起來以後，皇權開始打壓世族，王、謝大族不得不收斂羽毛。謝靈運死得奇怪；《後漢書》的作者范曄被殺以後，書寫歷史的權利就被皇權所攫有，詩人紛紛縮起腦袋。

　　此前的陶淵明，便像回岫的白雲，倦了的飛鳥，回歸田園。把家鄉的風景，田裏的桑麻，都寫成"有溫度"的知己。他的"衆鳥欣有託，吾亦愛吾廬"、"山氣日夕佳，飛鳥相與還"，是"低調的奢華"；雖然陶淵明是知識分子讀書人中最有"精神定力"的人，"但恨多謬誤，君當恕醉人"仍然是避禍最好的廣告詞。

論西晉詩學

開　篇

　　如果説，建安時代的詩學是用黄金鑄成的；那麽，西晉太康的詩學則是用白金鑄成的。西晉統一以後，建安的慷慨悲歌結束了；舞臺上演出的，是緣情綺靡的新劇本。其時，南北士風、文風碰撞交融，詩學朝形式美學的方向變化發展。由於社會和技術的進步，紙開始較大規模生産，詩歌寫作、流傳變得容易；技術的革新、載體的革新，對太康詩歌觀念的改變、創作的興盛起了至關重要的作用。

　　本文從西晉詩學的展開——西晉詩學的特徵——西晉詩學産生的原因——西晉詩學的意義四方面，論證了西晉詩學的内涵在於：衆多有才華的詩人創造了新的詩歌美學；以才高辭贍、舉體華美，如翔禽之有羽毛、衣被之有綃縠的詩歌，形成了新的詩歌經典；決定了劉宋、齊、梁、陳乃至初唐一百年詩歌發展的方向；可以毫不誇張地説，此後的"元嘉體"、"永明體"、"宫體"和初唐詩歌，都是對西晉太康以來的形式美學的延續、繼承和發展。風骨與情采、詩歌精神與詩歌漂亮的毛羽相輔相成，不可或缺。"建安風骨"和西晉太康的宫商聲律、文采情辭——使"太康"和"建安"具有同等重要的意義。

　　建安風清骨峻的路，太康情采綺靡的路，詩人都没有走錯，也没有白走，在合起來的大方向前面，一輪盛唐詩歌帝國的紅太陽正冉冉升起。

一、晉人的美學開始激動人心：西晉詩學的展開

《三國志》衆英雄空忙一場。西元265年，司馬炎迫使魏帝"禪讓"；十五年後，又南下滅了東吳。破蜀、代魏、滅吳——演義結束，終成三國歸晉。漢末差不多七十年來的分裂、割據，至此告一段落。由分裂、割據帶來血與火的洗禮，慷慨與苦痛的歌唱也暫告停息。新的統一大帝國，開始告別陰霾轉向晴朗的天空。

那是新的政令、新的氣象，新的人物、新的春天。請讀一讀左思的作品——這位來自山東、出身小吏家庭的詩人，已經和其他敏感的詩人一樣，嗅出了空氣中春天的氣息，寫出了他敲開洛陽上流社會大門的《三都賦》。在《三都賦》的結尾，左思用堅決的態度、自信的立場和強硬的語氣，大聲警告那些留戀舊朝，不敢正視現實的人們說：

日不雙麗，世不兩帝。天經地緯，理有大歸。

左思以三都歸於一都，喻三國歸晉；以天上沒有兩個太陽、世上沒有兩個帝王，喻新晉朝的統一。那是對新朝氣象的贊美，對開國偉業的頌歌；一種願意在新朝幹一番事業的表態。從分裂到統一——這就是《三都賦》的主旨。

《三都賦》宣告前朝的結束，前朝文學的結束；宣告新的時代，新的文學——西晉詩學將要君臨天下了。

結束三國後的西晉，猶如群山歸順五嶽，江河注入大海；三

國人才雲集,八方俊傑來京,在太康時期湧現出一批傑出的詩人。

新朝、新政、新人、新的時代、新的創作心態以及紙在和平條件下大批量生產,寫作、抄寫、複製、收藏變得容易和普及,這一切決定了西晉詩學在創作題材和藝術表現方法上的開拓創新;表現了與前朝包括與建安詩學截然不同的新景象。

(一) 拉開西晉詩學序幕的張華

先是妙解音律的傅玄,用漢魏以來的樂府詩體表現更爲廣闊的內容。描寫社會問題和婦女問題,多有感人的佳篇。一些描寫愛情的小詩,宛轉清巧,既善比興想像,又富音樂節律;已經和音節激揚、筆法古直、語言剛勁的建安有所不同,包孕了一種新詩風;到巧用文字、務爲妍冶的張華出現,才確定了西晉詩歌的大方向,一點一點拉開西晉情采詩學的大幕。

張華是西晉著名政治家、文學家、詩人。作爲西晉初年詩壇的坐標①,張華主要有兩個貢獻:

一是通過學習、宣導王粲的"情辭",把魏響轉爲晉調;把建安以來的慷慨激昂,變爲西晉的清麗靡嫚;把"風雲氣",換成"兒女情"。張華魏末時作《鷦鷯賦》托物言志,得到阮籍的贊揚;入晉後,以《情詩》膾炙人口;《文心雕龍·時序》篇說:"茂先搖筆而散珠。"《樂府》篇說:"張華新篇,亦充庭萬。"《明詩》篇說:"茂先凝其清。"《才略》篇說:"張華短章,奕奕清暢。"張華以"情多"的詩歌創作,改變建安以來重"氣"和重"風骨"的詩歌潮流。所以鍾嶸說他:"雖名高曩代,而疏亮之士,猶恨其兒女情多,風雲氣少。"

---

① 參見日本學者林田慎之助《中國中世文學評論史》第三章第三節,曹旭譯,待出版。

二是張華位居高官,名重一時,在政治和文學上都是極具影響力的人物;他愛惜人才,獎掖後進,提攜新銳;當時俊彥如陸機、陸雲、左思、陳壽、束皙、摯虞等人,均出其門下。

亡國的西蜀詩人和東吳詩人,剛到洛陽,無疑是失落而寂寞的。張華瞭解他們,鼓勵他們,贊美他們,邀請去他家作客。一時間,張華家的客廳,成了三國歸晉以後重要的文化沙龍和文學集散地。這些情況,在《晉書》、《南史》、《世說新語》裏多有記載。在張華的努力下,至太康,西晉詩壇,突然湧現出一大批著名的詩人、作家,如鍾嶸《詩品序》說:

> 太康中,三張、二陸、兩潘、一左,勃爾復興,踵武前王,風流未沫,亦文章之中興也。

(二)"三張、二陸、兩潘、一左":人才實盛

"三張"指張載、張協、張亢兄弟;"二陸"指陸機、陸雲兄弟;"兩潘"指潘岳、潘尼叔侄;"一左"指左思。而"三張、二陸、兩潘、一左"中,又以陸機、潘岳、張協、左思,構成西晉詩學重要的四輪。

張協主要承傳王粲的詩風,語言清麗,具有凄怨的悲情美。其代表作品《雜詩》,氣骨強於潘岳,詞采綺麗於左思;在工於狀物抒情、善於模擬刻畫、洗練傳神、形象逼真方面,甚至是謝靈運的老師①。弟張亢成就較小,可以略而不提。兄張載字孟陽,太康初,至蜀省父,道經劍閣,因著《劍閣銘》。謂國之存亡,在德不在險,被譽爲"文章典則",晉武帝曾派人鐫之于石。詩遜弟

---

① 參見《詩品》"謝靈運條"評謝靈運:"其源出於陳思,雜有景陽之體。故尚巧似,而逸蕩過之。"

張協，而文爲勁出。陳祚明《采菽堂古詩選》卷一二說："景陽詩寫景生動，而語蒼蔚，自魏以來，未有是也。"《何義門讀書記》說："詩家煉字琢句始于景陽，而極于鮑明遠。"又說："胸次之高，言語之妙，景陽與元亮之在兩晉，蓋猶長庚、啓明之麗天矣。"張協開啓了晉人的精緻，爲後世清綺一派之先導。

潘岳美姿儀，詩文與陸機齊名，並稱"潘、陸"，是當時的詩壇領袖。潘岳詩歌的好處是文詞如飛鳥一般毛羽輕捷，水一般清綺，絹綢一般飄舉，翩翩奕奕；善以淡筆寫深情，尤善爲哀誄之文，以《悼亡詩》主題類型在文學史上產生重要影響。鍾嶸《詩品》以爲，作爲陸機的副手，潘岳是和陸機一起組成上接魏、下通宋的西晉詩軸的中心詩人。侄兒潘尼，少有清才，與叔父潘岳俱以文章見知，並稱爲"兩潘"。

陸機的文學，在當時就產生很大影響，張華歎其"大才"；東晉葛洪《抱朴子》說："（陸）機文猶玄圃之積玉，無非夜光焉；五河之吐流，泉源如一焉。其弘麗妍贍，英銳漂逸，亦一代之絕乎！"鍾嶸說他是"才高辭贍，舉體華美"、"咀嚼英華，厭飫膏澤"的"太康之英"。以爲他源出曹植，是建安接通元嘉，曹植連接謝靈運的樞紐；是西晉詩壇上最具代表性的詩人。爲《晉書·陸機傳》寫評語的唐太宗甚至譽爲"百代文宗，一人而已"。

其弟陸雲，文章清省自然，旨意深雅。詩文不及陸機，而持論過之。沈德潛《古詩源》卷七則曰："清河五言甚朗練，摘采鮮淨，與士衡亦復伯仲。"

在當時，左思是一個獨特的存在。左思的詩風與潘岳、陸機、陸雲等人截然不同。與大多數詩人繼承曹植、王粲相比，左思源出於貞骨凌霜的劉楨，語言勁直，筆力充沛，骨氣端翔。這使他的詩風在當時迥異于時流。這就是劉勰《文心雕龍·才略》篇說的："左思奇才，業深覃思。盡銳於《三都》，拔萃于《詠史》，無遺力矣。"左思《詠史》詩八首,大都錯綜史實,融會古今,一氣貫注,非一時所作,名爲詠史,實爲詠懷,成爲中國詩歌史上之典型。其"振衣千仞岡,濯足萬里流"、"非必絲與竹,山水有清音",爲左思詩歌品格,亦爲六朝詩歌最高貴之品格。

"三張、二陸、兩潘、一左"以外,西晉詩壇上還有七八十位詩人,僅鍾嶸《詩品》品及的,中品就有晉馮翊太守孫楚、晉著作郎王贊、晉司徒掾張翰、晉侍中石崇、晉襄城太守曹攄、晉朗陵公何劭、晉太尉劉琨、晉中郎盧諶、晉弘農太守郭璞、布衣詩人郭泰機等。下品詩人有:晉中書嵇含、晉河內太守阮侃、晉侍中嵇紹、晉黃門棗據、晉太僕傅咸、晉散騎常侍夏侯湛、晉驃騎王濟、晉征南將軍杜預等人。鍾嶸沒有品及的,應該還有相當數量的詩人。

《文心雕龍·時序》篇説:"晉雖不文,人才實盛。……前史以爲運涉季世,人未盡才,誠哉斯談,可爲歎息。"對晉的"人才實盛"這一點,幾乎是沒有争議的,鍾嶸的看法也和劉勰一致。但對晉的詩學成就,鍾嶸的看法就與這位前輩不盡相同。

鍾嶸對西晉詩人給予高度評價。《詩品》上品十二人("古詩"算一人),漢二人:李陵、班婕妤、("古詩"時代不確定);魏三人:曹植、劉楨、王粲;晉五人:阮籍、陸機、潘岳、張協、左思;劉宋一人:謝靈運。十二人中,西晉占了五人,將近上品的一半。中品三十九人,晉代(含東晉)十六人。由此可以看出,在鍾嶸的心目中,太康雖然比不上建安,但詩人輩出,出現"勃爾復興,踵武前王,風流未沫"的"文章之中興",是建安以來的詩歌的又一個高峰。

二、情采綺靡的世界:西晉詩學的特徵

西晉太康詩學不同于"三曹"、"七子"的"建安風骨",也不

同于嵇康、阮籍的"正始之音",它產生了一種新的質素,形成了詩歌史上特有的"太康體"——嚴羽《滄浪詩話》總結如是說。

太康詩風的內涵,結合沈約、劉勰、鍾嶸、嚴羽等人的說法,大概有以下幾個特徵:

(一) 詩學觀念變化導致詩歌的純粹化和精緻化

首先是社會的變化,社會由建安的激烈動盪轉向太康的和平安逸,使太康人的生活和詩歌的觀念發生了很大的變化。建安時期的詩歌是一匹作戰用的戰馬,至西晉太康和平的環境裏被"豢養"起來。雖然"馬"還是"馬","詩"還是"詩",但許多方面都改變了。原來每天要跑步、要馳騁沙場,面對硝煙的,現在不必了,現在有的是時間,有的是精飼料,有的是養尊處優。原來寫完以後許多無暇顧及的"推敲",現在可以慢慢來,色彩可以像繪畫一樣慢慢地調配,對偶可以像假牙一樣慢慢地鑲嵌,直到滿意為止。原來許多想不到、也不會產生的新事物、新感覺、新景象,又在尋找新的母體、新的意象和新的表達方式。詩學觀念的變化,推動了詩歌內涵的發展,這使西晉初年和太康時期的詩歌,從主題、形式和意義的層面上都朝新的方向轉型。

譬如,以前曹操開始的用漢樂府古題寫新事,有時屬於偶一為之;至西晉,則更加普遍,成為一種習慣,並已上升到一個新的層次。其中言志的成分減弱,抒情的成分更重。又如,漢樂府從敘事講唱的形式,至西晉,講唱的形式逐漸弱化,轉變為真正的抒情詩;原來授之口耳的聲歌,以及在建安軍旅中唱的"歌",到了西晉,轉型為視覺的"詩",落到了文人的案頭,這些都是質的飛躍。詩歌觀念發生變化,引起詩歌題目的變化、內容的變化、寫法的變化、意象的變化,使詩歌逐漸與原來伴隨它的歌唱形式徹底剝離,就五言詩的層面看,也與樂府詩越走越遠;西晉初年至太康的二三十年間，西晉太康詩人做的一項重要的工作，就是將漢魏渾厚的鎧甲從詩的表面卸下來，換成了西晉流行的絲織品便服；詩歌脱去業餘的粗糙，變成專業的純粹；一種比建安詩歌更"文人化"、更"純粹化"、更"精緻化"的詩歌產生了。這就是西晉"太康體"的總傾向——在失去了漢魏的古樸之後，收穫了晉人的情采和綺麗。

（二）情采綺靡、舉體華美、務爲妍冶的表現形式

太康詩歌有異於前代詩歌的鮮明特徵。沈約《宋書·謝靈運傳論》説："降及元康，潘、陸特秀，律異班、賈，體變曹、王。縟旨星稠，繁文綺合。"① 也就是劉勰《文心雕龍·明詩》篇説的"晉世群才，稍入輕綺，張、潘、左、陸，比肩詩衢，采縟於正始，力柔於建安；或析文以爲妙，或流靡以自妍：此其大略也"。

這就是説，太康時期，一是文章不同于班固、賈誼；二是詩歌體貌也異于曹植、王粲。詩歌詞采綺靡於正始，風骨比不上建安。他們以"妙"在"析文"而"自妍"；以"流靡"爲時尚而標榜。不遺餘力地展示着自己的才華，顯示自己的個性。如《詩品》評晉張協："文體華净，少病累。又巧構形似之言……風流調達，實曠代之高才。詞采葱蒨，音韻鏗鏘。"（《詩品·晉黃門郎張協》條）評潘岳："《翰林》（按指李充《翰林論》）歎其翩翩奕奕，如翔禽之有羽毛，衣被之有綃縠……謝混云：'潘詩爛若舒錦，無處不佳。'"（《詩品·晉黃門郎潘岳》條）評陸機："才高辭贍，舉體華美……咀嚼英華，厭飫膏澤。"（《詩品·晉平原相陸機》條）評張華"巧用文字，務爲妍冶"。其中，"尚巧似"、"巧用文字"、"巧

---

① 參見曹旭、楊遠義《鍾嶸與沈約：齊梁詩學理論的碰撞與展開》，《上海師範大學學報》2009 年第 6 期。

構形似之言",是張華、張協、陸機、潘岳等人的特點,也是西晉詩學的時代特點。

"巧用文字"、"務爲妍冶",對五言詩像對俊俏的媳婦一樣從頭到腳進行妝點、打扮、塗脂抹粉,頭上插滿山花。那是,詞彩紛披、宮商靡曼;詩歌的辭藻更華密、更繁茂了;詩歌的句式更駢偶、更整飭了;詩歌的描寫手法更立體、更多樣化了;聲律更繁縟、更講究了;在理念上,詩歌必須言情,必須綺靡,被強調到前所未有,至關重要的地位。

(三)緣情綺靡理論與創作的互動

假如説,《毛詩大序》是漢人闡釋《詩經》和詩學理論的代表;曹丕的《典論·論文》是建安時期文論的代表,那麼,陸機的《文賦》,則是西晉太康詩歌理論的代表。

陸機《文賦》詳細地區分了文體,把曹丕的"詩賦欲麗",發展成"詩緣情而綺靡,賦體物而瀏亮"。曹丕把詩、賦合在一起説,陸機則是分開來説,分別加以論述。陸機區分了詩、賦的本質,説詩是"緣情"的,賦是"體物"的,因爲"緣情",所以必得"綺靡";因爲"體物",所以必得"瀏亮"。其中透露出的創新意識,是晉人的共同特點。

從《尚書·堯典》提出"詩言志",至陸機《文賦》提出"詩緣情而綺靡"。其間經過歷代詩人的創作,也經過歷代理論家的琢磨。儘管從意義上説,"言志"和"緣情"並不互相對立;因爲"志"是"情志",本身包含了"情"的成分;"詩言志",也不只是爲政教服務,也有自我抒情的成分。但是,陸機提出的"緣情"説,仍然是到了西晉太康才會有的對詩歌與情關係更深刻的認識。和偏於表達思想的"言志"來説,"緣情"更多地是詩歌"文人化"、"純粹化"和"精緻化"的產物,更多地帶有感性的色彩,也是太康的色彩。因爲理論是創作實踐的總結和升華，反過來又指導創作。

看一個時代的文學理論，便可窺知這一時代文學創作的風貌和傾向。陸機的"詩緣情而綺靡"的新理論，正是太康詩人包括他自己創作經驗、體會的深化和總結，同時又與創作互動，指導和影響了太康詩風。

三、新晉朝・新詩人・新載體：西晉詩學產生的原因

（一）統一發展的話題：三國歸晉與西晉詩學

從某種意義上說，建安文學，是分裂中渴望統一，戰爭中渴望和平，破壞中渴望建設的文學；是人的自主精神被最大限度地激發出來，渴望建功立業，改造社會，重獲和平、幸福生活的文學。而西晉的文學卻是"復興的文學"、"統一的文學"、"和平的文學"。

文學總與政治、經濟、生產力乃至文化政策糾纏在一起。開國之初，西晉中央推行政治制度改革，把漢代繁瑣的"三公九卿制"，改爲辦事效率更高、分工負責更爲明確的"三省制"。這就大大地釋放了生產力，這次政治制度的改革，不僅造就了太康盛世的和平繁榮，也成了隋唐"三省六部制"政治體制的基礎。在民生方面，司馬炎省徭役，倡孝治，採取了種種舉措發展經濟，社會生產力很快得到恢復，繁榮的經濟，使生活富足、安逸，個別人甚至達到了《晉書・食貨志》上所說的"世屬升平，物流倉府，宮闈增飾，服玩相輝。於是王君夫（愷）、武子（濟）、石崇等更相誇尚，輿服鼎俎之盛，連衡帝室，布金埒之泉，粉珊瑚之

樹"的地步。

在政治改革、發展經濟的同時，西晉新朝還重視文化建設，除了沿用以前州縣薦舉的方法，改革曹魏原來有活力的體制，還不遺餘力地獎掖、拔擢、表薦人才。爲人才的產生和發展，創造了良好的人文環境。譬如，滅蜀平吳之後，多次向吳、蜀徵召人才，徵求吳、蜀的卓異之士，有時甚至用了強制的手段。由此有了李密的《陳情表》、陸機的《赴洛道中作》和陸雲的《歲暮賦》等詩賦，從一個側面表明了新晉朝心態的寬大，對文士的恩寵，對人才的渴望，這些都是西晉詩風形成的條件和原因。

（二）南北士風、文風的碰撞與交融

西晉詩學得以個性地展開，除了人才的薈萃集中，還在於南北融合的變化；三國詩學、南北詩學的會通。結束南北分裂狀態以後，四海一統、八方雲集，蜀川和東吳的人才紛紛來到洛陽，陸機、陸雲兄弟和左思等人是其中的代表。中原、蜀漢、東吳文化互相交流、交融，由此創造出一種新的詩學質素和新的詩學品格。

南北文化的交流、交融，必然帶來拒斥和碰撞，這些都是正常的。《世說新語》和《晉書》津津樂道地記載了這方面的故事。《世說新語·簡傲》篇載：

> 陸初入洛，咨張公所宜詣，劉道真是其一。陸既往，劉尚在哀制中。性嗜酒，禮畢，初無他言，唯問："吳有長柄壺盧，卿得種來不？"兄弟殊失望，乃悔往。

《晉書·陸機傳》説：

> 嘗詣侍中王濟,濟指羊酪謂機曰:"卿吳中何以敵此?"答曰:"千里蓴羹,未下鹽豉。"時人以爲名對。

素以"亡國之餘"視南人的王濟,既是皇親國戚,聲名又著,瞧不起陸機,"羊酪"云云,並非比較南北風物,而是意在輕辱。最激烈的一次是與盧志發生的衝突。《世說新語·方正》篇記載:

> 盧志於衆坐,問陸士衡:"陸遜、陸抗,是君何物?"答曰:"如君於盧毓、盧廷。"

盧志也許是無心的,但敏感的陸機自尊心受不了,於是針鋒相對,大家都不客氣,對對方的祖先都直呼其名,場面一時很尷尬。事後陸雲對陸機說:"可能因爲相隔太遠,他不知道,何必弄成那樣?"陸機說:"我父祖名播四海,寧不知邪!"

即便有激烈的碰撞和拒斥,但交流、交融仍然是西晉文化的主流。《晉書·陸機傳》中說:"太康末,(陸機)與弟雲俱入洛,造太常張華。華素重其名,如舊相識,曰:'伐吳之役,利獲二俊。'"劉義慶《世說新語·文學》篇,劉孝標注引《文章傳》:"(陸機)善屬文,司空張華見其文章,篇篇稱善,猶譏其作文大冶,謂曰:'人之作文,患於不才,至子爲文,乃患太多也。'"權傾一時的賈謐,也非常欣賞陸機;陸機從吳國來到洛陽,就是賈謐多次催促的結果;後來陸機委屈地"拜路塵"跟隨賈謐,其實是有原因的。

張華欣賞陸機,也批評陸機,說他"才"太多,使詩歌蕪雜;同時指導陸機創作,文章要"清省",詩歌要重"情"。此外,根據王隱、臧榮緒和房玄齡的《晉書》記載,左思寫作《三都賦》成功,除了廁所間也放着紙筆,同時也請教從西川來的張載和從吴國來的陸機,西川和吴地的風土人情,無疑是《三都賦》的組成部分;可知左思《三都賦》的成功,實有川蜀文化和東吴文化人士的參與,是一個南北文化交流以後出現的篇章。

(三) 西晉太康詩學:源出建安,又揚棄建安

太康詩歌情采綺靡、舉體華美的風格特徵,是在源出建安、又揚棄建安以後産生的。

説源出建安,鍾嶸《詩品》已經把溯流别的路綫圖畫得很明確。在鍾嶸看來,西晉詩人衆多、才力富贍、創造力旺盛,潘岳如江,陸機如海,進入上品的人數也最多。但是,西晉詩人並不是無源之水、無本之木,而是自有源流的。

除了阮籍出於《小雅》以外①,其他四位上品詩人都源出建安。如"晉平原相陸機詩","其源出於陳思";"晉黄門郎潘岳詩","其源出於仲宣";"晉黄門郎張協詩","其源出於王粲";"晉記室左思詩","其源出於公幹"。

不僅上品詩人,中品詩人也如此。在中品詩人中,大多數詩人没有"源出",重要的有"源出"的中品詩人,也都源出建安。如"晉中散嵇康詩","其源出於魏文";"晉司空張華詩","其源出於王粲";"晉太尉劉琨詩","其源出於王粲";跨兩晉的"晉弘農太守郭璞詩","憲章潘岳"②;如果算上東晉,"宋徵士陶潛詩","其源出於應璩,又協左思風力"。很明顯,西晉詩學的大觀,是從建安之源來的,而且是連在一起的。如前所言,專門論

---

① 阮籍其實是"魏人",因爲西晉朝廷于撰寫"晉史"時,已有當起於何時的論辯,有人即主張始于魏正始年間,還有人主張將魏嘉平以來朝臣全都列入,見《晉書·賈謐傳》、《初學記》卷二一引陸機《晉書限斷議》等。

② 參見朱立新《論先唐文學的遊仙主題》,《上海師範大學學報》2010年第4期。

五言詩的鍾嶸,把建安看成《風》、《騷》以來的第一個高峰,把西晉太康看成是源出於建安的第二個詩學高峰。建安詩學撒下天羅地網,整個太康詩人無可逃遁。太康時代的"情采"、"綺麗",都不是天外來客,而是曹植詩歌詞采華茂的延伸和發展。太康詩人追求辭藻、句式、對偶、佳句、某個動詞的特別效果,在很大程度上是對曹植、王粲詩歌合理的繼承。鍾嶸説陸機源出曹植,張華、潘岳、張協、劉琨源出王粲,左思源出劉楨,正是從這些意義上説的。

　　説揚棄建安,太康詩人深知自己的任務,在建安"尚氣"、"言志"的"風骨"以後,要開闢新的"重采"、"尚情"的新格局。建安的色彩,是血與火的噴湧;是時代在剖腹產;鳳凰在大火中涅槃;西晉的色彩,則是粉紅、嫩綠、和平發展的主題;是園中"木欣欣以向榮,泉涓涓以細流"的景象。政局穩定了,生產力恢復了,老百姓有飯吃,天下太平,即可刀槍入庫,馬放南山;戰爭用的號角、刀矛,一旦換成絲竹、管弦。生活變了,詩歌風格不得不變。不僅詩歌風格會改變,甚至連走路的姿勢、談話的表情也變了。

　　所以,揚棄建安風骨,那是不得不揚棄;緣情綺靡,那是不得不綺靡。因爲其時,風骨似乎成了不急之務;而詩歌的語言、對偶、聲韻、節奏,仍不能滿足詩歌日益發展的需要,跟不上社會生活的腳步;形式美尚如雉雞,需要太康詩人集體努力地撲上去抓捕。

(四)技術的原因:紙較大規模地生產對詩學的影響

　　紙在很久以前就已經產生了,產生的原因,許多中國科技史的專家都做過研究,大體上是因爲製麻、搗絲,把繭搗爛抽絲以後,留在簾席或其他工具上有一層薄薄的纖維體,把薄薄的纖維體晾乾剝下，就是紙了。因此，從某種意義上說，紙是製帛過程中的衍生品。雖然西元前就有紙被發明的證據①。至東漢的蔡倫，作爲負責皇室御用器物和宮廷御用手工作坊的主管，他總結西漢以來造紙經驗，在前人的基礎上，改進方法，在原材料和工藝上不斷創新、開拓，利用樹皮、碎布（麻布）、麻頭、魚網等原料精製出優質紙張，終於製作出"蔡倫紙"。這就是《後漢書·蔡倫傳》上記載的"自古書契多編以竹簡，其用縑帛者謂之爲紙。縑貴而簡重，並不便於人。倫乃造意用樹膚、麻頭及敝布、魚網以爲紙。元興元年，奏上之。帝善其能，自是莫不從用焉，故天下咸稱'蔡侯紙'"。造紙術因此得到推廣。此後，造紙原料不斷擴展，造紙工藝不斷改進，造紙成本下降，便於攜帶，紙從被用於內廷所藏經傳的校訂和抄寫，逐步普及到全社會，並最終取代竹簡和木牘。到了西晉，在公文、書籍、繪畫、書法等方面，形成了紙的大批量生產和使用的高潮。

由於紙的發明，特別是使用的普及，社會文化便大大向前跨進一步。人們用紙來記錄文字，表達思想。載體的變化，新的媒介，大大方便了人們的讀寫，提高了人與人之間交流的深度和廣度，也促進了文學藝術的發展。

在建安時代，社會需要紙張，更需要刀矛、劍戟；而西晉統一、安定、和平的社會環境，是紙張和技術革命的保障；另一方面，三國歸晉所引起的詩學革命和藝術革命，其中紙的發明和有了相當的生產規模又起到決定性的作用。

一般認爲，筆意婉轉，風格平淡質樸，其字體爲草、隸書的《平復帖》，就是陸機用筆寫在麻紙之上的。陸雲《與兄平原

---

① 見錢存訓《紙的起源新證：試論戰國秦簡中的紙》，《文獻》2002年第1期。

書》說：

> 景猷有蔡氏文四十餘卷，小者六七紙，大者數十紙，文章亦足爲然。

景猷是荀崧，字景猷，西晉人，與陸機、顧榮等人友善。陸雲所見荀崧藏有的"四十餘卷"蔡氏文，就是寫在紙上的。陸雲自己寫信，也說："書不工，紙又惡，恨不精。"

《晉書·左思傳》記載左思寫《三都賦》：

> 門庭藩溷皆著筆紙，遇得一句，即便疏之。
> （賦成之後）豪貴之家競相傳寫，洛陽爲之紙貴。

都是西晉用紙的例子，可見當時紙在社會上運用之普遍。

　　觀念有時決定工具，工具反過來也可以改變觀念。紙的廉價、易得，大量使用，使寫詩變得更加方便和容易；同時流傳、保存更方便，這些都促進了詩學觀念的變化。可知，紙愈普及，詩歌愈普及，原來受制於載體的詩歌形式發生改變，詩可以寫得更多、更長；原來受制於材料的篇幅放開了，更多的詞采、更多的描寫、更多的感情、更多排比的形式，有了足夠展現的平臺。於是，詞藻鋪展開來了，結構對稱起來了，對偶有了排得滿滿的空間，感情也有了含蓄表達的餘地；在紙的鼓勵和誘惑下，詩人大批湧現，這是"人才實盛"的基礎。所有的才華，開始馳騁起來、舞蹈起來、飛翔起來，這就是晉詩了。

　　可以斷言，技術的原因：紙的生產有一定規模，詩歌寫作、流傳變得更容易，對西晉太康時期的詩學觀念的改變、創作的興盛、理論的發展，起了至關重要的作用。

四、決定中國詩學華美綺麗的新方向：西晉詩學的意義

從西元四二〇年，宋武帝劉裕代晉起，到西元八世紀上半葉的唐開元、天寶年間，差不多經歷南朝的宋、齊、梁、陳和初唐，大約三百年間，中國詩學基本上走的是西晉張華、陸機、潘岳、張協等人開闢的緣情綺靡、華美亮麗的道路。

（一）左太沖詩，潘安仁詩，古今難比：宋元嘉三大家與西晉詩學

繼漢末建安、西晉太康以後，中國詩學發展到劉宋的元嘉，又形成一個高峰。元嘉三大家是謝靈運、顏延之和鮑照。他們繼承的，雖然也有建安的慷慨和精神，但主要是西晉情采、綺靡和巧似，走的是被"八王之亂"打亂了的西晉太康詩學沒有走完的道路。

這一論斷是有根據的。元嘉三大家是：謝靈運、顏延之、鮑照。我們先看謝靈運，鍾嶸《詩品》說他："其源出於陳思，雜有景陽之體。故尚巧似，而逸蕩過之。"

源流雖然出於建安的曹植，那是鍾嶸建立《詩經》——曹植——陸機——謝靈運詩歌軸心的需要。但仍然認爲，謝靈運參酌了西晉張協詩歌的體貌。如評謝靈運"名章迥句，處處間起；麗曲新聲，絡繹奔發。譬猶青松之拔灌木，白玉之映塵沙，未足貶其高潔也"，都與評張協的"文巧構形似之言。雄于潘岳，靡於太沖。風流調達，實曠代之高才。詞彩蔥蒨，音韻鏗鏘，使人味之，亹亹不倦"（《詩品·張協》條）意頗近之。其中"故尚巧似，而逸蕩過之"，是針對張協說的，應該是謝靈運與張協的關係，而不是與曹植的關係，這一點此前我們沒有注意。

鍾嶸以爲，謝靈運在馳騁詩歌想像的"逸蕩"方面，超過張協，其實説的是，元嘉詩歌在情采、詞藻、想像力方面，更是超越了西晉的太康。

　　再看顏延之，《詩品》"顏延之"條説："其源出於陸機。故尚巧似。體裁綺密。""湯惠休曰：'謝詩如芙蓉出水，顏詩如錯彩鏤金。'"都證明了"太康之英"陸機對顏延之的影響。在狀物描摹的寫作方法上，顏延之崇尚"巧似"、"體裁綺密"、"然情喻淵深"，正是陸機"才高辭贍，舉體華美"、"咀嚼英華，厭飫膏澤"的遺傳。《何義門讀書記》卷四六曰：陸機《答賈長淵》"鋪陳整贍，實開顏光禄之先"。

　　鮑照也一樣，《詩品》"鮑照"條説鮑照："其源出於二張（張協、張華）。善制形狀寫物之詞。得景陽之諔詭，含茂先之靡嫚"，"貴尚巧似，不避危仄。"説的是，鮑照也源出西晉的張華和張協。其中還分析了倜儻、諔詭、奇異、傾炫心魂的東西來自張協，華靡柔曼的部分則來自張華。所以善摹物狀，善寫物情。故知張協之"巧構形似之言"、張華之"巧用文字"，即鮑照之"善制形狀寫物之詞"。在骨力方面，鮑照有點像西晉的左思；自己也在宋孝武帝劉駿面前，與左思兄妹比較過："臣妹才自亞于左芬，臣才不及太沖爾。"（《詩品》"鮑令暉"條）但總體傾向，仍然是發展了諔詭、奇異、傾炫心魂和善摹物狀，善寫物情的主流。其中"總四家而擅美"的四家，指張協、張華、謝混、顏延之；兩代，指張協、張華、謝混所屬晉代和顏延之所屬宋代，説的是鮑照對西晉詩學的繼承和對宋初詩歌的超越。

　　三大家以外，劉宋時期其他詩人，如由晉入宋的陶淵明。《詩品》説他"其源出於應璩，又協左思風力"，這是晉詩人左思以自己詩歌的風力、情辭和隱居的方式，影響了陶淵明。以前大家的着眼點都在左思風力影響陶淵明詩風上，也很少注意到左思最後的隱居結局對陶淵明的影響。

此外，宋豫章太守謝瞻、宋僕射謝混、宋太尉袁淑、宋徵君王微、宋征虜將軍王僧達五人詩，都受西晉詩人張華的影響。《詩品》五詩人條説他們："其源出於張華。才力苦弱，故務其清淺。殊得風流媚趣。"很明確地告訴我們，劉宋時期謝瞻、謝混、袁淑、王微、王僧達等人詩歌裏的"清淺"和"風流媚趣"，都是西晉太康時期張華的嫡傳。

除了學習繼承，劉宋時期的詩人還發自内心地覺得西晉太康的詩歌是一個不可逾越的高峰，不遺餘力地加以贊美，代表詩人謝靈運經常説："左太沖詩，潘安仁詩，古今難比。"這個"古今"，甚至包含鍾嶸以爲他源出的曹植。

《詩品》是一張覆蓋漢、魏以來晉、宋、齊、梁詩人的網絡圖，劉宋時期的詩人，除了下品未著淵源的外，上品一人謝靈運"其源出於陳思"；中品評劉宋十二位詩人，除謝惠連一人未著源出外，有八位詩人都源出西晉太康詩人；餘下宋謝世基、宋參軍顧邁、宋參軍戴凱三人，雖然也未著源出，但鍾嶸説他們"文雖不多，氣調警拔。吾許其進，則鮑照、江淹，未足逮止"。《詩品》所録劉宋詩人，百分之九十以上源出太康，説明劉宋時期的詩歌，基本上走的是西晉太康的道路。

(二) 齊梁詩人站在西晉詩學的延長綫上

西晉詩學對劉宋詩學的影響是決定性的，而齊梁詩學的方向，更是延續西晉太康和宋元嘉風格。而"永明體"和宮體詩在詩歌美學上，同樣是對西晉太康以來的形式美學的繼承[①]。

[①] 參考曹旭、文志華《宮體詩與蕭綱的文學放蕩論》，《上海師範大學學報》2010年第4期。

如《詩品》說齊吏部謝朓詩："微傷細密，頗在不倫：一章之中，自有玉石。然奇章秀句，往往警遒。"謝朓源出謝混，謝混又出於張華，所以謝朓也有"細密"的特點。齊黃門謝超宗、齊潯陽太守丘靈鞠、齊給事中郎劉祥、齊司徒長史檀超、齊正員郎鍾憲、齊諸暨令顏測、齊秀才顧則心七詩人，《詩品》說："檀、謝七君，並祖襲顏延。欣欣不倦，得士大夫之雅致乎？"追溯這些詩人的風格特徵，最後都會通過顏延之而找到陸機的"文章淵泉"。

蕭子顯《南齊書·文學傳論》說：

> 今之文章，作者雖衆，總而爲論，略有三體：一則啓心閒繹，托辭華曠，雖存巧綺，終致迂回，宜登公宴，本非準的。而疏慢闡緩，膏肓之病，典正可采，酷不入情。此體之源，出自靈運而成也。次則緝事比類，非對不發，博物可嘉，職成拘制。或全借古語，用申今情，崎嶇牽引，直爲偶說。唯睹事例，頓失清采。此則傅咸五經，應璩指事，雖不全似，可以類從。次則發唱驚挺，操調險急，雕藻淫豔，傾炫心魂。亦猶五色之有紅紫，八音之有鄭、衛，斯鮑照之遺烈也。

這段話，是蕭子顯站在齊梁史學家和詩學批評家的立場上，對當代詩學的流派所作的評價。是否正確，是否客觀，暫且按下不表。僅從此評價中可以知道，齊梁的詩歌，仍然是劉宋時期詩歌風格的延續，走的仍然是西晉太康重情慕采、"尚巧似"和緣情綺靡的道路。

《南史·齊高帝諸子傳》載：

> （武陵王曄）學謝靈運體，以呈高帝。帝極曰："見汝二十字，諸兒作中，最爲優者。但康樂放蕩，作詩不辨有首尾，

安仁、士衡深可宗尚，顏延之抑其次也。"

蕭道成推崇潘岳、陸機而貶抑大謝，固然有其局限，但其論謝詩"不辨有首尾"，卻頗有見地。靈運如此，後人學其作者，文才又遜，造成"闡緩疏慢"典正無情之作，誠有以也。這一記載，也說明太康詩學在齊梁的地位。

梁沈約是鍾嶸《詩品》裏品評的最後一位詩人，《詩品》説他："觀休文衆制，五言最優。詳其文體，察其餘論，固知憲章鮑明遠也。所以不閑于經綸，而長於清怨。"《詩品》評"梁光禄江淹詩"，沒有明言源出，只説："文通詩體總雜，善於摹擬。"但"淹罷宣城郡，遂宿冶亭，夢一美丈夫，自稱郭璞，謂淹曰：'吾有筆在卿處多年矣，可以見還。'淹探懷中，得一五色筆以授之。爾後爲詩，不復成語，故世傳江淹才盡"。《南史·江淹傳》説："淹少以文章顯，晚節才思微退，云爲宣城太守時罷歸，始泊禪靈寺渚，夜夢一人，自稱張景陽，謂曰：'前以一匹錦相寄，今可見還。'淹探懷中得數尺與之。此人大恚曰：'那得割截都盡！'顧見丘遲，謂曰：'餘此數尺，既無所用，以遺君。'自爾淹文章躓矣。"按照《詩品》的記載，則江淹受晉詩人郭璞的影響，而按照《南史》的説法，則影響江淹的是張協；張協除了影響江淹，還影響了齊梁詩人丘遲。

太康後的元嘉、永明、天監三個時期，是南朝文學創作最鼎盛的時期。這些時期的詩歌風格，雖然各有特色。但總體上說，是繼承西晉詩學而來的。劉宋以後，乃至齊、梁、陳的詩學，都放棄了建安而走太康的道路，是走在西晉詩學的延長綫上的。

（三）言氣骨則建安爲儔，論宫商則太康不逮：盛唐與西晉詩學

唐殷璠《河嶽英靈集》選録唐開元二年至天寶十二載（714—

753）期間常建、李白、王維、高適、岑參、孟浩然、王昌齡等二十四人詩二百三十四首（今本實存二百二十八首）。他談選詩的標準說：

> 璠今所集，頗異諸家：既閑新聲，復曉古體。文質半取，風騷兩挾。言氣骨則建安爲儔，論宮商則太康不逮。

"新聲"和"文"指律詩，"古體"和"質"指古詩。說律詩、古詩、不同風格詩歌兼而取之。其本質表明了盛唐詩的基本特點：即論氣骨、精神，與文采、情辭具備，集大成地融合在一起。殷璠的意思是，論氣骨、精神，建安詩也比不上盛唐；論聲律和文采、情辭，盛唐詩更是超過西晉的太康。

西晉詩學當然不會與盛唐爭鋒，但是，它是前輩。這裏要注意的是，殷璠論盛唐詩的特徵時，以"建安"和西晉的"太康"並舉，表面上是說明他選詩的"兩大標準"，其實也透露出盛唐詩歌的"兩大來源"——建安的風骨和西晉太康以來的宮商聲律與文采情辭。

殷璠《河岳英靈集序》說："開元十五年（727）以後，聲律風骨始備矣。"此一是說明，盛唐詩歌是從開元十五年（727）開始成熟的。因爲在這一時期，李白、王維、高適、岑參、李頎、王昌齡、崔顥等人已經崛起，主持詩壇，唐詩出現嶄新的氣象；二是，這裏的"聲律"，和前面說的"宮商"乃是互文。指詩歌宮商聲律、文采情辭、對偶、亮字等形式美學的東西；其來源，仍然是西晉的太康。

"宮商"所代表的詩歌形式美學，則可以說是由太康以後至盛唐三百多年來詩人共同努力的結果。至此，"建安"和"太康"被唐人糅合在一起，並讓它們找到了各自的意義。證明了，在唐人眼裏"太康"與"建安"並列，以及它們對形成唐詩美學的不同貢獻。比起明清選詩家和評論家來説，作爲唐人的殷璠，對唐詩與建安、太康關係的論述，應該更有經典意義。

直到初唐的陳子昂在《與東方左史虬修竹篇序》中大聲疾呼，説"文章道弊五百年矣。漢、魏風骨，晉、宋莫傳"，建安話題才重新被人注意。由西晉奠定的"情采綺靡"的道路，才朝"建安風骨"的方向作了一些調整。

再强調一回："建安"和"太康"，"文"和"質"、"風骨"和"丹彩"，"風雲氣"和"兒女情"，建安風清骨峻的路，太康情采綺靡的路，衆詩人都没有走錯，也没有白走；在合起來大方向的前面，一輪盛唐詩歌帝國的紅太陽正冉冉升起。

(本文原載于《文學評論》2011年第5期，
署名：曹旭、王澧華)

張華《情詩》的意義

西晉統一以後，三國文化和詩學在新朝融成新品格。寫作《情詩》的張華，學習"古詩"、王粲、曹植而新變。以"先情後辭"的文學本質論和"尚澤悦"、"務爲妍冶"的詩學觀念，使漢魏質實、剛健、多"風雲氣"的詩歌，向西晉"悦澤"、"綺靡"、重視文采和兒女"情多"的方向轉變；把"漢風"、"魏制"，一步步變成"晉調"。代表了西晉與建安詩學的分野，成了三國歸晉以後詩歌風氣轉變的標誌。

本文從文學作品的本位出發，通過對張華《情詩》的文本細讀和比較研究，論述張華《情詩》的體式淵源、歷史品評和審美價值；揭示張華作爲我國詩歌由"詩言志"向"詩緣情"轉變的重要的中介人，及其在中國詩學抒情傳統中界碑的意義。

《情詩》和《雜詩》，是張華詩歌的代表作，也是西晉初年詩歌新變的經典，代表了西晉"重情辭"、"精細化"、"私我化"的抒情風格；成了後代詩歌體貌的源頭；而體現在《情詩》中"先情後辭"、"尚澤悦"的創作理念，不僅影響了陸機"緣情綺靡"的詩歌理論，也開啓了晉、宋、齊、梁、陳詩學的閥門，是很有意義的。

最早對張華詩歌風格做出品評的是江淹。江淹《雜體詩三十首》用摹擬的方法，對前人的詩歌風格進行評價和確認，所擬西晉第一位詩人就是張華，標題是"張司空離情"，摹擬得惟妙惟肖①。此後,由於《文選》和《玉臺新詠》的選録②,《文心雕龍》和《詩品》的品評,張華《情詩》便成了中國文學史上的一個重要品牌,並被確認下來。但齊梁至今,張華是如何用他的《情詩》把"古詩"和漢、魏詩改變成晉詩的?他又何以成爲由"詩言志"向"詩緣情"過渡的界碑?《情詩》和《雜詩》中蘊藏的這些重要内涵,並没有完全被人解讀出來,因而有必要進一步作較全面深入的探討。

一、張華的《情詩》與《雜詩》

張華(232—300),字茂先,范陽方城(今河北固安縣)人。出身寒微,《晉書》本傳中説他"少孤貧",曾以牧羊爲生,早年曾作《鷦鷯賦》自寄,爲陳留阮籍所激賞。魏末,薦爲太常博士;晉武帝時,因力主伐吴有功,屢遷官至司空;八王之亂中被趙王司馬倫殺害。張華博學多能,知識面廣博,詩賦詞章、圖緯方技、歷史掌故,無不精通。作爲彌縫補缺,在亂世中支撐西晉政權大廈的張華,是太康時期的政治領袖。在晉初文壇,一説張華與張協、張載並稱"三張"③。在創作上,張華

---

① 江淹《張司空離情》詩云:"秋月映簾櫳,懸光入丹墀。佳人撫鳴琴,清夜守空帷。蘭徑少行跡,玉台生網絲。庭樹發紅彩,閨草含碧滋。延佇整綾綺,萬里贈所思。願垂湛露惠,信我皎日期。"

② 《文選》選《雜詩》一首、《情詩》二首;《玉臺新詠》選《情詩》五首,由此可見齊梁人對張華《情詩》、《雜詩》的重視。

③ "三張",一指西晉詩人張協、張載、張亢兄弟三人。《晉書·張載傳》:"亢字季陽,才藻不逮二昆,亦有屬綴。又解音樂技術。時人謂載、協、亢、陸機、雲曰二陸三張。"唐《晉書》材料來源之一是梁鍾嶸《詩品》。《詩品序》云:"太康中,三張、二陸、兩潘、一左,勃爾復興,踵武前王。"清咸豐時張錫瑜《鍾記室詩平》以爲,此"三張",當指張華、張協、張載,因《詩品》未品亢詩;又"中品·鮑照"條説鮑照:"其源出於二張"(張協、張華),故"二張"、"三張"中,均有張華在。可以參考。

以重"情"的詩學觀念，扶持、培養了一大批詩人和作家，形成了一個頗具特色的文學集團①。對左思，特別是對陸機、陸雲的影響，使他成了建安"詩言志"向西晉"詩緣情綺靡"的中介。

張華《情詩》一共五首。第一首開宗明義，交代人物、場景和"情"與"思"的緣由；第二首寫思婦月下的眷念；第三首寫思婦整夜失眠；第四首寫山川阻隔，路遠會難；第五首轉到"久滯淫"的遊子，摘蘭蕙而無從寄贈。五詩獨自成篇，而從環境描寫、情緒連貫、男女主人公身份、寫作人稱看，又是一個整體，可視為組詩，合成夫妻別離後"情思"的全過程。

此外，張華《雜詩》三首，風格內容與《情詩》大同小異，其實是《情詩》的姊妹篇，可視為《情詩》的擴展與補充。如第一首"繁霜降當夕，悲風中夜興"，是《情詩》第三首"佳人處遐遠，蘭室無容光"的擴展補充；第二首"白蘋齊素葉，朱草茂丹華"是《情詩》第五首"蘭蕙緣清渠，繁華蔭綠渚"的擴展補充；第三首"房櫳自來風，戶庭無行跡。蒹葭生床下，蛛蝥網四壁"是《情詩》第一首"昔柳生戶牖，庭內自成陰。翔鳥鳴翠偶，草蟲相和吟"感物懷人細節的擴展補充；此外如《感婚詩》"素顏發紅華，美目流清揚"，與《情詩》也很相近；至少在美學風格上是一致的。所以歷代評論家都把《情詩》和《雜詩》視為一體。本文論《情詩》，亦包含了對《雜詩》的評論，下同。

---

① 據《晉書》本傳記載，張華"性好人物，誘進不倦"。結合《晉書》"文苑"、"忠義"、"隱逸"諸傳和《世說新語》看，受張華提攜、獎掖、扶持、庇護過的後進新秀有左思、陸機、陸雲、褚陶、荀鳴鶴、束皙、陳壽、索靖、魯勝、范喬、張軌、成公綏、陶侃等人。

二、張華詩歌風格體制的淵源

假如"深從六藝溯流別"（章學誠語），追溯張華《情詩》風格體制來源的話，那是有跡可循的。

（一）鍾嶸《詩品》說："其源出於王粲。"

梁鍾嶸《詩品》最早指出張華："其源出於王粲。"但是，根據在哪裏？許多人弄不明白。宋濂《答章秀才論詩書》說："（張華詩）學仲宣。"其實是照鍾嶸《詩品》說一遍，自己並沒有根據；故許學夷《詩源辨體》卷四說："宋景濂謂安仁、茂先、景陽學仲宣，此論出於鍾嶸，不免以形似求之。"至如《四庫全書總目提要》詬病鍾嶸某人出於某人，"若一一親見者"，則不免拘泥。有人以爲，"王粲之詩以《七哀詩》最爲著稱，他善寫哀情，文辭清麗，張華詩風的確與其近似"①。

其實，張華"源出"王粲的資訊，有一條太康年間的材料可以參考；陸雲《與兄平原書》之十二說："仲宣（王粲）文，如兄言，實得張（華）公力。"即陸機曾對陸雲說，仲宣（王粲）的詩文，現在這麼流行，實在是張華宣導的結果；陸雲寫信回復陸機說，兄所言極是。

西晉詩壇所以重"情"尚"文"，張華極力推崇王粲的擅美和詞采是重要的原因。張華以自己政治、文化領袖的身份，學習王粲的風格，揄揚鼓吹，不遺餘力。所以機、雲兄弟私下議論此事，既可作張華"源出王粲"之旁證，也説明了張華《情詩》風格的來源。

對"建安七子"中王粲和劉楨的評價，雖如江淹《雜體詩三

---

① 蘇瑞隆：《鮑照詩文研究》，中華書局，2006年，第278頁。

十首序》所言"公幹（劉楨）、仲宣（王粲）之論，家有曲直"，不盡一致。但是，主流的看法，是王粲高於劉楨。

沈約《宋書·謝靈運傳論》説："子建（曹植）、仲宣（王粲）以氣質爲體，並標能擅美，獨映當時。"把王粲與曹植相提並論。劉勰《文心雕龍·才略》篇説："仲宣（王粲）溢才，捷而能密。文多兼善，辭少瑕累。摘其詩賦，則七子之冠冕乎！"沈約是齊梁時期的"文宗"，他的看法具有代表意義。他與劉勰"七子冠冕"的觀點，本質上是因爲西晉以後的宋、齊、梁詩學，走的都是王粲標能擅美的情辭道路，只有異調的鍾嶸對此表示不滿。

在《詩品》中，劉楨、王粲都是"偏美"的詩人，王粲偏美在"情辭"，劉楨偏美在"風骨"，鍾嶸把劉楨置於王粲之上。《詩品序》説："曹（植）、劉（楨）殆文章之聖，陸（機）、謝（靈運）爲體貳之才。"劉楨是"自陳思已下，楨稱獨步"（《詩品·魏文學劉楨詩》）。王粲是"在曹、劉間別構一體"（《詩品·魏侍中王粲詩》）。比起"情辭"美學來，鍾嶸對"風骨"美學更加重視。因此，鍾嶸對張華"兒女情多"的不滿，其實也涉及對王粲"情辭"的不滿；甚至還涉及對沈約的不滿①。事實和邏輯都可以證明，鍾嶸把張華的風格源流追溯到王粲是正確的。

（二）張華是曹植《情詩》與《雜詩》的傳人

除了王粲，我以爲，張華的詩歌源流其實還和曹植有關係。因爲情兼雅怨、體被文質的曹植被認爲是"骨氣奇高"和"詞采華茂"的代表，兼有劉楨和王粲詩歌的優點；張華也學到曹植詩歌"詞采華茂"的方面。

---

① 參見曹旭、楊遠義《鍾嶸與沈約：齊梁詩學理論的碰撞與展開》，《上海師範大學學報》2009年第6期。

在蕭統《文選》中，"雜詩"，與"補亡"、"述德"、"勸勵"、"獻詩"、"公宴"、"祖餞"、"詠史"、"遊仙"、"招隱"、"遊覽"、"詠懷"、"哀傷"、"贈答"、"行旅"、"軍戎"、"挽歌"並列在一起，作爲中國詩歌主題分類學中的一個大類。李善注"雜詩"説："雜者，不拘流例，遇物即言，故云雜也。""情詩"没有單獨的類，便歸爲"雜詩"。

同寫《情詩》和《雜詩》，並且都入選《文選》的，只有兩個詩人。一個是曹植，第二個是張華。這似乎有意無意地表明了，以"情詩"爲標題的寫作，開創者是曹植，繼承人是張華；"情"與"詩"爲標題的組合方式，正從建安的曹植向西晉的張華延伸；曹植《雜詩》其四的"南國有佳人"，很可能是張華《情詩》"北方有佳人"的摹本。曹植《雜詩》中的"織婦空閨"和"良人從軍"主題，無疑連成張華《情詩》主題的綫索。曹植《雜詩》其三寫："西北有織婦，綺縞何繽紛。明晨秉機杼，日昃不成文。太息終長夜，悲嘯入青雲。妾身守空閨，良人行從軍。自期三年歸，今已歷九春。飛鳥繞樹翔，噭噭鳴索群。願爲南流景，馳光見我君。"假如放在張華的《情詩》裏，一般人是分辨不出作者的；不僅曹植的"明晨秉機杼，日昃不成文"，到了張華那裏，變成"終晨撫管弦，日夕不成音"；曹植的"良人行從軍"、"妾身守空閨"，到了張華那裏，變成"君子尋時役，幽妾懷苦心"；連臨別時許諾回家的時間也是相同的，曹植是"自期三年歸，今已歷九春"，張華是"初爲三載别，於今久滯淫"。接下來都是寫景，一寫樹木，二寫飛鳥。曹植是"飛鳥繞樹翔，噭噭鳴索群"；張華擴展爲"昔柳生户牖，庭内自成陰。翔鳥鳴翠偶，草蟲相和吟"。

此外，《文選》未收，逯欽立《先秦漢魏晉南北朝詩》題爲曹植《雜詩七首》的第七首："攬衣出中閨，逍遥步兩楹。閒房何寂寞，緑草被階庭。空室自生風，百鳥翩南征。春思安可忘？憂戚與我並。佳人在遠道，妾身單且煢。歡會難再遇，芝蘭不重榮。人皆棄舊愛，君豈若平生。寄松爲女蘿，依水如浮萍。束身奉衿帶，朝夕不墮傾。倘終顧眄恩，永副我中情。"那就更像張華的《情詩》。不對，應該說張華的《情詩》，更像曹植的《雜詩》了。不僅語言像，詩歌美學和意境更像。

在思婦寂寞、良人懷歸的大主題下，抒發時光流逝和對佳人容貌難持久的珍惜，語短情長，含蓄委婉。儘管鍾嶸從他的詩學觀念出發，堅決反對庶出"楚辭"的張華[①]和嫡傳《國風》的曹植有什麼瓜葛，但曹植的《雜詩》和《情詩》，同樣是張華《雜詩》、《情詩》取法的主要對象，所有讀過《文選》的人，都會對此深信不疑。

（三）漢末失名氏"古詩"，是張華《情詩》的第三個源頭

張華《情詩》其實還有第三個來源，漢末失名氏的"古詩"，同樣也是張華《情詩》的源頭。若比較《情詩》與"古詩"的主題、用語和篇章結構，我們就會得出這樣的結論。

《情詩》第一首以佳人鳴琴起興："北方有佳人，端坐鼓鳴琴。終晨撫管弦，日夕不成音。憂來結不解，我思存所欽。"這與"古詩"《西北有高樓》中的"西北有高樓，上與浮雲齊"、"上有絃歌聲，音響一何悲！誰能爲此曲？無乃杞梁妻"非常類似。都寫佳人彈琴，音響悲苦；最後寄托情思的方式："古詩"是"願爲雙鳴鶴，奮翅起高飛"；《情詩》是"願托晨風翼，束帶侍衣衾"；一爲"鳴鶴"，一爲"晨風"，均以翔鳥爲喻，用鳥意象，在寫法上也是一致的。

[①] 按照鍾嶸《詩品》的説法，張華源出王粲，王粲源出李陵，李陵源出"楚辭"。張華即爲"楚辭"一系在西晉之傳人。《詩品》把所有詩人的淵源分爲"《國風》、《小雅》、楚辭"三系。"楚辭"一系詩人，乃是《國風》主流詩人之旁支。

第二首寫夜晚；清風明月是佳人的意象；第三首感歎長夜難眠，是獨處深閨的妻子思念遠行丈夫的內心獨白。其中"清風動帷簾，晨月照幽房"和"古詩"的"明月何皎皎，照我羅床幃"篇章結構相同，許多句子也相似。

張華《情詩》（第三首）   **"古詩"《明月何皎皎》**
清風動帷簾，晨月歎幽房。── 明月何皎皎，照我羅床幃。
佳人處遐遠，蘭室無容光。 ── 憂愁不能寐，攬衣起徘徊。
襟懷擁虛景，輕衾覆空床。 ── 客行雖云樂，不如早旋歸。
居歡惜夜促，在戚怨宵長。 ── 出戶獨彷徨，愁思當告誰？
撫枕獨嘯歎，感慨心內傷。 ── 引領還入房，淚下沾裳衣。

《情詩》中的"清風動帷簾，晨月歎幽房"，即"古詩"《明月何皎皎》的"明月何皎皎，照我羅床幃"；《情詩》中的"居歡惜夜促，在戚怨宵長"即"古詩"中的"憂愁不能寐"；《情詩》中的"襟懷擁虛景，青衾覆空床"即"古詩"中的"明月何皎皎"、"攬衣起徘徊"；《情詩》中的"撫枕獨嘯歎，感慨心內傷"，即"古詩"中的"引領還入房，淚下沾裳衣"。彌漫在《情詩》和"古詩"中讓我們產生淡淡哀傷的月亮，也是同一個月亮。

第四首"君居北海陽，妾在江南陰。懸邈修途遠，山川阻且深"，寫地域、山川阻隔，無緣會面的艱難。與"古詩""行行重行行，與君生別離"、"相去萬餘里，各在天一涯"類似；"懸邈修途遠，山川阻且深"與"道路阻且長，會面安可知"意思完全相同。

《情詩》第五首，一般以爲是描寫遊子思家的詩，亦是對"古詩"《涉江采芙蓉》的承襲，且加比較：

張華《情詩》(第五首)　　　　　"古詩"《涉江采芙蓉》
遊目四野外，逍遙獨延佇。　　涉江采芙蓉，蘭澤多芳草。
蘭蕙緣清渠，繁華蔭綠渚。　　采之欲遺誰？所思在遠道。
佳人不在茲，取此欲誰與？　　還顧望舊鄉，長路漫浩浩。
巢居知風寒，穴處識陰雨；　　同心而離居，憂傷以終老。
不曾遠別離，安知慕儔侶？

两首詩的情境、描寫內容和詩中的情思，都很類似。都寫外出的遊子在途中見到清澈的小河，河邊長滿蘭蕙芳草，遊子想采了贈給自己心愛的人，但心愛的人在遠方，因此產生悵惘的思念之情。

至此，我們不必再舉其他證據，也可以證明張華的《情詩》，是學習、模仿"古詩"來的。西晉初年，張華首開學習、模仿"古詩"的風氣。由此可知，收在《文選》裏陸機的《擬古》詩十二首，應該受到張華的影響；並是當時整個"擬古"風氣的產物，並不是陸機一個人突然擬起"古詩"來。

三、張華詩學的歷史品評

要弄清楚對張華詩學的歷史評價，就必須弄清齊梁時代鍾嶸《詩品》的品評——那是對張華詩歌最全面的品評。

(一) 考察異文：弄清張華品第的真相

鍾嶸《詩品》把張華放在"中品"。"中品·張華條"說：

其源出於王粲。其體華豔，興托不奇；巧用文字，務為妍冶。雖名高曩代，而疏亮之士，猶恨其兒女情多，風雲氣少。謝康樂云："張公雖復千篇，猶一體耳。"今置之中品，疑弱；處之下科，恨少。在季、孟之間耳。

以上品評，除了"其源出於王粲"難解外，還有兩個疑點：一是"興托不奇"；二是"今置之中品，疑弱；處之下科，恨少"。一般人的理解是，鍾嶸不滿張華《情詩》中"兒女情多，風雲氣少"而給予的貶抑。

置於中品的詩人，有幾種情況：一種如"魏尚書何晏、晉馮翊太守孫楚、晉著作郎王贊、晉司徒掾張翰、晉中書令潘尼"等人，是"宜居中品"的①；第二種如"任昉"，是"擢居中品"的②，第三種如"晉處士郭泰機、晉常侍顧愷之、宋謝世基、宋參軍顧邁、宋參軍戴凱"等人，是"越居中品"的③。對比之下，張華連"中品"都"疑弱"，有點不夠格，這不符合張華在西晉文學史上的地位，也不符合張華在《詩品》中的地位。因此，引起了許多人的疑惑。

王叔岷《鍾嶸詩品疏證》說："'中'疑'上'之誤。上品疑弱，下科恨少，明其所以列之中品之故，故下文云：'在季、孟之間'也。"④ 眼光敏銳，判斷正確，但沒有版本根據。我經過考證，有一點發現。宋人何汶《竹莊詩話》、魏慶之《詩人玉屑》引古本《詩品》"張華條"云：

興托多奇。

今置之甲科（即上品），疑弱；抑之（《詩人玉屑》作"乙之"，意同）

中品，恨少，在季、孟之間耳。

---

① 參見拙《詩品集注》"魏尚書何晏"諸人條。
② 參見拙《詩品集注》"梁太常任昉"條。
③ 參見拙《詩品集注》"晉處士郭泰機"諸人條。
④ 見1943年《學原》三卷三、四期合刊。

第一個疑點"興托不奇",《竹莊詩話》、《詩人玉屑》引作"興托多奇";意思和通行本文字完全相反;第二個疑點"今置之中品,疑弱;處之下科,恨少",《竹莊詩話》、《詩人玉屑》引作"今置之甲科(即上品),疑弱;抑之中品,恨少"。"中品"變"上品";"下品"變"中品",比原來的品語幾乎相差一個等級,且變"處之"爲"抑之",字面的感情色彩也不同。

宋詩話以外,《詩品》中最具校勘價值的明刻宋本《吟窗雜錄》及其系統的《格致叢書》、《詩法統宗》、《硃評詞府靈蛇》諸明本,均作"興托多奇",與宋詩話所引古本《詩品》同,成了有力的旁證。又,《詩品》張華條末句"在季、孟之間耳",語式、語意,全本司馬遷《史記·孔子世家》。《史記·孔子世家》說:"魯亂,孔子適齊。異日,景公止孔子曰:'奉子以季氏,吾不能。以季、孟之間待之。'"《集解》孔安國曰:"魯三卿:季氏爲正卿,最貴;孟氏爲下卿,不用事。言待之以二者之間也。"鍾嶸以張華比孔子,說他雖名高曩代,但置之甲科,卻有所不能;只能抑之中品。

(二)《詩品》對張華評價的兩重性

《詩品》對張華的品評始終很矛盾:一方面,張華放棄建安劉楨風骨的方向,走王粲"情"、"辭"的道路;主張詩歌的詞藻、修飾和一系列的形式美學,並在《情詩》的創作實踐中,"巧用文字"、"務爲妍冶",形成了"靡曼"和"華豔"的風格,與鍾嶸主張風骨的詩歌美學背道而馳,因此,儘管《情詩》在魏晉詩壇享有盛名,鍾嶸也說張華"名高曩代",但仍給予一定的貶抑,把他列入中品;並引用"疏亮之士"的話說——"恨其兒女情多,風雲氣少"。

另一方面,鍾嶸又贊同張華對陸機等人的評價,甚至贊賞張華的創作方法。《詩品序》說:"至乎吟詠情性,亦何貴於用事?

'思君如流水',既是即目;'高臺多悲風',亦惟所見;'清晨登隴首',羌無故實;'明月照積雪',詎出經史?觀古今勝語,多非補假,皆由直尋。"寫詩不貴用事,不貴故實,提倡"自然英旨","直尋"、"真美",是鍾嶸體現在《詩品》中最重要的詩學觀之一;而"羌無故實"的樣板,鍾嶸就舉張華的"清晨登隴首"一詩爲例;這使張華的佳句在《詩品》中與曹植(高臺多悲風)、謝靈運(明月照積雪)等人的佳句並列爲"古今勝語"。由此可見,張華的詩歌創作,至少部分"羌無故實"的詩歌,和鍾嶸不貴用事的詩學理想和"即目"的創作方法是不謀而合的。

問題在於,歷來注家多不知"清晨登隴首"爲張華詩句。如陳延傑《詩品注》此句"未詳所出";古直《鍾記室詩品箋》說:作者"今考未得";許文雨《鍾嶸詩品講疏》以爲鍾嶸誤合吳均《答柳惲》與沈約《有所思》首句而成①。杜天縻《廣注詩品》亦謂"未詳所出,待考";葉長青《詩品集釋》失注。這在很大程度影響了人們對張華詩歌的理解,也影響了人們對鍾嶸評張華原意的理解,惟王叔岷《讀鍾嶸詩品劄記》指出爲張華斷句②。

《詩品》除肯定張華"清晨登隴首"詩"羌無故實"外,《詩品序》末列舉五言警策時,還有"茂先寒夕"一語。注家以爲,可能指張華的《雜詩》,因詩中有"繁霜降當夕"之句。

日本學者林田慎之助教授在《中國中世紀文學批評史》中論述張華時,用了"博物的記錄"、"鷦鷯之賦"、"情詩的系譜"、"遊俠

---

① 許文雨《鍾嶸詩品講疏》:"吳均《答柳惲》首句云'清晨發隴西',沈約《有所思》起句云'西征登隴首'。仲偉殆誤合二句爲一句耶?"
② 王叔岷《説文月刊》5卷1—2期,指出此爲張華斷句。詩見《北堂書抄》卷一百五十七。詩云:"清晨登隴首,坎壈行山難。嶺阪峻阻曲,羊腸獨盤桓"。但未引起人們的重視,由後世此句仍失注闕如可知。其《鍾嶸詩品疏證》又云:"則仲偉所舉,固茂先句矣。"

樂府的世界",稱張華是"魏晉南朝文學思想上的坐標",是很有識見的①。由於通行本《詩品》文字訛誤,影響了我們的理解;弄清《詩品》張華條原文,就弄清了鍾嶸對張華和《情詩》評價的真相。

(三) 從古到今詩人:張華獨享"情多"

在《詩品》品評先秦至齊梁,從古到今一百二十三位詩人("古詩"算1人)中,張華是惟一一個被稱爲"情多"的詩人。"情多"的品評,不僅爲張華所獨享,也爲《情詩》所獨享。

其實"情多"一詞,並不是鍾嶸的發明,鍾嶸是借鑒謝靈運評王粲來的。因此,還是和張華的詩風源出王粲有關。

謝靈運《擬魏太子鄴中集詩八首》其二寫王粲,小序說王粲:"家本秦川,貴公子孫。遭亂流寓,自傷情多。"鍾嶸對謝靈運這首詩非常欣賞。《詩品序》末列舉五言詩警策佳作,就有"靈運《鄴中》"之句,即指謝靈運《擬魏太子鄴中集詩》。因此,對"情多"一語自然熟知。謝靈運說王粲"自傷情多",鍾嶸拈出"情多"二字,用到張華身上。王粲是張華的"源",張華是王粲的"流";通過"情多"的貫穿,不僅有語言上的承襲,也有源出上的暗示,這也許是鍾嶸的一種匠心。不過,同是"情多",其內涵並不完全相同:王粲是遭亂流寓,悲士不遇;張華則寫男女相思。這從一個角度告訴我們,西晉太康詩人的"情多",正源出建安詩人的"情多";同時,西晉詩人以"兒女情多",向遭亂流寓"自傷情多"的"建安"詩歌告別。《情詩》——"情"——"多"。從某種意義上說,張華的《情詩》,就是告別建安詩歌美學的宣言書——這就涉及張華《情詩》的意義。

---

① 參見日本學者林田慎之助《中國中世文學評論史》第三章第三節"佔據魏晉南朝文學座標的張華"(昭和五十四年二月創文社)。曹旭譯,待出版。

四、張華《情詩》的意義

張華的《情詩》有幾方面的意義：

(一) 把"古詩"和漢、魏詩改變成晉詩

"古詩"和漢、魏詩各以經典的姿態成爲時代的標識。那是那個時代的詩人蘸着自己的鮮血和痛苦抒寫出來的情志。三國的廢墟還在冒着娟娟的餘烟，西晉統一的人們已開始放聲歌唱。雖然詩歌内部的體制會有繼承性，但西晉詩歌不會重複以前同樣的旋律不再發展、不再前進。

張華的《情詩》學習王粲、曹植和"古詩"，但張華不以"擬古"爲目的，不是擬"古詩"得"古詩"，學曹植得曹植，學王粲得王粲，而是學習前人的藝術手法，寫出新體式的晉調。其中的變化，如江淹《雜體詩三十首》並序説："藍朱成彩，雜錯之變無窮；宫角爲音，靡曼之態不極。故蛾眉詎同貌，而俱動於魄；芳草寧共氣，而皆悦於魂。"那麽，張華是如何從"古詩"和曹植、王粲中騰挪變化出"晉造"來的呢？

(1) 用"私我化"的兒女情，悄悄改變建安詩歌的主題基調

首先，張華改變了建安詩歌的主題基調，使詩歌從帶風雲氣的國家社稷的宏大主題，轉向"私我化"的兒女小感情；這種"私我化"，與建安時期建功立業的誓言是不同的；建功立業雖然也是私人的，但它的指向卻是國家和時代；張華《情詩》的指向，則完全是私我的日常生活。在和平統一，建功立業不再是主旋律，風雲氣已經用不上的時候，詩歌自然會朝着小我、朝着閒情逸致和兒女情

多的方向發展。正如在鄴城取得短暫和平安逸的時期,曹丕、曹植和建安詩人也寫飲酒、看花、走馬、鬥雞之類的詩一樣。

具體說,在張華以前,直接以"情詩"做詩歌題目的很少,曹植"情詩"寫的是朋友之情,表達的是懷才不遇的憤慨,和送別詩差不多。張華則揚棄了曹植、王粲抒發政治懷抱的風雲之氣,用"情詩"來寫夫妻之情,以表達思婦、曠夫相思的主題。

可見,"晉造"區別"漢風"、"魏制"的第一個不同,是主題基調的變化。其標誌就是"情多"。從張華的"情多",到潘岳寫作《悼亡詩》——那是一種特指丈夫悼念妻子的情詩。在妻子的靈柩前,時間已失去意義;因此房櫳傷心、山岡悲悼,詩之不足,繼之以賦;賦之不足,繼以哀永逝文,以表達夫妻之間的感情——那是比張華《情詩》更悲痛、更"私我化"、更"精細化"的永恒的離情——這不僅是潘岳的極致、晉詩的極致,也開闢了中國詩學的極致——這些,就是從張華晉調的"情多"中分化發展出來的。

(2)學漢魏樂府鋪陳刻畫,爲鑲嵌對偶,變"比興之法"爲"賦法"

張華《情詩》的主題,是從"古詩"借鑒過來的。"古詩"中有不少遊子思婦、夫妻生離死別的詩,描寫了人間失意、彷徨、痛苦、傷感的相思。但是,張華的寫法和"古詩"多有不同。這就涉及"晉造"與"漢風"、"魏制"的第二個不同,即在寫作方法上的差異。

我們先對比一下張華《情詩》(其五)和他所學習的"古詩"《涉江采芙蓉》之間的不同:

"古詩"《涉江采芙蓉》中"蘭澤多芳草"五字,在張華《情詩》中被鋪衍成"蘭蕙緣清渠,繁華蔭綠渚"十字;"古詩"中"采之欲遺誰"一句,在張華《情詩》中被鋪衍成"佳人不在茲,取此欲誰與"兩句;"古詩"中"還顧望舊鄉"一句,在張華《情詩》中被鋪衍成"遊目四野外,逍遙獨延佇"兩句;"古詩"結尾"同心而離居,憂傷以終老"兩句,在張華《情詩》中被鋪衍成"巢居知風寒,穴處識陰雨;不曾遠別離,安知慕儔侶"四句;在數量上都增加了一倍。

其中"巢居"之鳥,"穴處"之蟻,"知風寒,識陰雨",都懷有卑微者的敏感,而不像建安時代動不動就出現詩人宏大的自我抒情形象;而鳥的感覺,蟻的感覺,也是人的感覺。是人內心最深切、最細膩的感受。比喻"不曾遠別離,安知慕儔侶"的體會,獨特的創造,成了《情詩》藝術上的高標。

這種一句變成兩句,兩句變成四句的鋪陳是"賦的寫法"。"賦法"是漢魏樂府創作中的傳統,同時是西晉詩變化漢魏詩的一個突破口。我們只要看看西晉,乃至宋、齊、梁、陳詩人對"日出東南隅"等漢魏樂府民歌不亦樂乎地模擬,就可以知道,從西晉開始,大量運用漢魏樂府中的"賦法",刻畫鋪陳,改造此前"古詩"中"比興"的傳統,成了此後延綿不絕的風習。

同時,漢字"形、聲、義"特點與詩歌有着與生俱來的血緣關係,對偶是漢語詩歌之樹必然結出的果子。不同時代,有的果子結得少,有的果子結得多。漢代的果子結得少,到魏的時期多起來,到了西晉則更多。王粲和曹植在詩中已大量使用對偶,曹植還追求響字和亮字。這一傾向,到了西晉的張華那裏更是變本加厲;翻開張華的詩頁,對偶句法觸目皆是。如《情詩》的"清風動帷簾,晨月照幽房",幾乎從開始對偶到結束;如《雜詩》"逍遙遊春宮,容與緣池阿。白蘋齊素葉,朱草茂丹華。微風搖芷若,層波動芰荷。榮彩曜中林,流馨入綺羅",也全是對偶;張華的其他詩都是如此。如《博陵王宮俠曲》寫俠客:"雄兒任氣俠,聲蓋少年場。借友行報怨,殺人租市旁。吳刀鳴手中,利劍嚴秋霜。腰間叉素戟,手持白頭鑲。騰超如激電,迴旋如流光。奮擊当手決,交屍自縱橫。寧爲殤鬼雄,義不入圜牆。生從命子遊,死聞俠骨香。身没心不懲,勇氣加四方。"喜歡對偶到這種程度,恐怕連唐代的杜甫看了都會吃驚。

爲什麽少用"比興",多用"賦法"呢?因爲隨著社會生活的變化,詩人想把越來越多的瑣細的生活内容寫進詩裏,而源於《詩經》感發興起的"比興",很難對生活進行細緻入微的描寫和刻畫,必須用賦法,因爲越來越多的對偶句,大面積的鋪排,只有用賦的寫法才能鑲嵌和承載。

文論家也看到了這種源於《詩經》"賦、比、興"之一的賦法的必要性,但提出適度,不能完全用"比興"或用"賦法",鍾嶸《詩品序》説:"弘斯三義,酌而用之,幹之以風力,潤之以丹彩,使詠之者無極,聞之者動心,是詩之至也。若專用比興,則患在意深,意深則詞躓。若但用賦體,則患在意浮,意浮則文散。嬉成流移,文無止泊,有蕪漫之累矣。"張華《情詩》用了很多"賦法",但第五首末四句"巢居"、"穴處",乃是比興,而且用得很奇妙,《詩品》説張華"興托多奇"也許正因爲此?但不管怎麽説,其時的刻畫描寫正作爲詩歌發展的内驅動力成爲流行的時尚,成爲一種不可阻擋的藝術潮流①。

可以説,除了詩歌主題基調的改變,越來越盛行的對偶句法,大面積的鋪排,致使句法和詩歌排列的改變,也是詩風改變的一個重要原因。

(3) 晉人喜歡"博物","物"浸潤"詩",成晉詩中的典故

寫作《情詩》的張華,同時又是博物君子。張華編撰了我國

---

① 參見曹旭、文志華《辭賦遺傳與宫體詩新變》,《上海師範大學學報》2011 年第 3 期。

第一部博物學著作《博物志》，分類記載了山川地理、神話古史、神仙方術、飛禽走獸、人物傳記等內容；是《山海經》後，我國又一部包羅萬象的奇書。在和平的環境下，晉人的眼界不斷開闊，眼裏的"物"不斷多起來。認識"物"的本質是認識自然、認識歷史、認識人自身、認識一切與人有關的事物，這是不錯的。但這種認識，很容易與其他意識混淆起來，浸潤到詩歌裏。雖然以後中國詩學證明，恰到好處地運用典故，可以增加詩歌的內涵和張力；但剛開始的時候，"物"浸潤入詩變成典故不啻是詩中的"結石"。對偶同義反復，容易削弱詩歌的凝練；典故也直接影響到詩歌進行的"速度"，導致注重描寫、鋪排、對偶和典故的西晉詩，節奏緩慢，閱讀不暢。

張華的《情詩》雖然不染"博物"，但風氣影響宋、齊、梁，愈演愈烈。因此，"晉造"改變"漢風"、"魏制"，還與"博物"帶來的"典故"有關。

(4) 用晉人的"描述"，改變"古詩"的"敘述"

"古詩"、曹植、王粲的詩歌中也有"描述"的成分，特別是曹植、王粲的詩歌，"描述"的成分有時還比較多。但發展至晉初的張華、張協、陸機、潘岳，乃至鮑照、謝靈運那裏，"描述"的句法越來越多。鍾嶸評張華"巧用文字"；評張協"又巧構形似之言"；評鮑照"善制形狀寫物之詞"，評謝靈運"尚巧似"等等，所有的"巧用"、"巧構"、"巧似"和"形似"、"形狀寫物"，都是指他們在寫景狀物時用了"描述"的方法；生動地描繪場景，摹寫事物，刻畫人物形象，而不是像以前那樣主要運用"比興"作綫性的敘述。

張華改變了"古詩"多用簡練、樸實、醇厚、清新的語言，對景物的變化和人生的感慨作敘述；而用"描述"的方法。低回婉轉，技巧翻新，即以設喻、排比、繪聲繪色的手法，生動、形象地還原事物存在的形態，這就使詩歌的風格更加綺靡華麗，成了晉調。

由於直綫的"敘述"能推進詩歌情節的發展，而曲綫的、暫作停留的"描敘"較難推進情節發展；"比興"抒情節奏快，"賦法"鋪陳節奏慢；漢魏詩歌"直抒胸臆"節奏快，張華細膩的"描敘"和暗示節奏慢；張華用慢節奏的《情詩》，改變了節奏相對較快的"古詩"和建安詩。"漢風"、"魏制"、"晉造"的區別，還與詩歌的節奏感不同有關。

同時，晉詩使"古詩"中原來可能具有的象徵意義，如曹植《雜詩》可能有的寄托，到了張華的《情詩》裏，變成"知風寒"、"識陰雨"，"不曾遠別離，安知慕儔侶"的生活感受，變成純粹的思婦遊子詩，不再具有象徵上的意義①。

不管怎麽説，魏至西晉，詩學觀念變化引起創作、詩風上的變化。雖然語言多、節奏慢、比興寄托缺失，但在描寫刻畫和鋪陳烘托方面，則顯然進了一步；語言更"精緻化"，也更"文人化"了。對女性心理的描繪更細膩、更深入了；並且，因爲節奏慢而形成回環往復、一往情深的特點——這些就是張華《情詩》與"古詩"以及王粲、曹植詩歌的聯繫與區別——這是時尚和風潮，也是當時詩歌主流的趨向。

(5) 張華《情詩》之"晉調"，與唐人句法更近

張華對詩歌從內涵、形式上做了進一步的拓展，經過改造的《情詩》句法，往往與唐人的近體詩更近。故王闓運評《情詩》

---

① 參見曹旭、文志華《宮體詩與蕭綱的文學放蕩論》，《上海師范大學學報》2010年第4期。

說："'巢居'二句，選言不妍，始知枯桑二語之妙。結二句則意新苦語也。"又說："'輕衾'句，淒涼如畫。"評《雜詩》（暑度隨天運）說："司空琢句，往往逼近唐人，如'死聞俠骨香'、'朱火青無光'是也。"王闓運說得一點不錯。假如我把張華這首詩刪去幾句，變成：

暑度隨天運，四時互相承。繁霜降當夕，悲風中夜興。
朱火青無光，蘭膏坐自凝。重衾無暖氣，慨然獨拊膺。

平仄再調一調，那就是初唐的五律了。

鄭振鐸《中國文學史》說張華"能以平淡不飾之筆，寫真摯不隱之情"，說張華的詩"意未必曲折，辭未必絕工，語未必極新穎，句未必極穠麗，而其情思卻終是很懇切坦白，使人感動的"，正是張華《情詩》新變後給他的藝術感動。

（二）張華《情詩》成了劉宋時代詩歌風格的源頭

根據《詩品》，我們可以看出，除了《國風》和楚辭以外，就個人論，張華不僅是對後世影響最大的詩人之一，也是為後世取法最多的詩人之一。有宋一代，就有六位中品詩人源出張華。他們是宋參軍鮑照、宋豫章太守謝瞻、宋僕射謝混、宋太尉袁淑、宋徵君王微和宋征虜將軍王僧達。

（1）對鮑照"靡嫚"的二重影響

《詩品》中品"鮑照"條說："其源出於二張（張協、張華），善制形狀寫物之詞。得景陽（張協）之諔詭，含茂先（張華）之靡嫚。骨節強于謝混，驅邁疾于顏延。總四家（張協、張華、謝混、顏延之）而擅美，跨兩代而孤出。"表明鮑照在"形狀寫物"

方面受到"二張"的影響,並且學到了張華的"靡嫚"。從鍾嶸"總四家而擅美"的肯定語氣中可以看出,作為"一家"的張華,其"靡嫚",也是可"擅"之"美",是他的長處。而"四家"中的謝混本人也源出張華,這樣重疊一層,更可見張華的詩風,對鮑照具有奠基性的二重影響。

（2）謝瞻、謝混、袁淑、王微、王僧達五詩人同源出張華

謝瞻、謝混、袁淑、王微、王僧達五位中品詩人,各有成就,各有自己的風格特徵。如謝瞻辭采之美,與族叔混、族弟靈運相抗；謝混詩風清新,大變玄言之氣；袁淑辭采遒豔,別具一格；王微通曉音律,擅長書畫,詩風清麗；王僧達"白日無精景,黃沙千里昏",寫大漠蒼莽,瀚海無邊,其氣直逼唐人。他們的詩風雖有差別,有的差別還很大,但又有共同特徵,鍾嶸敏銳地察覺到這一點,《詩品》中品"謝瞻"等五人條說："其源出於張華,才力苦弱,故務其清淺,殊得風流媚趣。"

值得注意的是,張華影響鮑照的詩歌是"靡嫚"；影響"謝瞻"等五人的是"清淺"和"風流媚趣"。由此可知,在鍾嶸眼裏,張華的詩風是"靡嫚"、"清淺"和有"風流媚趣"的,這與《詩品》"張華"條品語正相一致。

劉勰對張華詩風的看法,與鍾嶸大體相同。劉勰《文心雕龍·樂府》篇說："張華新篇,亦充庭萬。"《明詩》篇說："故平子得其雅,叔夜含其潤,茂先凝其清。"《時序》篇說："張華短章,奕奕清暢。""清"、"麗"的確是張華詩歌最重要的特點。王夫之《古詩評選》也說："張公始為輕俊,以灑子建、仲宣之樸澀。"

鮑照如果沒有從張華那裏學到"靡嫚"的風格和"形狀寫物"的方法,"總四家而擅美","四家"就剩下"三家"；"跨兩代而孤

出"也難實現。

同樣,謝瞻、謝混、袁淑、王微、王僧達五人,"才力苦弱",假如不是源出張華,從張華那裏學到"清淺"和"風流媚趣",也許他們中的某些人還進不了人才濟濟的"中品"。

總之,在晉初奠定離情的主題上,在"清晨登隴首"即目寫真的創作方法上;在"清暢"、清新的詩歌特點以及用"靡嫚"、"清淺"、"風流媚趣",把"古詩"和曹植、王粲改變成晉調上,以《情詩》爲代表的張華詩歌,成了開拓西晉並爲劉宋詩人師法的一種源頭。

(三)"先情後辭"是"緣情綺靡"的先導

(1) 西晉初年以張華爲核心的文學集團

伐吳滅蜀後,隨着三國的統一,在張華門下,不僅集中了一批原屬曹魏文學集團的中原人士,還聚集了一批來到洛陽的吳、蜀俊逸之士。除了山東來的左思,還有"伐吳之役,利獲二俊"的陸機、陸雲兄弟。在權力、人心和文化的意義上,形成了西晉以張華爲核心的文學集團。

《晉書》本傳說:"初,陸機兄弟志氣高爽,自以吳之名家,初入洛,不推中國人士;見華一面如舊,欽華德範,如師資之禮焉。"而張華不僅爲"二陸"延譽,還介紹他們與當時的名家認識,擴大他們的交遊,提高他們的知名度。陸機也處處把張華當成老師,什麽事都問張華;從現實中的利害關係,哪些人值得拜訪,哪些人不值得拜訪,到詩文寫作、詩歌欣賞和詩歌評論,張華都對陸機發生巨大的影響,是陸氏兄弟心悅誠服的指導者。

(2) 張華:指導陸機文風的第一人

陸機的文章雖然好,但有餖飣文意和堆砌辭藻的毛病,張華對此提出批評。《世說新語》劉孝標注引《文章傳》説：

> 機善屬文，司空張華見其文章，篇篇稱善。猶譏其作文大冶，謂曰："人之作文，患於不才；至子爲文，乃患太多也。"

張華的批評很講藝術。他不是直接説陸機的文章寫得不好，而説篇篇都好；先全面肯定，再説他有的文章艱深繁蕪，堆砌辭藻。艱深繁蕪，堆砌辭藻總是缺點了，但張華説，那是因爲他的"才多"造成的。這讓陸機聽得很舒服，容易改正。"才多"成"患"，致使文風艱深繁蕪——張華是對陸機詩學批評的第一人。

張華死後，擁有張華書籍的秘書監摯虞撰定官書，著《文章流別志論》，其論陸機，是否承張華之説，論佚不傳，不得而知。但此後李充撰《翰林論》，即承張華的説法。鍾嶸《詩品》"上品"評陸機時，曾引張華、李充的話説："張公（華）歎其大才，信矣！"又説："《翰林》篤論，故歎陸（機）爲深。"《世説新語·文學》篇引孫綽語曰："陸文深而蕪。"《文心雕龍·才略》篇説："陸機才欲窺深，辭務索廣。"説皆源于張華。

此外，機、雲兄弟還從張華那裏學到了文章要清暢、省净，不作冗長語的特點。陸雲《與兄平原書》分析張華的"情（清）省"説：

> 張公（華）文無他異，正自情（清）省無煩長，作文正爾自復佳。

正表明機、雲兄弟討論、學習張華文章"情（清）省"的風格，改變自己繁蕪艱深文章的認識。

(3) 張華"先情後辭"、"尚澤悅",實爲陸機"緣情綺靡"之先導

讓陸機最受惠的,是張華對陸機詩學思想的指導,這使陸機的詩學觀念全然改變。陸雲《與兄平原書》說:

> (兄)往日論文,先辭而後情,尚絜(勢)而不取悅澤。嘗憶兄道張公(華)父子論文,實欲自得,今日便欲宗其言。

陸雲的這封信是一條非常重要的材料,它至少說了三方面的內容:

一是說明了"二陸"兄弟以前對文章的看法,原本是"先辭後情",即把"語言辭藻"放在第一位,把"思想感情"放在第二位的;

二是,這段話劃分了"魏制晉造"的界限。這裏的"勢",指詩歌剛柔兼備的張力;"悅澤",指感情上的"愉悅",辭藻"澤潤"之審美。

詩歌選擇"情",還是選擇"辭"?尚"勢"?還是尚"悅澤"?是建安以來不同文學觀念爭論的焦點。江淹《雜體詩三十首序》中說:"楚謠漢風,既非一骨;魏制晉造,固亦二體……公幹、仲宣之論,家有曲直。"正表達了"魏制"、"晉造"不同詩學觀念的分界。劉勰寫《文心雕龍》的時候,曾引用陸雲的這段話批評劉楨。

與王粲同爲"建安七子"的劉楨,詩歌創作重"氣"尚"勢",以爲"文之體指(勢),實(有)強弱,使其辭已盡而勢有餘,天下一人耳,不可得也"(《文心雕龍·定勢》篇引,出處今佚)[1]。劉

---

[1] 此句文字向有誤奪,謝肇淛、黃侃、范文瀾、劉永濟諸家均有說未妥。楊明照《文心雕龍校注拾遺》謂:"'指'疑爲'勢'之誤。草書'勢'、'指'二字之形甚近。《南齊書·文學陸厥傳》:'劉楨奏書,大明體勢之致。'即此文當作'體勢'之切證。""實下似脫一'有'字。"

勰不贊同劉楨的説法,指出:"公幹所談,頗亦兼氣;然文之任勢,勢有剛柔,不必壯言慷慨,乃稱勢也。"劉勰覺得劉楨對"勢"的解釋,兼有"氣"的成份,應該把"勢"和"氣"分開來。接着引陸雲"往日論文,先辭而後情,尚勢而不取悦澤,及張公論文,則欲宗其言"的話,説明"勢"也有"剛柔"之分,也要滋潤一點,"澤"一點:"夫情固先辭,勢實須澤,可謂先迷後能從善矣。"由此可見,劉勰在王粲和劉楨之間,在"澤"和"氣"、"情"和"辭"之間,是毫不猶豫地贊同王粲和張華的"情"與"悦澤"的詩學觀念的。

需要説明的是,陸雲《與兄平原書》中的"尚絜而不取悦澤",《文心雕龍·定勢》篇引作"尚勢而不取悦澤"①。今本《與兄平原書》中的"絜"爲形誤。《文心雕龍·定勢》篇引作"勢"是正確的。

三是,如果排一個時間表:機、雲兄弟在太康末(約289)入洛陽,與張華交往,接受張華指導。十年後,即在永康元年(300)四十歲時,陸機寫作《文賦》②,提出了"詩緣情而綺靡"的文學思想③,把中國詩學抒情的本質論提到一個新的高度。而陸雲《與兄平原書》三十五劄,大多數寫於他轉任大將軍右司馬時的永寧二年(302)夏,即在陸機寫作《文賦》的二年以後。這

---

① 黄侃《文心雕龍劄記》説:"尚勢,今本《陸士龍集》作尚絜,蓋草書'勢'、'絜'形近,初訛爲'絜',又訛爲'潔'也。"根據劉勰的引用和黄侃的考證,"絜"應該作"勢"。
② 參見逯欽立《〈文賦〉撰出年代考》,文載《學原》第2卷第1期,1948年出版。學術界對這説法,基本認同。如周勛初在《〈文賦〉寫作年代新探》(收入《文史探微》,上海古籍出版社1987年12月版)中,亦持相同意見。
③ 《文賦》説:"詩緣情而綺靡,賦體物而瀏亮。碑披文以相質,誄纏綿而悽愴。"

就明白無誤地告訴我們,陸機"詩緣情而綺靡"的文學思想,確實受到張華"先情後辭"的影響,在轉變了"先辭後情"後才產生的。在《文賦》問世二年後陸雲的這封信中,明確地說陸機——"便欲宗其(張華)言",是聽從張華指導,把"先辭後情",改爲"先情後辭";把"詩緣辭",改爲"詩緣情"的結果。

從劉勰《文心雕龍》追溯陸雲,一直追溯到張華,我們便可以看出,張華代表西晉,在"情"和"辭"中選擇"情";在"文"和"氣"中選擇"文";在"勢"和"悦澤"中選擇"悦澤"。這是他個人的行爲,也是一個時代的行爲。代表了西晉與建安三國時期詩學的分野,是三國歸晉以後審美風氣轉變、詩歌風氣轉變的重要標誌。

五、結　　語

在中國詩學中,"抒情"是一個比敘事更重要的傳統,從先秦、兩漢至西晉經歷了一個情感觀發展的歷程。先秦詩言志,志包含了情志,是詩歌抒情奠基的時代;兩漢詩和抒情的關聯更加緊密,是詩歌情感觀演進的時代;至西晉,寫作《情詩》的張華,上承《楚辭》"香草美人"之遺緒,近把漢末"古詩"曠夫思婦之主題;學習王粲、曹植抒情的新因素;用私我化的"情多",改變漢魏以來慷慨抒情的詩風;在詩中鑲嵌大量對偶句;以"賦法"鋪排改變傳統的"比興"寫法;用"描敘"代替"敘述";放慢詩歌的節奏和速度,使漢魏詩的質實、剛健和慷慨多氣,向西晉的"悦澤"、"綺靡"和重視文采的方向轉變;把硬朗的"漢風"、"魏制",一步步變成綺靡的"晉調"。

在張華那裏,三國文化和詩學鑄成新品格。其核心便是"先情後辭"的文學本質論、"尚澤悦"和"務爲妍冶"的詩學觀念。

在創作上，影響了劉宋的鮑照、謝瞻、謝混、袁淑、王微、王僧達；也開啓了唐人句法的閥門。在理論上，影響了同時代的陸機、陸雲，其"情多"、"靡嫚"、"先情後辭"和"尚悦澤"，成了陸機《文賦》中"詩緣情而綺靡"的先導。

本文從"文學本位"出發，通過對張華《情詩》系列的文本細讀、對比、研究，論述張華《情詩》的體式淵源、歷史品評、審美價值，由此揭示張華作爲我國詩歌由"詩言志"向"詩緣情"轉變重要的中介人，以及在整個中國詩學"抒情"傳統中界碑的意義。

(本文原載于《文學評論》2012年第5期)

讀陶札記之一
陶淵明究竟留下了多少首詩

回答有一百二十七首、一百二十六首、一百二十五首等不同。本箋注確定的是一百二十四首。爲什麼是一百二十四首呢？因爲剔除了假冒的，不完整的，有疑問和已經證明不是陶淵明寫的，就是一百二十四首。以下説一説根據：

一、《歸園田居》六首

陶淵明有《歸園田居》五首，但錯誤的版本説成是《歸園田居》六首，就像一個人有五隻手指，現在竟錯誤地説成他有六隻手指。第六隻手指是從哪裏來的呢？

梁江淹擬陶淵明的《歸園田居》：

> 種苗在東皋，苗生滿阡陌。雖有荷鋤倦，濁酒聊自適。日暮巾柴車，路暗光已夕。歸人望煙火，稚子候簷隙。問君亦何爲，百年會有役。但願桑麻成，蠶月得紡績。素心正如此，開徑望三益。

因爲擬得很像，所以亂真，摻入《陶淵明集》，成了《歸園田居》的"第六隻手指"。問題是到了宋代，這隻手指竟然騙過了蘇東坡的眼睛。蘇東坡擬《和陶歸園田居六首》，並舉"日暮"以下四句贊揚說："淵明詩初看若散緩，熟看有奇句。"①

其實，蕭統《文選·江淹擬古三十首》就收有江淹這首詩。蘇東坡注意過蕭統《文選》所收舊題蘇武、李陵詩②，對蕭統《文選》很熟悉，難道宋本《文選》未收江淹此詩耶？宋代嚴羽《滄浪詩話》就說："此篇甚佳。然其體制、氣象與淵明不類。得非太白逸詩，後人謾取以入集耶？"③

二、《問來使》不是陶淵明寫的

同在《陶淵明集》卷二，還有一首《問來使》詩：

爾從山中來，早晚發天目。我屋南窗下，今生幾叢菊？薔薇葉已抽，秋蘭氣當馥。歸去來山中，山中酒應熟。

《苕溪漁隱叢話·前集》卷四引宋朝人蔡絛《西清詩話》說，此詩

---

① （宋）釋惠洪撰：《冷齋夜話》，上海進步書局影印，元至正三年刻本，卷一，第4頁。

② 蘇軾不太滿意《文選》的編選，也不太滿意蕭統的眼光，讀蘇武《詩四首》時，發現"俯觀江漢流"一句說：蘇武、李陵在長安送別，送別詩裏怎麼會有"江漢"的句子？他在《答劉沔都曹書》中說："梁蕭統集《文選》，世以爲工。以軾觀之，拙於文而陋於識者，莫統若也。宋玉《高唐》、《神女》，其初略陳所夢之因；如子虛、亡是公等相與問答，皆賦矣。而統謂之序，此與兒童之見何異？李陵、蘇武贈別長安，而詩有'江漢'之語。及陵與武書，詞句儇淺，正齊梁間小兒所擬作，決非西漢文，而統不悟。"他的《題文選》說："舟中讀《文選》，恨其編次無法，去取失當。齊梁文章衰陋，而蕭統尤爲卑弱，《文選引》（蘇軾祖父諱"序"故蘇軾改"序"爲"引"），斯可見矣。如李陵、蘇武五言，皆僞而不能去。"

③ （宋）嚴羽：《滄浪詩話》，中華書局，2014年，第49頁。

"獨南唐與晁文元二本有之"①，其他版本的陶集中皆不載，不知怎麼也摻入《陶淵明集》。這是傳抄本不可靠的地方。後嚴羽以及今人曹道衡、沈玉成皆以爲是僞作，此不展開，故也應該剔除出去。

三、《四時詩》是顧愷之寫的

還有一首已經證明不是陶淵明寫的《四時詩》：

> 春水滿四澤，夏雲多奇峰。秋月揚明輝，冬嶺秀孤（一作寒）松。

幾種宋本《陶淵明集》卷三末均載有此詩。題爲"四時一首"，題下有小注："此顧愷之《伸情詩》，《類文》有全篇。然顧詩首尾不類，獨此警絕。"② 此詩題下小注，不知何人所爲；"伸"，一作"神"。袁行霈《陶淵明集箋注》卷三此詩"考辨"說："亦只可聊備一說，未必可信。茲據各宋本，仍存此詩於卷三末。至於是否淵明所作，姑存疑。"③ 南北宋之交，就有糾正宋本《陶淵明集》收入此詩的，如許顗《許彥周詩話》說："此詩乃顧長康詩，誤入彭澤集。"④

初唐歐陽詢的《藝文類聚》，是唐高祖李淵下令編修的類書，是唐代最早的國家級大型類書，其中載此詩爲顧愷之的《神情詩》，反映了隋唐之際此詩的作者情況。題下有小注說的"然顧詩

---

① （宋）胡仔：《苕溪漁隱叢話（前集）》，中華書局，1976年，第26頁。
② （東晉）陶淵明撰，袁行霈箋注：《陶淵明箋注》，中華書局，2003年，第313頁。
③ 同上，第314頁。
④ （宋）許顗：《許彥周詩話》，中華書局，1985年，第51頁。

首尾不類，獨此警絕"①，是因爲《藝文類聚》是用"摘引"的方法編撰的，這是"摘引"了顧愷之的詩造成的閱讀感覺，全詩如何，已不得而知。

顧愷之的這首詩被初唐編進《藝文類聚》，是因爲此詩在當時就很著名；早在齊梁時期就播之人口，故鍾嶸《詩品》就曾經品評。

鍾嶸《詩品》置陶淵明於中品。在中品"陶淵明條"前，有五人同條的，五人中，一人就是比陶淵明大近二十歲的同時代人"晉常侍顧愷之"。鍾嶸對他的評價是"（顧）長康能以二韻答四時之美"②。二韻，四句詩爲二韻，此即指顧愷之《神情詩》。四時，指春、夏、秋、冬四季。此謂顧愷之（長康）能以二韻詩表現四季之美（詳見拙著《詩品集注》）。

顧愷之是晉代的大畫家，此詩並列四季景色，乃是四幅畫屏，與陶淵明詩描寫不類。而從鍾嶸《詩品》説"四時之美"，我猜想，説不定當時的詩題，也有稱"四時詩"的。總之，此詩在齊梁時代就被認爲是顧愷之所作，不是陶淵明的作品。

四、基本上是托名合成的《聯句》

聯句是古代作詩的一種方式，指一首詩由兩人或多人共同寫作，每人一句或數句，依次而下，聯結成一篇。相傳漢武帝《柏梁臺詩》（後人多疑爲僞托）是最早的聯句詩。

傳世陶集諸本所録陶淵明《聯句》：

---

① （東晉）陶淵明撰，袁行霈箋注：《陶淵明箋注》，中華書局，2003年，第313頁。
② 參見曹旭《詩品集注》（增訂本），上海古籍出版社，2011年。

鳴雁乘風飛，去去當何極？念彼窮居士，如何不歎息！（淵明）雖欲騰九萬，扶搖竟何力？遠招王子喬，雲駕庶可飭。（愔之）顧侶正徘徊，離離翔天側。霜露豈不切？務從忘愛翼。（循之）高柯擢條幹，遠眺同天色。思絕慶未看，徒使生迷惑。（淵明）

此聯句爲陶淵明與愔之、循之同作，內容爲詠雁。愔之、循之姓名、事蹟無考，且署名爲淵明詩句者，與淵明之他詩不類，多人合成，真僞存疑，假冒的可能性極大。

以上五詩，各版本演算法不同，有的放入，有的剔除，結果就出現了一百二十七首、一百二十六首、一百二十五首等不同。若去僞存真，去蕪存菁，真正陶淵明的詩歌，應該是一百二十四首。

讀陶札記之二
陶淵明組詩的意義

翻開陶集，最引人注意的現象是陶詩中組詩很多。陶淵明一百二十四首詩，絕大多數是組詩。

一、組詩是陶詩的風景

"有主題"的組詩，像圍着一株花莖開出的許多鮮花，像一個家庭有許多兄弟。

組詩有兩首組合的，如《移居》、《和郭主簿》、《庚子歲五月中從都還阻風於規林》、《癸卯歲始春懷古田舍》；有三首組合的，如《擬挽歌辭》（形、影、神也可以看成是組詩）；有五首組合的，如《歸園田居》；有七首組合的，如《詠貧士》；有九首組合的，如《擬古》；有十二首組合的，如《雜詩》；有十三首組合的，如《讀山海經》；最多的是二十首組合的《飲酒》。

陶詩一百二十四首，組詩有八十九首，非組詩的"散户"詩只有三十五首。這種狀態，不是出於無心，是陶淵明有意爲之；既是前代風氣的遺傳，也是陶淵明表情達意的策略，我們讀的時候，要注意他的用心。

二、組詩是一群"抱團"的兄弟，可以互相幫襯

因爲組詩是"抱團"的，"群居"的，有一種可以互相保護，互相生發的效果。當一首詩寫不清楚的時候，其他詩可以互相幫襯，互文見義；有些思想出格的詩，可以"混"在組詩裏；如果單列，一眼就看出作者的真實用意。

陶淵明的組詩方法，是從阮籍《詠懷》、左思《詠史》那裏學來的。阮籍《詠懷》八十二首，各種各樣履薄冰、如湯煮的情感，流血的内心，無淚的傾訴，都化成思想的冷箭，"嗖嗖"地射向他仇恨的社會和仇恨的人。陶淵明的組詩，也往往也是一個"主題"的"多彈頭"向四面發射。

譬如《擬古》九首，陶淵明爲什麽要"擬古詩"呢？

因爲自陸機以來，擬"古詩"的人很多；"古詩"本身就有深意，有牢騷；"擬古"詩自然也可以有"深意"，有牢騷。而所有的深意，所有的牢騷都是"古詩"的，是"擬"的，和自己没有干係，這種障眼法，應該是陶淵明"擬古"的出發點。

《讀山海經》十三首，陶淵明爲什麽要讀《山海經》呢？

一是從小喜歡，像神話小説；二是《山海經》的内容荒誕不經，讀《讀山海經》的體會也可以"荒誕"一點；假如有理想寄托，也會像《山海經》裏的故事，別人看不出來。東晉末年，政治强人和軍事强人走馬燈一般輪流轉，個個飛揚跋扈。陶淵明目睹了許多悲慘的事實，讀《山海經》正合時宜。《山海經》讀不懂的地方，看看當下的社會；看不懂社會的地方，讀讀《山海經》。

在陶詩裏，最典型的例子是《飲酒》，那是二十首詩的聯盟；裏面的詩各具形態，各有意思。二十個兄弟，圍在一起"飲酒"。

人爲什麼要喝酒？酒可以"解藥"，可以審美，提高生命的密度，可以陶醉自我，忘卻煩惱，可以對社會反彈，可以胡言亂語不被追究。因此，嵇康、阮籍、阮咸、劉伶、張翰都口不離酒，工作最好也調到一個有美酒的地方，像阮籍因聞步兵廚營人善釀，有貯酒三百斛，乃求爲步兵校尉，世稱"阮步兵"，陶淵明也一樣。

說《飲酒》詩二十首，全與某人、某事、某政策一一對應，恐亦牽強附會；但社會蛇影，時局杯弓，亦在感歎酒杯中。蕭統說陶淵明詩篇篇有酒。其序陶集說："吾觀其意不在酒，亦寄酒爲跡者也。"

"寄酒爲跡"——是《飲酒》二十首的總主題。

話是喝酒時說的，詩是喝醉時寫的，說了出格的話，寫了違反基本原則的詩，常理可以寬恕，讓人感受到陶淵明在文網威脅下的謹慎。尤其謹慎的，是二十首的最後一首，最後兩句，在組詩結束前，陶淵明還不忘爲整組詩寫了兩句"免責聲明"：

> 但恨多謬誤，君當恕醉人。

向讀過和沒有讀過這些詩，得罪和沒有得罪過的人，說一聲"總道歉"。用憤激的反語，收回酒詩中說錯的"謬誤"。

陶淵明有什麼"謬誤"呢？他知道"謬誤"爲什麼要說呢？恐怕是無奈的解嘲吧！

三、組詩的結構：爲中國詩學開拓新路

用組詩寫作的方法，不起始於陶淵明。陶淵明是從阮籍《詠懷》、左思《詠史》那裏學來的。但是，阮籍《詠懷》八十二首，

包括左思《詠史》，都是同類詩歌的組合。這些詩歌，在組詩內部是"平行"的，沒有什麼分工或設定的結構；陶淵明不一樣，陶淵明的大多數組詩，是一個有機的結合體。

如《歸園田居》五首，第一首寫田園之美，歸隱之樂；第二首寫與鄰里的交往，歡天喜地在自由的鄉村空間拓展；第三首寫春天在南山種豆子，以種豆象徵，寫稼穡之難；第四首寫農閒時帶領子侄輩尋訪遺跡，理解人生；第五首寫自己與世推移的態度，強調對生命意義的理解，在暫短中享受，在平淡中綺麗，在痛苦中快樂。

這就是說，《歸園田居》五首之間的關係，不是平行的。田園生活，不僅有美麗的風景，心想事成的歡欣；還有種田的艱難，對待生死的態度。五首《歸園田居》，有五個陶淵明。

最有意思的是陶淵明《擬挽歌辭》三首，第一首寫祭祀，第二首寫出殯，第三首寫埋葬自己的情形。三詩環環緊扣，那種誇張、變形，"皮影戲"一般生動精彩。演到下葬，是為高潮，因此寫得最好。

說寫得最好，不僅是根據我們現在讀者的審美，從蕭統《文選》選了這首詩，也可以看出，不僅蕭統認可，亦是當時人的定評。

這種有總綱，有分支，有合流，有分有合，首尾呼應的"組詩"，是阮籍、左思沒有的；是由陶淵明確定的。陶淵明學習前人的形式，將其上下勾連，脈絡貫通，推進到新的維度；從杜甫的《秋興》八首，到龔自珍的《己亥雜詩》和貝青喬的《咄咄吟》，在中國詩歌史上，開拓出新的意義。

讀陶札記之三
陶淵明的"精神定力"

一、陶淵明偉大的"精神定力"

　　陶詩的偉大，歸根結底源於陶淵明的"精神定力"。
　　"精神定力"，其實就是知識分子"人格的精神力量"，這種力量，一直是中華民族的脊梁。從《詩經》中的許穆夫人到楚辭中賦《離騷》的屈原，他們這種愛國、不棄家邦的人格精神力量，都在詩歌中表現得淋漓盡致。至漢末大亂，人的精神力量在"亂"中精光四射。
　　這種讀書人和知識分子的"精神定力"，是社會上強大清流力量的集中體現，同時由當時盛行的人物品藻風氣推波助瀾。陶淵明獨特的"精神定力"，就是此種背景下的產物。
　　平時的生活中，人的精神定力會隨一個人的品格顯現出來。譬如，被陶淵明的時代所贊美、比陶淵明小三十多歲的劉義慶，在陶淵明逝世的二十多年後編成《世說新語》，在其"德行"篇中兩個讀書人之間就表現出截然不同的對照。
　　管寧和華歆在園中的菜地一起鋤草。看見地上有片金：管寧依舊揮動着鋤頭，不是我的錢財，就像對瓦片石頭一樣沒有區別；而華歆卻彎腰撿起來，雖然扔出去，但暴露了他"三秒鐘"的動搖。兩人坐在同一張席子上讀書，門口有士大夫的華貴車輛經過：

管寧保持姿勢不變；華歆卻放下書去觀看，顯示出二人道德和"精神定力"的高下。《世說新語》三十六門第一門"德行"篇樹立了一種標杆，即評價一個讀書人、知識分子最重要的德行之一就是人的"精神定力"。

在社會更替，風雲詭譎的時代，人的精神定力會隨鮮血一起綻開絢麗的花朵，竹林七賢的嵇康就是。在司馬昭之心、路人皆知的時代，"康將刑東市，太學生三千人請以爲師，弗許"①。臨刑前，康神情自若，顧視日影，索琴彈之，曰："《廣陵散》於今絶矣！"② 面對司馬昭的屠刀，面對流血，神色不變，這是中國知識分子最高貴的"精神定力"。嵇康用"絶交書"和死亡——是完成偉大人格最後的一筆定格了他在中國文學史和思想史上獨一無二的生命原則和高貴品格。

陶淵明沒有面對屠刀和流血，但面對饑餓，面對榮利，在沸沸揚揚的社會裏，他像嵇康一樣鎮定自若。陶淵明和嵇康同是魏晉二百年來最具"精神定力"的詩人。

陶淵明的"精神定力"，首先來源於對自己門第的崇敬。《贈長沙公》四章，看出陶淵明非常重視家族門第的榮光。其《命子》（十章）敘述陶氏家族累世盛德，榮耀相承；敘述曾祖長沙公陶侃輝煌的事業，那是有晉中興、力挽狂瀾的功勛，這使陶淵明充滿自豪感。像屈原一樣，陶淵明把對自己家族、宗祖的認同，變成對國家的認同和對東晉的認同，形成陶淵明與東晉政權的同一立場。他理想的藍圖就是像祖先陶侃一樣，在東晉的框架裏展開自己人生的志向。但是，由於此後老遇見軍事强人和野心家，他無

---

① （唐）房玄齡等撰：《晉書》，卷四十九列傳第十九，中華書局，1974年，第1374頁。
② 同上。

法展現自己的抱負，此後出仕與退隱，都像木偶戲，由此牽連。

第二是經典的資源。這就是他在《飲酒》裏寫到的商末孤竹君的兩個兒子伯夷、叔齊、商山四皓、顏回、榮啓期，以及個性耿直、不迎合權貴的西漢人張摯，以及覺得自己不適應做官，就不再做官，在大澤中講學的東漢楊倫。此外揚雄、柳下惠；《擬古》九首中的田子泰、俞伯牙、鍾子期、莊周、惠施等知音人物；《詠貧士》中的榮啓期、原憲、黔婁，困於積雪的袁安，被迫從仕，當有人向他行賄，當天就辭去官職的阮公。以及東漢隱士張仲蔚，三國時期做過南陽太守的黃子廉等人。

陶淵明挑選貧士爲榜樣，都以自己爲標準。《漢書》及《高士傳》有很多可以選擇的人。將所詠貧士的事蹟人品合起來，就是一個完整版的陶淵明自己。

第三是出仕、歸隱，社會政治經歷的磨練，以及獨特的生活經歷和思想經歷的匯合，使他的"精神定力"成了那個時代的代表。我們只要讀一讀他的朋友顏延之的《陶徵士誄》、沈約《宋書·隱逸·陶潛傳》以及了解了解陶淵明的人品和詩品在蕭統、蕭綱、蕭繹三兄弟的成長過程中教科書一樣的存在——蕭統爲陶淵明編集，爲之寫序，把陶詩選入《文選》；蕭統、蕭綱、蕭繹兄弟還經常討論陶淵明。當時人欽佩陶淵明，主要是他的人格的高尚，不慕榮利的人品，"不戚戚於貧賤，不汲汲於富貴"的精神，這種精神的核心部分，就是陶淵明的"精神定力"。

陶淵明這種思想上和表現在詩中的"精神定力"，不僅是那個時代的代表，以後也很少有人超越：這是陶淵明和陶詩偉大的基石。

陶淵明的詩文，當時人譬如龐參軍、郭主簿、顏延之等人聽到過，又通過耳口相傳，被沈約《宋書·隱逸·陶潛傳》寫進去，在沈約的傳記中，就引用了許多，譬如《五柳先生傳》、《歸去來辭》以及《命子》詩等。

二、陶淵明的"精神定力"與"左思風力"

陶詩的句式、體制，甚至寫法，是從阮籍、左思的詩裏過來的。陶集中的"雜詩"、"擬古詩"、"飲酒"，甚至"讀山海經"，其實都是從阮籍的"詠懷"和左思的"詠史"變化來的；其組詩的形式，也是從前輩阮籍《詠懷》、左思《詠史》那裏學來的。有的陶詩很"深"，很"難懂"，和阮籍《詠懷》不無干係；但從組詩形式到歌詠對象，特別是從"精神定力"——變成詩歌中的風力，卻和左思有關。鍾嶸《詩品》"宋徵士陶潛"條說陶淵明詩："其源出於應璩，又協左思風力。"[1] 明確說，陶淵明的詩風部分來源於左思。

鍾嶸說陶淵明"其源出於應璩"[2]，從宋朝就有人不同意，議論紛紛；但對"又協左思風力"[3]，大家都舉手贊同，覺得是對左思和陶淵明的定論。

當時的門閥制度，猶如一堵又高又黑的牆。"上品無寒門，下品無勢族。"[4] 左思所詠，是無法進入仕途的所有寒士對社會的憤懣不平之情，這就具有普遍的社會意義：代表了自己，也讓自己代表了時代。表現在詩歌裏，就形成了一種專門特指對社會憤懣不平、反抗現成秩序的"左思風力"。並且，在陶淵明隱居的八十

---

[1] （梁）鍾嶸著，曹旭集注：《詩品集注》，上海古籍出版社，2017 重印版，第 336 頁。
[2] 同上。
[3] 同上。
[4] （唐）房玄齡等撰：《晉書》，卷四十五列傳第十五，中華書局，1974 年，第 1274 頁。

年前，就隱居起來，不僅成了張翰隱居的表率，也成了陶淵明隱居的表率。

我們注意到，凡是經歷官場拼搏回到田園的詩人，都曾痛下決心，並且有一種返回的動力。這種"返回的動力"，我們經常可以在他們表達心跡的詩歌中找到。這是一種認識的力量，清醒的力量，具有反諷和批判社會的力量；這種力量，在詩歌中結成冰霜一般決絕的"風力"。這種叛離社會的"冷風力"，鍾嶸以左思命名，稱爲"左思風力"。通過左思和阮籍前輩，陶淵明用行爲和詩，表達了與前輩類似的相似性，連接起兩晉及宋的詩學。

當陶淵明的"精神定力"通過他的詩表達出來的時候，人們很快會想到他的《詠荆軻》。《詠荆軻》是陶詩中最重要、也最引人注目的詩歌之一，因爲它的風格與陶詩的其他風格不同，表達了陶詩"怒目金剛"的另一面。此詩寄托了陶淵明兩方面的理想：一方面是知其不可而爲之，另一方面是輕生死而重名節。這兩種精神在陶詩中時有體現，但有微妙的不同，折射了陶淵明心中的矛盾。荆軻的形象和《讀山海經》中精衛、刑天的形象是相似的，陶淵明都對他們表示由衷的贊美，並流露出時運不濟的沉痛和無奈。

宋代朱熹門人編輯的《朱子語類》說："陶淵明詩，人皆說是平淡。據某看，他自豪放，但豪放得來不覺耳。其露出本相者，是《詠荆軻》一篇，平淡底人如何說得這樣言語出來！"① 以後魯迅也說陶淵明豪放，遂成爲一種說法。

但其實，陶淵明反復說自己："少時壯且厲，撫劍獨行遊"

---

① （宋）黎靖德編，王星賢點校：《朱子語類·卷第一百四十·論文下》，中華書局，1986年，第3325頁。

(《擬古》之八)①;"憶我少壯時……猛志逸四海,騫翮思遠翥"(《雜詩》之五)②,都説明,在陶淵明的性格和志趣中,本身就有荆軻的精神内涵,有豪放、跌宕、俠義的一面。蕭統《陶淵明集序》:"其文章不羣,詞采精拔;跌宕昭章,獨超衆類;抑揚爽朗,莫之與京。"③ 其中"跌宕昭章"、"抑揚爽朗",是詩品,亦是人品。

三、當陶淵明的"精神定力""鬆懈"的時候

我的意見是,並非陶淵明一貫"平淡",偶爾來一點"怒目金剛";而是,自然的本色和怒目金剛是陶淵明互爲依存的表裏。從某種意義上説,陶淵明本質的主導面是"怒目金剛"的。他在生命結束前寫給兒子們的《與子儼等疏》中,總結自己一生和性格是"每以家弊,東西遊走;性剛才拙,與物多忤"④,説得再清楚也没有了。他貧窮,没有知音,幾次出仕都失敗。除了寫田園一些令人陶醉的篇章外,大多數寫對社會的抨擊、義憤、激情,對現實政治不滿,是陶詩最大的内涵。回歸田園,不過是他對政治強人和軍事強人不合作的最後一句狠話——大不了回老家種田!大不了死了回南山"舊宅"——陶氏的祖墳。

從人到詩,陶淵明的偉大及陶詩的好處,就是他用這種"精神定力"平衡自己;再令人憤怒的事,也可以化爲淡淡一笑,或

---

① (東晉)陶淵明撰,袁行霈箋注:《陶淵明集箋注》,中華書局,2003年,第334頁。
② 同上,第849頁。
③ 同上,第614頁。
④ 同上,第530頁。

者通過"酒"把煩惱融化掉,讓他的人和詩"變得平淡"。我們讀陶詩的時候,讀到的經常是在他精神定力"管控"下的"平淡"。雖然在這種"平淡"中,經常有"無言的憤怒"在,但一般情況下,我們是讀不到詩人"怒目金剛"的"裏子"的。

但陶淵明的"精神定力"也有鬆懈的時候,定力一鬆懈,"裏子"就露出來。當我們讀到《詠荆軻》,驚奇地發現他"怒目金剛"的"裏子"和他心裏的底色時,就像許仙看到喝了雄黃酒現出原形的白娘子,愣一下,問:這也是陶淵明嗎?我的回答:是,是更本色的陶淵明。

陶淵明人品體現出的"精神定力",對於後世的時代風氣與價值取向有着巨大影響;並且給後世的思想界、文學界帶來界碑的意義。誠如後世王國維在《文學小言》中所說:"三代以下之詩人,無過於屈子、淵明、子美、子瞻者。此四子者若無文學之天才,其人格亦自足千古。"①

---

① 姜東賦,劉順利選注:《王國維文選注釋本》,百花文藝出版社,2006年,第105頁。

讀陶札記之四
陶詩藝術：不是平淡，是低調的奢華

一、陶詩"平淡"嗎？

首先，"平淡"是什麼呢？

"平淡"的"平"，是勻稱、適中的意思；"淡"是從人的味覺出發形成的美學範疇。"平淡"是一種不激烈、不刺激的中和的味道。春秋戰國的時代，成爲對人的體貌特徵和性格的品評。《鬼谷子》注謂："貌者謂察人之貌，以知其情也；謂其人中和平淡。"① 人體藝術美學盛行時，魏劉劭《人物志·九徵》總結說："是故觀人察質，必先察其平淡，而後求其聰明。"② 由此，"平淡"和中和相關聯，指人的品性。

此後和大量味覺審美及人體語言一起進入文學和詩歌品評領域，"平淡"便和奇崛、激烈、雕琢等藝術觀念相對立，成爲一種重要的美學概念。在舊題唐司空圖《二十四詩品》中，作爲與"沖淡"相似的概念，與雄渾、勁健、綺麗、豪放、含蓄等風格並列。

雖然在思想的層面，陶淵明受儒、釋、道理論的影響，玄言

---

① （戰國）鬼谷子著：《鬼谷子》，團結出版社，2017年，第143頁。
② （三國魏）劉劭著，王水校注：《人物志》，黃山書社，2010年，第9頁。

詩、道家的淡味，莊子的體道之淡，其思辨的色彩與深遠的哲思內涵，會包含平淡、中和、自然、虛靜的藝術特徵；一部分陶詩亦具備這種特徵。如《飲酒》（其五）："結廬在人境，而無車馬喧。問君何能爾？心遠地自偏。采菊東籬下，悠然見南山。山氣日夕佳，飛鳥相與還。此中有真意，欲辨已忘言。"①

這種避世的態度，對權威、名利的否定；對人群的逃離。在夕陽的照耀下，和成群的鳥一起，結伴向山中飛回；並在歸復自然中，求得完美，生命在那一刻達到了至高的境界。在領悟到生命的真諦以後，想把它說出來，卻找不到合適的語言；其實是說，語言已經無法，也沒有必要去表達，即所謂"忘言"——讓語言走開。

此詩與陶淵明《歸園田居》五首中的"少無適俗韻"②、"野外罕人事"③、"種豆南山下"④ 及《移居》二首一起，是陶淵明與"平淡"風格最接近的詩。即便如此，細心的讀者仍然可以感受到，如果說這就是"平淡"的話，那還需要樸真、空靈、自然、清新等概念範疇去補充它。

陶詩的絕大多數作品，都不是"平淡"，而是充滿理想的激情。是一種經過魏晉清談，被形而上的藝術哲學洗煉過的"低調"的"奢華"；具有人生智慧和生命堅守的力量，體現精神的超越，思想的拗執，語言的質樸，結構的騰挪和"老練"地糅合這一切的新風格。

除了在詩中表現出陶淵明的"精神定力"以外，陶詩藝術：

---

① （東晉）陶淵明著，逯欽立校注：《陶淵明集》，中華書局，1979 年，第 89 頁。
② 同上，第 40 頁。
③ 同上，第 41 頁。
④ 同上，第 42 頁。

低調中的奢華也是陶淵明和陶詩偉大的原因。

二、"低調"與"奢華"是一對悖論

"低調"與"奢華",是一對悖論,一千五百多年來,陶詩始終在悖論中被誤解和被理解。

說原因,一是陶淵明爲人低調,所以,大多數詩歌表現出低調的傾向;低調容易被理解成"平淡";二是,陶淵明的詩裏老是表達隱居理想,這也讓寫歷史的人和一般讀者覺得陶淵明是個隱士而不是詩人;三是,陶淵明不同於當時隱居在廬山不事生產勞動的隱士,後來成了真正的農民,想的、寫的,用的語彙,與農家語很接近,這就讓自以爲高雅的人不習慣;四是,寫的內容,很多是農村勞動的場景,真正農民的想法,不像後來的謝靈運背着個高級照相機,專門挑精彩的山水按快門,容易讓人覺得高光。

但是,我們其實不在寫詩,我們都在寫我們自己,因爲陶淵明本身精彩,他的思想人品,他的"精神定力",他超越時代的天才詩人的光芒,仍然在低調中表現出來。並讓很多人感覺到了。最初感覺到的是鮑照,然後是江淹。特別是江淹,他把"低調中奢華"的陶詩學得惟妙惟肖,讓蘇東坡都以爲真是陶淵明寫的。因爲蘇東坡判斷是不是陶詩的依據,就是根據是不是具有"低調"中的"奢華"[1];而狡猾的江淹,正是"低調"處,"奢華"處,

---

[1] 陶淵明有《歸園田居》五首,江淹擬了第六首:"種苗在東皋,苗生滿阡陌。雖有荷鋤倦,濁酒聊自適。日暮巾柴車,路暗光已夕。歸人望煙火,稚子候簷隙。問君亦何爲,百年會有役。但願桑麻成,蠶月得紡績。素心正如此,開徑望三益。"蘇軾嘗曰:"淵明詩初看若散緩,熟看有奇句。"(宋歐陽修、釋惠洪著,黃進德批注《六一詩話 冷齋夜話》,鳳凰出版社,2009年,第41頁。)

都極像陶淵明，所以把蘇東坡迷惑住了。

其實，陶詩的"低調"和"奢華"，鍾嶸《詩品》、蕭統《陶淵明集序》都認識到了。鍾嶸《詩品》"中品·宋徵士陶潛"條，極力爭辯，説陶淵明不僅有"質直"的一面，同時有"辭興婉愜"、"風華清靡"的一面：

> 其源出於應璩，又協左思風力。文體省静，殆無長語。篤意真古，辭興婉愜。每觀其文，想其人德。世歎其質直。至如"歡言酌春酒"、"日暮天無雲"，風華清靡，豈直爲田家語耶？古今隱逸詩人之宗也。①

陶淵明開創田園詩派，鍾嶸從歷史批評的角度，尊之爲"古今隱逸詩人之宗"，既揭示了隱逸詩人田園閒適詩發展的綫索，又在風格體貌上肯定了陶詩在我國詩歌史上的重要地位。

蕭統《陶淵明集序》説：

> 吾觀其意不在酒，亦寄酒爲跡者也。其文章不羣，辭彩精拔，跌宕昭彰，獨超衆類，抑揚爽朗，莫之與京。横素波而傍流，幹青雲而直上。語時事則指而可想，論懷抱則曠而且真。②

此不僅概括了陶淵明的詩品和人品；還看出了陶詩"平淡"中的"警拔"和人品之間的關係。甚至還說："余素愛其文，不能

---

① （梁）鍾嶸撰，曹旭集注：《詩品集注》，上海古籍出版社，2011年，第336—337頁。

② （東晉）陶淵明著，逯欽立校注：《陶淵明集》，中華書局，1979年，第9頁。

釋手,尚想其德,恨不同時。"①

但理解得最準確,表述得最好的還是蘇東坡。

蘇軾評價陶淵明說:

> 吾於詩人無所甚好,獨好淵明之詩。淵明作詩不多,然其詩質而實綺,癯而實腴,自曹、劉、鮑、謝、李、杜諸人,皆莫及也。吾前後和其詩凡百有九篇,至其得意,自謂不甚愧淵明。然吾之於淵明,豈獨好其詩也哉?如其爲人,實有感焉。②

這段話是評論陶淵明最精彩,更"到位"的話。尤其是從藝術審美上高度評價和概括陶詩,把陶詩的藝術上升到一個空前未有的高度。"質"(樸)與"癯"(瘦),一直是世人對陶詩的評價,蘇軾以爲錯了;陶詩看起來"質"(樸),其實是"綺"(麗);看起來"癯"(瘦),其實是(豐)"腴"。蘇軾具有詩歌史上一雙最銳利的"藝術的眼睛"。

由於蘇軾的揭示,陶淵明"低調"中的"奢華"風格被越來越多的人所認識。

明歸有光《陶庵記》說:"觀陶子之集,則其平淡沖和,瀟灑脱落,悠然勢分之外,非獨不困於窮,而直以窮爲娛。百世之下,諷詠其詞,融融然塵渣俗垢與之俱化。"③

---

① (東晉)陶淵明著,逯欽立校注:《陶淵明集》,中華書局,1979年,第10頁。
② (南宋)胡仔纂集,廖德明校點:《苕溪漁隱叢話》,人民文學出版社,1962年,第30頁。
③ (明)歸有光著,胡懷琛注:《歸有光文》,商務印書館,1948年,第30頁。

清代龔自珍《舟中讀陶詩》也說："陶潛酷似卧龍豪,萬古潯陽松菊高。莫信詩人竟平淡,二分梁甫一分騷。"① 那是屈原的《離騷》加諸葛亮的《梁甫吟》,是一種至高的贊美。

而且,人們進一步認識到,陶詩和辭賦,都是陶淵明生命裏最精彩的部分,不僅不"平淡",而是高華、綺麗、豐腴、真實、細微,具有溫度。如梁實秋所說,那是:"絢爛之極歸於平淡,但是那平不是平庸的平,那淡不是淡而無味的淡,那平淡乃是不露斧鑿之痕的一種藝術韻味。"

如《歸園田居》其三"種豆南山下"②,看看不驚人,但南山,大布景,寬銀幕,種豆的人與南山形成一個對比,一遠一近,一大一小,一濃一淡,一靜一動,詩意就來了。

幹到晚上,月亮在頭頂,腳下是矮矮的灌木叢,布滿傍晚的露水,加上道路狹窄,草木上的露水沾濕了褲腳管,真是很辛苦。月與露是當時詩人樂於描寫的景象組合。"種豆南山下"③、"夕露沾我衣"④、"帶月荷鋤歸"⑤,無絲毫粉飾,隨口而出,醇美的意境,形成了陶詩"低調"中的"奢華"。如此種種,不一而足。

陶淵明寫的內容,寫的方法看起來"低調",譬如多用白描手法,用本色的語言,親切的口吻,娓娓而談;簡單、疏朗、精煉地勾勒鮮明生動的形象;雖然大多是田間農事、柴門犬吠、稚子嬌嗔、竈頭炊煙之類的"低調"生活,但境界自蘊其中;而且根本上,他詩裏的每一句話都真心流露,極具溫度,極具深情,讀

---

① (清)龔自珍著,劉逸生選注:《龔自珍詩選》,浙江人民出版社,1980年,第201頁。
② (東晉)陶淵明著,逯欽立校注:《陶淵明集》,中華書局,1979年,第42頁。
③ 同上。
④ 同上。
⑤ 同上。

者先認同,後共情,然後拍案叫絕,"奢華"就在讀後的餘味裏。如《移居》第二首"春秋多佳日",末兩句是"奇文共欣賞,疑義相與析"①。這麼樸素的話,如此新奇的結尾,簡直是"奢華"到極點。

三、不是平淡,是"具有溫度"的老練

陶詩給人的感覺是"平淡"。其實,不是平淡,是"具有溫度"的老練;這種老練到處都是。

陶集中,除了田園詩寫得好,公務逆旅,船爲風暴所阻,行路難的詩寫得好以外,與人贈答、唱酬的詩也寫得非常好。

陶集中,有十幾首贈人酬唱的詩;組詩中,也有寫與人交往的詩,沒有一首不得情得體,沒有一首不老練。就說第一首《酬丁柴桑》,除了"長沙公"是"自家人",丁柴桑是陶詩裏最先和我們遇到的有官銜的朋友。陶淵明不直呼其名,因爲他是"縣令",而且是管自己家鄉的縣令,陶淵明尊稱爲"丁柴桑";以官銜稱人,是當時約定俗成的習慣,猶如我們現在稱"王局"、"陳處"一樣。陶淵明所有贈答酬唱詩的對象,一律都稱官銜。但陶淵明的尊稱也帶來了遺憾,因爲這位令人尊敬的"丁柴桑"叫什麼名字,今天我們已經無法知道。但是,所有讀這首詩的人,都會覺得丁柴桑真是個好人;同時說明,陶淵明對他家鄉的父母官多重視,多會寫,這是人情的老練,也是詩筆的老練。

再如,《與殷晉安別》(並序)。殷晉安是陶淵明《移居》詩中

---

① (東晉)陶淵明著,逯欽立校注:《陶淵明集》,中華書局,1979年,第56頁。

同在南村的"素心人"①。殷晉安想去炙手可熱的劉裕那裏當參軍，兩人出現去留的不同。詩中"語默自殊勢"② 一句，不説不行；但一説，就挑明兩個人思想行爲上的分歧。不過，陶淵明很快用"良才不隱世，江湖多賤貧"③，用對殷晉安的贊美，完成對自己低調的敘述，非常到位。然後説：早就知道我們會分離，但没有想到就在這個春天；别後的想念令我悲傷，但是没有辦法——輕而易舉地把讓人淚落的深情，變成兩種命運的交叉。陶淵明和殷晉安是兩段生命綫，他們接近過，交叉過，然後向各自不同的方向延伸。

臨走時，突然出現兩句空鏡頭："飄飄西來風，悠悠東去雲。"④ 這在密度那麼大的敘述中，是極其抒情的空鏡頭；而"山川千里外，言笑難爲因"⑤ 好像很實事求是，其實也非常煽情。最後"脱有經過便，念來存故人"⑥ 是陶淵明的叮囑——以後您有機會經過這裏，盼望您來看看我這個老朋友。這樣别離的話，比唐代王勃《送杜少府之任蜀川》"海内存知己，天涯若比鄰"⑦ 的豪言壯語和結尾"無爲在歧路，兒女共沾巾"⑧ 類似"憤青"之間的勉勵；及李白《送友人》"揮手自兹去，蕭蕭班馬鳴"⑨ 的壯闊景象來，更在平易中見老到，具有"人情的温度"。

有人説陶詩"平淡"，實是皮相之言，陶詩看似語言平淡，但語言背後的東西很奇崛。這種奇崛，是由本真的人，本真的思想，

---

① （東晉）陶淵明著，逯欽立校注：《陶淵明集》，中華書局，1979 年，第 56 頁。
② 同上，第 63 頁。
③ 同上，第 63—64 頁。
④ 同上，第 63 頁。
⑤ 同上。
⑥ 同上，第 64 頁。
⑦ 馬茂元選注：《唐詩選》，上海古籍出版社，2017 年，第 16 頁。
⑧ 同上。
⑨ 同上，第 228 頁。

是句子與句子，意思和意思之間的進退、轉折、鋪墊、象徵、騰挪和跌宕，是"具有溫度"的老練形成的。

陶淵明是性情中人，但不乏老練，也許是他時隱時仕的過程中磨練出來的，因此，一不注意，就容易把這種"老練"看成"平淡"。譬如《遊斜川並序》中寫到廬山景色之美，陶淵明說"我和廬山是老朋友了，老朋友就不要多誇了"；不用贊美，卻勝過許多贊美；這種方法，絕不是"平淡"，而是"老練"。

因爲"老練"，所以陶詩有"幽默感"；而且，這種"幽默感"也具有"溫度"。譬如他的《示周續之祖企謝景夷三郎》詩，隨意寫來，稱揚、調侃、勸勉、詼諧幽默的因素，像五綫譜上音符跳躍的曲綫，在詩中揚抑交替，讓我們讀到了一個這麽會調侃的我們所不認識的陶淵明。

此外，還有寫給兒子們的《責子》詩——用詩歌和兒子對話。

陶淵明有兩個妻子，前妻死後又娶翟氏，五個兒子，分別是陶儼、陶俟、陶份、陶佚、陶佟。小名叫舒、宣、雍、端、通。究竟哪個妻子所生，還有，陶淵明有沒有妾，說法不一。這首詩中皆稱小名，顯出關愛和非正式。

題目是《責子》，其實是用詩與兒子開玩笑，開玩笑的同時批評兒子讀書不用功；能把兩者結合在一起，又進退騰挪，拿捏得那麽巧妙的，是陶詩特有的老練，換成杜甫是寫不出的。杜甫讀陶詩，讀出陶淵明一派儒家本色是對的，但說陶詩"枯槁"，《責子》是"責怪兒子"，看到這些語言的黃庭堅糾正說，杜甫"太老實"了；而他讀到的，卻是與兒子開玩笑的陶淵明[①]。這就像在

---

① 黃庭堅《書淵明責子詩後》說："觀淵明之詩，想見其人豈弟慈祥，戲謔可觀也。俗人便謂淵明諸子皆不肖，而淵明愁歎見於詩，可謂癡人前不得說夢也。"（金融鼎編注《陶淵明集注》，華東理工大學出版社，1993年，第82頁。）

球場上，陶淵明一個"假動作"，竟然晃倒了杜甫；這不是陶詩的奢華和老練是什麼？

兒子們不喜歡學習，不求上進，沒有達到自己的期望值；但一一敘述的時候，又詼諧生動，錯落有致；因爲詩中語言詼諧，口吻愛憐；兒子的缺點都是被老爸漫畫了的：十六歲的大兒子陶儼，懶惰無人能比；老二陶俟快十五歲，到志學之年，還是無心向學；老三陶份、老四陶佚也都十三歲了，還不識六與七的區別；最小的兒子陶佟快九歲了，貪玩、不懂事，只知道找梨子與栗子吃。

南宋詞人辛棄疾的《清平樂·村居》裏寫兒子："大兒鋤豆溪東，中兒正織雞籠。最喜小兒無賴，溪頭臥剝蓮蓬。"① 辛棄疾怎麼也有一個不懂事，貪玩、貪吃的小兒子，和陶淵明的小兒子一樣？你就知道，陶詩此處的奢華，深深影響了辛棄疾。

其實，時代不同，思想不同。我們現在有"代溝"，陶淵明那個時代也有。兒子不可能和爸爸一樣，如果把五個兒子全部培養成陶淵明，那陶淵明也太多了。

再說，陶淵明也沒有資格說兒子讀書不好；因爲你看看，他自己是怎麼讀書的？他在《五柳先生傳》中說："好讀書，不求甚解。"② 在《讀山海經》中說："泛覽《周王傳》，流觀《山海》圖。"③ 讀的都不是正經書，怎麼責怪兒子？

我們只知道陶淵明有五個兒子，有幾個女兒？不知道。假如也是五個，陶淵明還說自己窮，十個孩子的父親怎麼會不窮？

和《示周續之祖企謝景夷三郎》、《責子》一樣，《止酒》一

---

① 龍榆生編選：《唐宋名家詞選》，上海古籍出版社，2012年，第310頁。

② （東晉）陶淵明著，逯欽立校注：《陶淵明集》，中華書局，1979年，第175頁。

③ 同上，第133頁。

首,也是陶詩中最老練的詩之一。這是一首"戒酒詩",整首詩都用"可能"來説明"不可能";對會撒無賴的陶淵明,勸他戒酒的妻子一點辦法都没有,陶淵明在詩中的老練,讀者可以自己去看。

四、陶詩中低調而又奢華的意象群

意象,是主觀情意和外在物象相融合的心象。是詩人構思的過程中,客觀事物在作者頭腦中構成的形象。"意"是客體化的主體情思,"象"是主體化的客體物象;"意象"即是"意"與"象"互相融合,互相生發,借助具體外物,用比興手法形成意境,表達作者的情思。

陶淵明在詩賦創作中,筆涉大量的雲、鳥、松、菊、酒、桑、麻、榆柳、池魚、故淵和南山等自然景象,這些都是陶淵明走出田舍就可以見到的常見而又普通的景象,但陶淵明把這些外物的"象",經主體"意"的浸染,融合醖釀成一種"意象",就像普通"象"的禾黍,經過陶詩"意"的糟牀,流出"意象"的美酒——舉例説明一下吧!

(一)青松

"青松"意象其實是儒家經典《論語·子罕》裏來的。孔子説:"歲寒,然後知松柏之後凋也。"[1] 從小學習儒家經典的陶淵明就記住了,並且覺得青松很像自己。《飲酒》其八説:"青松在東園,衆草没其姿。凝霜珍異類,卓然見高枝。連林人不覺,獨樹衆乃奇。提壺撫寒柯,遠望時複爲。"[2]

---

[1] 楊伯峻:《論語譯注》,中華書局,1958年,第94頁。
[2] (東晉)陶淵明著,逯欽立校注:《陶淵明集》,中華書局,1979年,第91頁。

現實中的陶淵明，就像長在雜草間的青松，世人是看不到他的獨絶的。但是，他知道，有一種考驗叫"歲寒"。歲寒讓人清晰地看到了青松與百草之間，有着截然不同的内質。青松不僅是陶淵明精神品格的自喻，也是後人對他人的評價和詩的評價。這裏要注意的是，陶淵明把"酒"和"松"聯繫在一起。

　　蕭統《陶淵明集序》就說："其文章不群，詞采精拔；跌宕昭章，獨超群類；抑揚爽朗，莫之與京。橫素波而傍流，干青雲而直上。"① 蕭統把陶淵明的文章比成枝幹凌雲的松樹，其實是認可了陶淵明以"青松"意象作爲自己的品牌。

（二）菊花

　　最早的菊花，可以追溯到屈原《離騷》："朝飲木蘭之墜露兮，夕餐秋菊之落英。"② 曹植《洛神賦》中"榮曜秋菊，華茂春松"③，是用菊松比喻容光焕發的洛神；左思《招隱》詩"秋菊兼餱糧，幽蘭間重襟"④，意同《離騷》。故知"松菊"是自我芳潔的意思，也是魏晉以來詩家常用的詩歌材料；陶淵明愛菊，許多詩文寫到過，贊美過，其實是對楚辭以來的一種繼承。

　　但從陶淵明開始，就把寫景、比興與自我芳潔融爲一體了。最著名的就是《飲酒》其五中的："采菊東籬下，悠然見南山。"⑤ 以菊作爲人生的象徵。以後唐代詩人元稹《菊花》："秋叢

---

　　① （東晉）陶淵明著，逯欽立校注：《陶淵明集》，中華書局，1979年，第10頁。
　　② 馬茂元選注：《楚辭選》，《人民文學出版社》，第10頁。
　　③ （三國魏）曹植著，趙幼文校注：《曹植集校注》，中華書局，2016年，第420頁。
　　④ 余冠英：《漢魏六朝詩選》，中華書局，2012年，第210頁。
　　⑤ （東晉）陶淵明著，逯欽立校注：《陶淵明集》，中華書局，1979年，第89頁。

繞舍似陶家，遍繞籬邊日漸斜。不是花中偏愛菊，此花開盡更無花。"①

現代詩人聞一多《憶菊》："那東方底詩魂陶元亮／不是你的靈魂底化身罷？那祖國底登高飲酒的重九／不又是你誕生底吉辰嗎？"② 贊美的，都是陶淵明的菊花。從此，在中國詩歌史上，陶淵明的菊花，就成了獨一無二的品牌。

菊花，是秋天的"佳色"。陶淵明《飲酒》其七是一首專門詠菊花的詩"秋菊有佳色"③，給人的感覺是——低調中的奢華。本詩爲蕭統《文選》所選，表明爲蕭統欣賞，是當時公認的好詩。此外，菊花經常與青松並列在一起，譬如《和郭主簿》："芳菊開林耀，青松冠岩列。懷此貞秀姿，卓爲霜下傑。"④ 譬如《歸去來辭》："三徑就荒，松菊猶存。"⑤ 把菊花與青松並列。因爲松和菊有相同的秉性，都是自己人生的一部分。

菊花和酒也關聯在一起，《飲酒》其七寫："秋菊有佳色，裛露掇其英。泛此忘憂物，遠我遺世情。"⑥ 其中"裛露掇其英"，是説詩人帶露採摘菊初生的小菊花。陶淵明爲什麼要採摘初生的小菊花呢？因爲采菊服食，可以延年益壽。這裏的"掇其英"，就是屈原《離騷》中的"秋菊之落英"；曹丕《與鍾繇九日送菊書》也説："輔體延年，莫斯（菊）之貴。謹奉一束，以助彭祖之術。"⑦

---

① （唐）元稹撰，冀勤點校：《元稹集》，中華書局，1982年，第180頁。
② 聞一多：《聞一多文學精品選》，現代出版社，2017年，第98頁。
③ （東晉）陶淵明著，逯欽立校注：《陶淵明集》，中華書局，1979年，第90頁。
④ 同上，第61頁。
⑤ 同上，第161頁。
⑥ 同上，第90頁。
⑦ （三國魏）曹丕著，夏傳才、唐紹忠校注：《曹丕集校注》，河北教育出版社，2013年，第221頁。

可見服食菊花,是楚辭、漢魏以來的風氣。陶淵明自己在《九日閒居》中也寫過"酒能祛百慮,菊解制頹齡"①。前所舉在"東籬下"采菊,就是爲了"掇其英",目的是相同的,都是爲了泡酒喝,使人形超神越;有酒有菊,人生足矣。

陶淵明寫一個隱者在松菊下飲酒——這是他爲自己畫的一幅最完美的"自畫像"。畫中的隱者高士就是詩人自己。

(三)雲想變成一隻鳥

雲意象是陶淵明詩賦中重要的意象。雲,在陶詩文中出現的頻率很高,約有 20 次左右。

陶淵明以雲入詩,是因爲"雲"在天上,在陶淵明的眼裏,雲是最自由、最閒逸,最孤高的;想怎麽飄來就怎麽飄來,想如何舒卷就如何舒卷。隱逸的高人,就住在白雲裏吧!《和郭主簿二首》中寫——"遙遙望白雲,懷古一何深"②。

《停雲》是陶集中編在第一的詩,第二個字就是"雲",陶淵明在此詩的"小序"中點明説:"思親友也。"③ 也許是思念時的狀態,如凝靜不動的雲彩,靜謐而綺麗;或者是愁雲凝滯的原因吧!陶淵明的"停雲",遂固定成後世思念親友的意象。

《詠貧士》中的"萬族各有托,孤雲獨無依"④ 的"孤雲",就是詩人自己心境的一種寫照。即使無依無靠,但它仍然是自由的象徵。

在陶淵明的詩裏,"雲"和"鳥"經常是相關的。"雲"飛的

---

① (東晉)陶淵明著,逯欽立校注:《陶淵明集》,中華書局,1979 年,第 39 頁。
② 同上,第 63 頁。
③ 同上,第 11 頁。
④ 同上,第 123 頁。

時候，經常"鳥"也會飛。譬如《歲暮和張常侍》中，"寒雲没西山"① 的時候，"紛紛飛鳥還"②。不僅是相關的，互動的，而且還是"互文見義"的，譬如在《歸去來兮辭》中，陶淵明寫"雲無心以出岫，鳥倦飛而知還"③，這裏的雲、鳥是互文見義，也可以寫成"鳥無心以出林，雲倦飛而知還"，這就是"雲想變成一隻鳥，鳥想變成一朵雲"了。

（四）鳥想變成一朵雲

從《詩經》、漢樂府中的鳥，到嵇康形成"飛翔的詩篇"以後，"鳥意象"在陶淵明的詩中，成爲傳統，和其他如白雲意象、青松意象構成一片陶詩的精彩。如果説，幾乎被衆草埋没的青松是詩人自己；無可依托的"孤雲"是詩人自己，那天上飛的鳥更是詩人自己了。也許陶淵明的前身就是鳥變的，在他的身體内部，有一隻不屈不撓，追求在八表之外、雲岑之上飛翔、有着鬥爭精神的"精衛鳥"，像《山海經》中説的"常銜西山之木石，以堙於東海"④。

在《歸鳥》詩中，鳥的一生，就是陶淵明的一生。

清晨出巢的鳥，因爲迎面吹來的風不諧和，便掉頭回到巢穴；不管天路如何，自己的天性，仍然是熱愛自然；鳥飛了一圈又回來，找到了自己的樂趣；最後寫弓箭對自己已無法傷害，因爲我已經回到了故巢。像油畫的畫面，陶淵明尤其喜歡在逆光中飛回故巢的鳥，不等太陽下山就回來，是陶淵明很喜歡的一個意象，

---

① （東晉）陶淵明著，逯欽立校注：《陶淵明集》，中華書局，1979年，第67頁。

② 同上。

③ 同上，第161頁。

④ 袁珂校注：《山海經校注》，巴蜀書社，1993年，第111頁。

陶淵明回歸園田，如歸鳥入林，從形體上、精神上都釋然了——陶淵明的思想，可以從鳥中尋找。

《飲酒》其五説："山氣日夕佳，飛鳥相與還。"①"相與還"之鳥，亦即"歸鳥"。母親去世，陶淵明請假服喪期間，桓玄攻入京師，掌控了朝政，並逼東晉皇帝退位，自己稱帝。隨後，北府兵將領劉裕起兵，打敗桓玄，又恢復了東晉。這些都是鳥飛翔時烏雲密布的大背景。

鳥在陶淵明的詩裏因爲是變化着的，剛回歸田園時寫的《讀山海經》"孟夏草木長，繞屋樹扶疏；衆鳥欣有托，吾亦愛吾廬"②——那是自己回歸後找到依托的欣喜。十二年以後《飲酒》詩中寫他的居所"班班有翔鳥，寂寂無行跡"③，與前面的詩相比，同樣寫房屋、草木、寫鳥和自己，感覺差多了，情緒也糟糕多了。

陶淵明詩中意象是互相關聯的，前面説"雲"意象和"鳥"意象有關聯；而"鳥"意象和"松"意象、"菊"意象也有關聯，《飲酒》其四："棲棲失群鳥，日暮猶獨飛。"④"因值孤生松，斂翮遙來歸"⑤，"托身已得所，千載不相違"⑥。"鳥"與"松"的關係，是主客的關係，朋友和知音的關係。

陶淵明的意象在他的心裏，所以之間都有關聯，詩與松與菊與酒與雲與鳥，與一草一木、春、夏、秋、冬之間的意象都有關聯。這使陶淵明成爲九月九日重陽節松、菊、酒、雲、鳥主題的

---

① （東晉）陶淵明著，逯欽立校注：《陶淵明集》，中華書局，1979 年，第 89 頁。
② 同上，第 133 頁。
③ 同上，第 96 頁。
④ 同上，第 88 頁。
⑤ 同上。
⑥ 同上。

開創者。

總之，生活中普通的物象，經過陶淵明的藝術創造形成的意象群，已在陶詩中連成了一個四通八達意象網路，這也是陶詩從低調變得奢華的原因。

五、以獨特的句法表達審美

凡大詩人和偉大的詩人，其獨特的藝術審美，都會用自己創造詩歌句式、句法來表達——陶淵明也一樣。

陶淵明用來表達自己藝術審美的句法——既是低調的，又是奢華的。陶淵明一生的創作中，形成自己獨特的句法和語法，表達審美。

譬如，《癸卯歲十二月中作與從弟敬遠》一詩，是一年將近的時候，在淒厲的北風裏，陶淵明寫給比他小十六歲的從弟陶敬遠的；從弟不僅與他一起躬耕讀書，也一起經歷風雪與貧困；同時在古代聖賢書裏，一起仰望過自己的理想。在敘事、寫景，由景入情，一句一意，一意一轉的時候，下雪了，陶淵明對從弟陶敬遠非常樸素地寫了他對下雪的感受——

傾耳無希聲，在目皓已潔。[1]

這種低調的詩句，很容易被人看漏眼；自己都說聽不出下雪，還有什麼可看的呢？但是，宋代羅大經看出了這兩句低調中的奢華，《鶴林玉露》說："'傾耳無希聲，在目皓已潔'只十字，而雪

---

[1] （東晉）陶淵明著，逯欽立校注：《陶淵明集》，中華書局，1979年，第78頁。

之輕白虛潔盡在是矣，後此者莫能加也。"① 清代查慎行《初白庵詩評》："真覺《雪賦》一篇，徒爲辭費。"② 比陶淵明小四十一歲的謝惠連的《雪賦》，與謝莊的《月賦》並稱爲六朝寫景小賦的代表作。這篇賦以假設主客的形式，從醞釀下雪到雪霽天晴，場面調度很大，文筆優美，畫面奇麗，豪華得奢侈，但在詩人和詩評家查慎行看來，竟然不如陶淵明的這兩句詩。

清代沈德潛《古詩源》説："愚於漢人得兩語，曰'前日風雪中，故人從此去'；於晉人得兩語，曰'傾耳無希聲，在目皓已潔'；於宋人得一語，曰'明月照積雪'，千古詠雪之式。"③

余謂沈德潛：漢、晉、宋人五句中，淵明兩句最好；中國詩歌史上寫雪，亦是這兩句最好，沒有之一。陶淵明用了"超越描寫"的方法——即觀察同一對象，耳朵和眼睛這兩個"情報部門"，向大腦彙報時提供了"相反情報"的美學。"聽不到"的，"看到了"；"看得到"的，"聽"不到。一般人寫不出，是因爲他們要麽相信耳朵，要麽相信眼睛，從來沒有讓眼睛和耳朵"對立"起來寫過。

從句法上看，這種"無"和"已"，一正一反組成的悖句句式產生的張力，陶詩屢用不爽。如《乙巳歲三月爲建威參軍使都經錢溪》中，首兩句"我不踐斯境，歲月好已積"④，也是"不"、"已"的悖句句式寫景抒情，具有特別的表現力和獨創性，像這樣

---

① （東晉）陶淵明著，逯欽立校注：《陶淵明集》，中華書局，1979年，第78頁。
② 上海辭書出版社文學鑒賞辭典編纂中心編：《古詩三百首鑒賞辭典》，上海辭書出版社，2007年，第336頁。
③ （清）沈德潛選：《古詩源》，中華書局，1963年，第192—193頁。
④ （東晉）陶淵明著，逯欽立校注：《陶淵明集》，中華書局，1979年，第94頁。

的句式，陶詩中還有很多，我再舉一例。

陶詩《飲酒》其八《青松在東園》贊美青松説："連林人不覺，獨樹衆乃奇"①，也是同樣的例子。這是用"多個"和"一個"在人視覺及感覺上的差異寫松樹。即把人的視覺感官"一分爲二"，用這種一分爲二的視覺，寫出松樹"被漠視"和"被贊賞"的不同效果："連林"（連成松樹林）的時候，松樹多的時候，並不覺得松樹特別和有多挺拔；等到"獨樹"的時候，看一棵"孤松"的時候，突然令人仰望贊歎。前面一個否定的"不覺"，後面一個肯定的"乃奇"，這種寫法真太奇特了；詩人看松樹看得多麽仔細，觀察得多麽細膩入微呀！

這種句法雖然奇特，但和詩人陶淵明一樣低調，並不像後世許多寫法那麽張揚。但仔細尋繹，還是有學他的人，王維就是一個。王維《西施詠》"賤日豈殊衆，貴來方悟稀"② 就是一個例子。

陶淵明寫"青松"，王維寫"西施"；陶淵明以正面歌頌的態度寫松，王維以微諷的態度通過西施寫世態炎涼、人情世故。看起來不同，其實句法是一樣的。在大量被埋没的"賤日"，西施與其他浣紗女没有什麽"不同"；但一旦走紅，才發現她的獨特。也是前面"豈殊"的否定和後面"悟稀"的肯定；不過，陶淵明將松樹放在"空間"裏寫，王維《西施詠》放在"時間"裏寫，内心都抒發詩人懷才不遇的不平與感慨。

除了句式，還有思想和藝術的跌宕。如王安石的《古松》詩："森森直幹百餘尋，高入青冥不附林。""不附林"也是陶詩的思想符號和藝術符號。

---

① （東晉）陶淵明著，逯欽立校注：《陶淵明集》，中華書局，1979年，第91頁。
② 馬茂元選注：《唐詩選》，上海古籍出版社，2017年，第103頁。

爲什麼只有陶淵明寫得出這種"一正一反的悖句句式",並產生影響呢?因爲陶淵明有一口古井般寧静的内心,退一步,虚一點,不要完全占滿,讓心靈空間騰出來,就會納入許多本真的、"悖著的"、矛盾的東西;體物就會細微而真切。

並且,他想"低調",不想寫出佳句,就寫出别人寫不出的佳句。

六、低調而又奢華的另類詩

最能見出陶詩低調中的奢華,並具有象徵意義的是陶淵明的"另類詩"。從當時整個時代來説,陶淵明的詩都是另類的,因爲另類,所以顔延之《陶徵士誄》和沈約《宋書·隱逸傳》等傳記,都用避開評論陶詩的方法贊美陶淵明。而這種另類,也許就是陽休之《陶集序録》中説的:"余覽陶潛之文,辭采雖未優,而往往有奇絶異語。"① 不僅在當時,就是在中國詩歌史上,當得起"奇絶異語"的詩,在屈原以後,除了陶淵明,能擔當得起的,確實很少了。到了唐宋,有新的開創,但繼承的也很多。

在異於時代的陶詩中,屬於開創,又對後人影響深遠的陶詩其實很多,這裏不能多舉,就舉兩首説明一下。

(一) 陶淵明的《乞食》詩

説"乞",其實是借貸。在特别的戰争、饑荒的年代,兵荒馬亂或者水災、蝗災的情況下,隱士、知識分子、讀書人甚至士大夫向人"乞食"、"乞米"的事應該是不止一次地發生過的。但那

---

① (東晉)陶淵明著:《陶淵明全集》,上海古籍出版社,2015年,第274頁。

是自己的"隱私",不好寫的,就傳統詩歌而言,一般也不容納它們。可以寫愛國,可以寫憂國憂民、壯懷激烈;訴苦歎窮就很少了,何況寫家裏揭不開鍋,要向人去"乞食"、借米,那太見不得人,太瑣碎了,怎麼好寫?

詩把機會留給了陶淵明,陶淵明以他的"精神定力"就寫了一首——《乞食》詩。寫家裏窮,揭不開鍋,要向人"乞食"(借糧食)。陶淵明寫得很詳致,寫了《乞食》的經過和前前後後的感受,非常真切。

歸隱田園的陶淵明很快感到,地不好種,農民難當。饑餓,不像上面派來的"郵督",你想不見就不見,扔下烏紗帽就走人;饑餓到你家裏,它就坐着不走了,你不接待它不行;所以只能去借米。開始是,向何處去"乞"呢?那是沒有思想準備,也沒有方向的。下意識地跟着腳步走。

其實,陶淵明心裏還是明白的,方向還是有的。在這樣的災年,誰家會有糧食呢?一般的農民家也是沒有的。所以,從陶淵明寫詩的時候開始,大家都不清楚陶淵明是向誰乞食的。

我的猜想是——龐參軍。陶詩裏似乎有也痕跡,讀其《答龐參軍》並序可知。除了龐參軍,陶淵明不會向任何人乞貸;龐參軍不是一般村民,家裏有糧食可貸。只要把陶淵明的《乞食》詩與《答龐參軍》兩首並序一起讀,裏面寫的幾種情況,包括歡天喜地、談天說地、喝酒不知南北的情景都是一致的,由此可以知道陶淵明是向龐參軍"乞"的。

問題是,即使是老朋友,也難開口啊!陶淵明一輩子只會讀書,只會寫詩,只會說義理;到了人家,"乞"字無論如何說不出口,好在對方對陶淵明也是知根知底;所以,龐參軍說:"我怎麼能讓老朋友白來一次呢?"再說,陶淵明畢竟多次做過縣令、參軍一類的官,並不是一般的村民,他是帶着無形資產去"乞"的。

现在要说的是，"乞食"的事，真另类，所以从来没有人把它写成诗。屈原不会"乞食"，"三曹七子"乃至"竹林七贤"都不会乞食，他们主要遭受政治迫害，就隐居的陶渊明在家乡种田会乞食，从此开辟了一个另类的新主题。

自从陶渊明"乞食"以后，士大夫不再以"乞"为耻。唐杜甫《赠李八秘书别三十韵》："乞米烦佳客，钞诗听小胥。"① 同为盛唐气象的代表，他的政治对头大书法家颜真卿也乞过米。其《乞米帖》云："拙于生事，举家食粥，来已数月。今又罄竭，只益忧煎，辄恃深情，故令投告。惠及少米，实济艰辛，仍恕干烦也，真卿状。"②

乞食，是生活中低调得不能开口的事，但一旦说出口，成了诗，即属"奇绝异语"，振聋发聩，令读诗的人一惊，影响如此之广，简直是陶渊明想不到的奢华。

（二）陶渊明的自挽诗

最另类的、最惊世骇俗、最有创造性的是陶渊明写自己死亡全过程的《挽歌诗》三首。在中国诗歌史上，魏缪袭《挽歌》和陆机的挽歌，都只是从哲学的层面说人生死，还没有一个人想像自己死了以后，世界是以怎样的态度来看待我这个人和这一切的③。陶渊明的三首诗，就写自己死了以后，亲戚朋友如何看待他的死亡，看待自己的一切的；还有，活着的时候不能实现的目标，死了以后能不能实现？

---

① 杜甫撰，萧涤非主编：《杜甫全集校注》，人民文学出版社，2014年，第4726页。

② 颜真卿书，安林等选辑：《颜真卿书法荟萃》，金盾出版社，2003年，第150页。

③ 钟嵘《诗品》说："熙伯（缪袭）《挽歌》，唯以造哀尔。"（钟嵘撰，曹旭集注《诗品集注》，上海古籍出版社，2011年，第500页。）

陶淵明的三首"自挽詩",按順序寫來,第一首寫家人對自己的祭祀,第二首寫自己被出殯;第三詩寫自己被埋葬的情形——想像不出,人生還有比這更低調的事情了,但陶淵明寫得驚世駭俗,不僅第三首爲蕭統《文選》所選,作爲經典教科書一般的存在,由此影響後人的精神和文學題材,真的奢華無比。

三詩環環緊扣,像人生死亡的獨幕劇,演到下葬,是爲高潮。

都説陶淵明善於白描,但此詩頗多渲染烘托,對環境、場景渲染烘托增加了身臨其境的效果。祭祀以後,"嚴霜九月中,送我出遠郊"① ——連環畫般勾勒送葬者前行的隊伍。那是死別,是任何賢達、智者、聖人、英雄都改變不了;任何政治強人和軍事強人和美人都要傷心落淚的。

陶淵明很清醒地寫道,大家照儀式走過場。離開墳地的親戚依然悲傷,但與自己關係不深的人已唱起歌來;因爲那些送葬的人只是禮節性地來一來,即使當時悲傷,葬禮結束,就換了心情,又可以歌唱了;因爲他們沒有義務老爲你悲傷。

死亡是什麼?陶淵明給出的答案是——把自己的身體托付給大山,讓自己與自然界合二爲一——那是一種天人合一永存的形式;也是最高形式的——奢華。

---

① (東晉)陶淵明著,逯欽立校注:《陶淵明集》,中華書局,1979年,第142頁。

讀陶札記之五
王維與陶淵明的相似與不似

　　王維生活在唐代，陶淵明生活在晉宋，其間隔了三百三十多年。若論及他們的關係，王維是陶淵明在唐代的學生。

　　雖然同是山水田園詩人，但在生活、詩歌、性格、審美，尤其在詩人的人格精神方面，卻既有許多相似，又有許多不似。

　　王維，字摩詰，河東蒲州（今山西運城）人。自幼聰穎，飽讀詩書，九歲便能作詩寫文章，十七歲就寫出膾炙人口的《九月九日憶山東兄弟》："獨在異鄉爲異客，每逢佳節倍思親。遙知兄弟登高處，遍插茱萸少一人。"同時，他擅長繪畫，諳熟音律，多才多藝。且參禪悟理，精通佛學，有"詩佛"和"一代文宗"的美稱。是盛唐詩壇上極負盛名的山水田園派的代表詩人。現存詩約400首，主要描繪山水田園、歌詠隱居生活，並將詩歌、繪畫、音樂相互溝通。佳作如《相思》、《終南山》、《漢江臨泛》、《山居秋暝》、《過香積寺》、《使至塞上》、《觀獵》等等。

一、王維和陶淵明的名字 爲什麼會聯繫在一起？

　　主流的文學史家都認爲，王維是學陶淵明的田園詩和謝靈運的山水詩成就了自己。清代沈德潛《說詩晬語》在爲唐代山水田園詩人"尋根"時說：

> 陶詩胸次浩然，其有一段淵深樸茂不可到處。唐人祖述者，王右丞有其清腴，孟山人有其閒遠，儲太祝有其樸實，韋左司有其沖和，柳儀曹有其峻潔，皆學焉而得其性之所近。

這裏提到的五位山水田園派的唐代詩人，各得陶詩好處，且第一個就說了王維。王維得到陶淵明的"清腴"，是清麗豐腴的意思。王維自己也有詩爲證——《輞川閑居贈裴秀才迪》：

> 寒山轉蒼翠，秋水日潺湲。倚杖柴門外，臨風聽暮蟬。渡頭餘落日，墟里上孤煙。復值接輿醉，狂歌五柳前。

"接輿"是春秋時代楚國著名的隱士，時稱"楚狂"。孔子適楚，楚狂接輿迎其門曰："鳳兮鳳兮，何如德之衰也！"孔子想和他說話，他都趨而避之。而"五柳"，就是我們說的陶淵明。陶淵明寫了《五柳先生傳》："先生不知何許人也，亦不詳其姓字。宅邊有五柳樹，因以爲號焉。""五柳"遂成爲陶淵明的代稱。

王維此詩以接輿比裴迪，以陶淵明自況，說自己是像陶淵明一樣的隱居者。而且在思想、行爲和詩歌意境上，王維也都有學陶淵明的意思。

清代盧弼、王溥輯《聞鶴軒初盛唐近體讀本》載陳德公說："此篇聲格與上諸作迥別，淡逸清高，自然絕俗。右丞有此二致，朝殿則紳黻雍容，山林則瓢衲自得，惟其稱也。評：三四絕不作意，品高氣逸，與'採菊東籬下，悠然見南山'正同一格。五六亦是直置語，淡然高老，無假胭脂。綺儁之外，又須知有此種，蓋關乎性情，本之元亮，不從沈、宋襲得，獨爲千古。"指出王維是從陶淵明田園詩裏走出來的人。同一個詩派，名字聯繫在一起，值得比較。

二、兩個人都隱居：一個是"富隱"，一個是"窮隱"

王維的隱居和陶淵明的隱居，情況是不同的：一個是"富隱"，一個是"窮隱"。王維少年得志，中了狀元以後，太樂丞的官做得穩穩當當的。後因署中伶人舞黃獅子犯禁，被謫爲濟州司法參軍。受到挫折，王維就去隱居。真的隱居了，又不甘心。後通過給張九齡寫信，得到提攜，官越做越順，歷官右拾遺、監察御史、河西節度使判官。天寶年間，拜吏部郎中、給事中。"安史之亂"後，仍然被"責授"太子中允。唐肅宗乾元年間任尚書右丞，故世稱"王右丞"。

相較之下，陶淵明當的都是"參軍"、"縣令"一類的小官，不是當人家的幕僚，就是在地方上就職。

王維一生最小的官是"參軍"，陶淵明一生最大的官是"參軍"。

做着官的王維，隱居在長安南藍田山麓的輞川別墅。那是初唐詩人宋之問的別墅。裏面有山有谷，有湖有溪，林木幽深，館舍參差。《舊唐書·文苑傳》記載，王維"晚年長齋，不衣文彩。得宋之問藍田別墅"，"與道友裴迪浮舟往來，彈琴賦詩，嘯詠終日"。而陶淵明隱居在自己的家鄉，搬過兩次家，一次搬到頗多"素心人"的"南村"①。

---

① 陶淵明《移居二首》（其一）："昔欲居南村，非爲卜其宅。聞多素心人，樂與數晨夕。"

王維很長時間"半官半隱",且是"帶薪隱居"。他是既沒有過苦日子,也過不了苦日子的人。而陶淵明的常態是隱居,做官則是因爲"親老家貧"、"母老子幼"①。家裏太窮,爲了養家糊口,才去當一點小官,挣一點生活費。一旦形勢險惡,立馬就回歸田園。

王維在朝廷"掛職",回歸山林主要是潛心修佛,修身養性②。與在貧困綫上挣扎的陶淵明不是一種人。雖然都是詩人,王維是"貴族詩人"、"精英詩人";陶淵明是"鄉村詩人"、"草根詩人"。

在他們之間,不僅有"貧隱"、"富隱"的差别,而且,隱居的原因、背景、思想,包括兩個人的性格、生活習慣、愛好和關注點都是不同的。

大家隱居的地方都有朋友。王維在《終南别業》裏"偶然值林叟,談笑無還期",在《終南山》裏"欲投人處宿,隔水問樵夫",其實都是陶淵明《歸園田居》中遇"採薪者"的寫作套路。

比起王維有裴秀才等朋友,陶淵明在南村的"素心"朋友更多。《移居》詩中"昔欲居南村,非爲卜其宅。聞多素心人,樂與數晨夕","春秋多佳日,登高賦新詩。過門更相呼,有酒斟酌之。農務各自歸,閒暇輒相思。相思則披衣,言笑無厭時",尤其是"鄰曲時時來,抗言談在昔。奇文共欣賞,疑義相與析"。

陶淵明對朋友的描寫,一比王維具體,二比王維有人情的投入。讀者都被"圈進"他的朋友圈,一起朗讀詩歌,大家互相欣賞;有疑難,一起分析。那是朋友之間最令人神往的境界。

---

① 《晉書·隱逸傳》:"(陶潛)以親老家貧,起爲州祭酒,不堪吏職,少日自解歸。"顔延之《陶徵士誄》:"少而貧病,居無僕妾。井臼弗任,藜菽不給。母老子幼,就養勤匱。"

② 《舊唐書·文苑傳》:"在京師日飯十數名僧,以玄談爲樂。齋中無所有,唯茶鐺、藥臼、經案、繩床而已。退朝之後,焚香獨坐,以禪誦爲事。"

除此之外，陶淵明還有真正的農民朋友。他們"時復墟曲中，披草共來往。相見無雜言，但道桑麻長"（《歸園田居》其二），如泥土般地樸素、真摯，成爲一種象徵。

三、兩個人都寫《桃花源記》

陶淵明寫《桃花源記》，說出了桃花源再也找不到回去的洞口，最美的社會只能定格在理想的層面上。

王維也寫過《桃源行》，從開頭"漁舟逐水愛山春，兩岸桃花夾古津。坐看紅樹不知遠，行盡青溪不見人"，到結尾"當時只記入山深，青溪幾度到雲林。春來遍是桃花水，不辨仙源何處尋"，寫得辭句優美，同樣令人神往。

但王維的《桃源行》，只是用陶淵明《桃花源記》的材料，把陶淵明當年講過的故事再講一遍。只能證明王維確實受到過陶淵明的影響。若和陶淵明原詩比一比，新奇、寄托、象徵和巨大的創造力都沒有了，只能算是一首非常優秀的練筆詩。不過王維那時只有十九歲，十九歲的陶淵明也許寫不出這樣的詩，只有天才王維寫得出。

陶淵明寫《桃花源記》，是因爲現實不是桃花源。農民難當，土地難種。遇到災年、荒年，不免挨餓；房子失火，住的地方也沒有。作爲老農民的陶淵明越來越窮困。這使向陶淵明學習的王維，對陶淵明的思想和遭遇，抱有警惕的同情，不願走陶淵明的道路。這反映出他在思想、哲學和人格內心的層面，與陶淵明不是一類人。

王維有一首《偶然作》，對陶淵明先生進行調侃：

陶潛任天真，其性頗耽酒。自從棄官來，家貧不能有。九月九日時，菊花空滿手。中心竊自思，儻有人送否。白衣攜壺觴,果來遺老叟。且喜得斟酌,安問升與斗。奮衣野田中,今日嗟無負。兀傲迷東西,蓑笠不能守。傾倒强行行,酣歌歸五柳。生事不曾問,肯媿家中婦。

大意是説,一個人在追求精神自由和人格獨立的時候,一定要有物質基礎作保障。同時,在這個世界上,你不是孤獨的一個人,你還有妻兒父母,還有肩上的責任。

王維這些話説錯了嗎?沒有説錯。

但這不是簡單的對、錯問題,而是歷史對陶淵明的看法問題。整個唐代對陶淵明,是從不理解——半理解——到宋代慢慢理解的過程。許多詩人都在"拒斥"和"有條件"地接受陶淵明。杜甫也是。

杜甫一方面用陶詩的方法和角度寫自己身處的鄉村,創作出了許多優秀的詩歌;同時又覺得陶詩有點"枯槁",説陶淵明的《責子》是"責怪"兒子的詩[①]。

和杜甫一樣,王維在接受陶淵明的過程中,同樣也有"拒斥"的心理。杜甫覺得,他過不了陶淵明那種貧苦的生活;王維就更不用説了。北宋哲學家周敦頤在《愛蓮説》裏,説唐代有很多人喜歡"富貴"的牡丹,不喜歡陶淵明淡淡的菊花和象徵君子的蓮花,指的就是這些思想觀念的不同。

四、一個"忍",一個"不忍"

除了《偶然作》,王維還有一篇能證明他與陶淵明"不似"的

[①] 杜甫《遣興五首》(其三):"陶潛避俗翁,未必能達道。觀其著詩集,頗亦恨枯槁。達生豈是足,默識蓋不早。有子賢與愚,何其掛懷抱。"

書信。信是寫給魏徵後人"魏居士"的。王維勸這位"魏居士"不要隱居,隱居了也不要學陶淵明。他説:

> 近有陶潛,不肯把板屈腰見督郵,解印綬棄官去。後貧,《乞食》詩云"叩門拙言辭",是屢乞而多慚也。嘗一見督郵,安食公田數頃。一慚之不忍,而終身慚乎?此亦人我攻中,忘大守小,不受其後之累也。

王維以爲,陶淵明棄官而去的做法太過輕率,而且迂腐;並堅持認爲,陶淵明應該委曲求全,要與世沉浮,"忍一忍"。這樣,就可以"安食公田數頃",不會窮到要乞食的地步。

這就是沈約在《宋書·隱逸·陶潛傳》記載的,陶淵明在任彭澤縣令時,"郡遣督郵至,縣吏白應束帶見之。潛歎曰:'我不能爲五斗米折腰向鄉里小人。'即日解印綬去職"的事。梁代沈約和蕭統記載這件事時,用的是肯定、贊揚的態度,覺得這就是具有人格理想的陶淵明。寫出來,可以作爲後世楷模。但王維覺得不可取。

王維説這段話,有的細節是説錯了的。他説"叩門拙言辭,是屢乞而多慚也",其實陶淵明並沒有"屢乞",那一次是指陶淵明的《乞食》詩。乞食只有一次,詩只有一首。"多慚",是王維自己的想象,和陶淵明真正想表達的意思相去甚遠。

所謂"乞食",其實是向人借貸。向誰借?我考察下來,應該是向好朋友龐參軍借的。此詩與另一首寫給龐參軍的詩在口吻、感情和氛圍上完全一致[1]。因爲,在那種荒年,家中有糧食的一

---

[1] 陶淵明《答龐參軍》:"談諧無俗調,所説聖人篇。或有數斗酒,閒飲自歡然。"

定是任職的龐參軍。這次借貸事件,也成了會會老朋友一次愉快的旅行。

陶淵明喜歡用幽默的口吻寫自己的窮困,如房子失火,住在破船裏①、責怪兒子讀書不用功等等。這首《乞食》詩也一樣。但不知道爲什麽,杜甫、王維都不太理解。

這首詩一開始,陶淵明就爲自己畫了一幅漫畫:"飢來驅我去,不知竟何之。行行至斯里,叩門拙言辭",用"黑色幽默"開篇。

接下來就是主人的幽默:"主人解余意,遺贈豈虛來?"主人不説"借"而説"贈",還説"我怎麽能讓你白跑一趟呢"。然後便是"談諧終日夕,觴至輒傾杯。情欣新知歡,言詠遂賦詩"。"諧"字、"歡"字,定全篇基調。我認爲,這首具有多重指向、多重意義自我調侃的詩,只有精神超越的陶淵明才敢寫,才寫得出。

王維這麽説陶淵明,把陶淵明説得那麽可憐,我理解爲也是一種調侃。也許"魏居士"是魏徵的後人,王維太想説服這位"魏居士"了,所以把陶淵明的情況説得嚴重一點,不惜矯枉過正。

但是,這種思想觀念上的分歧,會映射到他們具體的政治生活中。王維和陶淵明在思想人格上的"不相似",主要表現在對待壓迫他們的政治強人和軍事強人的態度上:一個——"忍";一個——"不忍"。

陶淵明不斷出仕,不斷歸隱,其原因在於——"不忍"。爲了堅持讀書人的精神定力,或者説,爲了捍衛自己的人格尊嚴,他一旦發現那些政治強人和軍事強人是野心家,他便立馬調轉頭,

---

① 陶淵明《戊申歲六月中遇火》:"正夏長風急,林室頓燒燔。一宅無遺宇,舫舟蔭門前。"

甚至對上級部門派來的"督郵"——那些專門找茬的"鄉里小兒",他也不能忍受——不爲五斗米折腰,掛印歸隱。這是陶淵明最典型的、甚至有點"悲劇性"的"不忍"。

王維在《與魏居士書》中,批評陶淵明這種"不忍",是"一慚之不忍",而"終身"之"慚"。說陶淵明對督郵的"不忍",是"忘大守小"。他主張該"忍"的要"忍"。

天寶十五載(756年)六月,"安史之亂"爆發。叛軍攻陷潼關,攻入長安,得到消息的唐玄宗帶着楊貴妃倉皇逃往四川。王維和朝廷其他官員來不及逃走,被叛軍俘虜。王維被俘後,不肯屈從安禄山,曾吃藥取痢,假稱患病,但並沒有瞞過安禄山的耳目。安禄山將他囚禁於洛陽菩提寺,對他威逼利誘。

最後,王維當了安禄山的"給事中"。雖然是"被迫"的,是無奈的,但客觀上總是做了安禄山的"僞官"。不能不說王維"忍"的思想,是做僞官的内因。結果,被回到長安秋後算賬的唐肅宗作爲叛國的典型。

要不是淪陷期間,王維寫了《凝碧池》抒發對朝廷的思念,並傳到行在讓唐肅宗讀到;同時弟弟王縉要求免除自己的官職來爲兄長贖罪。否則,還不知道結局會怎樣①。

研究王維的人,應該注意到他這篇文章中的"忍",並和陶淵明的"不忍"作對比。

自從陶淵明"乞食"以後,士大夫不再以"乞"爲恥。唐杜

---

① 《舊唐書·文苑傳》:"禄山宴其徒於凝碧宫,其樂工皆梨園弟子、教坊工人。維聞之悲惻,潛爲詩曰:'萬户傷心生野煙,百官何日再朝天?秋槐葉落空宫裏,凝碧池頭奏管弦。'賊平,陷賊官三等定罪。維以《凝碧詩》聞於行在,肅宗嘉之。會縉請削己刑部侍郎以贖兄罪,特宥之,責授太子中允。"其中《凝碧池》又名《菩提寺私成口號》,因爲是當時暗中寫的,所以稱"口號"(口占)。

甫《贈李八秘書別三十韻》："乞米煩佳客，鈔詩聽小胥。"同為盛唐氣象的代表，他的政治對頭大書法家顏真卿也向唐中興名將李光弼（太保）乞過米。其《乞米帖》云："拙於生事，舉家食粥，來已數月。今又罄竭，只益憂煎，輒恃深情，故令投告。惠及少米，實濟艱辛。仍恕干煩也。真卿狀。"

其實，顏真卿與王維是同時代的人，而且官做得不小。但"安史之亂"以後，國家財政空虛，僅靠朝廷的"死工資"過日子，那個日子也不好過。《乞米帖》中說的"拙於生事，舉家食粥；來已數月，今又罄竭"都和陶詩中的句子類似，但顏真卿並不覺得丟人。我做過相關研究，顏真卿的家譜可以一直追溯到孔子時代的顏回，而顏回正是陶淵明的榜樣。顏真卿的思想傾向，倒是與陶淵明很類似的。

幸運的是，王維的"忍"和陶淵明的"不忍"，雖使他們受到了"懲罰"，但讓他們對社會作了以退為進的反彈——隱居在鄉間和別墅，有了更多的時間和空間專心致志地創作。最終成就了兩位頂級的大詩人。

但是，如果現在要我們選擇，做王維，還是做陶淵明？我想，大多數人會選擇做王維。因為陶淵明太難做了。偉大的人，就偉大在難做。

同樣難做的，還有屈原和杜甫。所以朱光潛說，陶淵明在中國詩人中享有崇高的地位。可以和他比擬的，前只有屈原，後只有杜甫。

五、寫五言詩：一個乘的是彩舫，一個划的是漁舟

王維和陶淵明雖然都用五言寫山水田園詩，但他們所用的五

言形式差別是很大的。

陶淵明用的五言，是五言剛誕生不久，寫法還很單調，像陶淵明失火了的家，徒有四壁，窮困窘迫。平仄、對仗、語言技巧這些形式美學的東西，都是陶淵明以後的齊梁詩人才創造出來的。而到了王維的時代，五言詩已經成熟了。既有成熟的五言形式，又有前人許多精美的意象、巧思可供借鑒，寫起來自然不同。陶淵明寫五言詩好比泛漁舟，蓑笠野渡，橫截春江；王維寫五言詩好比乘彩舫，桂棹兮蘭槳，笙歌兮飛揚。

不過，詩人的創造性、理想和感情有時會突破形式。因爲我們都不在寫詩，我們都在寫我們自己。自己的精神、人格、天賦和藝術技巧，會決定詩歌的高度。

陶詩的風格特點，其實不是我們所誤解的"平淡"，而是淵深樸茂、清腴閒遠、清新醇厚，是"低調"的"奢華"。卻因爲具有超越時代的震撼力而不被認識。尤其那些表達知識分子、讀書人"精神定力"的詩篇，其人格力量和藝術力量像長虹一樣高懸在中國詩學的天際。

你可以把詩寫成音樂、寫成圖畫、寫成精美的珠璣，但你不可能把詩裏的樹木、詩裏的飛鳥、詩裏的桑麻，都寫成"有溫度"的知己。陶淵明的"衆鳥欣有托，吾亦愛吾廬"（《讀山海經》）、"山氣日夕佳，飛鳥相與還"（《飲酒》其五）、"桑麻日已長，我土日已廣"（《歸園田居》其二），都是今天仍然鮮活的、具有人性的象徵。

此外，二人還有性格的不同。譬如走了一天累了，要坐下休息，有"潔癖"的王維一定要坐在"清泉"洗過的白石上；而陶淵明卻可以在林邊，或田埂上坐坐，因爲陶淵明熱愛自己家鄉有"溫度"的泥土。

六、王維與陶淵明的詩誰更好？
"超級裁判"——蘇軾評判過

在晉宋、唐代那麼多詩人中，蘇軾評價過陶淵明和王維。細繹蘇軾的評價，我覺得大有深意。

蘇軾評價陶淵明說："吾於詩人無所甚好，獨好淵明之詩。淵明作詩不多，然其詩質而實綺，癯而實腴，自曹、劉、鮑、謝、李、杜諸人，皆莫及也。"（胡仔《苕溪漁隱叢話》卷四：五柳先生下）這裏的"曹"，應該指曹植；"劉"，應該指劉楨；"鮑"，應該指鮑照；"謝"，應該指謝靈運；"李"，指李白；"杜"，指杜甫。

值得注意的是，李、杜以外，蘇軾只說"諸人"，就一筆帶過。在"皆莫及也"的唐人名單裏，沒有提到王維。這是蘇軾無意的呢？還是有意的？我認爲是有意的。因爲蘇軾對王維同樣熱愛。

沈德潛說王維學到陶淵明的"清腴"，其中的"腴"，應該和蘇軾說陶詩"癯而實腴"有一定的關聯。

同時，蘇軾贊美王維的詩說："味摩詰之詩，詩中有畫；觀摩詰之畫，畫中有詩。"（《書摩詰藍田煙雨圖》）這是兩種不同藝術之間的融合，是1加1大於2的審美效果。由此可知，蘇軾對陶淵明和王維是同樣欣賞的。在蘇軾看來，陶淵明和王維都不可缺少。蘇軾《次韻魯直書伯時畫王摩詰》說王維"前身陶彭澤，後身韋蘇州"，便可以證明這一點。

深一步想，蘇軾對陶淵明和王維的肯定，都和他自己有關。喜歡陶淵明，是到了歷經磨難的晚年，詩學爐火純青。在論陶淵明的時候，可以確立自己的詩學理想；而如果要在唐代找一個在藝術上像蘇軾這麼全面的詩人，也許就是王維了——通貫詩、詞、文、賦、書法，並將文人詩與文人畫完美融合，應該是他喜歡王維的理由。

欣賞陶淵明和王維——正是蘇軾欣賞自己藝術生命的一部分。

七、王維與陶淵明的"業餘愛好"

在其他藝術門類裏，新、舊《唐書》都記載了王維：書畫臻妙，善於彈琴和作曲，簡直是一個"超天才"的存在。

沒有材料證明陶淵明會畫畫，但有材料說陶淵明會彈琴。可以和王維比一比。沈約《宋書·隱逸·陶潛傳》說：

> 潛不解音聲，而畜素琴一張，無弦，每有酒適，輒撫弄以寄其意。貴賤造之者，有酒輒設，潛若先醉，便語客："我醉欲眠，卿可去。"

這就是李白後來寫《山中與幽人對酌》"兩人對酌山花開，一杯一杯復一杯。我醉欲眠卿且去，明朝有意抱琴來"的典事出處了。

假如王維和陶淵明有機會見面，王維拿出他的琴，彈奏美妙動聽的音樂。彈完了，把琴遞給陶淵明，請陶淵明也彈一曲給他聽聽，陶淵明一定不會彈。因爲陶淵明彈的琴是"無弦"的，而王維彈的琴是"有弦"的。

假如陶淵明此時也遞一張"無弦"的琴，請王維彈，不知道王維會不會彈？估計王維也不會彈。因爲王維的琴是用"手指"彈的；陶淵明的琴，是用"意"彈的，是用道家的藝術哲學使自己的內心充滿美妙的音樂的。

王維彈的是"形而下"的琴；陶淵明彈的是"形而上"的

琴——也就是説，兩個人都只會彈自己的"琴"，不會彈對方的"琴"——這就没法比了。

但説到喝酒，王維恐怕要完敗給陶淵明。

王維詩裏的酒，要比陶詩中少很多，因爲寫到酒的比例小。因此，王維詩裏基本上没有什麽酒味。而且，王維身上永遠乾乾浄浄，不會像陶淵明身上、頭巾上會有酒漬甚至酒糟的味道。

其實，魏晉的酒作爲一種逃避、一種對社會的反彈，增加愉悦和生命密度的這些作用，到了唐代並没有消解。杜甫寫的《飲中八仙歌》就是證明。也許王維天生不善喝酒。而且，最奇怪的是，王維即使寫到酒，往往也是他自己不喝，勸别人喝。譬如《送别》：

下馬飲君酒，問君何所之？君言不得意，歸卧南山陲。但去莫復問，白雲無盡時。

這裏的"飲君酒"，不是王維喝"君"的酒；而是讓"君"下馬喝酒；"飲"，是使動詞，是王維勸"歸卧"隱居的朋友喝。

再有《送元二使安西》：

渭城朝雨浥輕塵，客舍青青柳色新。勸君更盡一杯酒，西出陽關無故人。

也是勸"出陽關"的朋友喝，他自己不喝。此外，《王右丞集》中，大家耳熟能詳、作意相同的王維酒詩，還有《送綦毋潛落第還鄉》：

置酒臨長道，同心與我違。

王維送綦毋潛落第還鄉，除了寫詩，還在長道邊置酒。也是自己不喝，勸朋友喝的例子。那時王維還很年輕，說明王維年輕的時候就不喝酒。我把王維所有的詩一首一首地讀過來，凡是寫到酒的詩都多加留意，發覺除了因爲感情和對仗的需要寫到酒，詩中的酒，他基本上是不喝的。

　　在王維比較親密的朋友中，秀才裴迪大概是能喝的一個：《輞川閑居贈裴秀才迪》中寫"復值接輿（指裴迪）醉"，《酌酒與裴迪》中寫"酌酒與君君自寬，人情翻覆似波瀾"。

　　當然，與陶淵明比喝酒，也不能說王維"完敗"。因爲陶淵明以"能喝酒"爲勝利，王維以"不喝酒"爲光榮；陶淵明希望自己醉，王維希望自己不醉。

　　不過，生活中的陶淵明應該最喜歡像王維那樣——自己不喝，專門勸別人喝酒的朋友。

八、愛好不同，個性不同，人生不同，詩裏的月亮也不同

　　王維詩裏有月亮，陶淵明詩裏也有月亮。但愛好不同、個性不同、人生不同，所以詩裏的月亮也不同。

　　王維詩中的月亮，經常是"照"在"松間"的。《山居秋暝》寫"明月松間照，清泉石上流"，是坐在松間、石邊看畫一般的景色。晚年《酬張少府》詩中寫的"松風吹解帶，山月照彈琴"，仍然在松間，同樣有泉水，並且多了一把"琴"。在月下彈琴，是多麼美妙寂靜的松林呀！

　　而陶淵明不同，陶淵明詩中的月亮，是跟着他的鋤頭走的。譬如在春天，陶淵明在南山種豆子。收工晚了，此時回頭一看，發覺月亮正跟着他的鋤頭走——"帶月荷鋤歸"。沒有人看見陶淵

明忙了一天，現在終於收工，可以下班了，也只有月亮看見。所以月亮成了陶淵明的朋友。

王維也寫到，他在深林裏，沒有人看見，只有月亮看見——"獨坐幽篁裏，彈琴復長嘯。深林人不知，明月來相照。"(《竹里館》) 但照的還是他在彈琴。他的長嘯，也許帶一點牢騷，但不是陶淵明懷抱着擔心的希望，希望種豆得豆、種瓜得瓜的理想。

怎麼比呢？這一冷一熱，一動一靜，還是不一樣——對於同一種"物象"——月亮，王維和陶淵明就會有不同的藝術處理：王維經常從純藝術化的角度出發；而陶淵明的心裏，永遠湧動着老練的幽默感和對生活的熱情。

愛好、個性、人生道路不同，所以眼睛裏的月亮也不同。這是王維與陶淵明"不似"最小的例子。其他的可以類推。

(本文的前一部分刊載於《解放日報·文史版》
2020 年 10 月 20 日)

讀陶札記之六
陶淵明接受史上的八個人
——顏延之、鮑照、江淹、沈約、鍾嶸、
蕭統、陽休之、蘇軾

陶淵明對後世的巨大影響，其實是後世對陶淵明的接受。表現在思想和藝術兩個方面。其中，有八個貢獻度高的人值得關注。

一、顏延之

八個人中，第一個是比陶淵明小十九歲的顏延之。

顏延之之所以重要，是因爲他是陶淵明的朋友，屬於"當時人"和"當事人"，最瞭解陶淵明，也最有發言權。顏延之在江州任後軍功曹時，與陶淵明過從甚密；其後出任始安太守，路經潯陽，又與陶淵明在一起飲酒，臨行以兩萬錢相贈。因此，顏延之《陶徵士誄》寫的陶淵明，證之陶詩，有一些新信息是陶詩裏沒有的，可以互相補充。

其二，宋文帝元嘉四年（427），陶淵明逝世以後，顏延之以一個知情人和"粉絲"的身份，寫下《陶徵士誄》，向社會全面推介陶淵明的生平思想。我們只要讀一讀誄文，就可以感受到他對陶淵明的欽佩和爲陶淵明鳴不平的感情。

顏延之說，聽到陶淵明逝世的消息。"近識悲悼，遠士傷情"——不僅"近識",還有"遠士",包括了陶淵明在身邊和不在身邊的一些朋友、認識他和不認識他的人。之後顏延之"詢諸友好",在廣泛徵求親朋好友的意見後,認爲"宜諡曰'靖節徵士'"。從此,陶淵明又多了一個他活着的時候不知道的尊稱"陶靖節"。由此可見,陶淵明死後,對他的悼念活動還是有一定的規模和影響的。

三是,此後,顏延之在詩壇上的地位不斷升高,最後和謝靈運齊名,並稱"顏謝"。這使他"誄"中的陶淵明被更多的人所認識、所接受。

四是,顏延之的《陶徵士誄》,差不多在陶淵明逝世百年以後,被蕭統收入《文選》,成爲時人和唐、宋人的教材,影響越來越大。

雖然顏延之在"誄"中,對陶淵明的定位是"有晉徵士潯陽陶淵明,南嶽之幽居者也",對文學地位提及不多,僅"文取指達"四字。但這篇誄文對陶淵明來說,是怎樣高地估計都不爲過的[①]。而且,最難得的是,陶淵明一輩子都以柳下惠、黔婁等古代賢人爲榜樣,很多詩裏都表達了自己對他們的崇敬之情。現在好了,顏延之在《陶徵士誄》中說"黔婁既没,展禽亦逝。其在先生,同塵往世,旌此靖節,加彼康惠",意思是說:"黔婁已經死去,展禽(柳下惠)也已逝世,而今日先生您啊,堪與古代賢士並駕齊驅。我們表彰您啊——靖節先生,您比黔婁、展禽(柳下惠)更崇高無比。"

我猜想,顏延之這些類似的話,在陶淵明生前,兩個人一起

[①] 參見鄧小軍《陶淵明政治品節的見證——顏延之〈陶徵士誄並序〉箋證》(《北京大學學報》2005年第5期)及莫礪鋒《顏延之〈陶徵士誄並序〉在陶淵明接受史上的地位》(《學術月刊》2012年1期)相關文章。

喝酒的時候，就對陶淵明講過。不過，陶淵明不好說什麽，陶詩也不可能寫下來。

二、鮑　　照

顏延之以後的人是鮑照與江淹。

陶淵明逝世時，鮑照差不多十一歲，也算是同時呼吸過那個時代松樹和菊花空氣的詩人。雖然才秀人微，取湮當代，但後來在詩壇上，與比他大三十歲左右的謝靈運、顏延之並稱"元嘉三大家"。

陶淵明逝世後，得到顏延之等親朋好友贈予的"靖節"的謚號。"靖節"主要表彰他的人品，應該也兼帶他思想內容都非常獨特的詩歌。這使陶淵明成了當時田園隱逸詩風的代表詩人——沒有之一。

我相信以陶淵明的人品和詩品，在他死後不久，就會有他的"粉絲群"。根據有限的資料，我知道的"粉絲"就有三人：王義興、鮑照和江淹。爲什麽說陶淵明死後不久就有了他的"粉絲群"呢？因爲鮑照學詩的時候，應該是陶淵明剛逝世，或者逝世後的幾年時間裏。我們應該注意的是，鮑照詩歌的題目是《學陶彭澤體》，學的不是陶淵明的某一首詩或某一組詩，而是"陶淵明體"，即整體的風格。這說明，其時陶淵明的詩歌已經形成一種體式——一種獨特的主題、審美、藝術表現力和表現形式；再有，鮑照的《學陶彭澤體》是"奉和王義興"的，說明"王義興"的《學陶彭澤體》在前；且從"奉和"看出，鮑照是應王義興的"要求"和的。那麽，王義興有沒有要求別人也和呢？王義興爲什麽要學陶彭澤體並要求別人和呢？這就關乎時代風氣了。

我們看看鮑照《學陶彭澤體》學得怎麽樣？詩云：

長憂非生意，短願不須多。但使尊酒滿，朋舊數相過。秋風七八月，清露潤綺羅。提瑟當戶坐，歎息望天河。保此無傾動，寧復滯風波。

　鮑照的詩當然擬得好。一首擬詩，包含了陶淵明好幾首詩的內涵，其中就有《移居》"過門更相呼，有酒斟酌之"的隨意、自然與精彩。但總體的風格，更像陶淵明《擬古》九首中的"日暮天無雲"。我抄在下面對比一下：

　　日暮天無雲，春風扇微和。佳人美清夜，達曙酣且歌。歌竟長太息，持此感人多。皎皎雲間月，灼灼月中華。豈無一時好，不久當如何。

　雖然鮑照把陶淵明詩中的"春風"改成七八月的"秋風"，但仍然可以看出鮑照眼中的"陶彭澤體"是怎樣的，以及他喜歡的是陶淵明哪一類的詩歌。從顏延之的《陶徵士誄》到鮑照的《學陶彭澤體》，一個是汲取道德精神的滋養，一個是學習模擬創作，都是對陶淵明的肯定。並由此可以看出陶淵明對元嘉詩壇的影響。
　　背後更深的含義是，陶淵明擬的"日暮天無雲"體，是大家都喜歡的。鍾嶸《詩品》評陶淵明"至如'歡言酌春酒'、'日暮天無雲'，風華清靡，豈直爲田家語耶"，而蕭統《文選》也選了這首詩。以前我只知道蕭統《文選》是受了鍾嶸《詩品》的影響，不知鍾嶸其實是受鮑照影響。或者不如說，是大家都喜歡啊！

三、江　　淹

　同樣喜歡陶淵明的還有江淹。江淹不止擬陶淵明一個人，而是擬了建安以來一大批優秀的詩人，陶淵明即是其中一個。江淹之所以擬，是因爲"陶淵明體"自王義興、鮑照開始，已經普遍地得到詩壇的承認。江淹擬陶淵明，也是尊從風尚。

五言詩自東漢末年逐步成熟，從建安迄於晉、宋、齊、梁，已形成作家如林、佳篇紛呈、彬彬之盛大備於時的局面。優秀作家、作品各具風格特徵，一些大作家如曹植、王粲、劉楨、阮籍等人，不僅體貌特徵爲人們所熟悉，且名篇佳制都已成爲人們學習模擬的對象。在當時，"模擬"成風，其實是"學習"成風。"模擬"，是通過"學習"來批評，是一種間接批評：因爲"學習"的對象，就是"肯定"的對象。通過模擬，還有繼承某個詩人、確定某種詩體、弘揚某種詩風的意義——就像陸機著名的"擬古詩"那樣。

江淹決心模仿"三曹七子"以來著名作家的作品體式，寫一組模擬詩以辨彰清濁。爲什麼要辨彰清濁呢？因爲從"七子"的王粲、劉楨，至西晉的潘岳、陸機，孰高孰低，孰優孰劣，已經分辨不清了。這就是他在《雜體詩三十首》序中説的："楚謠漢風，既非一骨；魏制晉造，固亦二體"，"至於世之諸賢，各滯所迷，莫不論甘而忌辛，好丹而非素"，"乃及公幹、仲宣之論，家有曲直；安仁、士衡之評，人立矯抗"，"今作三十首詩，斅其文體，雖不足品藻淵流，庶亦無乖商榷云爾。"

江淹是中國文學史上"最善於模擬"的詩人，他從詩歌的主題、體式、句法、意象、聲律等方面模擬原作。三十首摹擬詩，每一首都是經典，都與原作很相似，迷惑了不少人。譬如模擬《陶徵君潛田居》：

種苗在東皋，苗生滿阡陌。雖有荷鋤倦，濁酒聊自適。
日暮巾柴車，路暗光已夕。歸人望煙火，稚子候檐隙。問君亦何爲？百年會有役。但願桑麻成，蠶月得紡績。素心正如此，開徑望三益。

蘇軾就認爲這是陶淵明寫的。

鮑照、江淹所擬，均以陶淵明的田園、隱逸爲中心，以陶詩中飲酒、隱居爲模擬對象，表現其簡樸的田園生活和高遠的志趣追求。且礱栝了陶淵明《癸卯歲始春懷古田舍》、《歸園田居》、《飲酒》、《庚戌歲九月中於西田穫早稻》、《移居》、《雜詩》中的詞句和意境。今天看來，被學習模擬的，往往是該作家的擅勝之處。鮑照和江淹作爲負有盛名的詩人，在不同的時代，皆借"模擬"對陶詩的風格作了肯定。此外江淹《雜體詩三十首》擬《左記室思詠史》，其中"顧念張仲蔚，蓬蒿滿中園"，也有模擬陶淵明《詠貧士》（其六）"仲蔚愛窮居，繞宅生蒿蓬"的痕跡。

鮑照、江淹模仿陶詩並非偶然現象。從晉宋迄於齊梁，陶詩的隱逸內容，和與之相聯繫的體貌特徵，在詩壇上已經有了相當的影響。鍾嶸說他是"古今隱逸詩人之宗"，正是看到了這一事實。

四、沈　　約

顏延之作《陶徵士誄》，大力頌揚了陶淵明的道德和人品，但那是朋友之間的欽佩和熱愛，屬於"個人行爲"；而沈約撰寫《宋書》雖然也是個人行爲，但後來被國家認可，轉換成了"國家行爲"，使陶淵明正式進入官方認可的歷史——雖然只是入《宋書·隱逸傳》。我以前還怪沈約只認可陶淵明的人品，不認可其詩品。但事實上，沈約《宋書》並未設"文苑傳"，只有一篇《謝靈運傳論》。我們很容易錯怪古人。

陶淵明的正式傳記，除了沈約《宋書·隱逸傳》中的本傳，其餘如蕭統《陶淵明傳》、唐修《晉書·隱逸傳》本傳、《南史·隱逸傳》本傳，陶淵明都身在"隱逸傳"而非"文苑傳"。

沈約將陶淵明寫入《宋書》，是因爲社會上有一股崇尚陶淵明的風氣。在當時，陶淵明代表的是一種隱逸的道德，一種與統治者有默契的、爲統治者所接受和容忍的道德——即對朝政採取不干預、不鬥爭，與之"和平共處"的一種方式。沈約把陶淵明寫進"隱逸傳"，已經盡了最大的力氣，是對陶淵明最大的禮贊。這種對陶淵明身份的定位，也是陶淵明發言必説歸隱的結果。因爲"隱逸"是陶淵明考慮問題的根本，對詩歌的認定則是其次。假如請陶淵明自己説，相比於詩歌，我想他一定更重視隱逸保真。

從陶淵明逝世到沈約出生，已經隔了十四年。關於陶淵明，沈約許是聽當時的傳聞雜記，但主要還是讀陶淵明的作品。所以，《宋書·隱逸·陶潛傳》的組成，很大一部分是由陶淵明的作品構成的。沈約在傳中引用了陶淵明的《五柳先生傳》、《歸去來兮辭》、《與子儼等疏》、《命子》詩等，是相信其詩文具有紀實性；説到志趣，引《五柳先生傳》；説到棄官歸隱，引《歸去來兮辭》。當中"自以曾祖晉世宰輔，恥復屈身後代，自高祖王業漸隆，不復肯仕。所著文章，皆題其年月，義熙以前，則書晉氏年號。自永初以來，唯云甲子而已"更是讀陶淵明的關鍵。

顏延之《陶徵士誄》中説陶淵明的卒年是"元嘉四年月日，卒於潯陽縣之某里"，而沈約《宋書》則明確記載了：

潛元嘉四年卒，時年六十三。

這一記載，是重要的，應該也是可靠的。本箋注陶淵明生卒年即依據於此。

五、鍾　嶸

在中國文學批評史上，第一次高度評價陶淵明的詩歌創作並多方面加以論述的，是鍾嶸的《詩品》。

陶淵明詩酒隱逸，描寫田園村居生活，並產生一定的影響，在鍾嶸之前已有定評。寫作《詩品》的鍾嶸，不僅爲陶淵明的人品所折服，也爲他的詩品所折服。在他的《詩品》裏，首次把陶淵明作爲"詩人"進行品評。

問題是，鍾嶸《詩品》是分"三品"品評詩人的，把陶淵明放在何品是個棘手的問題。"上品"的大詩人都是各個時代的詩歌軸心，曹植——陸機——謝靈運連接起漢、魏、晉、宋的詩歌史。陶淵明是肯定進不了的；至於"元嘉三大家"的顏延之、鮑照，包括陶淵明沒有見過的沈約、謝朓等人，也都只能進"中品"。你就能知道，超越時代的陶淵明，他的詩歌並不爲人所認識。只有等到宋代蘇軾以後——蘇軾要是寫一本《詩品》，一定會把陶淵明放在"上品"。

鍾嶸《詩品》"中品·宋徵士陶潛"條說：

> 其源出於應璩，又協左思風力。文體省靜，殆無長語。篤意真古，辭興婉愜。每觀其文，想其人德。世歎其質直。至如"歡言酌春酒"、"日暮天無雲"，風華清靡，豈直爲田家語耶？古今隱逸詩人之宗也。

但鍾嶸把陶淵明放在中品，似乎意猶未盡，《詩品》序標舉歷代優秀的五言詩說"陳思贈弟，仲宣《七哀》，公幹思友，阮籍《詠懷》，子卿'雙鳧'、叔夜'雙鸞'，茂先寒夕，平叔衣單，安仁倦暑，景陽苦雨，靈運《鄴中》，士衡《擬古》，越石感亂，景純詠仙，王微風月，謝客山泉，叔源離宴，鮑照戍邊，太沖《詠史》，顏延入洛，陶公（陶淵明）詠貧之制，惠連《搗衣》之作，斯皆五言之警策者也。所謂篇章之珠澤，文彩之鄧林"。

以上所舉五言詩人，均出於"上品"和"中品"，爲鍾嶸所贊賞。其中，陶淵明以"詠貧之制"被鍾嶸譽爲"五言警策"。在中品三十九人中，是被標舉的前十位詩人之一，可見鍾嶸對陶淵明的重視。

以今天的眼光看，比陶淵明遜色的詩人，不說漢代的班婕妤、李陵，魏代的王粲、劉楨，就是同代的張協、潘岳、陸機，也都在"上品"之列。陶淵明居"中品"明顯失當。

還有爲鍾嶸辯護的，說鍾嶸《詩品》是把陶淵明放在上品的。古直《鍾記室詩品箋》、陳延傑《詩品注》都說："《太平御覽》卷五百八十六云：鍾嶸詩評：'古詩、李陵、班婕妤、曹植、劉楨、王粲、阮籍、陸機、潘岳、左思、謝靈運、陶潛十二人，詩皆上品。'是陶詩原屬'上品'。"結果，被錢鍾書在《談藝錄》裏嘲笑了一通①。其實，一個詩人被認識，是需要時間的。

鍾嶸《詩品》品評陶詩的意義在於：第一次把陶淵明從"隱逸傳"中拔擢到詩人的隊伍裏來。這不僅需要識力，還需要衝破

---

① 錢鍾書《談藝錄》二十四"陶淵明詩顯晦"云："余所見景宋本《太平御覽》，引此則並無陶潛"，"使如箋者所說，淵明原列上品，則淵明詩源出於應璩，璩在中品，璩詩源出於魏文，魏文亦祇中品。譬之子孫，儼居祖父之上……恐記室未必肯自壞其例耳"，"不知其人之世，不究其書之全，專恃斠勘異文，安足以論定古人。況並斠勘而未備乎。"錢基博《鍾嶸詩品校讀記》曰："顧或者謂《太平御覽》五百八十六鍾嶸《詩品》曰：'古詩、李陵、班倢仔、曹植、劉楨、王粲、阮籍、陸機、潘岳、張協、左思、謝靈運、陶潛十二人詩皆上品。'知陶公之列'中品'，出後人竄亂也，則亦無解於魏武諸人，又所推原出於何者，第出以臆，而不必衷於情實，亦其疏也。"錢基博校記亦誤，故錢鍾書此處有糾乃父過失之意。

傳統的定格和約定俗成的觀念，具有首創、獨立的批評精神。陶淵明開創田園詩派，鍾嶸從歷史批評的角度，尊之爲"古今隱逸詩人之宗"，既揭示了隱逸詩人田園閒適詩發展的綫索，又在風格體貌上肯定了陶詩在我國詩歌史上的重要地位。

此後，陶詩的清新醇厚、沖和淡遠之妙被越來越多的人認識。陶淵明在詩人心目中的地位也越來越高。陶詩自此始顯。

六、蕭　　統

蕭統是比鍾嶸小三十三歲的新人，鍾嶸做過蕭統弟弟蕭綱的記室，所以鍾嶸是蕭統、蕭綱老師輩的詩論家。鍾嶸在公元518年去世的時候，蕭綱十六歲，蕭統十八歲，新時代的詩歌話語權已經到了他們兄弟手裏。

蕭統爲陶淵明做了四件重要的事：

一是爲陶淵明編了文集。這對陶淵明來説，是了不得的大事。雖然陶淵明也可能自己編過集，例如《飲酒》詩序説"紙墨遂多，辭無詮次。聊命故人書之，以爲歡笑爾"，《有會而作》並序説"今我不述，後生何聞哉"。但並沒有進一步的證據證明，這只是猜想。現在有一個有名望的太子幫他編，真是再好不過的事情了；

二是編集後，又爲《陶淵明集》寫了序言。這是一篇熱情洋溢、贊美備至的序言。序中高度評價陶淵明的人品和詩品，成爲後世評論陶詩的一座燈塔；

三是在顏延之《陶徵士誄》和沈約《宋書》以後，再次撰寫《陶淵明傳》；

四是將陶詩選入《文選》。看得出來，蕭統對陶淵明真的非常喜歡、非常敬仰，是對陶淵明貢獻最多的人。我們看看他對陶淵明的評價，《陶淵明集序》説：

> 吾觀其意不在酒，亦寄酒爲跡者也。其文章不羣，辭彩精拔，跌宕昭彰，獨超衆類，抑揚爽朗，莫之與京。横素波而傍流，干青雲而直上。語時事則指而可想，論懷抱則曠而且真。加以貞志不休，安道苦節，不以躬耕爲恥，不以無財爲病，自非大賢篤志，與道污隆，孰能如此乎？

這是蕭統對陶詩獨到的評價，是當時對陶淵明的評價中，最全面精彩的一篇。序言不僅概括了陶淵明的詩品和人品，還看出了陶詩"平淡"中的"警拔"與其人品之間的關係。蕭統説："余愛嗜其文，不能釋手，尚想其德，恨不同時。"

也許正是在哥哥蕭統的帶動下，兩個弟弟蕭綱和蕭繹也都非常喜歡陶淵明的人品詩品。

蕭綱對陶淵明的人品和文學都没有直接的評價，但根據顏之推《顏氏家訓》"（簡文）愛淵明文，常置几案，動静輒諷"，可知蕭綱對陶詩也是發自内心的喜愛。蕭繹和蕭綱一樣，其《金樓子》的字句就有對陶淵明文的師法。陶淵明的《責子》詩戒子，意在兄弟友于。蕭繹便也借淵明戒子之事强調兄弟友于。有的研究者就認爲，只有蕭統是陶淵明的知音，鍾嶸把陶淵明放在"中品"實屬不公。從（宋）胡仔《苕溪漁隱叢話》到今人錢鍾書的《談藝録》都如是説①。日本學者林田慎之助《中國中世文學評論史》

---

① （宋）胡仔《苕溪漁隱叢話》説"鍾嶸評淵明詩爲'古今隱逸詩人之宗'，余謂陋哉斯言，豈足以盡之！不若蕭統云：'淵明文章不羣，詞彩精拔，跌宕昭彰，獨超衆類，抑揚爽朗，莫之與京……'此言盡之矣。"今人錢鍾書《談藝録》也説"記室之評淵明曰：'文體省浄，殆無長語，篤意真古，詞興婉愜。'又標其'風華清靡'之句，此豈上品考語？固非一字之差，所可矯奪。記室評詩，眼力初不甚高，貴氣勝詞麗，所謂'骨氣高奇'、'詞彩華茂'。故最尊陳思、士衡、謝客三人"，"當時解推淵明者，惟蕭氏兄弟"。此説頗多贊同者，歷來幾成定論。

也說:"六朝時期,陶淵明的作品在鍾嶸《詩品》中評價很低,(只有簡文帝蕭綱和兄長蕭統)對陶淵明超脫世俗的生活作風和高邁的襟懷表示由衷地傾慕。"① 其實,鍾嶸寫帶詩學史性質的《詩品》,和蕭統單獨爲陶淵明編集寫序,情況是不同的。

在鮑照《學陶彭澤體》、江淹《雜體詩三十首》和鍾嶸《詩品》以後,蕭統既推崇其人格也推崇其文學。在其編纂的《文選》中,就收錄了陶淵明的作品——除《歸去來兮辭》以外,還選了八首詩:

第二十六卷詩"行旅"(上)收錄《始作鎮軍參軍經曲阿作》一首、《辛丑歲七月赴假還江陵夜行塗口》一首;第二十八卷詩"挽歌"收錄《挽歌》一首(荒草何茫茫);第三十卷詩"雜詩"收錄《雜詩》兩首(結廬在人境、秋菊有佳色)、《詠貧士》一首(萬族各有托)、《讀山海經》一首(孟夏草木長);"雜擬"(上)收錄《擬古詩》一首(日暮天無雲)。

蕭統《文選》,其實是用選詩來評價一個詩人的地位。如選曹植詩歌十六題二十五首;陸機十九題五十二首;謝靈運三十二題三十九首;王粲十三首;沈約十三首;顏延之十五首;江淹三十二首;謝朓二十一首;而陶淵明僅選八首。對陶詩的肯定和重視程度,同樣不及曹、陸、謝(靈運)、王、沈、顏、江、謝(朓)諸人。其入選的數量,如果用《詩品》來衡量,也只是"中品詩人"的份額。但在重視詩歌形式主義美學的梁代,能在《文選》中把這樣一位"世歎其質直"的詩人的詩歌選這麽多,是需要很大魄力的,這也是陶淵明所能達到的上限。

如果仔細分析蕭統《文選》的詩歌分類,除了"行旅"、"挽

---

① 參見《南朝文學放蕩論的審美意識》,《上海師範大學學報·海外中國學專輯》,筆者譯。

歌"、"雜詩"、"雜擬"以外,大量的陶詩都無法入選。因爲沒有與陶淵明詩歌相匹配的"欄目"。因此,陶淵明的《雜詩》(結廬在人境、秋菊有佳色)、《詠貧士》(萬族各有托)、《讀山海經》(孟夏草木長),就是因爲《文選》沒有"飲酒"的欄目,也没有"詠貧士"和"讀山海經"的欄目,所以都被塞進"雜詩"。

我們要是換個思路:譬如,陶淵明一共只寫了七首真正的"行旅"詩,就被《文選》選了兩首,佔了37%;陶淵明一共只寫了三首"挽歌"詩,以33%的比例被《文選》所選;還有四首詩入選"雜詩"。那麼長的時代,那麼多的人,你又不是主流詩人,真是難爲蕭統的。

由此可見,蕭統、蕭綱兄弟雖然嗜好陶詩,但對陶詩的評價,一是礙於現實社會的認同度,二是在不同場合說話、寫文章,對陶詩的評價也會產生差異。故對陶淵明的位置只能這麼處置。這與《詩品》對陶詩的處置有相通之處。

而且,蕭氏兄弟嗜陶,除了社會原因和個人喜好外,很可能是受《詩品》品陶的影響。《梁書》、《南史·鍾嶸傳》說鍾嶸晚年寫作《詩品》時,曾任晉安王蕭綱的記室,並卒於任上。鍾嶸卒時,蕭綱約十六歲。所以說,酷愛詩歌的蕭統、蕭綱兄弟,受到過老一輩詩論家鍾嶸對陶詩評價的影響,完全是可以想見的。

我們若對蕭統《文選》與《陶淵明集序》作一番考察,就會發現兩者之間的"關係"。鍾嶸評陶詩,舉了三首詩爲例:一是"詠貧之制",即陶淵明《詠貧士》詩;二是"歡言酌春酒"、"日暮天無雲",分別是《讀山海經》和《擬古詩》中的詩句。有趣的是,蕭統不僅選了《詩品》序中標舉的《詠貧士》詩,而且選了《讀山海經》和《擬古詩》。

《讀山海經》十三首,《擬古詩》九首。十三首中,蕭統獨選了鍾嶸標舉的"歡言酌春酒"一首;《擬古詩》九首中,蕭統同樣獨選了鍾嶸標舉的"日暮天無雲"一首。可知兩人對陶詩的審美趣味、品評標準是有相似之處的。

蕭統受鍾嶸影響,還有更顯而易見的地方。譬如:蕭序"其文章不羣,詞彩精拔",即鍾品"詞興婉愜"、"風華清靡";蕭序"論懷抱,則曠而且真",即鍾品所説的"篤意真古";蕭序"余愛其文"、"尚想其德",與鍾品"每觀其文,想其人德"一致;蕭序"跌宕昭彰,獨超衆類,抑揚爽朗,莫之與京",與鍾品中"又協左思風力"、"古今隱逸詩人之宗"也類似,説的也是有清拔的風力,別人比不上的意思①。

七、陽 休 之

接着蕭統的應該是陽休之。

陽休之比蕭統小八歲,歷仕北魏、東魏、北齊,齊亡入周,一直活到隋開皇二年,是北齊、北周和隋知名的大學問家。

出於對陶淵明的敬仰和熱愛,陽休之也編輯陶淵明集。有意思的是,在他編的時候,他面前已經有三種陶淵明集。這其中有沒有陶淵明自己編的,不知道。但是,他提到裏面有蕭統編的。他覺得蕭統編得不全,只收文學作品、未錄《五孝傳》及《四八目》(一稱《集聖賢群輔錄》)。因此他在前人的基礎上,重新編定了一個最全的十卷本的《陶淵明集》。現在陶淵明詩文集十卷的格局,就是由陽休之定下來的。可惜的是,陽休之編的十卷本陶

---

① (明)胡應麟《詩藪·内編》説:"蕭統之選,鑒別昭融;劉勰之評,議論精鑿。鍾氏體裁雖具,不出二書範圍。"更顛倒了《詩品》與《文選》成書的前後關係。

集現已不存，只留下他冠於集首的《陶集序錄》，讓我們知道了陶集編輯的過程：

> 余覽陶潛之文，辭采雖未優，而往往有奇絶異語，放逸之志，棲托仍高。其集先有兩本行於世，一本八卷，無序；一本六卷，並序目；編比顛亂，兼復闕少。蕭統所撰八卷，合序目誄傳，而少《五孝傳》及《四八目》，然編錄有體，次第可尋。余頗賞潛文，以爲三本不同，恐終至忘失。今錄統所闕並序目等，合爲一帙，十卷，以遺好事君子。

除了編集的過程，我們還注意到他對陶淵明詩文的評價：竟然是"辭采雖未優，而往往有奇絶異語，放逸之志，棲托仍高"。雖然是幫着陶淵明説話，用了一個"雖"字轉折，但還是讓我們讀到了真實的"詞采未優"的意思。而且，以他這樣身份的人説，乃是一種代表，代表了一批人的觀點。後面説的"放逸之志，棲托仍高"是讚美陶淵明隱居的志向和寄托的理想，但這個看法毫無疑義，不如對陶淵明詩歌評價的信息重要。

陽休之説"詞采未優"，"優"是詞采華靡的意思，"未優"則是説陶淵明詩歌的詞采並不華靡。而鍾嶸説陶淵明有些詩寫得"風華清靡"，與陽休之恰恰相反。那麽，陽休之自己的"詞采""優"不"優"呢？根據（唐）李百藥《北齊書》中陽休之的本傳記載，謂"休之好學不倦，博綜經史，文章雖不華靡，亦爲典正。邢、魏殂後，以先達見推。位望雖高，虛懷接物，爲搢紳所愛重"。其文也是"典正"一類，並不"華靡"。那李百藥眼裏的"華靡"是什麽樣呢？我們今天讀陽休之的代表作《春日詩》："遲遲暮春日，靄靄春光上。柔露洗金盤，輕絲綴珠網。漸看階苴蔓，稍覺池蓮長。蝴蝶映花飛，楚雀緣條響。"以及《詠萱草詩》："開跗幽澗底，散彩曲堂垂。優柔清露濕，微穆惠風吹。朝朝含麗景，夜夜對華池。"卻是"華靡"過頭，一點骨子也沒有。以這種審美看陶淵明的詩，確實不"華靡"。李百藥自己寫的詩完全是注重詞采的宮體詩，看陽休之的，當然覺得"典正"了。這些都是時代審美的口味。但陽休之說陶淵明"往往有奇絕異語"，倒不是"平和沖淡"，我覺得還是很有見地的。我們現在評陶淵明，往往不注意"奇絕異語"四字。

陽休之對陶淵明的貢獻，編集是一方面，評價是另一方面。

雖然學術界對陽休之編入陶集的《五孝傳》及《集聖賢群輔錄》持否定態度，認爲是僞作。但陽休之之所以編入，是因爲《集聖賢群輔錄》里的內容，尤其是對雜史、雜傳的史料和運用上，與陶詩詠史詩文之間存在着某種一致性[①]，對我們理解陶詩大有裨益。

越過陽休之的"隋"，陶詩在唐代被越來越多的人重視，亦有越來越多的人認識到陶淵明的好處和陶詩的好處。從初唐王績開始，陶詩山水田園的題材、獨特的審美與寫法，便已廣泛地影響唐人。

蔡寬夫《詩話》說："淵明詩，唐人絕無知其奧者，惟韋蘇州、白樂天嘗有效其體之作，而樂天去之亦自遠甚。大和後，風格頓衰，不特不知淵明而已。然薛能、鄭谷乃皆自言師淵明，（薛）能詩云：'李白終無敵，陶公固不刊。'（鄭）谷詩云：'愛日滿階看古集，只應陶集是吾師。'"

如唐代山水田園詩人孟浩然，就對陶淵明非常崇拜。他在

[①] 參見蔡丹君《六朝雜史、雜傳與詠史詩學的發展——從北齊陽休之〈陶淵明集〉所收〈集聖賢群輔錄〉說起》，《北京大學學報》（哲學社會科學版）2019年第2期。

《仲夏歸漢南園寄京邑舊游》中說："嘗讀《高士傳》，最嘉陶徵君。目耽田園趣，自謂羲皇人。"他考試失敗回家，不赴徵召，也許背後就有陶淵明的影子。

李白更是仰慕陶淵明的人品和詩作。必須指出的是，李白有很多好詩來源於陶淵明。如陶淵明在《雜詩》（白日淪西阿）中寫他一個人喝悶酒，因爲無人說話，只能舉杯勸自己的孤影喝酒，和自己的影子說話："欲言無予和，揮杯勸孤影。"李白覺得很奇妙，就學來，變成"花間一壺酒，獨酌無相親。舉杯邀明月，對影成三人"。

再如，沈約《宋書·隱逸·陶潛傳》記載："潛不解音聲，而畜素琴一張，無弦，每有酒適，輒撫弄以寄其意。貴賤造之者，有酒輒設，潛若先醉，便語客：'我醉欲眠，卿可去。'其真率如此。"李白也覺得好，變成"兩人對酌山花開，一杯一杯復一杯。我醉欲眠卿且去，明朝有意抱琴來。"李白還在《戲贈鄭溧陽》中說："陶令日日醉，不知五柳春。素琴本無弦，漉酒用葛巾。清風北窗下，自謂羲皇人。何時到栗里？一見平生親。"

"何時到栗里？一見平生親。"可見，李白很想認識一下陶淵明。不僅李白想認識，杜甫也想認識。儘管杜甫覺得陶淵明的詩太枯槁，但仍然是自己傾慕的那一種。而且，如果有機會，也希望和陶淵明、謝靈運這些前輩詩壇高手相伴，一起作詩暢談，一起浮槎漫遊。杜甫《江上值水如海勢聊短述》就表達了這一意願："爲人性僻耽佳句，語不驚人死不休"，"焉得思如陶謝手，令渠述作與同游"。和李白一樣，杜甫也想拜訪陶淵明，《奉寄河南韋尹丈人》就有"濁酒尋陶令，丹砂訪葛洪"之句。

李白、杜甫想去拜訪，但都沒有去成。他們的想法，也許點燃了白居易。白居易在被貶爲江州司馬時，離陶淵明的家鄉潯陽很近，他真的去拜訪了陶淵明故居，並寫下了《訪陶公舊宅》①。其《斅陶潛體詩十六首》説："先生去已久，紙墨有遺文。篇篇勸我飲，此外無所云。我從老大來，竊慕其爲人。其他不可及，且斅醉昏昏。"雖然着眼點是陶淵明的人品，但"斅"即模仿之意，十六首還是學習了陶詩的藝術風格。

而柳宗元的《飲酒》，雖然没有寫出處，但一讀就知道是陶淵明的姊妹篇。若放在陶淵明《飲酒》組詩中，别人不一定識别得出來②。

沈德潛《説詩晬語》在爲唐代山水田園詩"尋根"時説："陶詩胸次浩然，其有一段淵深樸茂不可到處。唐人祖述者，王右丞有其清腴，孟山人有其閒遠，儲太祝有其樸實，韋左司有其沖和，柳儀曹有其峻潔，皆學焉而得其性之所近。"説了各得陶詩好處的王維、孟浩然、儲光羲、韋應物、柳宗元五人。山水田園詩中的隱逸，胡應麟《詩藪·外編》説得好："善乎鍾氏之評元亮也，'千古隱逸詩人之宗'也。"

此後，陶淵明的地位一步步提高，有將陶淵明與顏延之並稱爲"陶顏"的；有與謝靈運並稱爲"陶謝"的；有與韋應物、李白並列對舉的。對其評價從唐代逐步提高，至宋達到極點。代表

---

① 白居易《訪陶公舊宅》："垢塵不污玉，靈鳳不啄羶。嗚呼陶靖節，生彼晉宋間。心實有所守，口終不能言。永惟孤竹子，拂衣首陽山。夷齊各一身，窮餓未爲難。先生有五男，與之同飢寒。腸中食不充，身上衣不完。連徵竟不起，斯可謂真賢。我生君之後，相去五百年。每讀五柳傳，目想心拳拳。昔常詠遺風，著爲十六篇。今來訪故宅，森若君在前。不慕尊有酒，不慕琴無弦。慕君遺容利，老死此丘園。柴桑古村落，栗里舊山川。不見籬下菊，但餘墟中煙。子孫雖無聞，族氏猶未遷。每逢姓陶人，使我心依然。"

② 柳宗元《飲酒》："今夕少愉樂，起坐開清尊。舉觴酹先酒，爲我驅憂煩。須臾心自殊，頓覺天地暄。連山變幽晦，緑水函晏温。藹藹南郭門，樹木一何繁。清陰可自庇，竟夕聞佳言。盡醉無復辭，偃卧有芳蓀。彼哉晉楚富，此道未必存。"

人物就是陶淵明逝世六百多年以後出生的——蘇軾。

八、蘇　軾

蘇軾評價陶淵明說：

> 吾於詩人無所甚好，獨好淵明之詩。淵明作詩不多，然其詩質而實綺，癯而實腴，自曹、劉、鮑、謝、李、杜諸人，皆莫及也。吾前後和其詩凡百有九篇，至其得意，自謂不甚愧淵明。然吾之於淵明，豈獨好其詩也哉？如其為人，實有感焉。（胡仔《苕溪漁隱叢話》卷四）

這段話是接在鍾嶸、蕭統後面，評論陶淵明最精彩的話，甚至比鍾嶸、蕭統說得更"到位"。當然，鍾嶸、蕭統的時代不容易說準確。六百多年以後，有很多參照，自然可以說得更確切了。

蘇軾這段話有四層意思：

第一層意思，從熱愛的角度，將陶淵明與曹植，乃至李白、杜甫進行了比較："吾於詩人無所甚好，獨好淵明之詩。"這是一句很"猛"的話，從蘇東坡的嘴裏說出來不容易。且把下句"自曹（植）、劉（楨）、鮑（照）、謝（靈運）、李（白）、杜（甫）諸人，皆莫及也"的意思也說了。這是要冒很大風險的。

第二層意思，"淵明作詩不多，然其詩質而實綺，癯而實腴"是從藝術審美上高度評價和概括陶詩。用藝術辯證法破除一般俗見，把陶詩的藝術上升到一個空前未有的高度。"質"（樸）與"癯"（瘦），一直是世人對陶詩的評價，蘇軾不以為然：陶詩看起來"質"（樸），其實是"綺"（麗）；看起來"癯"（瘦），其實是（豐）"腴"。杜甫就沒有看出來，他在《遣興五首》中說："陶潛避俗翁,未必能達道。觀其著詩集,頗亦恨枯槁。"而蘇軾就具有詩歌史上一雙最鋭利的"藝術的眼睛"。

第三層意思,"吾前後和其詩凡百有九篇,至其得意,自謂不甚愧淵明"是説"和陶詩"。從唐代的韋應物、白居易以後,用模擬的方法學習陶詩的人越來越多,至宋代蘇東坡達到高峰。蘇軾説,他的"和陶詩"共有一百零九篇,得意處,對照原詩也不覺得慚愧①。説明隨着蘇東坡貶謫得越來越遠,生活經歷愈坎坷,與陶詩的境界就愈加接近。

第四層意思,"然吾於淵明,豈獨好其詩也哉?如其爲人,實有感焉"也是兩方面:陶淵明詩歌和人品對自己的感動。

蘇東坡一生把陶淵明當成"心靈知己",不但愛好其詩,更仰慕他的爲人。他曾這樣評價陶淵明:"欲仕則仕,不以求之爲嫌;欲隱則隱,不以去之爲高。飢則扣門而乞食,飽則雞黍以迎客。古今賢之,貴其真也。"晚年蘇軾在《與蘇轍書》中説:"深愧淵明,欲以晚節師範其萬一。"林語堂認爲陶淵明是中國整個文學傳統上最和諧、最完美的人。其實,陶淵明的"和諧"、"完美",都是"痛苦"的代名詞。

蘇軾喜歡陶淵明不是孤立的現象。歐陽修就盛贊《歸去來兮辭》説:"晉無文章,惟陶淵明《歸去來兮辭》一篇而已。"(李公焕《箋注陶淵明集》引)歐陽修還説:"吾愛陶淵明,愛酒又愛閒。"王安石也説,陶淵明的"結廬在人境,而無車馬喧。問君何能爾,心遠地自偏"是"有詩人以來無此句者。然則淵明趨向不群,詞彩精拔,晉宋之間,一人而矣"。

---

① (宋)胡仔《苕溪漁隱叢話》:"王直方《詩話》云:紹聖間,山谷見東坡《和飲酒詩》,讀至'前山正可數,後騎且勿驅',云:'此老未死在。'又云:'東坡在揚州《和飲酒詩》,只是如己所作,至惠州《和歸田園》六首,乃與淵明無異。'"

到了南宋，大詞人辛棄疾也崇敬、仰慕陶淵明。其《水龍吟》謂"須信此翁未死，到如今，凜然生氣"；其《念奴嬌》謂"須信採菊東籬，高情千載，只有陶彭澤"。辛棄疾有詞作六百二十六首，其中詠及、引用，與陶詩互動的詞就有六十首，佔十分之一①，足見其迷狂。

宋代以後，元、明、清還有許多詩人崇尚陶淵明，特別是清代的龔自珍。雖然做派不同，但辭官後的歸隱，對社會的譴責，被壓抑的理想，都有陶淵明的影子。他的《能令公少年行》，就是近代版的《桃花源記》。龔自珍很理解陶淵明，寫過好幾首歌詠、贊美陶淵明的詩篇。《己亥雜詩》說："陶潛詩喜說荆軻，想見《停雲》發浩歌。吟到恩仇心事湧，江湖俠骨恐無多。"又《舟中讀陶詩》："陶潛酷似卧龍豪，萬古潯陽松菊高。莫信詩人竟平淡，二分梁甫一分騷。""舟中"應該是行旅之中。行旅之中讀的書，應該是最隨意、最喜歡、最想讀那種。可見陶淵明在龔自珍心目中的地位。

"陶淵明身後的八個人"說完了。但後世與陶淵明有關聯的詩人遠遠不止這八家。唐、宋、元、明、清歷代都有。現在的這篇"導讀"是數不過來的。我只是"大略而言之"，說的是對陶淵明"影響因子"貢獻最大的八個人。

譬如，唐代的李白、王維、孟浩然、儲光羲、韋應物、柳宗元、白居易，宋代的辛棄疾和清代的龔自珍，我只是提到，並沒有放在"八人"之列。

因為他們對陶淵明的貢獻，不如陶淵明對他們的貢獻。

---

① 參見魏耕原《陶淵明論》，北京大學出版社，2011年。

范曄之死及其文化象徵意義

出生于士族家庭的劉宋史學家、文學家——《後漢書》的作者范曄在元嘉年間死於非命，罪名是謀反。范曄確實參與了謀反。但范曄的謀反是被人誘導的，是中了劉義隆君臣設置的圈套。宋文帝劉義隆在消滅了著名士族文人謝靈運以後，又消滅了范曄這個狂傲不羈的士族代表，以達到打擊士族、集中軍權、分化相權、加強文化專制等一系列目的。

本文通過分析范曄之死及其原因，揭示其文化象徵意義。即以范曄之死爲標誌，東晉以來士族與皇族分權的局面隨之結束，此後的權力，高度集中於皇帝。范曄之死，象徵着皇權的勝利，也象徵古典史學傳統的没落。史學逐漸被納入皇權的軌道，以往士族文人私修歷史的局面被徹底改變。

范曄死後，史學家通常只能奉旨修史。官史代替私史，逐漸成爲中國史學的主流。

一、范曄的出身經歷與文史之學

范曄（398—445），字蔚宗，南陽順陽（今河南淅川）人，劉宋史學家、文學家。他出生在一個世代冠纓的儒學士族家庭，家庭條件相當優越。

范曄的曾祖父范汪，官至東晉安北將軍、徐、兖二州刺史，可惜得罪了權臣桓溫，丟了官職，退居吳郡講學，留下了醫學著作《范汪方》。祖父范甯，官至豫章太守，從事儒學教育和研究，著有《春秋穀梁傳集解》。父親范泰，是東晉末年的重臣；因爲支持劉裕，在劉宋初期官運亨通，官至侍中、左光祿大夫、國子祭酒，領江夏王師、特進。范泰的兒子們也在劉宋陸續擔任官職。

范曄雖有家學淵源，生於名門士族，但由於是小妾生的庶子，母親把他偷偷地生在廁所裏，碰傷了他的前額，故范曄小字稱"磚"。明白身世和地位的范曄少年發奮好學，博涉經史，善爲文章，能隸書，曉音律，爲嫡母所生哥哥范晏所嫉妒。父親范泰亦不喜歡范曄，早早地將他過繼給從伯范弘之。這使范曄一生敏感，怕人歧視，喜自我標榜，傲岸不羈，不肯迎合他人。范曄善彈琵琶，能創新曲。宋文帝暗示其演奏，范曄假裝糊塗，不肯爲皇帝彈奏。一次宴會，宋文帝對范曄說："我想唱一首歌，你可爲我進行伴奏。"范曄只得奉旨彈奏，待宋文帝一唱完，即停止演奏，不肯多彈一曲。范曄不信鬼神，反對天命論，抨擊佛教虛妄。其思想由其侄孫范縝繼承、完善。

范曄長期輔佐彭城王劉義康，先後擔任冠軍參軍、右軍參軍、荊州別駕從事史、司徒從事中郎。任尚書吏部郎時，劉義康的母親去世，范曄身爲舊部，也來參與喪事。深更半夜，范曄和弟弟打開窗戶，聽挽歌下酒，被人發現，激怒了劉義康，被宋文帝劉義隆貶到宣城當太守，因爲不得志，開始撰寫《後漢書》。直到劉義康倒臺，范曄才終於回到京城，開始了新的仕途。西元444年，范曄升任太子詹事。第二年捲入劉義康的謀反大案，被劉義隆滅族。

雖然范曄的《後漢書》沒有寫完，但是思想深邃、體例嚴謹、語言精練，在後世的影響越來越大，逐步取代了《東觀漢記》、謝承《後漢書》等東漢歷史書，成爲公認的"正史"。在文學方面，范曄也是當時重要的一家，被鍾嶸《詩品》評價。《詩品·宋詹事范曄》條説："蔚宗詩，乃不稱其才。亦爲鮮舉矣。""不稱其才"，指范曄的詩歌，不能與其才學相稱。史稱范曄博涉經史，善爲文章，能隸書，曉音律，又頗以才氣自負。《獄中與諸甥姪書》自謂："詳觀古今著述及評論，殆少可意者。班氏最有高名，既任情無例，唯志可推耳。""吾雜傳論皆有精意深旨，至於《循吏》以下及《六夷》諸序、論，筆勢縱放，實天下之奇作。其中合者，往往不減《過秦》篇。嘗共比方班氏所作，非但不愧之而已。""贊，自是吾文傑思，殆無一字空設，奇變不窮，同合異體，乃自不知所以稱之。此書行，故應有賞音者。紀傳例爲舉其大略耳，諸細意甚多。自古體大而思精，未有此也。"陳延傑《注》説："今觀其《樂游苑應詔》詩：'山梁協孔性，黃屋非堯心。'用事深切，亦自秀逸，但不如其文之美贍可翫耳。抑所謂'不稱其才'也。"許文雨《講疏》説："長瑜流放，曜璠、蔚宗坐誅，當時以罪人目之。罪人而不稱其才，時論限之也。""鮮舉"，疑誤。古直《箋》謂"'鮮舉'當爲'軒舉'，形近而訛也"。甚是，但無版本根據。現"鮮"，作"鮮明"解。"舉"，作"高拔"解。鮮舉，謂鮮明挺拔。如作"軒舉"，則高拔飛舉，謂蔚宗詩雖未能稱其才，仍高出時流一截。其《臨終詩》説："禍福本無兆，性命歸有極。必至定前期，誰能延一息？在生已可知，來緣慒無識。好醜共一丘，何足異枉直？豈論東陵上，寧辨首山側。雖無嵇生琴，庶同夏侯色。寄言生存子，此路行復即。"亦直言其志，寄托高遠。

由於范曄《後漢書》創造性地專設《文學列傳》，讓文學進入歷史，最後蛻變成文學史，影響巨大。此後任昉的《文章緣起》、劉勰《文心雕龍》、蕭子顯《南齊書·文學傳論》都受到影響。劉勰《文心雕龍》在論述各個時代、各體文學時，大量引用范曄《後漢書·文苑列傳》中人物和文學故事，范曄歷史書中的文學，成了劉勰《文心雕龍》的評論資源和思想資源。

二、關於范曄死因的爭論

范曄是一個手無寸鐵的文人，遭此厄運，於是引來了許多議論。

首先范曄臨死前就留下了自相矛盾的自我評價。他在遺詩裏面説"雖無嵇生琴，庶同夏侯色"，表示自己如同嵇康和夏侯玄，是受人牽連而被冤枉的。他在遺書《獄中與諸甥姪書》中説"吾狂釁覆滅，豈復可言？汝等皆當以罪人棄之"，又承認自己闖下滔天大禍，是個罪人。

沈約《宋書》、李延壽《南史》、司馬光《資治通鑒》基本上都認爲"范曄謀反"是事實，對范曄多有貶斥。《宋書》基本上站在劉宋皇室立場上，《宋書·范曄傳》不厭其煩地記録了范曄"謀反"的全過程，裏面充滿了主觀臆斷，如"曄默然不答，其意乃定"、"曄既有逆謀，欲探時旨"、"其謬亂如此"等等。沈約評論范曄："古之人云：'利令智昏。'甚矣，利害之相傾！"沈約認爲范曄被利益衝昏了頭腦，最後爬得越高，摔得越慘。

李延壽《南史·范曄傳》簡化了范曄"謀反"的記録，增添了兩個細節：范曄參加武帳岡祖道，因爲膽怯而不敢發動叛亂；范曄在獄中給劉義隆的白團扇題寫了宋玉的詩句"去白日之昭昭，襲長夜之悠悠"。李延壽評價范曄："蔚宗藝用有過人之美，跡其行事，何利害之相傾？"李延壽承認范曄才華出衆，但也表示看不懂范曄爲什麽要去參加政治賭博。

司馬光《資治通鑒》卷一百二十四引用梁朝裴子野的議論："夫有逸群之才，必思沖天之據；蓋俗之量，則僨常均之下。其能守之以道，將之以禮，殆爲鮮乎！劉弘仁、范蔚宗皆忕志而貪權，矜才以徇逆，累葉風素，一朝而隕。嚮之所謂智能，翻爲亡身之具矣！"裴子野也是士族文人，他認爲劉湛、范曄都因爲貪戀權力，炫耀才華，追隨叛逆（劉義康）而招來滅族大禍。

到了清朝，有一些學者開始爲范曄"翻案"，如王鳴盛、陳澧、傅維森等人。他們認爲范曄不可能謀反，是橫遭誣陷而死的。而沈約等人對范曄不懷好意，讓范曄留下了惡名①。這些學者普遍盛贊《後漢書》，不相信其作者是一個"亂臣賊子"。如王鳴盛《十七史商榷》卷六十一評論范曄："今讀其書，貴德義，抑勢力，進處士，黜奸雄，論儒學則深美康成，褒黨錮則推崇李、杜，宰相無多述，而特表逸民，公卿不見采，而惟尊獨行。"王鳴盛認爲《宋書》的記錄"全據當時鍛煉之詞書之"。這些學者看出了《宋書》中的一組內部矛盾：孔熙先以皇家不和范家聯姻爲由激怒范曄，事實上范曄已經和吳興昭公主結爲親家。

民國學者張述祖作《范蔚宗年譜》，一方面認爲王鳴盛等人的翻案總體上合情合理，一方面認爲沈約不會污衊范曄。至於"范曄謀反"的真相，張述祖希望讀者根據史實，自己作出判斷②。

1988 年，汪涌豪作《范蔚宗謀反一事辨證》，認爲范曄參加謀反是必有的事情，史書並沒有污衊范曄，清朝學者的翻案文章缺乏直接證據，不能成立③。

2006 年瞿林東、李珍作《范曄評傳》，認爲范曄不是謀反集團的主謀，但也和孔熙先、謝綜等謀反分子有直接聯繫。《宋書》多次強調范曄是主謀，不符合事實。《范曄評傳》認爲劉宋君臣矛盾尖銳、卑鄙小人引誘利用是"范曄謀反"的客觀條件，而范曄

---

① 瞿林東、李珍：《范曄評傳》，南京大學出版社，2006 年，第 408—410 頁。
② 瞿林東、李珍：《范曄評傳》，南京大學出版社，2006 年，第 410 頁。
③ 汪涌豪：《范蔚宗謀反一事辨證》，《上海師範大學學報》1988 年第 2 期。

的性格缺點是主觀條件。二者結合造成了范曄的悲劇①。

筆者考察歷史文本，綜合前賢的高見，認爲范曄之死並不是一個孤立事件，而是多重矛盾激化之後的結果，需要分析來龍去脈，才能接近真相。

三、范曄之死的真相

440年，長期執政的劉義康被劉義隆突然打倒，隨後被嚴密軟禁在江州。雖然劉義隆表面上給予劉義康豐厚的物質待遇，但仍然掩飾不住内心勃勃的殺機。當時龍驤參軍巴東扶令育給劉義隆上表，懇請皇帝"速召義康，返於京甸，兄弟協和，君臣緝穆，息宇内之譏，絶多言之路"，立刻遭到了劉義隆的殺戮。劉義隆和劉義康的姐姐——會稽長公主劉興弟也在家庭宴會上爲劉義康請命，劉義隆被迫指着父親劉裕的陵墓發了誓。444年，劉興弟去世了。劉義康失去了姐姐的庇護，形勢岌岌可危②。劉義隆在策劃進一步打擊劉義康。而劉義康的餘黨孔熙先、謝綜等人在謀劃怎麽讓劉義康捲土重來。這一場不可調和的鬥争就是范曄"謀反"的基本背景。

雖然《宋書·范曄傳》提供了范曄"謀反"的不少證據，但真正能落實的只有一條。

《宋書》提到"（范曄）門胄雖華，而國家不與姻娶"，而范曄已經和吳興昭公主結爲親家，連孫子都有了。《宋書》這兩處記録自相矛盾。

---

① 瞿林東、李珍：《范曄評傳》，南京大學出版社，2006年，第65、66頁。

② 沈約：《宋書·卷六十八·列傳第二十八·武二王》，中華書局，1974年，第1795頁。

范曄得知了孔熙先、謝綜等人的陰謀，給劉義隆上密奏，引經據典勸皇帝處決劉義康。《宋書》認爲這是范曄"既有逆謀，欲探時旨"。這種論斷也說不過去。如果劉義隆聽從范曄的建議，把劉義康處決了，那麼孔熙先、謝綜等人自然失去了擁戴的物件，喪失了謀反的基礎。所以范曄的真正企圖大概是想保全自己的外甥謝綜等人。

如此事關重大的密信遞上去，劉義隆竟然沒有回應，范曄只能認爲自己失寵了。要是劉義隆翻臉不認人，定范曄一個"離間骨肉"的死罪，也是很簡單的事情。而在猜忌成性的劉宋皇帝手下，失寵是極其危險的信號。沈約在《宋書》卷四十四《謝晦傳》裏面也承認："免書裁至，弔客固望其門矣。"劉宋皇帝往往一方面縱容大臣奢侈享樂，一方面對失寵的大臣果斷殺戮。

而范曄參與謀反的唯一確證，就是《宋書》全文收錄的范曄代替劉義康寫作的《與徐湛之書》。《南史·范曄傳》卻認爲《與徐湛之書》出自孔休先之手。

《宋書·范曄傳》和《南史·范曄傳》都記載孔熙先讓弟弟孔休先預先寫好了"檄文"。《宋書》照錄了"檄文"全本，裏面假設劉義隆被禁衛軍將領趙伯符殺害了，宰相也都被叛軍殺害了，於是徐湛之、范曄、蕭思話、臧質、孔熙先、孔休先率軍平亂，一舉誅殺叛徒，迎立劉義康。這封"檄文"可以稱得上是一篇浪漫主義的夢話。

而《與徐湛之書》低沉徘徊，與孔休先慷慨激昂的"檄文"大相徑庭，確實應該出自范曄筆下，類似於一篇自殺之前的遺書。文章雖然是以劉義康的名義寫的，基本上是范曄自己的心聲，而且是范曄的催命符。

《與徐湛之書》首先反省了自己的一些缺點：任性動情，有錯不改，做事不專心，喜怒變化快。劉義康和范曄都曾經長期得到劉義隆的重用，所以隨後就對劉義隆表忠心，接着講述了自己的悲慘遭遇——被奸臣污蔑，其實也就是失去了皇帝的信任，生命危在旦夕。最後是范曄理想中的造反計畫——挾天子以令諸侯，最後由劉義康取而代之。這恐怕也是他多年研究東漢歷史的一個心得。曹操就是靠挾持漢獻帝，才逐漸奪取政權的。

《宋書》和《南史》都説孔熙先是這封書信的主使，不合常理。因爲無論在現實官場中，還是在叛黨人事安排裏，范曄的地位都高於孔熙先。假如是受孔熙先指使，這封信斷然不會是如此"淒淒慘慘戚戚"的文字。所以主使者只能是地位尊貴的收信人——徐湛之。

徐湛之是劉興弟的兒子，也是劉義隆和劉義康的外甥，此時儼然成了謀反集團的領袖，掌握了大量機密檔案。445年農曆十一月，徐湛之突然給劉義隆遞上奏章，把范曄、孔熙先等"同黨"全部出賣了。劉義隆下令鎮壓，謀反集團立刻全軍覆没。

徐湛之控告范曄"比年以來，意態轉見，傾動險忌，富貴情深，自謂任遇未高，遂生怨望。非唯攻伐朝士，譏謗聖時，乃上議朝廷，下及藩輔，驅扇同異，恣口肆心，如此之事，已具上簡。"原來徐湛之就是皇帝的卧底，早就報告了范曄的一舉一動。

范曄被捕後試圖抵賴，可是面對白紙黑字的《與徐湛之書》，只好認罪。

劉義隆和徐湛之誘殺范曄，最直接的證據就是徐湛之的事後説明。445年，范曄等人在獄中把徐湛之的許多"醜事"都抖出來了。徐湛之受到強烈的輿論壓力，被迫去"投案自首"。劉義隆安慰他，命令他回封地守孝，避開流言蜚語。據《宋書·徐湛之傳》記載，徐湛之於是給劉義隆上表，表面上是檢討書，其實是感謝信，甚至還有點邀功請賞的味道。這封奏章，可以説是整個陰謀的自供狀。

徐湛之在皇帝的秘密授意下，打入謀反集團，用各種"誘引之辭"，讓他們留下確切證據。據《宋書·范曄傳》記載，徐湛之是這樣誘導范曄的："臧質見與異常，歲内當還，已報質，悉攜門生義故，其亦當解人此旨，故應得健兒數百。質與蕭思話款密，當仗要之，二人並受大將軍（劉義康）眷遇，必無異同。思話三州義故衆力，亦不減質。郡中文武，及合諸處偵邏，亦當不減千人。不憂兵力不足，但當勿失機耳。"臧質、蕭思話都是劉宋皇室的外戚，深受劉義隆倚重，此時都手握重兵，在北部邊疆防備北魏。"郡中文武"指丹陽尹徐湛之自己的親信部下。在這些花言巧語的誘騙下，范曄終於寫下了致命的《與徐湛之書》。

徐湛之看見叛亂分子一步步落入圈套，心裏十分驚喜，"既美其信懷可履，復駭其動止必啓"，掌握了整個叛亂集團的核心機密。時機成熟，徐湛之就告發了叛亂陰謀，爲劉義隆徹底打倒劉義康立下了大功。447年，徐湛之守孝完畢，回京城擔任中書令兼太子詹事等一系列要職，權傾朝野。453年，徐湛之和劉義隆一起被太子劉劭砍死在皇宮裏。當時劉義隆和徐湛之正在秘密商議廢掉太子，結果被劉劭聽到風聲，先下手爲強了。能够和劉義隆深夜討論廢立大事，可見徐湛之是劉義隆晚年最信任的大臣。

范曄骨子裏是瞧不起徐湛之的，他曾經在《和香方》裏面諷刺徐湛之"淺俗"。但是徐湛之很早就成了孤兒，從小就得到劉裕的關愛。他在官場混跡多年，早已經磨練成了一隻老狐狸。范曄雖然學富五車，但是在玩政治陰謀方面，遠遠不如劉義隆和徐湛之，所以輕易就落入了陷阱。平時不信鬼神的范曄臨死前一反常態，發誓要和徐湛之"相訟地下"，當然不是"其謬亂如此"。因爲徐湛之是把范曄引入陷阱的直接兇手。

劉義隆知道范曄性格粗疏，偏偏讓他參與機密；劉義隆知道范曄性格高傲，偏偏讓他經常坐冷板凳；劉義隆知道范曄得罪了衆多朝臣，偏不放他出去做官；劉義隆知道范曄舉報劉義康事關重大，偏偏裝聾作啞；劉義隆知道范曄滿懷怨恨和恐懼，故意讓徐湛之去勸誘范曄。范曄入獄之後，無論如何仇恨徐湛之，想在招供裏面咬死徐湛之，也都是白費心機。因爲徐湛之和劉義隆是乘一輛馬車的獵人，而范曄只是落入陷阱的獵物而已。

劉義隆處死了范曄等人之後，終於能"名正言順"地嚴懲劉義康，剝奪其官爵待遇，開除出劉宋宗室，流放到更偏遠的安成郡。西元451年，劉義隆派人秘密殺害了劉義康。

四、范曄之死象徵皇權對相權的勝利

劉義隆統治的元嘉年間，政治形勢和東晉時期大不一樣，突出表現就是皇權專制日益加強。皇帝採取集中軍權、分化相權、任人唯親等措施，改變了東晉以來士族分權的局面。

劉裕依靠新北府軍取代東晉，建立劉宋。劉裕、劉義隆父子視軍權如生命，大力清除異己力量。東晉後期開創北府軍的陳郡謝氏首當其衝，遭到了沉重打擊。謝氏家族的代表人物謝混附和荊州軍閥劉毅，付出了生命的代價。謝氏家族的另一個代表人物謝晦，試圖在荊州獨樹一幟，在元嘉初年也被劉義隆消滅了。爲了獨攬軍權，劉義隆甚至不惜自毀長城，以莫須有的罪名冤殺了老將檀道濟。

曹操、司馬懿和劉裕都是借助相權奪取皇權。劉義隆的兄長宋少帝劉義符也被大權在握的宰相廢黜並且殺害了。劉義隆即位以後，清洗了輔政大臣，分化相權，讓一群宰相互相牽制，牢牢把大權控制在自己手裏。據《宋書》卷六十三《殷景仁傳》記載，殷景仁"俄遷侍中，左衛如故。時與侍中右衛將軍王華、侍中驍騎將軍王曇首、侍中劉湛四人，並時爲侍中，俱居門下，皆以風力局幹，冠冕一時，同升之美，近代莫及"。

這些大臣雖然官爵高顯，還能够親近皇帝，然而實際權力卻很有限。試圖有所作爲的大臣通常心有怨言。據《宋書·王華傳》記載，宰相王華覺得不能施展自己的政治才華，經常感歎："宰相頓有數人，天下何由得治？"據《宋書·劉湛傳》記載，另一個宰相劉湛也感歎權力太小："今世宰相何難？此政可當我南陽郡漢世功曹耳！"

劉裕確立了任人唯親的用人原則，讓年幼的兒子封王出鎮，掌握戰略重地，提拔庶族外戚，負責邊疆防禦。劉義隆繼承了父親的這一策略。起初他讓弟弟劉義康當宰相，自己當甩手掌櫃。後來劉義康和劉湛結爲一體，相權越來越強勢，以至於對皇權構成了威脅。西元440年，劉義隆採取非常手段，貶謫劉義康，殺死劉湛，分封自己的兒子爲王，陸續出鎮戰略要地，避免了大權旁落。

陳郡謝氏的文藝天才謝靈運，和"聰明愛文義"的廬陵王劉義真關係親密。劉義真允諾得志之後，封謝靈運爲宰相。不過在劉義真被廢殺之後，謝靈運的宰相夢成爲泡影。劉義隆繼位之後，謝靈運一度表面上受到禮遇，隨後不斷遭到貶謫，最終被殺害。

范曄既是劉義康的舊部，又是謝氏家族的姻親。劉義隆對他不可能完全信任。劉義隆一邊提拔范曄，一邊就派人監視他，沈約的父親沈璞就曾經擔任這個角色。440年，始興王劉濬被劉義隆任命爲揚州刺史。劉濬的母親潘淑妃是劉義隆的寵妃。劉義隆對劉濬也寵愛異常，於是任命沈璞擔任主簿，而讓范曄擔任長史，一起輔佐劉濬。據《宋書》自序記載，劉義隆就悄悄召見沈璞，說："神畿之政，既不易理。濬以弱年臨州，萬物皆屬耳目，賞罰得失，特宜詳慎。范曄性疏，必多不同。卿腹心所寄，當密以在意。彼雖行事，其實委卿也。"沈璞因爲接受了如此重大的任務，於是早晚都很努力，有什麼風吹草動，就給劉義隆打小報告。具體的行政措施，一定按照皇帝的精神執行。范曄看到皇帝明察秋毫，所以變得老實謹慎，而根本不知道皇帝和沈璞有秘密的聯繫。"范曄性疏"，這就是劉義隆對范曄的評價。

西元 442 年，范曄表面上進入朝廷，參與機密。實際上皇帝僅僅視他爲文藝弄臣。《宋書・范曄傳》中劉義隆明言"（范曄）但以才藝可施，故收其所長，頻加榮爵，遂參清顯。"范曄自視甚高，"常恥作文士"，沒有多少實權，自然產生了怨言。

這時候，朝廷的宰相有一群人：庾炳之、沈演之、何尚之、徐湛之等等。他們的職位時常發生變動，互相之間也鬥得厲害。這裏面有劉義隆很大的責任。劉義隆吸取劉義康和劉湛結盟的教訓，故意造成大臣之間的內鬥，以維持自己仲裁者的地位。大臣們普遍也吸取教訓，一邊內鬥，一邊享受，以討好皇帝爲己任。范曄對這種局面是嚴重不滿的。

魏晉南北朝的士族十分重視生活品質，熏香成爲了重要的生活內容。范曄在《和香方》裏面，把其他朝廷大員比作各種香料，極盡諷刺之能事："'麝本多忌'，比庾炳之"；"'零藿虛燥'，比何尚之"；"'詹唐黏濕'，比沈演之"；"'棗膏昏鈍'，比羊玄保"；"'甲煎淺俗'，比徐湛之"；"'甘松、蘇合'比慧琳道人"①。

范曄自比沉香，"沉實易和，盈斤無傷"。沉香，來自沉香木，是一種珍貴的熱帶香料，味有些辣，但是無毒，藥用價值很高，作用時間很長。范曄固然是自賣自誇，也是表達自己埋沒多年的怨氣。這種怨氣和前些年爭奪相權的謝靈運、劉湛很有些類似。

---

① 魏徵等《隋書・志第二十九・經籍三》記錄"范曄《上香方》一卷，《雜香膏方》一卷。亡"，可見范曄對香料的確有研究，研究成果在南朝較有影響。

所以范曄不得善終，並不是偶然的。

劉義隆消滅范曄，又乘機掃蕩了劉義康的餘黨，進一步鞏固了皇權對相權的優勢。

五、范曄之死象徵皇權對士族的勝利

范曄自稱"狂釁覆滅"，是清醒而準確的自我總結。"狂"是范曄的性格，直接導致了劉義隆君臣的嫉恨。"釁，血祭也"①，劉義隆和劉義康手足相殘，卻讓范曄成爲血腥的祭品。呂思勉先生認爲："南北朝時，狂傲之甚者，無過謝靈運與王僧達。"② 其實中間還應該添上一個范曄。范曄之死，也是士族敗落的象徵。

東晉時期，皇帝和士族維持着權力的脆弱平衡。琅琊王氏、穎川庾氏、譙郡桓氏和陳郡謝氏作爲士族的代表，相繼執掌朝政。士族能夠長期維持權力，表現在對高級官僚的壟斷、發達的大莊園經濟、家族傳承的文化教育以及相對獨立的武裝力量。陳郡謝氏作爲東晉末年的頭等士族，曾經在政壇上舉足輕重。順陽范氏雖然不如陳郡謝氏那樣輝煌，其代表人物得志時能擔任方面大員，失意依舊能詩書傳家，從容自保。

劉裕、劉義隆父子逐步鞏固皇權，不容許士族挑戰皇權，特別注意防範和拉攏謝氏家族。謝混、謝晦等人桀驁不馴，挑戰劉氏父子的皇權，相繼付出了生命代價③。謝澹、謝弘微等人謹小慎微，甘爲皇權的附庸，終於保全了自己的性命。

---

① 許慎撰，徐鉉校定：《說文解字》，中華書局影印本，1963年，第60頁。
② 呂思勉：《兩晉南北朝史》，上海古籍出版社，1983年，第989頁。
③ 朱紹侯：《陳郡謝氏在劉宋》，《河南大學學報》（社會科學版）2001年第11期。

劉義慶《世說新語》以謝靈運爲最後一個名士。范曄身爲陳郡謝氏的姻親，和謝靈運、王僧達一樣，都是魏晉風流的遺民。在君主專制的劉宋王朝，這類文化遺民只能滿腹怨氣，處處碰壁，如果不加收斂，隨時會有殺身之禍。可悲的是他們依舊我行我素，逐漸走上了自己的末路。

根據《宋書·謝靈運傳》的記載，謝靈運是北府軍統帥謝玄的嫡孫，早年襲封康樂公，才華卓異，影響很大，"每有一詩至都邑，貴賤莫不競寫，宿昔之間，士庶皆遍，遠近欽慕，名動京師"。謝靈運引領着當時士族的風尚，"性奢豪，車服鮮麗，衣裳器物，多改舊制，世共宗之"。著名的登山鞋——謝公屐就是謝靈運的發明創造。

劉義隆希望謝靈運成爲理想的文學侍臣，"尋遷侍中，日夕引見，賞遇甚厚。靈運詩書皆兼獨絕，每文竟，手自寫之，文帝稱爲二寶。既自以名輩、才能應參時政，初被召，便以此自許；既至，文帝唯以文義見接，每侍上宴，談賞而已。"

然而謝靈運的理想是出將入相，繼承和發揚祖先謝安、謝玄的光榮事業。在劉宋強勢的君權統治下，謝靈運注定是一個悲劇人物。他很快發現自己不能掌權，於是稱病，不願意上朝，整天寄情山水，任意出遊。皇帝逐漸不能容忍，於是讓他回封地"養病"，隨後找到了藉口，罷了他的官。

劉宋建立之後，身爲前朝康樂公的謝靈運已經被降低了爵位。一朝天子一朝臣，謝靈運回到封地，也逐漸失去了以前的地位和權益。他帶領着幾百人遊山玩水，被地方官當成了"山賊"。他試圖改建大莊園，又和地方官發生了尖銳衝突。地方官控告謝靈運有"異志"。謝靈運隨後又被貶爲臨川內史。高傲的謝靈運依舊寄情山水，不甘心當一個處處受約束的地方官。朝廷派人來逮捕他。謝靈運興兵抵抗，最終以"叛逆"的罪名被劉義隆殺掉了。

謝靈運臨終前寫詩："送心自覺前，斯痛久已忍。恨我君子志，不獲岩上泯。"他對劉宋皇權已經忍了很久了，劉宋皇帝對他也忍了很久了。

劉義康和陳郡謝氏關係密切，也是招致劉義隆猜忌的重要原因。劉義康娶了謝晦的女兒，又把自己的女兒嫁給謝述的兒子謝約。謝曜、謝述兄弟相繼擔任劉義康的長史。謝述的兒子謝綜擔任劉義康的司徒主簿。劉義康貶謫江州期間，謝綜選擇繼續追隨劉義康，擔任記室參軍。劉義康如果能東山再起，謝氏家族很可能會重新獲取較大的政治權利。這是專制君主劉義隆決不允許出現的局面。范曄是謝綜和謝約的親舅舅，又是劉義康的老部下，在嚴酷的政治鬥爭中猶豫不決，缺乏警惕，最終難逃殺身之禍。

范曄是謝靈運精神上的繼承人，物質上也不落後，"性精微有思致，觸類多善，衣裳器服，莫不增損制度，世人皆法學之"，繼續引領着士族的潮流。

范曄在劉義康府上聽挽歌下酒，看似不近人情，卻是在實踐嵇康的《聲無哀樂論》。魏晉名士裏面喜歡唱挽歌、聽挽歌的人還真有不少。據《世說新語·任誕》記載，張湛好於齋前種松柏。時袁山松出遊，每好令左右作挽歌。時人謂："張屋下陳屍，袁道上行殯。"張驎酒後，挽歌甚淒苦。桓車騎曰："卿非田橫門人，何乃頓爾至致？"嵇康主張"聲無哀樂"，就是要把音樂乃至文藝從禮法政教的桎梏下面解放出來，爭取寬鬆的創作自由，反對給藝術作品亂貼政教標籤。范曄當然擁護嵇康的主張，"吾於音樂，聽功不及自揮，但所精非雅聲，爲可恨。然至於一絕處，亦復何異邪？其中體趣，言之不盡，弦外之意，虛響之音，不知所從而來"。魏晉名士對於挽歌，基本上還是自彈自唱，自我欣賞。范曄竟然拿王爺府上的挽歌助酒，當然是冒犯了劉宋皇權，立刻遭到了貶謫。劉義隆還是照顧了范泰的臉面，否則范曄此時就會有牢獄之災。

可是范曄並沒有接受教訓。范曄擅長彈琵琶。劉義隆早就知道范曄有這一手，幾次暗示他表演。誰知道范曄堅決不彈。有一次朝廷舉行宴會，君臣觥籌交錯，劉義隆對范曄說："我欲歌，卿可彈。"范曄迫不得已，勉勉強強彈了一曲。劉義隆唱完，范曄也立刻停止了彈奏。

這件事情看起來不大，卻可見范曄和劉義隆尖銳的文化衝突。古代倡優隸卒屬於賤民階層，可以得到君王的寵愛，但是終究地位很低。司馬遷就曾經抱怨漢武帝用他當太史令，其實是"倡優蓄之"。范曄是士族，不願意在皇帝面前降低自己的身份。皇帝暗示彈琵琶，范曄如果立刻照辦，那就是把自己等同於倡優了。

在皇權衰微的東晉，士族之間也流行用音樂作爲精神交流的方式。遇到知音，參加盛會，士族名流一般都願意展示自己的音樂才藝。據《世說新語‧任誕》記載，王子猷出都，尚在渚下。舊聞桓子野善吹笛，而不相識。遇桓于岸上過，王在船中，客有識之者，云是桓子野，王便令人與相聞，云："聞君善吹笛，試爲我一奏。"桓時已貴顯，素聞王名，即便回下車，踞胡床，爲作三調。弄畢，便上車去。客主不交一言。桓子野和王子猷賓主相得，心心相印，共同演奏了魏晉風流的一段佳話。

劉義隆雖然貴爲皇帝，可他並不是范曄的知音。朝廷大臣雖然天天見面，幾乎都和特立獨行的范曄關係惡劣。雖然是盛大宴會，范曄根本不願意展現自己引以爲豪的才藝，給別人喝酒助興。范曄的這種狂傲行爲可是出現在君主獨裁的元嘉年間，必然得罪猜忌心很重的劉義隆，完全是拿自己的生命開玩笑[①]。

[①] 楊恩玉：《宋文帝的猜忌心理及其政治影響》，《許昌學院學報》2006年第4期。

范晔還給孫子起名"魯連"。"魯連",就是大名鼎鼎的魯仲連,寧肯蹈海而死,不願看到秦王稱帝。當年謝靈運被劉義隆、劉義康逼急了,題了"反詩":"韓亡子房奮,秦帝魯連恥!"① 謝靈運、范晔等人忠誠于士族名士的理想信念和生活方式,挣扎於帝王專制的劉宋時代,深深感受了文化遺民的痛苦和孤獨。

范晔在遺書中坦陳自己一生的成就和遺憾,他所鍾愛的文學、史學、音樂、書法在殘酷的政治鬥爭中都派不上用場。他終於明白時代已經容不下自己了。但是,范晔臨死仍然保持了士族名士的那份文化優越感,還要給侄兒、外甥寫信,希望謝莊等晚輩當自己的精神傳人。不過後來謝莊吸取謝靈運、范晔等人的教訓,大寫風花雪月和官樣文章,老老實實當一個文學侍從,終於躲過了帝王的屠刀,得以善終。從這一點講,范晔確實具有夏侯玄、嵇康的風骨。

六、范晔之死象徵私史傳統的没落

中國上古時期的史學相當發達。周朝衰落,諸侯興起,各諸侯國紛紛利用史學人才爲自己服務。董狐、齊太史、南史氏等優秀史學家成爲秉筆直書的代表。史學爲各國貴族服務,史學家本身也是貴族成員。

秦始皇統一六國之後,就採取措施控制思想,把不利於秦朝統治的六國史書基本燒毁,"敢偶語詩書者棄市,以古非今者族"。在這種嚴酷政策下,私修史書成了彌天大罪。

農民起義和六國貴族反撲相結合,推翻了不可一世的秦王朝。

---

① 沈約:《宋書·卷六十七·列傳第二十七·謝靈運》,中華書局,1974年,第1777頁。

史學也在逐漸復興。司馬談、司馬遷父子繼承祖先的傳統，融合先秦諸子的哲學，創造了劃時代的史學巨著——《史記》。司馬遷在創作史書的過程中，因爲大膽表示了自己對時事的不同見解，得罪了漢武帝，遭遇了殘酷的宮刑。司馬遷希望《史記》能够"究天人之際，通古今之變，成一家之言"，成爲自己精神的載體，成爲自己生命的延續。司馬遷的肉體雖然被閹割，但是精神卻更加奮發雄健。此時，漢武帝正在推行"罷黜百家，獨尊儒術"，力圖控制思想。司馬遷當然清楚《史記》不可能立刻面世，採取了"藏之名山，副在京師"的保管措施。到了漢宣帝時期，《史記》才被司馬遷的外孫楊惲公佈於世。雖然如此，《史記》的部分章節還是遭到了删改，《今上本紀》等篇目不翼而飛。

東漢以讖緯儒學爲統治思想。班彪、班固父子尊奉東漢王室，善於給皇帝歌功頌德。但班固還是因爲"私修國史"遭遇牢獄之災。好在漢明帝慧眼識珠，班固因禍得福，成爲了官方認可的史學家，從而基本完成了卷帙浩繁的《漢書》。東漢皇帝組織班固等史學家開修當代史，經過幾代史學家的努力，基本完成了《東觀漢記》，開創了官修史書的先河。但是《東觀漢記》成於衆人之手，内部矛盾甚多，裏面充斥了讖緯迷信思想，在東漢末年的大亂中又有所散佚。後世學者紛紛以《東觀漢記》爲基礎，重修後漢史書。最終還是范曄的《後漢書》基本完成了對《東觀漢記》的改造。

魏晉以來，政局混亂，反而給史學家的創作留下了自由發揮的空間。隨着士族力量的增强、造紙業的發展，史學家創造了大量的私史著作。這些私史種類繁多，立場各異，魚龍混雜。修史幾乎成爲了士族文人的特權。大量私史成爲了士族文化的載體。家傳、譜學的繁榮，其實也反映了士族的利益。劉宋的强勢宰相劉湛，也寫下了《百家譜》，作爲銓選官員的依據。這種局面顯然是不利於劉宋的皇權統治。因爲劉宋皇室和外戚，基本上出身于庶族地主。編史書、論家譜，庶族地主肯定不是士族文人的對手。

劉義隆加強皇權的一個突出表現就是"官修史書，學在官府"，大力控制思想和輿論。

元嘉初年，劉義隆就命令謝靈運撰寫《晉書》，冠冕堂皇的理由是"晉氏一代，自始至終，竟無一家之史"。劉義隆一方面試圖把謝靈運改造成皇權駕馭下的可用之才，一方面企圖借助謝靈運的聲名，壟斷晉朝歷史的編寫權，掩蓋晉宋之際的歷史真相。劉裕當年打着復興晉朝的旗號，起兵討伐篡權奪位的桓玄。誰知劉裕戰勝桓玄之後，對待晉室比桓玄還不如，連續殘害了兩代東晉皇帝，最終建立了劉宋。謝靈運自然不甘心當一個御用史學家，草草寫完了提綱就不幹了。謝靈運不但沒有修完《晉書》，反而產生了"韓亡子房奮"的叛逆情節。不過劉義隆的這種手段，爲後世的專制君主所繼承。組織前朝遺老遺少編修前朝史書，逐漸成爲一種控制思想和輿論的統治方法。

隨後劉義隆授意裴松之注解《三國志》，補充了大量的歷史資料，對北方的曹魏多有貶斥，對同姓的蜀漢多有褒揚。當時劉宋和北魏處於對峙之中，而且漸漸處於下風。裴松之"尊劉抑曹"的注解無疑是在證明劉宋統治的合法性。劉義隆很滿意裴松之的注解，誇獎道："此爲不朽矣！"

西元438年，劉義隆命令何承天建立史學館，開修當代史，力圖用皇權控制史學。同時，劉義隆還舉辦了儒學館、玄學館、文學館。這一方面是一種有積極意義的文化建設，另一方面也是試圖奪取士族大家對文化教育的壟斷權。劉宋朝廷招徠了大量學者和學生，讓學術爲皇帝的統治服務。史學館隨後成爲制度性的建構，宋孝武帝劉駿甚至親自參與修史，留下了豐富的當代史記錄。後來沈約利用這些材料，僅僅花了一年時間，就基本完成了

《宋書》。

而范曄寫作的《後漢書》屬於私史,繼承了司馬遷"發憤著書"的精神,脫離了劉宋皇權的控制。范曄所謂的"正一代得失",表面上評判了東漢一朝的政治,實際上也就是在批判現實。《後漢書》贊揚光武帝保全開國功臣,某種意義上就是批判劉義隆消滅輔政大臣。劉義隆推崇佛教,《後漢書》偏偏大力批判佛教。劉義隆希望大臣成爲自己的忠順奴僕,而《後漢書》卻大力贊美桓譚、李雲、孔融等不屈服于君王權勢的仁人志士。

范曄的《後漢書》裏面有很多先進的創造,達到了相當的思想深度。范曄發揚司馬遷的精神,不惜篇幅爲思想家作傳,記錄王充、王符、仲長統等異端思想家對君主專制的質疑。《後漢書》內出現了較完整的《文苑列傳》,裏面的人物大多是不得志的文學家,第一個是反對遷都洛陽的杜篤,最後一個是辱罵奸雄曹操的禰衡。范曄以士族名士的眼光,精心構造了《獨行列傳》、《方術列傳》、《逸民列傳》、《列女傳》。這些傳記裏面的一些人物,甚至連姓名都沒有留下,但是因爲有深刻的思想,或者有卓異的言行,或者有先進的發明,范曄一定讓他們青史留名。《後漢書·西域傳》甚至還記錄了古羅馬的元老院制度,記錄了沒有皇權專制的強盛異國:"其王日游一宮,聽事五日而後遍。常使一人持囊隨王車,人有言事者,即以書投囊中,王至宮發省,理其枉直。各有官曹文書。置三十六將,皆會議國事。其王無有常人。皆簡立賢者。國中災異及風雨不時,輒廢而更立,受放者甘黜不怨。其人民皆長大平正,有類中國,故謂之大秦。"後世的官修史書,基本上淪爲帝王將相的家譜彙編,不可能達到范曄的思想高度。

《後漢書》這樣特立獨行的史書自然得罪了專制君主。范曄被捕後,《後漢書》也立刻成爲劉義隆、徐湛之等人的重點搜查目標。《後漢書·皇后紀》李賢注引沈約《宋書·謝儼傳》:"范曄所撰十志，一皆托（謝）儼。搜撰垂畢，遇曄敗，悉蠟以覆車。宋文帝令丹陽尹徐湛之就儼尋求，已不復得，一代以爲恨。其志今闕。"後來梁朝劉昭截取司馬彪《續漢書》的"八志"，和范曄《後漢書》合爲一體，才勉強避免了《後漢書》殘缺的遺憾。

　　班固、蔡邕都是《東觀漢記》的作者，也算是范曄的祖師爺。范曄《後漢書·蔡邕傳》記錄了蔡邕僅僅因爲流露了對董卓的同情，就被王允視爲叛逆。蔡邕乞求"黥首刖足，繼成漢史"。王允認爲"昔武帝不殺司馬遷，使作謗書，流於後世"，無情地處死了蔡邕。范曄在獄中也曾對劉義隆產生過幻想，希望能夠苟活下去，發揮自己的才能，把《後漢書》編寫完畢。隨後范曄很快就明白自己活不下去了，寫下了遺書和遺詩。因爲專制統治者和異端思想家是天敵。

　　范曄《後漢書·班固傳》哀歎班固："彪、固譏遷，以爲是非頗謬于聖人。然其論議常排死節、否正直，而不敍殺身成仁之爲美，則輕仁義、賤守節愈矣。固傷遷博物洽聞，不能以智免極刑；然亦身陷大戮，智及之而不能守之。嗚呼，古人所以致論於目睫也！"司馬遷慘遭宮刑，班固瘐死獄中。范曄也是"致論於目睫"，其結局比司馬遷、班固還要悲慘。

　　無獨有偶，西元450年，北魏史學家崔浩因爲編寫歷史書，得罪了皇帝和大臣，也遭遇了滅族大禍。范曄、崔浩相繼被滅族，給南北朝的史學家極大的震懾。史學家逐漸喪失了私修史書的自由，通常只能奉旨修史。到了西元593年，重新統一南北的隋文帝明令禁止私修國史。官史代替私史，最終成爲古代史書的主流。范曄的《後漢書》，也可謂是中國史書中的廣陵絕唱。

（本文原載於《上海師範大學學報》2014年
第1期，署名：曹旭、全亮）

南北朝士族文人的自我轉型
——以顏之推對范曄的批判爲例

《後漢書》是南朝劉宋時期范曄的一部記載東漢歷史的紀傳體史書。范曄從刪改衆家後漢史開始寫作,至元嘉二十二年(445年)以謀反罪被殺爲止,未能完成全部寫作計畫。

一方面,《後漢書》是繼《史記》、《漢書》之後又一部私人撰寫的重要史籍,其創造性的撰寫成爲儒林和史學的典範,以致許多儒者精讀該書;另一方面,范曄的爲人和被殺的命運,又懸示了一個生動的典型,伴隨范曄被殺,撰史由原屬私家的權利被收歸國有;皇族繼續打壓世族。

而顏之推對范曄進行了全面深刻的批評。揚棄范曄,象徵士族文人的自我轉型,轉變思想理念和生活方式,以適應時代的巨變,在新的社會環境中生存下去。顏之推就是一個成功轉變的典型。

一、緣　起

范曄是南北朝初期的文人,著有《後漢書》;顏之推是南北朝末期的學者,著有《顏氏家訓》。他們都出身於西晉末年南遷的士族。范曄身處劉宋王朝的平穩時期,卻捲入謀反大案,被宋文帝滅族;顏之推連續經歷了蕭梁、北齊、北周三朝的滅亡,卻能夠苟全性命於亂世，其後裔在隋唐時期仍然十分興盛。二人的性格和命運形成了巨大的反差。顏之推和范曄相隔百餘年，卻存在特殊的聯繫。從范曄到顏之推，我們可以看到士族文人在南北朝時期艱難的轉型之路。

二、顏之推對范曄《後漢書》的承襲與引用

范曄《後漢書》創造性地整合當時記錄東漢歷史的書籍，撰成了人所共仰的新經典。蕭梁時期的吳均、劉昭即開始研究范書、注解范書；昭明太子蕭統、武烈太子蕭方等高度推崇范書，范書的地位迅速崛起。范曄《後漢書》隨後傳到北方，受到劉芳、賈思勰等北朝學者的重視。東魏孝靜帝元善見退位時公開朗誦范書的贊語[1]。范曄《後漢書》的盛名及普及程度，由此可見一斑。而顏之推由梁入隋，是南北朝末期集大成的學者，對范書自然有精深的研究。

（一）顏之推對范曄《後漢書》的文字校訂

《顏氏家訓·書證》第十七引用《後漢書》"鸛雀銜三鱔魚"，指出當時學者多寫作"鸛雀銜三鱣魚"。而現在通行版本[2]的范曄《後漢書》卷五十四《楊震列傳》作"冠雀銜三鱣魚"。顯然"冠"字是錯字，應該是"鸛"字，音近而誤。顏之推根據書籍記載和生活常識，判斷"鱣魚"應該作"鱔魚"，是類似於蛇的鱔魚，而不是體型龐大的"鱣魚"（鱘鰉魚）。雖然"鱣"和"鱔"在古代

---

[1] 魏收《魏書·卷十二·孝靜帝紀》："帝乃下御座，步就東廊，口詠范蔚宗《後漢書贊》云：'獻生不辰，身播國屯。終我四百，永作虞賓。'"
[2] 范曄：《後漢書紀傳》，中華書局，1965年。

經常通假，這個字可以不改。

　　顏之推《顏氏家訓・後娶》篇，大段引用《後漢書》中"汝南薛包孟嘗"被後母迫害，仍然維護家庭團結的感人事蹟。《顏氏家訓》基本上照錄了范書原文，省略了薛包回鄉後的結局。通行版《後漢書》中的"輒復賑給"，《顏氏家訓》作"還復賑給"，差距不大。從意義上看，也許"還復賑給"更好一點，因爲薛包分家之後也不富裕，很難立刻救濟幾個弟弟。

　　《顏氏家訓・書證》引用《後漢書・酷吏》中："樊曄爲天水郡守，涼州爲之歌曰：'寧見乳虎穴，不入冀府寺。'"顏之推指出，江南版本中"穴"字誤作"六"字，並引證班超的"不探虎穴，安得虎子"，證明確實應該是"穴"字。范曄《後漢書》卷七十七《酷吏列傳》寫道："涼州爲之歌曰：'遊子常苦貧，力子天所富。寧見乳虎穴，不入冀府寺。大笑期必死，忿怒或見置。嗟我樊府君，安可再遭值！'"顏之推引用范曄《後漢書》的內容，並作了一定的簡化。他發現江南（南朝）的《後漢書》版本裏面有文字錯誤。在范曄《後漢書》卷四十七《班梁列傳》中，班超說："不入虎穴，不得虎子。當今之計，獨有因夜以火攻虜，使彼不知我多少，必大震怖，可殄盡也。滅此虜，則鄯善破膽，功成事立矣。"《顏氏家訓》所引范曄《後漢書》中班超的話語，和今本《後漢書》大同小異，但是語氣更強烈。

　　《顏氏家訓・書證》引用《後漢書・楊由傳》"風吹削肺"，並指出"肺"是"柿"字的通假字。而現代通行版范曄《後漢書》卷八十二《方術列傳》作"又有風吹削哺"，確實難以解釋。顏之推廣徵博引，結合實際生活知識，校正《後漢書》中這一失誤，認爲"風吹削哺"應該是"風吹削肺"。查許慎《說文解字》，東漢時期似乎還沒有表示"刨花、木片"的"柿"字，當時可能用"肺"字代替。范曄《後漢書》把"肺"誤作"脯"，後來的版本又把"脯"誤作"哺",越錯越遠,有些學者還胡亂解釋。顏之推算是正本清源。現在通行的《後漢書》版本,在這個地方仍然沒有糾正過來。

總而言之,顏之推糾正《後漢書》版本文字錯誤,說他是范曄《後漢書》研究的專家、功臣,也一點不過。

(二)顏之推對范曄《後漢書》的意義闡發

顏之推除了糾正《後漢書》版本文字的錯誤,還對范曄語義不明的地方多加闡釋。譬如,范曄《後漢書》卷二《顯宗孝明帝紀》說:"是歲(永平九年),大有年。爲四姓小侯開立學校,置《五經》師。"范曄《後漢書》卷七《孝桓帝紀》:"(建和)二年春正月甲子,皇帝加元服。庚午,大赦天下。賜……四姓及梁、鄧小侯、諸夫人以下帛,各有差。"《顏氏家訓·書證》篇即引用《漢明帝紀》:"爲四姓小侯立學。"並加按語說:"桓帝加元服,又賜四姓及梁、鄧小侯帛,是知皆外戚也。明帝時,外戚有樊氏、郭氏、陰氏、馬氏爲四姓。謂之小侯者,或小年小獲封,故須立學耳。或以侍祠猥朝,侯非列侯,故曰小侯,《禮》云'庶方小侯',則其義也。"顏之推引用的《漢明帝紀》文字,和范書稍有不同,但是意義基本相同。顏之推引用東漢桓帝的史料,比范書的記載更簡略,意義也相同。顏之推此處考證了東漢時期"小侯"的內涵,可見他對東漢歷史和范曄《後漢書》的關心及精熟的程度。

范曄在《後漢書》卷三十七《桓榮丁鴻列傳》評論桓榮:"孔子曰:'古之學者爲己,今之學者爲人。'爲人者,憑譽以顯物;爲己者,因心以會道。桓榮之累世見宗,豈其爲己乎?"范曄利用孔子的言論,批評桓榮家族依靠學術獲取名譽和富貴。范曄認爲"爲己"的意思是"因心以會道","爲人"的意思是"憑譽以顯物"。范曄自認爲做到了"爲己",在《獄中與諸甥姪書》中稱:

"年三十許,政始有向耳。自爾以來,轉爲心化,推老將至者,亦當未已也。"但是,顔之推並不贊成范曄的解釋。《顔氏家訓・勉學》篇認爲"古之學者爲己,以補不足也",又認爲"古之學者爲人,行道以利世也"。桓榮成爲帝師,促進東漢王朝的穩定繁榮,正是儒家追求的目標。在顔之推眼裏,桓榮"行道以利世",是值得贊賞的。這裏,顔之推糾正了范曄的評論偏差。

(三)顔之推特別重視范曄《後漢書》

顔之推精通東漢歷史,而以范曄《後漢書》爲基本材料。

《顔氏家訓・文章》引用《後漢書》:"囚司徒崔烈以鋃鐺鎖。"而范曄《後漢書》卷五十二《崔駰列傳》:"獻帝初,(崔)鈞語袁紹,俱起兵山東。董卓以是收(崔)烈,付郿獄,錮之銀鐺鐵鎖。"顔之推這裏引用的"《後漢書》"和范書文字出入較大,可能是其他作者的《後漢書》。謝承、謝沈、袁山松、蕭子顯等人都著有《後漢書》,但不知出於哪一本。

《顔氏家訓・書證》考證范曄《後漢書》中"鸛雀銜三鱔魚"事蹟的時候,也提到了司馬彪《續漢書》,他說:"《續漢書》及《搜神記》亦說此事,皆作'鱔'字。"但顔之推顯然更重視范書,用司馬彪《續漢書》當旁證。儘管司馬彪《續漢書》要比范曄《後漢書》早一百多年。

顔之推一生走南闖北,長期擔任文職官員,瞭解了南北的不同風物,掌握了很多文獻。他對范曄《後漢書》鑽研確實很深,一些校訂成果到現在都值得我們認真吸取。

三、顔之推不點名地批評范曄

顔之推在《顔氏家訓》中,雖然大量運用范曄《後漢書》的材料，但卻絕口不提作者范曄。其中很多段落章節，事實上都在貶斥范曄。

（一）顏之推認爲范曄是家族的災星

《顏氏家訓·後娶》篇裏面說："異姓寵則父母被怨，繼親虐則兄弟爲讎，家有此者，皆門户之禍也。"范曄的母親是小妾，把范曄生到廁所裏，可見沒有受到人道的待遇。范曄早早被過繼給從伯父，可見也缺乏父愛。范曄後來與哥哥范晏形同水火，果然是"門户之禍"。

《顏氏家訓·治家》裏面說："夫風化者，自上而行於下者也，自先而施於後者也。是以父不慈則子不孝，兄不友則弟不恭，夫不義則婦不順矣。父慈而子逆，兄友而弟傲，夫義而婦陵，則天之凶民，乃刑戮之所攝，非訓導之所移也。"顏之推的這段話，基本上是罵范曄的。范曄的父親范泰是劉宋王朝的忠臣，好儒敬佛，可謂慈父，可是范曄卻成了劉宋的叛逆。范曄的哥哥謹遵禮法，仕途平穩。可是范曄卻恃才傲物，公然參加叛亂，自取滅亡。在顏之推眼裏，范曄屬於典型的"天之凶民"，罪有應得。

（二）顏之推批評范曄的品行

顏之推是贊同儒家禮法制度的。《顏氏家訓·風操》記錄了南朝的嚴格禮法："江左朝臣，子孫初釋服，朝見二宮，皆當泣涕；二宮爲之改容。頗有膚色充澤、無哀感者，梁武薄其爲人，多被抑退。裴政出服，問訊武帝，貶瘦枯槁，涕泗滂沱，武帝目送之曰：'裴之禮不死也。'"而范曄的嫡母去世，他卻帶着妓女去奔喪，可謂駭人聽聞，難怪受到言官的彈劾。

《顏氏家訓·慕賢》篇中論述了擇友的重要性："吾生於亂世，長於戎馬，流離播越，聞見已多；所值名賢，未嘗不心醉魂迷向慕之也。人在少年，神情未定，所與款狎，熏漬陶染，言笑舉動，無心於學，潛移暗化，自然似之；何況操履藝能，較明易習者也？是以與善人居，如入芝蘭之室，久而自芳也；與惡人居，如入鮑魚之肆，久而自臭也。墨子悲於染絲，是之謂矣。君子必慎交遊焉。"顏之推認爲自己很注意交友，因此常常有進步。而范曄交友不慎，走上了末路。

《顏氏家訓·勉學》篇討論了古今學者的不同："古之學者爲己，以補不足也；今之學者爲人，但能說之也。古之學者爲人，行道以利世也；今之學者爲己，修身以求進也。夫學者猶種樹也，春玩其華，秋登其實；講論文章，春華也，修身利行，秋實也。"范曄"講論文章"確實很不錯，可是"修身利行"卻是反其道而行之，實在是一個壞典型。

"水至清則無魚"，顏之推也考慮到，凡是人都有缺點，認爲一定要嚴於律己，寬以待人。他說："人足所履，不過數寸，然而咫尺之途，必顛蹶於崖岸，拱把之梁，每沈溺于川谷者，何哉？爲其旁無餘地故也。君子之立己，抑亦如之。至誠之言，人未能信，至潔之行，物或致疑，皆由言行聲名，無餘地也。吾每爲人所毀，常以此自責。"而范曄往往不給別人面子，也斷了自己的後路。最典型的例子就是范曄寫《和香方》，竟然諷刺朝廷大臣，這是萬萬不行的。

顏之推反對嘩衆取寵、追求名譽的行爲。《顏氏家訓·名實》篇裏面說："名之與實，猶形之與影也。德藝周厚，則名必善焉；容色姝麗，則影必美焉。今不修身而求令名於世者，猶貌甚惡而責妍影於鏡也。上士忘名，中士立名，下士竊名。忘名者，體道合德，享鬼神之福祐，非所以求名也；立名者，修身慎行，懼榮觀之不顯，非所以讓名也；竊名者，厚貌深奸，干浮華之虛稱，非所以得名也。"而范曄即使死到臨頭，還要自賣自誇，《獄中與諸甥姪書》中說:"恐世人不能盡之,多貴古賤今,所以稱情狂言耳"。在顏之推眼裏,范曄真是一個"厚貌深奸"的小人。

(三)顏之推批評范曄的政治投機行爲

古代統治者長期宣傳"君權神授",用各種宗教、迷信活動麻醉、毒害群衆。南北朝時期戰亂災害極多,群衆也往往沉迷於宗教、迷信。對於迷信風氣,顏之推是深惡痛絕的。《顏氏家訓·治家》篇裏面說:"吾家巫覡禱請,絕於言議;符書章醮亦無祈焉,並汝曹所見也。勿爲妖妄之費。"

范曄平時也不信鬼神,但他參加的謀反集團,就是迷信讖緯的孔熙先等人發起的。范曄雖然屢次批評東漢讖緯,卻擺脱不了讖緯之術的致命影響。

顏之推反對給君主輕易上書。《顏氏家訓·省事》篇裏面說:"上書陳事,起自戰國,逮於兩漢,風流彌廣。原其體度:攻人主之長短,諫諍之徒也;訐群臣之得失,訟訴之類也;陳國家之利害,對策之伍也;帶私情之與奪,遊說之儔也。總此四途,賈誠以求位,鬻言以干禄。或無絲毫之益,而有不省之困,幸而感悟人主,爲時所納,初獲不貲之賞,終陷不測之誅,則嚴助、朱買臣、吾丘壽王、主父偃之類甚衆。良史所書,蓋取其狂狷一介,論政得失耳,非士君子守法度者所爲也。今世所睹,懷瑾瑜而握蘭桂者,悉恥爲之。守門詣闕,獻書言計,率多空薄,高自矜誇,無經略之大體,咸糠秕之微事,十條之中,一不足采,縱合時務,已漏先覺,非謂不知,但患知而不行耳。或被發奸私,面相酬證,事途迴穴,翻懼愆尤;人主外護聲教,脱加含養,此乃僥倖之徒,不足與比肩也。"

而范曄在劉義隆那裏秘密告發劉義康的陰謀,就是一次非常失敗的上書。范曄的密奏,没有確切的證據,卻夾雜着自己的私情和私利，希望劉義隆去暗殺弟弟，領"殘害手足"的惡名。劉義隆當然不傻，故意置之不理。結果范曄自己"被發奸私，面相酬證，事途回穴，翻懼愆尤"，在恐懼和怨恨中被徐湛之、孔熙先引上了不歸路。

顏之推認爲，言官勸諫君主，要有規矩法則："諫諍之徒，以正人君之失爾，必在得言之地，當盡匡贊之規，不容苟免偷安，垂頭塞耳；至於就養有方，思不出位，幹非其任，斯則罪人。"范曄勸劉義隆秘密清除劉義康，這就是超越本分試圖指揮皇帝胡亂行事了。至於劉義隆貪財好色的作風問題，范曄自己也有，所以"苟免偷安，垂頭塞耳"。而外甥等人在密謀造反，范曄更是一字不提，顯然他對劉義隆是不能盡心輔佐的。

顏之推反對熱衷功名，貪戀權勢："君子當守道崇德，蓄價待時，爵祿不登，信由天命。須求趨競，不顧羞慚，比較材能，斟量功伐，厲色揚聲，東怨西怒；或有劫持宰相瑕疵，而獲酬謝，或有喧聒時人視聽，求見發遣；以此得官，謂爲才力，何異盜食致飽，竊衣取溫哉！世見躁競得官者，便謂'弗索何獲'；不知時運之來，不求亦至也。見靜退未遇者，便謂'弗爲胡成'；不知風雲不與，徒求無益也。凡不求而自得，求而不得者，焉可勝算乎？"

范曄正是顏之推大力抨擊的反面典型。范曄卻自認爲才高八斗，熱衷官場，譏諷同僚，對皇帝滿腹怨言，寫《和香方》"劫持宰相瑕疵"，最後還想腳踏兩隻船，參加謀反集團，自然是四面樹敵，毫無勝算。

在政局變幻多端的南北朝時代，顏之推告誡子孫不要結黨營私或者參與皇權鬥爭："王子晉云：'佐饔得嘗，佐鬥得傷。'此言爲善則預，爲惡則去，不欲黨人非義之事也。凡損於物，皆無與焉。然而窮鳥入懷，仁人所憫；況死士歸我，當棄之乎？伍員之托漁舟，季布之入廣柳，孔融之藏張儉，孫嵩之匿趙岐，前代之所貴，而吾之所行也，以此得罪，甘心瞑目。至如郭解之代人報讎，灌夫之橫怒求地，遊俠之徒，非君子之所爲也。如有逆亂之行，得罪於君親者，又不足恤焉。親友之迫危難也，家財己力，當無所吝；若橫生圖計，無理請謁，非吾教也。墨翟之徒，世謂熱腹，楊朱之侶，世謂冷腸；腸不可冷，腹不可熱，當以仁義爲節文爾。"謝綜、謝約固然是范曄的親外甥，既然參與了劉義康的陰謀活動，按照顏之推的告誡，范曄就應該和他們劃清界限，明哲保身。"如有逆亂之行，得罪於君親者，又不足恤焉。"范曄卻想掩護他的兩個外甥，又禁不住孔熙先、徐湛之等人的"橫生圖計，無理請謁"，最終把自己陷進去了。

在《顏氏家訓・文章》篇中，顏之推深刻反思了"名士多禍患"的原因，他認爲："有盛名而免過患者，時復聞之，但其損敗居多耳。每嘗思之，原其所積，文章之體，標舉興會，發引性靈，使人矜伐，故忽於持操，果於進取。今世文士，此患彌切，一事愜當，一句清巧，神屬九霄，志凌千載，自吟自賞，不覺更有傍人。加以砂礫所傷，慘於矛戟，諷刺之禍，速乎風塵，深宜防慮，以保元吉。"而范曄就是"忽於持操，果於進取"的典型，也是"砂礫所傷，慘於矛戟，諷刺之禍，速乎風塵"的犧牲品。可他臨死之前還要和班固分個高低，還要題團扇報復劉義隆①。從顏之推的評價標準看，范曄可謂至死不悟。

以上顏之推說的幾個方面，雖然一字一句都沒有提到范曄的名字，但顏之推《顏氏家訓》的作意，簡直就是爲了顏世家族要

---

① 據李延壽《南史・卷三十三・列傳第二十三・范曄傳》記載，范曄下獄之後，劉義隆送來白團扇，讓范曄題寫"美句"。范曄題寫宋玉的詩句"去白日之炤炤，襲長夜之悠悠"。此句並不吉利。

防範、避免出現像范曄那樣敗家的災星才寫的。作爲許多人稱引、不可能迴避的《後漢書》，顏之推眞的非常害怕他的家族子弟學到范曄的壞樣。因此，在對范曄一生成敗做過深入研究的基礎上，顏之推撰寫《顏氏家訓》，就是爲了引領顏氏家族奮發向上。因此，撰寫《後漢書》的范曄，自然就成了顏之推筆下的"反面典型"。

四、顏之推批評范曄的原因

爲了寫作《顏氏家訓》這樣一部教導子弟的書，以范曄作爲反面典型，固然能起到警惕和警示的作用，這是顏之推批評范曄的原因。但是，顏之推對范曄的批判，還有更深刻的歷史、政治、文化上的原因。

（一）二人的信仰存在較大的差異

顏之推和范曄之間，在宗教信仰、處世哲學方面有較大衝突。顏之推是堅持儒佛合流的，他相信神佛傳說和因果報應，著有《還冤志》、《集靈記》等神鬼報應的書籍。而范曄則信奉道法自然，堅持無神論，堅決反對佛鬼，還計畫撰寫《無鬼論》，因爲被殺沒有完成。

范曄生活的"宋"，接在魏、晉以後，受的仍然是魏、晉風流的影響，他是前代的遺民。故意朝性格狂放、鄙視名教、喜歡標新立異的路上走；臨死的時候，仍然以嵇康、夏侯玄爲榜樣。

而顏之推和父親顏協都長期追隨梁元帝蕭繹。蕭繹醉心老莊哲學，在江陵陷落的前夕還要與群臣開會，討論《老子》的哲學問題，結果加速了他的敗亡。顏之推對此表示痛惜。因此，《顏氏家訓・勉學》篇批評魏晉玄風，對老子、莊子兩位祖師爺都頗有微詞："夫老、莊之書，蓋全真養性，不肯以物累己也。故藏名柱史，終蹈流沙；匿跡漆園，卒辭楚相，此任縱之徒耳。"也許他就是從蕭繹亡國中得出了教訓。

顏之推在《顏氏家訓·歸心》裏，詳細論證了佛教和儒家名教本質上是一致的，主張內佛外儒。他針對范曄《後漢書》、范縝《神滅論》中的反佛觀點，給予了詳細的辯駁。《顏氏家訓·名實》篇裏面說："或問曰：'夫神滅形消，遺聲餘價，亦猶蟬殼蛇皮，獸迒鳥跡耳，何預于死者，而聖人以爲名教乎？'對曰：'勸也，勸其立名，則獲其實。'且勸一伯夷，而千萬人立清風矣；勸一季札，而千萬人立仁風矣；勸一柳下惠，而千萬人立貞風矣；勸一史魚，而千萬人立直風矣。故聖人欲其魚鱗鳳翼，雜遝參差，不絕於世，豈不弘哉？四海悠悠，皆慕名者，蓋因其情而致其善耳。抑又論之，祖考之嘉名美譽，亦子孫之冕服牆宇也，自古及今，獲其庇廕者亦衆矣。夫修善立名者，亦猶築室樹果，生則獲其利，死則遺其澤。世之汲汲者，不達此意，若其與魂爽俱升、松柏偕茂者，惑矣哉！"

范曄則鄙視聖人和名教，追求現實享樂，"越名教而任自然"，並且堅持神滅論。這種態度導致劉宋君臣把他視爲異端，必欲滅之而後快。范曄在《臨終詩》裏說："禍福本無兆，性命歸有極。必至定前期，誰能延一息？在生已可知，來緣慒無識。好醜共一丘，何足異枉直？豈論東陵上，寧辨首山側。雖無嵇生琴，庶同夏侯色。寄言生存子，此路行復即。"他說，我雖然手裏沒有嵇康的琴，但我的思想和意志和他是一樣的。

在《後漢書》裏，范曄對傅毅、班固、趙壹、馮衍、馬融、蔡邕、吳質、曹植、杜篤、路粹、陳琳、繁欽、劉楨、王粲、孔融、禰衡、楊修、丁廙等東漢文人，持同情之理解的態度。而顏之推晚年的處世哲學和沈約類似，絕不會宣揚"殺身成仁"、"特立獨行",而是崇尚"明哲保身"。

《顏氏家訓·文章》篇大力批評東漢文人,從傅毅、班固一直批到楊修、丁廙,認爲他們的悲劇基本都是咎由自取。這與范曄的評價大有不同。顏之推批評這些文人,其實也就是批評范曄對他們的態度。因爲《後漢書》文采斐然、見解獨特,對年輕的士族子弟影響很大。如蕭子顯《南齊書》卷三十三《王僧虔列傳》記載:"(王僧虔)第九子寂,字子玄,性迅動,好文章,讀《范滂傳》,未嘗不歔欷。"顏之推如果不把那麼重要的觀念糾正過來,讓自己的子孫讀了范曄《後漢書》,豈不要受其誤導?因此,他的批評不遺餘力。

(二)范曄是南朝敗家的典型

顏之推作《顏氏家訓》的現實目的是教育子孫、振興家族。而范曄恰恰是南北朝時期敗家的典型。范曄生活奢侈,寵愛女色,花費巨大。他和孔熙先等人賭博,也是貪戀錢財,而且以"非道求之",沉溺於眼前利益,終於不能自拔。

《顏氏家訓·止足》篇説:"天地鬼神之道,皆惡滿盈。謙虛沖損,可以免害。人生衣趣以覆寒露,食趣以塞飢乏耳。形骸之內,尚不得奢靡,己身之外,而欲窮驕泰邪?周穆王、秦始皇、漢武帝,富有四海,貴爲天子,不知紀極,猶自敗累,況士庶乎?常以二十口家,奴婢盛多,不可出二十人,良田十頃,堂室才蔽風雨,車馬僅代杖策,蓄財數萬,以擬吉凶急速,不啻此者,以義散之;不至此者,勿非道求之。"

范曄介入劉義隆兄弟的爭鬥,寫《和香方》諷刺朝廷大員,和徐湛之私下議論朝政,代劉義康寫《與徐湛之書》等等,都是拿性命開玩笑,導致了家破人亡,也導致了家族中衰。《顏氏家訓·養生第十五》裏面說:"夫生不可不惜,不可苟惜。涉險畏之途,干禍難之事,貪欲以傷生,讒慝而致死,此君子之所惜哉!"顏之推在《顏氏家訓·終制第二十》回憶了自己坎坷的大半生:"吾年十九,值梁家喪亂,其間與白刃爲伍者,亦常數輩;幸承餘福,得至於今。古人云:'五十不爲夭。'吾已六十餘,故心坦然,不以殘年爲念。先有風氣之疾,常疑奄然,聊書素懷,以爲汝誡。"顏之推還以沉重的心情,回憶起父母草草安葬在南方,多少年沒有祭掃料理。他還希望自己能夠薄葬,子孫遵守孝道,"汝曹宜以傳業揚名爲務,不可顧戀朽壤,以取埋沒也"。

(三) 顏之推和范曄在文學、生活等方面也存在觀念衝突

顏之推的文學偶像是沈約。《顏氏家訓·文章》裏面引用了沈約的論點:"沈隱侯曰:'文章當從三易:易見事,一也;易識字,二也;易讀誦,三也。'邢子才常曰:'沈侯文章,用事不使人覺,若胸臆語也。'深以此服之。祖孝徵亦嘗謂吾曰:'沈詩云:"崖傾護石髓。"此豈似用事邪?'"[①] 顏之推同時記錄了沈約在北朝的巨大影響力:"邢子才、魏收俱有重名,時俗準的,以爲師匠。邢賞服沈約而輕任昉,魏愛慕任昉而毀沈約,每于談宴,辭色以之。鄴下紛紜,各有朋黨。祖孝徵嘗謂吾曰:'任、沈之是非,乃邢、魏之優劣也。'"

顏之推一生的奮鬥歷程,和沈約很有些類似,都是年少遭遇大亂,顛沛流離,艱苦備嘗,終於能夠學有所成,復興家族。所以顏之推崇拜沈約,不是偶然的。沈約《宋書·范曄傳》對范曄多有貶斥。身爲沈約的信徒,顏之推自然對范曄沒有什麼好感。

顏之推反對南朝士族熏香傅粉、奢靡放蕩的行爲。范曄恰恰

---

① 王利器:《顏氏家訓集解(增補本)》,中華書局,1993年,第272頁。

是謝靈運之後引領士族時尚的頭面人物，衣服器具都追求新潮，熱衷於熏香，在顏之推眼裏無異於"名教罪人"。

五、顏之推對范曄的批判爲什麽不點名

顏之推對范曄的引用也好，校勘也好，訂正也好，批評也好，都没有正面點范曄之名。這是什麽原因呢？

《顏氏家訓》成書于顏之推晚年。此時隋朝已經消滅了陳朝，統一了全國。北朝最終吞併南朝。顏之推長期服務的梁朝、北齊都已經覆滅。顏之推畢竟是出仕北朝的南朝文人，對北朝權貴很有些忌憚，因此不會點名批評。但他嚴厲批評没落的士族文人，批評其精神偶像老子、莊子、屈原、宋玉。顏之推甚至突破儒家"爲尊者諱，爲親者諱"的限制，幾次點名批評了族祖顏延之。

爲什麽不點名批判范曄呢？當然不會是范曄的缺點太多，顏之推很難概括。也許有以下幾點因素：

（一）不願意正面提及這樣的人，以降低自己的品格

忠誠是儒家的基本道德準則，范曄不忠誠，這是顏之推鄙視他的重要因素。顏氏家族以孔子最忠誠的門生顏淵爲家族始祖，對忠誠的要求極高。顏之推的祖父顏見遠輔佐齊和帝蕭寶融。蕭寶融退位後，被梁武帝蕭衍害死。顏見遠絶食自殺，引起了蕭衍的不滿。因爲這種殉主行爲在南北朝時期並不多見。顏之推的哥哥顏之儀忠於北周，差點被篡權奪位的楊堅殺害。顏之推在梁朝、北齊敗亡的過程中，也都表現出忠誠的品質。

而范曄輔佐劉義康，就在劉義康母親的喪禮中聽挽歌下酒，被貶官。後來受到宋文帝劉義隆屢次提拔，卻首施兩端，又捲入劉義康的謀反大案，被皇帝滅族，身敗名裂。

颜之推多次引用范晔《後漢書》，卻不提及作者姓名，這很可能是一種故意的忽略，以表達對范曄政治品格的鄙薄。

（二）顏之推有可能受到梁元帝蕭繹的影響，不願提及范曄

顏協、顏之儀、顏之推父子三人長期追隨梁元帝蕭繹，深受蕭繹的寵信和影響。顏之推給兒子取名顏湣楚，以懷念追隨梁元帝的青少年時光。

據《梁書》卷五十、列傳第四十四《顏協傳》和《周書》卷四十、列傳第三十二《顏之儀傳》記載，顏協因爲父親顏見遠自殺殉齊，本來沒有在梁朝做官的意願。湘東王蕭繹聘請顏協擔任記室參軍，顏協才被迫出山，從此畢生追隨蕭繹。蕭繹在顏協逝世之後，還親自寫詩文悼念。而顏之儀少年天才，曾經向蕭繹獻《神州頌》。蕭繹親筆誇獎："枚乘二葉，俱得游梁；應貞兩世，並稱文學。我求才子，鯁慰良深。"顏氏父子是蕭繹文學集團的重要成員。

據《北齊書》卷四十五、列傳第三十七《顏之推傳》記載，顏之推十二歲就參與蕭繹集團的文學活動。因爲顏之推富有文才，少年老成，在蕭繹手下不斷升遷，二十歲出頭就做到散騎常侍、中書舍人。蕭繹對顏協、顏之推的知遇之恩，是顏之推一輩子都不能忘懷的。《顏氏家訓》裏面記錄了梁元帝蕭繹的不少事蹟，除了癡迷老莊、文章放蕩、江陵焚書之外，基本上都是正面形象。據《顏氏家訓·勉學》篇記載，梁元帝曾對顏之推說："昔在會稽，年始十二，便已好學。時又患疥，手不得拳，膝不得屈。閑齋張葛幬避蠅獨坐，銀甌貯山陰甜酒，時復進之，以自寬痛。率意自讀史書，一日二十卷，既未師受，或不識一字，或不解一語，要自重之，不知厭倦。"顏之推評價："帝子之尊，童稚之逸，尚能如

此，況其庶士，冀以自達者哉？"在顏之推的《顏氏家訓》裏，蕭繹成爲少年好學的榜樣。

梁元帝蕭繹也很重視范曄的《後漢書》，但也沒有提及范曄的名字。蕭繹《金樓子》卷四《聚書》："又聚得元嘉《後漢》並《史記》、《續漢春秋》、《周官》、《尚書》及諸子集等，可一千餘卷。"此處的"元嘉《後漢》"就是范曄《後漢書》。范曄《後漢書》作於元嘉年間。但蕭繹的稱法，不稱"范曄《後漢書》"，而稱"元嘉《後漢》"。顏之推是不是同其例？也許有點關係。對於宋詹事范曄和他的《後漢書》，他們之間也許談過什麼，交流過什麼。

而昭明太子蕭統在《昭明文選》中，選取了范曄《後漢書》中的五則論贊，又選取了范曄的一首五言詩，稱呼范曄爲"范蔚宗"。

蕭繹對范曄有忌諱。也許范曄屬於擁立諸侯王劉義康的"叛逆"，而蕭繹本人是梁朝的諸侯王。如果蕭繹公開肯定范曄，也許會造成不良影響。蕭統身爲太子，不會有這方面的忌諱。蕭繹反對東漢的一些異端思想，和沈約類似，對帝王將相所謂的祥瑞、神跡等深信不疑，這和范曄很不一樣。蕭繹和顏之推都非常佩服沈約的文學成就。《梁書》卷四十九《何遜傳》記載："世祖（蕭繹）著論論之云：'詩多而能者沈約，少而能者謝朓、何遜。'"沈約對范曄的抨擊恰恰是不遺餘力的。

雖然蕭繹沒有提及范曄，對范曄《後漢書》卻是滾瓜爛熟。蕭繹悼念顏協的《懷舊詩》："弘都多雅度，信乃含賓實。鴻漸殊未升，上才淹下秩。"其中"上才淹下秩"就出自范曄《後漢書》卷二十八《桓譚馮衍列傳》的論贊"體兼上才，榮微下秩"。總之，顏之推對范曄的態度和策略，和蕭繹顯然是一脈相承的。

六、顏之推揚棄范曄的歷史意義

顏之推肯定范曄的史學成績，摒棄范曄的思想信仰和處事風格，是具有歷史背景的。顏之推一生處於南北朝統一的大進程中，也經歷了士族衰亡的劇烈過程。很多經驗教訓，都出自他發自肺腑的生命體驗。顏之推揚棄范曄，不僅僅是批評范曄，而且是反省自己的人生歷程；不僅僅是個人的反省，而且是一個歷史群體的反省；不僅僅是對顏氏家族的教訓，而是對歷史、對後世擔負起嚴肅的社會責任。

（一）士族遭遇了沉重打擊

在南北朝時期，戰亂頻繁，鬥爭殘酷，自命清高的士族情況很不妙。在南北朝初期，謝靈運、范曄、崔浩、王僧達等士族領袖紛紛倒在專制帝王的屠刀下。在南北朝後期，士族文人更是遭遇了空前的肉體摧殘和精神打擊。528年河陰之變，洛陽的士族官僚被爾朱榮屠殺殆盡；548年開始了侯景之亂，長江下游的衣冠士族死亡大半；554年江陵陷落，依附蕭繹的南朝士族全軍覆沒；560年鄴城政變，北齊的漢族士族遭遇殘酷清洗。顏之推親身經歷了後三場變亂，九死一生，心有餘悸。他明白士族文人如果不改變自己的理想觀念和生活方式，必然滅亡，而且是毫無疑問的整體性滅亡。

《顏氏家訓·勉學》記錄了士族在亂世中的可悲命運："及離亂之後，朝市遷革，銓衡選舉，非復曩者之親；當路秉權，不見昔時之黨。求諸身而無所得，施之世而無所用。被褐而喪珠，失皮而露質，兀若枯木，泊若窮流，鹿獨戎馬之間，轉死溝壑之際。"

士族權威掃地，皇權再次樹立。在殘酷的皇權鬥爭中，勝利者一般是最狡詐、最兇狠的獨裁者。他們既善於暴力鎮壓，又善於思想控制。顏之推敏銳地感覺到君主專制的不斷加強，警告子孫不要仿效士族文人出言無忌，觸犯皇威。《顏氏家訓·文章》指出，"古人之所行，今世以爲諱。陳思王《武帝誄》'遂深永蟄之思'；潘岳《悼亡賦》'乃愴手澤之遺'：是方父于蟲，匹婦於考也。蔡邕《楊秉碑》云：'統大麓之重。'潘尼《贈盧景宣詩》云：'九五思龍飛。'孫楚《王驃騎誄》云：'奄忽登遐。'陸機《父誄》云：'億兆宅心，敦敘百揆。'《姊誄》云：'倪天之和。'今爲此言，則朝廷之罪人也。"魏晉名士詩酒風流、傲視君王的時代已經結束了。

而范曄出生於君權衰微的東晉。在君主專制不斷加強的劉宋時期，他不明白時代的變化，仍然堅持魏晉名士的思想信念和生活方式，恃才傲物，我行我素，結局自然是悲劇。范曄私修《後漢書》，脫離了君權控制。謝靈運、范曄、崔浩等史學家相繼被殺，中國私修史書的傳統也逐漸沒落。君主在歷史學上奪取了士族的話語權。

（二）顏之推對士族文人進行深刻反省

據《北齊書·顏之推傳》，顏之推早年也曾是一個"好飲酒，多任縱，不修邊幅"的士族子弟，生活作風類似范曄。但晚年的顏之推卻是一個勤勉謹慎的技術型官僚。顏之推痛定思痛，對士族文人的性格和命運多有反省。

《顏氏家訓·勉學》批評文學士族傲慢無禮："夫學者，所以求益耳。見人讀數十卷書，便自高大，凌忽長者，輕慢同列；人疾之如仇敵，惡之如鴟梟。如此以學自損，不如無學也。"范曄自認爲才能出衆，就瞧不起皇帝和同僚，自然讓別人"疾之如仇敵，惡之如鴟梟"。顏之推認爲這樣搞學問，是"以學自損，不如無學也"。

《顏氏家訓·涉務第十一》裏面說："士君子之處世，貴能有益於物耳，不徒高談虛論，左琴右書，以費人君祿位也。國之用材，大較不過六事：一則朝廷之臣，取其鑒達治體，經綸博雅；二則文史之臣，取其著述憲章，不忘前古；三則軍旅之臣，取其斷決有謀，強幹習事；四則藩屏之臣，取其明練風俗，清白愛民；五則使命之臣，取其識變從宜，不辱君命；六則興造之臣，取其程功節費，開略有術，此則皆勤學守行者所能辨也。人性有長短，豈責具美于六塗哉？但當皆曉指趣，能守一職，便無愧耳。"范曄書法出衆，精通音樂，縱情享樂，高談闊論，在顏之推眼裏，就是"費人君祿位"的典型。顏之推推崇的六種大臣，都要能爲君王服務，爲朝廷效力，謀得安身立命的一席之地。而范曄勉強屬於"文史之臣"，可他根本不吸取歷史教訓。

顏之推同時批評士族文人固步自封，不切實際："吾見世中文學之士，品藻古今，若指諸掌，及有試用，多無所堪。居承平之世，不知有喪亂之禍；處廟堂之下，不知有戰陳之急；保俸祿之資，不知有耕稼之苦；肆吏民之上，不知有勞役之勤，故難以應世經務也。晉朝南渡，優借士族；故江南冠帶，有才幹者，擢爲令僕已下，尚書郎、中書舍人已上，典掌機要。其餘文義之士，多迂誕浮華，不涉世務；織微過失，又惜行捶楚，所以處於清高，蓋護其短也。"（《顏氏家訓·涉務第十一》）

范曄出身富貴，確實"不知有喪亂之禍"和"戰陳之急"。宋文帝劉義隆對士族表面上有所優待，范曄的一些"小錯"都被掩飾過去了。范曄"迂誕浮華，不涉世務"，反而增長了傲氣，最終犯下大錯。

顏之推鑒於謝晦、謝靈運、范曄、孔熙先、王僧達、王融、謝朓等士族文人的慘痛教訓，告誡子孫遠離皇室鬥爭："國之興亡，兵之勝敗，博學所至，幸討論之。入帷幄之中，參廟堂之上，不能爲主盡規以謀社稷，君子所恥也。然而每見文士，頗讀兵書，微有經略。若居承平之世，睥睨宮閫，幸災樂禍，首爲逆亂，誑誤善良；如在兵革之時，構扇反覆，縱橫説誘，不識存亡，强相扶戴：此皆陷身滅族之本也。誡之哉！誡之哉！"(《顔氏家訓·誡兵第十四》) 在皇室鬥争中，失敗者固然立刻有滅族大禍，勝利者往往也因爲功高震主，難以善終。顔家的教訓也很深刻。宋孝武帝的首席謀臣顔竣就是一個典型①，顔之推因此嚴厲告誡子孫要吸取歷史教訓。

(三) 顔之推心目中的轉型目標

顔之推認爲士族文人的生存之道，就是應該放棄士族身份，做謹慎、勤勉、實幹的庶族地主，做有一技之長的技術型人才。

顔之推把做學問當成一種謀生的普通事業。《顔氏家訓·勉學》指出："人生在世，會當有業：農民則計量耕稼，商賈則討論貨賄，工巧則致精器用，伎藝則沉思法術，武夫則慣習弓馬，文士則講議經書。"

顔之推在《顔氏家訓·省事》中教育後代要有一技之長，才能立足於社會。經學、史學、文章、書法、卜筮、射箭、醫藥、音樂、天文、繪畫、下棋、鮮卑語、胡書、煎胡桃油、煉錫等等，只要精通一門學問或者技術，就可以謀生，得志時爲朝廷效力，不得志也可以養家糊口。

顔之推不希望子孫追求高官厚禄。他在《顔氏家訓·止足》第十三中説："《禮》云：'欲不可縱，志不可滿。'宇宙可臻其極，情性不知其窮，唯在少欲知足，爲立涯限爾。先祖靖侯戒子姪曰：

---

① 沈約：《宋書·卷七十五·顔竣傳》，中華書局，1974 年，第 1959—1966 頁。

'汝家書生門户，世無富貴；自今仕宦不可過二千石，婚姻勿貪勢家。'吾終身服膺，以爲名言也。"

魏晉南北朝時期的政權更替頻繁，中下層官僚也比較容易改換門庭。比如《三國志·吴書》卷九中，魯肅對孫權説："向察衆人之議，專欲誤將軍，不足與圖大事。今肅可迎操耳，如將軍，不可也。何以言之？今肅迎操，操當以肅還付鄉黨，品其名位，猶不失下曹從事，乘犢車，從吏卒，交遊士林，累官故不失州郡也。將軍迎操，欲安所歸？願早定大計，莫用衆人之議也。"魯肅的分析和《顏氏家訓》有異曲同工之妙。

"婚姻勿貪勢家"。世家大族一會兒轟轟烈烈，一會兒倒臺滅族，因爲南北朝時期的内外鬥爭頻繁而激烈，世家大族往往難以幸免。范家、謝家要是和劉義康没有那樣的親密關係，也有可能在劉宋宗室内鬥中全身而退。顏之推牢記祖先的教誨，也是吸取范曄等人的慘痛教訓。隋唐君主通過科舉制、限制婚姻等手段，進一步鞏固皇權對士族的優勢。

七、結　論

總之，南北朝末期的顏之推揚棄南北朝初期的范曄，不僅僅是個人的選擇，而且是歷史大趨勢下群體性的選擇，具有典型的象徵意義。在政權走向統一和皇權日益鞏固的大趨勢下，士族文人只有及時自我轉型，才能生存下去。顏之推雖然屢經喪亂，仍然多有成就，得以壽終；在他的苦心教導下，顏氏家族在隋唐時期獲得了長遠的發展，證明這一轉型是相當成功的。

(本文原載于《華東師範大學學報》2015 年第 2 期，署名：曹旭、全亮)

第三輯

齊梁新變

應該用什麼樣的語言概括六朝，概況齊梁蕭氏文學呢？

最恰如其分的語言是錦繡的歷史；錦繡的河山；錦繡的家族；錦繡的文學——因爲歷史、河山、家族、文學都孕育于錦繡成堆的江南。

在中國詩歌史上，蕭家和曹家是南北旌旗相望、鼓角相聞的兩個偉大家族。它們在詩歌創作、詩歌理論、文化貢獻方面各樹高標，各有佳勝，垂範千秋。

蕭氏與齊梁錦繡的文學

一、錦繡的六朝、錦繡的文學

應該用什麼樣的語言來概括六朝，概況齊梁和常州蕭氏的文學呢？

最恰如其分的語言是——錦繡的歷史——錦繡的河山——錦繡的家族——錦繡的文學。

説"錦繡"，是因爲歷史、河山、家族、王朝和文學都孕育于錦繡成堆的江南。

位居長江之南、太湖之濱的常州，是一座具有三千二百多年歷史文化的古城，是江南繁華錦繡的中心。而一千五百年前繁衍生活在這塊土地上的蕭氏家族，創立了齊、梁王朝。創造了嶄新的歷史，燦爛的文學，如畫卷彪炳史册。

在中國文學史上，家族文學是一朵奇葩。漢魏的曹氏家族，齊梁的蕭氏家族，宋代的眉山"三蘇"，明代的公安"三袁"等等。研究者和文學史家早就認識到家族文學的意義，所以稱建安"三曹"的文學值得用黄金書寫；宋代"三蘇"的文學光芒萬丈；明代公安"三袁"掀起小品文的風潮。獨對蕭氏文學認識模糊，對蕭綱、蕭繹兄弟的"宫體詩"罵名千古。

改革開放二十多年，有的研究者改變了觀念，對蕭氏家族的探索取得初步的"正能量"，但這些"正能量"與蕭氏在歷史上的成就和地位還是不相匹配。

齊梁蕭家的文學業績究竟如何？在遭受火災、水災、兵災和蠹魚之災以後，還殘存哪些篇章？有什麼藝術特徵？何種詩學意義？能提供什麼樣的文化資源？

二、六朝帝王之家：蕭家與曹家旌旗相望

歷史是一個整體，有內在的血脈和邏輯的聯繫。

我們歷史上的王朝，有的"強盛"，有的"貧弱"；有的有"風骨"，有的有"文采"；但"強盛"、"貧弱"、"風骨"、"文采"，都是我們祖先的歷史，生命的由來，我們的身體、髮膚、感情類型的源流，不應該分割，也不允許分割。

曹氏家族固然創造了燦爛的文學和文化，著名的"三曹七子"，在鞍馬間爲文，橫槊賦詩，反映客觀社會動亂和人民痛苦的同時，抒發了自己統一天下，渴望建功立業的理想。曹操和他的兒子曹丕、曹植以及"建安七子"，組成了一個鄴下文人集團，掀起了我國文學史上建安文學的高潮。正如劉勰所說："觀其時文，雅好慷慨，良由世積亂離，風衰俗怨，並志深而筆長，故梗概而多氣也。（《文心雕龍·時序》篇）"他們的詩歌作品，"慷慨以使氣，磊落以使才，造懷指事，不求纖密之巧；驅詞逐貌，惟取昭晰之能"（《文心雕龍·明詩》篇），形成了建安文學"彬彬之盛"的局面。

但是，時代總是不斷發展的，文學創作、文學精神和形式美學也要不斷發展，不斷進步，不斷創造出與時代相適應的新内容和新形式。六朝帝王之家：曹家與蕭家，它們在詩歌創作、詩歌理論、文化貢獻方面旌旗相望，各有佳勝，均足以垂範千秋。

三、蕭氏家族的代表詩人和文學家

（一）蕭氏家族文學的發端——齊開國皇帝蕭道成

從蕭道成開始，蕭家就出現了不少天才詩人、理論家、編纂家、文學領袖和仰望彌高的世界文化名人。

蕭道成（427—482）字紹伯，出身貧寒。少從名儒雷次宗受業，治《禮》及《左氏春秋》，屢建軍功，歷官太尉、相國，封齊王，最後廢宋自立。建齊後，他減免百姓租稅，寬簡刑罰，設立校籍官，整理全國户籍。他博涉經史、多才多藝，詩歌悲涼慷慨。《塞客吟》："秋風起，塞草衰，鵰鴻思，邊馬悲。平原千里顧，但見轉蓬飛。"《群鶴詠》："八風儛遥翮，九野弄清音。一摧雲間志，爲君苑中禽。"顯示了他不屈的意志和奮鬥的精神，表示出蕭氏家族是從開闢蒿萊，從苦難中開創他們的事業的。

蕭道成的詩在當時有很大影響，不久鍾嶸撰寫《詩品》，品評說："齊高帝（蕭道成）詩，詞藻意深，無所云少。"有注釋《詩品》的人説"少"是詩歌多少，說蕭道成的詩寫得很多；不對。這裏的"少"，是"小看"、"輕視"的意思；說蕭道成的詩歌，語言藻飾，意味深長，是齊代不可忽視的詩人。

和曹氏家族的領頭人曹操一樣，蕭道成也被鍾嶸放在"下品"。但同樣由此展開錦繡、輝煌的家族文學。

（二）推動詩歌聲律化的蕭子良

蕭子良（460—494）字雲英，是齊武帝蕭賾的次子。南齊建國以後，他任會稽太守、丹陽尹，開倉濟貧，開墾荒田，發展農業生產，被封爲竟陵郡王。蕭子良喜歡交結儒士，永明五年

(487)，他在建康雞籠山西邸，和范雲、蕭琛、任昉、王融、蕭衍、謝朓、沈約、陸倕等人交遊，時稱"竟陵八友"。他組織名士抄寫《五經》，依據《皇覽》範例，編《四部要略》千卷；他崇尚佛學，不僅在西邸集名僧講佛論法，還親自去寺廟為佛事打雜，對佛教文化在中土的傳播、發展起了重要作用。

其時，沈約、謝朓、范雲都是一代文宗，他們集合在蕭子良的西邸，互相唱和，推波助瀾，形成"永明體"的文學新潮流。永明體作家運用聲律和對偶寫作，使詩歌音律協調，音韻鏗鏘，詞采華麗，對推進古體到唐代近體格律詩的形成，具有奠基性的意義。

(三) 文學家兼史學家蕭子顯

蕭子顯（487—537）字景陽，是齊高帝蕭道成的孫子，蕭氏家族中的文學家和史學家。幼年聰慧，博學能文，頗負才氣，好飲酒、愛山水。他"風神灑落，雍容閒雅，簡通賓客，不畏鬼神"，頗有阮籍的做派，見了九流賓客，也不與交言，只用扇子揮一揮而已。蕭子顯十三歲的時候，齊就滅亡了。雖然梁武帝蕭衍的父親蕭順之是齊高帝蕭道成的族弟，都姓蕭，而且是同族，但畢竟現在是梁朝了。作為前朝的皇孫，不出意外都會被殺掉，但蕭子顯憑藉自己出衆的才華和梁武帝的寬容活下來；梁武帝也知道蕭子顯自傲的缺點，但出於改變殺前朝諸王政策的考慮，仍然欣賞他，讓他做吏部尚書。

作為前朝皇孫，寫爺爺開創的且只存在了二十三年的齊國歷史，是需要勇氣、責任和十二分小心的。在《南齊書》裏，我們能感受到他隱藏的悲傷；儘管寫歷史需要客觀公正，但今天讀二十五史中別具一格的《南齊書》，仍然讀出有"悼亡賦"的味道。

《南齊書》在蕭衍的批准下完成寫作。其論贊形式模仿范曄

《後漢書》，寫成後，沈約高度評價，稱贊是如班固《漢書》那樣的佳作。清代史學家趙翼在《二十二史劄記》中評價說："此數傳皆同一用意，不著一議，而其人品自見，亦良史也。"其中的《文學傳論》，具有重要的文學批評史意義。

（四）梁武帝是中國文化的大功臣

梁武帝蕭衍（464—549），字叔達。是蘭陵蕭氏的世家子弟，南齊的宗室，父親蕭順之是齊高帝的族弟。建梁在位四十八年。

蕭衍是個"好皇帝"。

好皇帝的標準，是對國家關心，對老百姓負責。他首先"抓教育"，他的《立學詔》很有啓迪意義："建國君民，立教爲首。"他的《求賢詔》是曹操"求賢令"的翻版。雖不像曹操那麼強勢，那麼急迫；從責己開始，用低調、舒緩的口氣說出對人才的渴求。他穩定國家，招回流民，恢復生產。《求言詔》要求廣開言路，知無不言，言無不盡。他的政策寬鬆開明，哪怕是犯了罪的人，只要回來種田，都既往不咎，政府還給予適當的補貼。對災荒之年祭祀殺豬宰羊的陋習，他幾次下詔，要求以素代葷，他勤儉辦祭祀，勤儉辦皇帝的事業。他衣著樸素，五十歲就斷絕房事，遠離嬪妃；吃飯很節約，晚年甚至一天只吃一頓，不吃肉，不喝酒，只吃豆類湯菜和糙米飯。而國家大事，事必躬親。以今天人的眼光來看，他既當"國家主席"，又當"總理大臣"，樣樣事情都管。很多時候還兼"最高法院"院長和"人事處"處長，任用一個人，他都親自過問。

在中國帝王史上，蕭衍是最獨特、最難被歷史學家概括的皇帝。他一生有篳路藍縷的開創，有勵精圖治的奮發，有運籌帷幄的北伐，有文化治國的理想，也有政治軍事上的失誤。此外，他還是一個多才多藝的作家，學識廣博的學者，是"竟陵八友"文學集團的成員之一。史書稱他:"六藝備閑,棋登逸品,陰陽緯候,卜筮占決,並悉稱善。"南齊滅亡後,蕭衍對齊高帝蕭道成孫子蕭子顯等人的一席談話,可以接在曹操《讓縣自明本志令》、諸葛亮《出師表》後面,成爲鼎足而三、推心置腹的好文章。在中國書法史上,梁武帝還是一個非常重要的書法家。即以他收集王羲之的書法作品,並從王羲之書法作品中選取1 000個不重複的漢字,命員外散騎侍郎周興嗣編纂成四字一句,對仗工整,文采斐然的《千字文》,作爲兒童啓蒙讀物,影響也大得怎麽贊美也不爲過。

蕭衍不喜聲色犬馬,喜歡文學,大量擬作民歌,通過學習民歌掀起文學新風潮。南朝樂府民歌中的名篇《西洲曲》,很可能是他的作品。

總之,蕭衍在政治、經濟、軍事、管理、文學方面都卓有成就;晚年篤信佛教,成爲虔誠的佛門弟子。作爲皇帝,他興造寺廟,甚至到佛寺裏捨身爲奴。他一生融合儒、道、釋三教,使佛教成爲中國人精神世界的一部分;他開創了文化發展的新方向,對中國文化的貢獻,超過了治國有方的唐太宗。

(五) 世界級文化名人、全國最重要教科書總編纂、聯合國非物質文化遺產候選人蕭統

蕭衍的大兒子蕭統 (501—531),字德施。這就是後世著名的"昭明太子",是世界級的文化名人。蕭統本人也是文學理論家和詩人,他的《文選序》,是值得我們重視的文學理論。而《文選》作爲現今所能見到的第一部文學總集,成爲塑造後世文化人格重要的教科書,蕭統不僅在齊梁著名,在唐宋更是無人不知,無人不曉。

唐宋的讀書人,可以不知道前朝某個皇帝叫什麽名字,但不能不知道蕭統。因爲他們的科舉考試,就考蕭統《文選》。杜甫

《宗武生日》一詩訓導他的兒子說:"詩是吾家事,人傳世上情。熟精《文選》理,休覓彩衣輕。"宋代陸游《老學庵筆記》說:"方其盛時,士子至爲之語曰:《文選》爛,秀才半。"

蕭統《文選》不僅對中國文化,對日本文化、朝鮮文化都發生過的巨大的影響。《文選》在文化和文學上的意義,不僅在當時獨一無二,在當今世界上仍然令人仰望。我們今天的《文選》研究會,國家社科重大招標項目,仍然高懸《文選》的標題。就世界上最早的教科書,我們完全有資格申報《文選》爲聯合國非物質文化遺産。

(六) 宮體詩的旗手蕭綱

蕭綱(503—551)字世纘,是梁武帝蕭衍的第三個兒子,在蕭統死後頂替做了太子,當上皇帝,也是歷史上同樣著名的"簡文帝"。

蕭綱七歲的時候就有"詩癖",在老師徐摛的影響下,他努力寫作新體詩,成了當時"新變體"詩歌的宣導者和領袖。他在往來巡迴於宮廷和邊疆那麼繁忙的情況下,還念念不忘改革京師的詩歌風氣。在政治、軍事之外,像父親和哥哥一樣,意識到當代文化和文學建設的意義。作爲旗手,他開創的,後人稱之爲"宮體詩"的"新變體"詩歌,雖然被罵了一千多年,但是,這是中國詩歌史上不可缺少的詩體。這種詩體一直流行到唐代,讓唐初一些歷史學家成了一面批判"宮體詩",一面寫作"宮體詩"的"兩面派"。

譬如,《北齊書》的撰寫者李百藥就是這樣的兩面派;而一代英主唐太宗對新變體更是癡迷,是蕭綱"宮體詩"最大的粉絲。

一種文學樣式和審美的流行,絕對不是偶然從天上掉下來的玫瑰花,而是有其自身發展的規律。這種規律,讓唐初的歷史學家驚恐萬分；他們齊心協力，花了很長時間，用了很多篇幅，使勁地抹黑，黑到今天某些人的文學觀念，仍然受其影響。但文學本身不怕，詩歌也有自己的規律，詩歌藝術的規律，仍然像錐子一樣漏出歷史的布袋。

蕭綱在《與湘東王書》、《誡當陽公大心書》、《答張纘謝示集書》中，提出了一系列劃時代的詩歌理論，他和他領導的"宮體詩"，成了詩歌史上一個繞不過去的流派。

（七）宮體詩的副帥蕭繹

蕭繹（508—554）字世誠，小字七符，梁武帝蕭衍第七個兒子。始封湘東王，後即帝位，謚爲元皇帝。蕭繹從小聰悟俊朗，五歲即能誦《曲禮》上篇。長大後工書善畫，雅好文學，下筆成章，才辯敏速，博綜群書，又通佛典，世人稱奇。承聖末，魏師襲荆州，城破之際，乃聚古畫、法書、典籍二十四萬卷，連同自己一起焚毀；結果書付諸一炬，他的人卻因宮嬪牽衣得免。他的樣子，比蕭綱還要不像皇帝，像純粹的書生、學者、畫家和詩人。

作爲宮體詩的副帥，蕭繹不好聲色，喜好詩歌。他的詩歌，在當時衆多詩人中應屬上品。他不僅用詩歌寫生活，寫內心感受；還用詩歌寫公文，寫軍書，寫儒學論文，甚至把佛教教義都用詩來表現。他清詞麗句的風格，多與何遜、陰鏗爲鄰。他對詩歌藝術的熱愛，超過哥哥蕭綱，也超過了絕大多數的唐朝人。他在《金樓子序》和《立言篇》裏提出的詩歌理論，比蕭綱更加前衛。

可以說，在六朝文學乃至中國文學史上，蕭家和曹家是前後相續、雙峰並列的兩個偉大家族。只有曹氏家族沒有蕭氏家族，歷史就會掉鏈子，詩歌創作和理論也不可能到達繁榮的唐代。

四、翻爛齊梁蕭氏文學的帳本

從齊高帝蕭道成開始,包括去了北齊的蕭愨、蕭慤等人。在這麼長的時間裏,有多少蕭家人寫了多少文章和詩歌?

我們對齊梁蕭氏詩文全面普查,在全面普查的基礎上海選,翻爛齊梁蕭氏文學的賬本,反復考慮,確定原則,斟酌損益。

齊梁蕭家那麼多皇帝,那麼多大臣;本書的主題,就是皇帝和大臣組成的心路歷程。如果照以前的做法,用人民性的"橡皮尺"去量,就是一堆垃圾?一堆"糟粕"?一堆狗屎?——那是攪亂歷史,不負責任的做法。

我們在讀和注的時候,始終遵循著文學光輝的意義,不執行中世紀的政治教條,不用階級鬥爭的觀點對古人壓迫、迫害;給他們貼標籤,戴紙糊的高帽子,像"文化大革命"給階級敵人戴高帽子遊街一樣。

所選的詩人、文學家,當時都不叫詩人和文學家,他們有的被稱"陛下",自稱"寡人";被呼爲"太子"、"王公大臣"。我們現在則一律平等地叫他們詩人和文學家。選詩的多寡,一不問職位高低,二不問是君是臣,三不問年齡大小,四不問嫡傳的兒子還是庶出的兒子,是看他們留下多少詩文?寫得好不好?有沒有特色。

我們認爲,每篇文章,每首詩歌都是一個"活體",在千年之前和現在都具有生命。我們無法把所有已經死去的蕭家人聚集起來,詢問他們每一篇文章,每一首詩的作意;但面對作品的背景問題、語言問題、思想問題和藝術問題,一些恐怕連李善也沒有見過的詩歌,我們必須面對,並對它們進行文本細讀。

本書共選錄蕭氏作家 32 人。選詩 217 題 252 首,賦 11 篇,文74篇。其中齊代蕭氏作家14位，詩10首，賦1篇，文48篇；梁代蕭氏作家13位，詩189題212首，賦9篇，文26篇。由梁入北魏蕭氏作家1位，詩2題6首；由梁入北齊蕭氏作家2位，詩15首。這些詩人，大多數都沒有登過簡編，上過詩歌選。即使像蕭道成、蕭衍、蕭統、蕭綱、蕭繹等人，所選的詩、文、賦，也從來沒有達到此選的數量和範圍。

五、注釋的文學意義和文獻學意義

（一）正文用第一手文獻校勘

注釋、箋說之前，我們首先對正文用第一手文獻校勘。因此，此次編選，不僅有文學史上的意義，還有文獻學上的意義。

我們開始著錄的正文，是依據嚴可均《全上古三代秦漢三國六朝文》和逯欽立《先秦漢魏晉南北朝詩》。但這些並非是第一手的文獻。所以，我們對絕大多數的詩文，都找到原書，仔細校核。這在注釋中就出現了很多異文。限於本書的普及性質，一些不影響文意的異文沒有出校。對涉及文意，有重要分歧的異文，我們擇善而從；因為它的存在，有助於文意的理解。如蕭詧的《愍時賦》風格沉鬱，無論創作形態還是風格，都開顏之推《觀我生賦》、庾信《哀江南賦》的先河，但該賦《周書·蕭詧傳》所錄與《文苑英華》所載文字有較大差別，經過仔細比對，《周書·蕭詧傳》所錄當為蕭詧原文或接近原文，故棄嚴可均《全梁文》所錄的《文苑英華》本，而取《周書·蕭詧傳》本。

蕭綜的詩雖不多，但風格不同于齊梁時期詠物豔情的主流創作，頗有質樸清剛之氣，在注釋賞析《聽鐘鳴》、《悲落葉》時，我們沒有選擇逯欽立《先秦漢魏晉南北朝詩》中所錄的《藝文類聚》本,而選擇了《梁書·蕭綜傳》的文本,這一文本更有民歌特色,語言更爲質樸,當爲蕭綜原作。對創作時間、地點,根據文本結合史傳,提出詩中"帝城"指洛陽、"京域"指建康,"二十有餘年,淹留在京域"不必作于建康。楊衒之《洛陽伽藍記》言該詩作于洛陽,楊衒之的生活時代與蕭綜在魏時基本相同,故應有所本,則《南史》亦有所本。因此在賞析中得出了蕭綜這些詩作于魏的結論,並提出《藝文類聚》本或爲蕭綜後來的改作,或爲後世好事者改作而依托蕭綜。

(二) 把被輯佚者弄錯的地方改過來

有些詩文是後人據他書輯佚出來的,而據以輯錄的書有刪節,如《藝文類聚》《初學記》等。

有些題目是輯佚者所加,題目被輯佚者弄得面目全非,直接影響我們今天的鑒賞閱讀。如齊武帝蕭賾的《罪謝超宗》,此詔主要是罪謝超宗,也有罪袁彖之語,而詔書題目中並沒有反映。我們則結合相關記載指出事件原委,並指出《資治通鑒》對此詔在理解上的失誤。如蕭子良《侍皇太子釋奠宴》、蕭峰《修柏賦》等;題名與文意完全不符,我們則在箋注中提醒讀者注意;或通過對比考證,證明此詩內容有缺。對蕭長懋的《擬古詩》,則根據同時王融的和詩,並結合相關記載,以及作同類詩的固定體式,將此詩復原。將題目改爲"兩頭纖纖詩",這樣能使讀者看到這類詩歌原來的面貌。

(三) 把作品的歸屬權弄清楚

本集所箋注的詔書(除遺詔外)大多涉及這一問題。如蕭道成的《塞客吟》、《報沈攸之》,蕭子良的《與荆州隱士劉虯書》、《與南郡太守劉景蕤》、《答王僧虔書》等文,都有署名問題,我們都會在箋注中提及；有些會加以澄清，如《誅謝朓啓》，本是蕭遙光、江祏等人連名所上，而嚴可均歸於蕭遙光，我們從材料出發，認爲此文更可能是江祏所撰，提出了一種説法。

（四）以蕭氏詩文補史書之缺

鑒於本集的普及性質，我們不能考證；但由於山林初啓，開拓荆莽，有些詩賦、文章的作者、作年、作地錯誤，不經過考證就無法理解文意，非考不可；因爲入選詩歌數量多，因此，總體考證也不少。譬如蕭繹的《赴荆州泊三江口》、《藩難未静述懷》、《和王僧辯從軍詩》、《别荆州吏民》、《遣武陵王》、《幽逼詩》四首等詩和《别敕王僧辯》《太常卿陸倕墓誌銘》等文，都能够考證出創作地點和時間；《登江州百花亭懷荆楚》、《早發龍巢》、《祀伍相廟》、《出江陵縣還二首》等詩，還能够考證出創作地點和大致的時間。能考證創作地點和時間，正説明蕭繹的作品中有很大一部分是寫現實的内容，抒發真實的情感，能考見其人生歷程，補史書之缺。

此外，對蕭子雲的生卒年，我們結合前賢的考辨，也得出了新的綜合性意見。

（五）必要時注詩賦用韻供參考

注釋詩賦時，我們注意分析所選詩歌的格律、對仗情況、詩賦用韻情況，必要時注詩賦的用韻和用典。我們的工具是《廣韻》。《廣韻》雖編於北宋，但依據的是《切韻》系統，所以可以用來考察六朝的詩歌用韻情況。有的詩接近近體詩定型的規範，特别是詩歌的轉韻與情感内容的關係。此前的注釋賞析類著作，較少涉及詩賦的用韻情況。

典故也是一個問題，有的賦是駢賦、文爲駢文，大量用典，又没有前人的注釋可參考，大量的典故需要查找。

有些可根據作者生平知其意，有的則難以確定。如《滑時賦》中有"謝兩章之雄勇，惡二策之英華"兩句，到底指什麼？《二十四史全譯·周書》將這兩句徑直抄錄，沒有翻譯。我們以爲，"兩章"指尹德毅上的奏章，而下文的"二策"指尹德毅的策略，因爲蕭詧未用尹德毅之言，故被西魏占了襄陽根據地，而只能做西魏傀儡居於江陵一地，故曰"惡二策之英華"；而騈文上下句說一件事、一個意思是非常普遍的。但是，仍然會有一些地名、典故，我們漏了；或者鑒於水準，我們注釋不出，只能等待賢者補充。

六、積累六朝心靈文獻，還原齊梁文學輝煌

（一）文學記載的歷史，有時比歷史書更全面深刻

認識到這一點，是我們選這麼多齊梁蕭氏詩文的原因。

因爲一千五百年前休養生息在常州爲中心地區的蕭氏家族，是怎麼生活？怎麼奮鬥？怎麼以自己的勇敢和智慧建立國家，又是怎麼滅亡的？這個過程，歷史做了一些記載。唐初有好幾本歷史書，包括宋代司馬光的《資治通鑑》，按年份做了詳細的編排和記載。但我們不能光看這些編排和記載，真正想瞭解蕭氏在齊梁時代的發端、發展、興盛和滅亡的經過，懷著同情之理解，還要聽聽當事人是怎麼說的，怎麼寫的。

（二）六朝的"心靈文獻"，也應該積累

這些當事人寫詩文的時候，並沒有想到要在詩文裏留一些東西反擊唐人和今人對他們的批判。他們只是感發生活，記錄心情，娛樂自我。詩、文、賦，其實都是他們的日常生活，是他們的日

記。是還原歷史、還原事實的好材料。

　　尤其是，本集還選了散文、駢文、賦，包括書信、奏章、啓等公文，有的是齊梁時代最高的軍事機密——現在都成解密材料，公佈在這裏。

　　一些重要的詩人如蕭綱、蕭繹，更多地展示了他們真實的内涵。蕭衍也總是將感情坦率而真摯地傾訴在文字之中，樸實無華，尤其是友情和親情，特別感人，比曹操"對老朋友説心腹話"的風格更細膩周詳，文學史上應該有他的一筆。

　　文學記載的歷史，不是對歷史作理性的批判，不是羅列資料，乾巴巴的材料統計；而是一個人，一群人，甚至一代人心靈的歷史。通過對齊梁南蘭陵蕭氏詩文的箋注，從一個橫斷面，糾正對蕭氏家族文學認識的偏差，無論是積累六朝心靈的文獻，還是還原齊梁文學的輝煌，都具有填補空白的意義。

（本文爲《齊梁蕭氏詩文選注》序，原載于《齊梁蕭氏詩文選注》，上海古籍出版社 2015 年 8 月版）

論 蕭 統

　　蕭統應該成爲世界文化名人，因爲他編纂了《文選》並在世界範圍内形成"選學"。

　　作爲教科書，《文選》不僅是李白、杜甫、陸游幼年就要讀的啓蒙讀物，也是人生的入門書，是自己學一輩子不够，還要叫兒子學一輩子並要子孫繼續學下去的重要典籍。李善《上文選注表》説，自梁昭明太子蕭統編成《文選》後，"後進英髦，咸資準的"。杜甫《宗武生日》詩教育他的兒子説："詩是吾家事，人傳世上情。熟精《文選》理，休覓彩衣輕。"陸游《老學庵筆記》説："國初尚《文選》，當時文人專意此書。……方其盛時，士子至爲之語曰：'《文選》爛，秀才半。'"因此，研究唐詩、宋詩和歷代辭賦，特別是研究唐詩，蕭統《文選》都重要得無可比擬。蕭統《文選》在後世的普及程度和影響力比劉勰的《文心雕龍》和鍾嶸的《詩品》大得多，不僅影響唐詩、宋詩和歷代人的思想，還影響漢字文化圈和周邊文化。就一本總集對文學的影響而言，世界編纂史亦無第二個可以媲美的例子。

一

　　蕭統（501—531），字德施，南蘭陵（今江蘇常州西北）人。梁武帝蕭衍長子，母親丁貴嬪。梁天監元年十一月（502）二歲的時候被立爲太子,三十一歲未及即位而卒,諡號"昭明",世稱"昭明太子",故稱他編纂的《文選》爲"《昭明文選》"。

蕭統受到良好的教育,具有高尚的情操,敦厚的品行,淵博的學識,敏捷的才思,連同他的文質彬彬和謙謙君子風度,在中國歷史上有着後世皇太子無法企及的清名,並且可以稍稍改變一下我們原先認爲所有太子都是"壞蛋"的偏頗。他爲人謙虛平和,學習勤奮,知書達禮且有人情味,有點不像深宮的太子,倒像有家學淵源的讀書人家的大公子。生平最主要的活動,除了奉侍母親,就是與文人學士交往,討論篇籍,商榷古今,進行文學創作活動和編纂活動。著有文集二十卷、編纂古今典誥文言爲《正序》十卷、五言詩之善者爲《文章英華》二十卷、《文選》三十卷。此外還收集整理,編輯陶淵明的詩文爲《陶淵明集》。但是,除《文選》和《陶淵明集》保存至今外,《正序》、《文章英華》①和他自己的文集二十卷都已散佚不傳。今天我們讀的,主要爲明人張溥所輯的《昭明太子集》五卷。

《梁書·昭明太子傳》記載蕭統自幼聰明穎悟和有非常優越的教育環境時說:"太子生而聰睿,三歲受《孝經》、《論語》,五歲遍讀《五經》,悉能諷誦。……八年九月,於壽安殿講《孝經》,盡通大義。講畢,親臨釋奠於國學。……高祖大弘佛教,親自講說,太子亦崇信三寶,遍覽衆經。於宮內別立慧義殿,專爲法集之所。招引名僧,談論不絕。太子自立二諦、法身義,

---

① 《文章英華》是優秀五言詩的選本,當與謝靈運《詩英》(《詩集》)屬於同一性質。蕭統有《答湘東王求文集及〈詩苑英華〉書》,疑《文章英華》即蕭統自己提及的湘東王所求的《詩苑英華》。然《隋書·經籍志》著錄《文選》三十卷、《古今詩苑英華》十九卷以外,另在謝靈運《詩英》下注:"又有《文章英華》三十卷,梁昭明太子撰,亡。"沈玉成先生以爲,由於《隋書》的編者沒見到原書,《文章英華》很可能是《文選》、《英華集》的異名。

並有新意。"

從《梁書》本傳為我們提供蕭統從小讀書的主要書目和由此形成蕭統的知識結構可以看出，《孝經》、《論語》、《五經》和佛教眾經，特別是《孝經》佔據了突出的地位。這是一份頗為"糅雜"的書目，開這份書目的，是他的父親蕭衍，也是在那個特定的時代。

自漢末、三國、兩晉至齊梁，儒學、佛學、玄學、各種思想、思潮、哲學，各種社會風習，一起匯入齊梁，趨於融合，由支流變成主流。故其時的人物，大多兼擅才學，無論皇帝、東宮的太子，還是一般的士人，都有一種書卷氣，且思想駁雜，其中最有代表性的人物是梁代的開國皇帝梁武帝。

蕭衍喜歡文學，早年在齊代參加竟陵王蕭子良的文學集團，與沈約、謝朓、王融、蕭琛、范雲、任昉、陸倕並稱"竟陵八友"，風雲一時。當了皇帝，掌握權力以後，更是不遺餘力地積極推行儒學新政，建立孔子廟，把文學、玄學、儒學、經學糅雜在一起並把他的這種知識結構和思想方法傳給他的兒子們。蕭統、蕭綱、蕭繹雖然因為各人的經歷差異表現有所不同，但是在思想和行事的方式上都有與他們的父親類似的方面，甚至有同樣的軟弱、同樣的善良和同樣的只能當學者不能當皇帝的才性。這份"書目"，同樣可以看出蕭統的知識結構和他的父親蕭衍一樣，是一種兼收並蓄的儒學和佛教的"折衷"，和在繼承傳統文化思想基礎上，能夠調和各種異端的"相容性"。

蕭統的教育在梁代是一流的。梁武帝蕭衍不僅為他提供最豐富的書籍（齊末秘閣遭兵火，這些書籍剛由任昉重新校訂過），還配備最佳的"講師團"和陪他讀書的"侍讀官"，於"擇師"中反映了蕭衍的思想和價值取向，這對蕭統有潛移默化的作用。

《南史·王錫傳》記載："時昭明太子尚幼，武帝敕（王）錫與秘書郎張纘，使入宮，不限日數，與太子遊狎，情兼師友；又敕陸倕、張率、謝舉、王規、王筠、劉孝綽、到洽、張緬爲學士十人，盡一時之選。"《梁書·徐勉傳》也説："昭明太子尚幼，敕（勉）知宮事。太子禮之甚重，每事詢謀。嘗於殿內講《孝經》，臨川靖惠王、尚書令沈約備二傅，勉與國子祭酒張充爲執經，王瑩、張稷、柳憕、王暕爲侍講。"這個講授團和陪讀團，是當時能組合起來的最佳人選，包括最佳"教輔人員"和"教材教法"的專家，都被蕭衍集中到一起。像沈約、陸倕，都是當年與自己遊處的同輩的朋友，因爲受到信任，也被聘請爲自己兒子的老師。這些"情兼師友"的飽學之士無疑會對蕭統的成長，對蕭統文學觀的形成具有重要的影響。

自身的聰明穎悟和在這種優化教育下的蕭統非常出色當在情理之中，《南史·梁武帝諸子傳》記載他："讀書數行並下，過目皆憶。每遊宴祖道，賦詩至十數韻。或命作劇韻賦之，皆屬思便成，無所點易。"文學才能如此，思想品德和精神更是超越，《梁書·昭明太子傳》有一條爲人津津樂道的記載："性愛山水，於玄圃穿築，更立亭館，與朝士名素者遊其中。嘗泛舟後池，番禺侯軌盛稱'此中宜奏女樂'。太子不答，詠左思《招隱詩》曰：'何必絲與竹，山水有清音。'侯慚而止。出宮二十餘年，不畜聲樂。少時，敕賜太樂女妓一部，略非所好。"蕭統的興趣，不在於音樂和女色，而喜歡與文人學士交遊，在非常幽雅的文化氛圍下討論文學創作和文學評論。這就是《梁書·昭明太子傳》中爲人經常引用的：

> 引納才學之士，賞愛無倦。恒自討論篇籍，或與學士商榷古今。閑則繼以文章著述，率以爲常。於是東宮有書幾三

萬卷，名才並集，文學之盛，晉、宋以來未之有也。

蕭統"引納"的"才學之士"，都是當時朝廷的政要和文學上的精英。除了以前蕭衍爲他指定的老師和侍講官以外，由於蕭統的人品、才學、地位和人格力量，還吸引了其他一些文人學士聚集在他身旁，有的人是蕭統小時候被梁武帝蕭衍委派去教蕭統和當侍講官的，後來工作調動離開了蕭統，但隨着蕭統長大，對文學的摯愛，受蕭統的招引，又重新"以一種新的關係"回到蕭統身邊。

在蕭統周圍的三十多位文人學士中，劉孝綽做過一次"太子舍人"，兩次"太子洗馬"、兩次掌東宮書記，與蕭統接觸時間最長，最爲親近。《梁書·劉孝綽傳》記載説："時昭明太子好士愛文，孝綽與陳郡殷芸、吳郡陸倕、琅琊王筠、彭城到洽等，同見賓禮。太子起樂賢堂，乃使畫工先圖孝綽焉。太子文章繁富，群才咸欲撰録，太子獨使孝綽集而序之。"

在《梁書·王筠傳》裏，也有蕭統重視王筠和劉孝綽的記載："昭明太子愛文學士，常與筠及劉孝綽、陸倕、到洽、殷芸等遊宴玄圃，太子獨執筠袖，撫孝綽肩而言曰：'左把浮丘袖，右拍洪崖肩。'其見重如此。"據《南史》、《梁書》、《隋書》記載："《文選》三十卷，昭明太子撰。"應該説，《文選》是由蕭統主持，是蕭統在文人學士的幫助下編纂而成的。用今天的眼光看，蕭統編纂《文選》，一靠東宮近三萬卷藏書，二靠當時著名的文人學士，尤其是其中的出類拔萃之輩，如劉勰、王筠、劉孝綽等人。有人根據後來某些有疑問的記載，如日本遍照金剛的《文鏡秘府論·南卷·集論》："晚代銓文者多矣，至如梁昭明太子蕭統與劉孝綽等撰集《文選》，自謂畢乎天地，懸諸日月。"宋人王應麟《玉海》卷五十四引《中興書目》"與何遜、劉孝綽等選集"等，有人就以爲

《文選》的實際編纂者是劉孝綽而不是蕭統，這種説法是不正確的①。

蕭統除了編纂《文選》並寫了著名的《文選序》，還有《答湘東王求文集及〈詩苑英華〉書》、《陶淵明集序》、《答晉安王書》等文，結合《文選》選錄的具體標準考察，蕭統的文學觀和詩學觀大概有以下幾個方面：

（一）是文學發展進化論；

（二）是文學價值論；

（三）是文學審美特徵論；

（四）是"典"、"麗"相容的中和美。

二

蕭統以爲，詩歌和文學從無到有，從產生的那一天起就開始發展進化，因此，《文選序》一開頭就談詩學和文學的發展進化問題：

---

① 1989 年，日本立命館大學清水凱夫教授在重慶出版社出版《六朝文學論集》，送筆者一册。其中《〈文選〉撰者考》、《〈文選〉編輯的周圍》諸篇，力主編纂者爲劉孝綽説。我們曾在上海師範大學和在日本立命館大學，以及去神户六甲山遊玩的地鐵裏都討論這個問題。他以爲，徐悱的詩寫得不好，所以入選，因爲徐是劉孝綽的妹婿；選錄《廣絶交論》和《辯命論》是劉孝綽譏諷到洽、到溉兄弟，爲了發泄私憤和表白自己的操守；不選何遜詩是因爲何是劉孝綽的文敵；選宋玉的《高唐賦》、《神女賦》、《登徒子好色賦》、曹植的《洛神賦》與蕭統的選錄標準和文學思想不合等等。在日本，凡是主張《文選》是劉孝綽編撰而不是蕭統編撰的人，被稱爲"新《文選》派"，清水凱夫教授就是"新《文選》派"的代表人物。近年來，國内學者提出反駁意見，如屈守元教授的《文選導讀》（巴蜀書社，1993 年版）、顧農教授的《與清水凱夫先生論〈文選〉編者問題》（《齊魯學刊》，1993 年第 1 期）、曹道衡教授的《關於蕭統和〈文選〉的幾個問題》（《中國古代近代文學研究》1996 年第 2 期）等。雖然清水凱夫教授是我很好的朋友，但我仍然不能同意他的觀點。

> 式觀元始,眇覿玄風。冬穴夏巢之時,茹毛飲血之世,世質民淳,斯文未作。逮乎伏羲氏之王天下也,始畫八卦,造書契,以代結繩之政,由是文籍生焉。《易》曰:"觀乎天文,以察時變;觀乎人文,以化成天下。"文之時義遠矣哉!若夫椎輪為大輅之始,大輅寧有椎輪之質;增冰為積水所成,積水曾微增冰之凜。何哉?蓋踵其事而增華,變其本而加厲;物既有之,文亦宜然。隨時變改,難可詳悉。

蕭統的意思是,當人們還處於《禮記·禮運》所謂"昔者先王未有宮室,冬則居營窟,夏則居橧巢。未有火化,食草木之實,鳥獸之肉,飲其血,茹其毛"的時代,當然不會有什麼詩和文學。但是,自從到了傳說中的上古帝王伏羲氏,以畫八卦、造書契代替結繩而治,詩和文學就開始產生並得以發展。

詩和文學一經產生,就會發展演化;發展的過程就是深化的過程,就像"積水"和"增冰",或"椎輪"和"大輅"的關係一樣。厚厚的冰由水凝成,但冰寒於水;最簡陋的沒有輻條的柴車,與皇帝祭祀出巡才乘的豪華的"大輅車",其實也只是發展進化的關係。豪華的"大輅車"是由最簡陋的沒有輻條的柴車發展演化而來的。所謂"踵其事而增華,變其本而加厲",由簡陋向完善,由單調向豐富,由樸野向華麗,這是任何事物發展的規律。詩和文學的發展同樣如此。隨着時代的不同、審美趣味的變化而變化,發展而發展。文學中賦的發展同樣是一個由簡趨繁的證明:

> 《詩序》云:"詩有六義焉:一曰風,二曰賦,三曰比,四曰興,五曰雅,六曰頌。"至於今之作者,異乎古昔。古詩之體,今則全取賦名。荀(卿)、宋(玉)表之於前,賈(誼)、馬(司馬相如)繼之於末。自茲以降,源流寔繁。

三言、四言、五言、九言詩的體式發展變化也一樣：

> 自炎漢中葉，厥塗漸異。退傅有《在鄒》之作，降將著"河梁"之篇；四言五言，區以別矣。又少則三字，多則九言，各體互興，分鑣並驅。

這些都是常理，是蕭統的認識，也是在蕭統周圍文人學士劉勰、王筠、劉孝綽的認識，是南朝人的共識。詩歌和文學隨時代發展而發展變化的觀念，自東晉以來，葛洪在他的《抱朴子》裏就不止一次地加以闡述①。劉勰在他的《文心雕龍》中也有相同的看法，蕭統繼承和發展了這種説法，成爲編纂《文選》的標準和指導思想。

三

在先秦和漢代儒家的認識論裏，詩歌和文學最基本的功能是"化"的功能，即"化成天下"的功能。以《詩大序》爲代表的説法是："風，風也，教也；風以動之，教以化之。……故正得失，動天地，感鬼神，莫近於詩。先王以是經夫婦，成孝敬，厚人倫，美教化，移風俗。……上以風化下，下以風刺上。"這也許是不錯

---

① 《抱朴子·鈞世》篇説："今詩與古詩俱有義理，而盈於差美。方之於士，並有德行，而一人偏長藝文，不可謂一例也；比之於女，俱體國色，而一人獨閑百伎，不可混爲無異也。若夫俱論宮室，而奚斯《路寢》（《詩經》）之頌，何如王生之賦《靈光》乎？同説遊獵，而《叔畋》、《盧鈴》（《詩經》）之詩，何如相如之言上林乎？並美祭祀，而《清廟》、《雲漢》（《詩經》）之辭，何如郭氏《南郊》之豔乎？等稱征伐，而《出車》、《六月》（《詩經》）之作，何如陳琳《武軍》之壯乎？"又説："古者事事醇素，今則莫不雕飾，時移世改，理自然也。"

的。人有兩重屬性,一是自然人,二是社會的人,關係的人;詩歌和文學,本質上是人學,也就自然而然地打上人的兩重屬性。一重是自己的、個人抒情的作品,另一重是社會的、管理的工具;中國最早的《詩經》作者無名氏,唱詩的瞬間是自己的詩歌,唱出來以後變成社會的,就積極地參與社會的管理。文學自覺以後,許多聰明人如曹丕的《典論·論文》、陸機的《文賦》、摯虞的《文章流別志論》等等,都不約而同地強調詩歌、文學與社會的關係,也許只有積極參與社會、參與管理的詩歌和文學才會有更強的生命力。完全脫離政治、脫離社會、脫離人生的作品就會變得蒼白。

因此,蕭統繼承了先秦、兩漢以來關於文學的社會價值和功用的觀點,在談《三百篇》時,注意並強調詩歌的感染力和教化作用。《文選序》說:"詩者,蓋志之所之也,情動於中而形於言。《關雎》《麟趾》,正始之道著;《桑間》《濮上》,亡國之音表。故風雅之道,粲然可觀。"

在《陶淵明集序》中,蕭統贊美陶淵明安貧樂道、君子固窮的儒家道德和儒家思想規範說:"加以貞志不休,安道苦節,不以躬耕爲恥,不以無財爲病,自非大賢篤志,與道汙隆,孰能如此乎?"

蕭統在《序》中說明,他之所以喜愛陶淵明的詩文,除了喜愛"其文章不群,辭采精拔,跌宕昭彰,獨超衆類;抑揚爽朗,莫之與京。橫素波而傍流,干青雲而直上。語時事,則指而可想;論懷抱,則曠而且真"以外,傾慕陶淵明的人格,陶淵明的詩文有助於風教也是一個重要原因:"嘗謂有能觀陶淵明之文者,馳競之情遣,鄙吝之意祛,貪夫可以廉,懦夫可以立,豈止仁義可蹈,抑乃爵祿可辭!不必傍遊泰華,遠求柱史,此亦有助於風教也。"

同樣站在風教的立場上,蕭統覺得陶淵明的《閑情賦》沒有意思，放在集子裏有點"白璧微瑕"，有損於陶淵明的形象；他高度贊揚陶詩以後，不無惋惜地説："白璧微瑕者，惟在《閑情》一賦，揚雄所謂'勸百而諷一'者乎？卒無諷諫，何足摇其筆端？惜哉！亡是可也。"雖然這些話五百年後受到蘇軾的嘲笑①，但蕭統當時説得還是非常認真的。

此外，蕭統在《答晉安王書》裏，也流露出文學反映風教，反映社會的價值功能："况觀六籍，襍玩文史，見孝友忠貞之跡，睹治亂驕奢之事，足以自慰，足以自言。人師益友，森然在目。嘉言誠至，無俟傍求。"

這是蕭統文學價值觀的一方面，另一方面，對文學的娛情功能和遣興功能，同樣給予充分的肯定："次則箴興於補闕，戒出於弼匡。論則析理精微，銘則序事清潤。美終則誄發，圖象則贊興。又詔誥教令之流，表奏牋記之列，書誓符檄之品，弔祭悲哀之作，答客指事之制，三言八字之文，篇辭引序，碑碣誌狀，衆制鋒起，源流間出。譬陶匏異器，並爲入耳之娛；黼黻不同，俱爲悦目之玩。"

蕭統在這裏説了一個很有意思的問題，因爲儘管形容詩歌、辭賦像琴瑟，像綺縠，像黼黻，有娛樂的功能，很多人都提到了。如《漢書・王褒傳》載漢宣帝好辭賦，把王褒、張子僑等賦家集中在宫館裏，寫作頌賦，加以評定，賜以錦帛説："辭賦大者與古詩同義，小者辯麗可喜。辟如女工有綺縠，音樂有鄭、衛，今世俗猶皆以此虞説耳目。"但一般説的都是詩賦，而蕭統卻把他選的從周代至梁初，八百年時間跨度、七百餘篇作品，三十八類所有

---

① 蘇軾《東坡題跋》云："淵明作《閑情賦》，所謂'國風好色而不淫'者，正使不及《周南》，與屈、宋所陳何異？而統大譏之，此乃小兒强作解事也。"

的文學作品都把它們説成有像"陶匏"、説成一些娱人的吹奏樂器和笙、竽古樂器，給人以"入耳之娱"；又比喻成"黼黻"，一種黑白相間的對稱的色彩和花紋，以成"悦目之玩"。

原來只有詩賦才能成爲"入耳之娱"、"悦目之玩"的文體，被蕭統用來形容他所選的八百年、三十八類、七百多篇作品。這是蕭統對詩賦作品以外各類體裁的作品都具有娱賓遣興價值功能的聲明。

既重視强調文學"化成天下"的價值作用，説法與漢《詩大序》的"風以動之，教以化之"、"故正得失，動天地，感鬼神，莫近於詩。先王以是經夫婦，成孝敬，厚人倫，美教化，移風俗"，"上以風化下，下以風刺上"相近，並用以評判古今，評論自己弟弟的作品和陶淵明的作品。同時，又認爲包括箴、戒、論、銘、誄、贊、詔誥教令之流、表奏箋記之列、書誓符檄之品、弔祭悲哀之作、答客指事之制、三言八字之文、篇辭引序、碑碣志狀之類的應用文字、辦公文字、案牘文字、包括抒情文字，都有各自或"精微"或"清潤"和特點，都是合理的一部分，都有審美的功能，能夠給人在視聽上以美的享受。綜上所述，蕭統的文學價值論，是典型的兼收並蓄、不偏不倚、折衷的觀點。

意味深長的是，協助蕭統編纂《文選》的劉勰，在自己的《文心雕龍》中，也把論述的文體分爲詩、賦、騷、七、詔、册、令、教、策文，包括儒家的《五經》，包括《史傳》、《諸子》在内的三十三類，特別是《書記》篇中竟然列舉"譜籍簿録、方術占式、律令法制、符契券疏、關刺解諜"這些完全没有文學意味，與文學了無干系的應用文字、方術文字、簿録文字，使人覺得《文心雕龍》有點蕪雜不精，劉勰對文學與非文學界限的認識還有點含糊不清，儘管他在《序志》篇中把《文心雕龍》"五十篇"分爲"論文敘筆"，區分爲"有韻之文"和"無韻之筆"，但是，對

"無韻之筆"是否有審美作用和娛情功能，則未置一詞。蕭統編《文選》時代比劉勰寫《文心雕龍》稍後，編纂時又得到劉勰的幫助，避免了早期的錯誤，彌補了某些不足。所以在蕭統《文選》裏，劉勰論及的"經、史、子"專門著作不收；劉勰列舉的"譜籍簿録、方術占式、律令法制、符契券疏、關刺解諜"不收。所收的三十八類文字，則一律聲明都具有審美作用和娛情功能。

四

用一部"文"的選集，精選從周以來所有的篇章，再以一序，配合選録實踐，就已網羅天地，收集闕世遺文，區分了"文"與"非文"的界限，確立了文學的正身。不僅選本本身成了唐、宋數百年官家的教科書，其明確的文學的基準，亦衣被百代，沾溉後人，影響十分深遠，這就是蕭統《文選》和《文選序》，其中表現出蕭統對於"文"的審美特徵論，是他文學觀中最有價值的部分。

《文選》不收劉勰列舉的"譜籍簿録、方術占式、律令法制、符契券疏、關刺解諜"，是蕭統對劉勰的修正；不收"經、史、子"專門著作表現出的文學觀，也只是當時時代選文共識的進步。因爲從晉代開始，對文籍的分類，圖書著録歸類已不同於漢人的做法，"七分法"已被新"四分法"所替代。"七略"已成歷史，"四部"更加實用、科學。章太炎在《國故論衡·文學總略》中說："《文選》之興，蓋依乎摯虞《文章流別》，謂之總集。……總集者，本括囊別集爲書，故不取六藝、史傳、諸子，非曰別集爲文，其他非文也。"又說："且沉思孰若莊周、荀卿？翰藻孰若《呂氏》、《淮南》？總集不摭九流之篇，格於科律，固不應爲之辭。"即《文選》不選經、史、子，只是體例上的原因，與"沉思"、"翰藻"無關，顯然也沒有完全理解蕭統編纂《文選》的本意。

首先，蕭統對《文選》中的"文"字，有他自己獨特的理解，不與同時代的人完全相同，也與我們今天的理解有差距。蕭統說他"選"的對象是以"能文爲主"，把"文"選在一起成爲《文選》。通過《文選》的選錄對"文"進行區別，這與當時的"文筆說"、"有韻之文"和"無韻之筆"相表裏，是他對中國文學觀念發展的貢獻。

對於這一點，清人阮元有獨特的解會。他在《書昭明太子〈文選序〉後》指出："昭明所選，名之曰'文'，蓋必'文'而後選也。經也，子也，史也，皆不可專名其爲'文'也。故昭明《文選序》後三段特明其不選之故。必'沉思'、'翰藻'，始名爲'文'，始以入選也。"

儘管以我們今天的眼光看，蕭統的二條選錄標準：經、史、子專書不選；非"沉思"、"翰藻"者不選有矛盾的地方，因爲經、史、子專書裏也有"沉思"、"翰藻"的篇章。但蕭統以爲沒有，表明他對"文"的審美特徵觀念與我們今天的不盡一致。《文選序》把不選的理由分爲四類：

（一）若夫姬公之籍，孔父之書，與日月俱懸，鬼神爭奧，孝敬之准式，人倫之師友，豈可重以芟夷，加之翦截？

（二）老莊之作，管孟之流，蓋以立意爲宗，不以能文爲本，今之所撰，又以略諸。

（三）若賢人之美辭，忠臣之抗直，謀夫之話，辯士之端，冰釋泉湧，金相玉振。所謂坐狙丘，議稷下，仲連之卻秦軍，食其之下齊國，留侯之發八難，曲逆之吐六奇，蓋乃事美一時，語流千載。概見墳籍，旁出子史，若斯之流，又亦繁博，雖傳之簡牘，而事異篇章，今之所集，亦所不取。

（四）至於記事之史，繫年之書，所以褒貶是非，紀別異同，方之篇翰，亦已不同。

《文選》的工作既是"選"；選什麽，不選什麽，其中所表現的文學觀，比任何聲明和廣告辭都更有説服力。因爲是"文"選，不是"經"選、"子"選、"傳"選、"史"選，因此有必要把"文"與"經"、"史"、"子"、"傳"區分開來並説明理由。蕭統的四個理由都冠冕堂皇，而且説得很巧妙：

一是聖人之書不敢選。因爲聖人之書是"孝敬之准式，人倫之師友"，是一種社會的規範，人際關係的典則，已"與日月俱懸，鬼神争奥"，是絕對不能割裂、剪裁，任意選輯的。

二是《老子》、《莊子》、《管子》、《孟子》之書不宜選。因爲老、莊之書均以"立意爲宗"，不以"能文爲本"，性質不同，只能割愛。

三是古賢人、忠臣、謀夫、辯士之文不能選。因爲這些賢人、忠臣、謀夫、辯士雖有繁博的言論，感人的篇章，但他們的言行已旁見於諸子和史書，與所選的"文"有所區別。

四是記事之史，系年之書不可選。系年之書是史書，杜預《左傳序》所謂："記事者以事系日，以日系月，以月系時，以時系年，所以紀遠近，別異同也。"但這裏是選"文"，用不著褒貶是非，紀別異同，其性質也有所區別。但是也有例外，這就是：

贊論之綜輯辭采，序述之錯比文華，事出於沉思，義歸乎翰藻，故與夫篇什，雜而集之。

史書中有"贊論"，有的贊論文字寫得聲情並茂，辭采精拔，完全符合文學作品的要求，這樣的贊論和序述，與詩賦篇什一樣，也在可選之列。這裏的"綜輯",是"連綴"的意思;"錯比"是"安排組織"的意思;"沉思"是"深沉思考";"辭采"、"文華"、"翰藻"都指文學作品中華麗的辭藻和文采,同時也包含聲律、對偶、典事方面的美學要求。"事"、"義"對舉成文,都指寫作活動、寫作行爲本身。

具體選擇時,蕭統選錄了班固的《漢書》、干寶的《晉紀》、范曄的《後漢書》和沈約的《宋書》,尤以范曄的《後漢書》贊論寫得恣肆縱放,文彩飛揚,范曄自視甚高,《獄中與諸甥侄書》謂:"贊自是吾文之傑思,殆無一字空設,奇變不窮,同合異體,乃自不知所以稱之。"蕭統選錄最多。贊論在《文選》中屬"史論"類,蕭統選錄了班固的《漢書·公孫弘傳贊》、干寶的《晉紀·論晉武帝革命》、范曄的《後漢書·皇后紀論》、沈約的《宋書·謝靈運傳論》等篇;史述贊類,蕭統選錄了《漢書·述高紀贊》、《後漢書·光武紀贊》等,其中的標準,可見一斑。

綜上所述,蕭統對"文"的審美特徵的確定,是要求所有的"文"都要符合"綜輯辭采"、"錯比文華"、"事出於沉思"、"義歸乎翰藻"的美學規範。"綜輯"、"錯比"的,除了辭采、文華,同時還應該包括綜輯事義,錯比典故,形成駢儷和對偶,在字句上選詞煉字;在聲律上音調和諧鏗鏘;在寫作的過程中"沉思",即精心構思,精心錘煉,直至"義歸乎翰藻",寫成文采斐然、音調鏗鏘,"殊得物色之美",如"陶匏",如"黼黻"一般具有"入耳之娛"和"悅目之玩"審美價值的文學作品。

因爲本質上,文學是語言的藝術,詩歌是凝練的藝術。只有符合以上的美學要求,即要深沉的思考,獨具匠心的構思謀篇,錯比的典事、精工的對偶,華麗的辭藻,諧和的音調,粲然的文辭如錦繡一般的篇章,才稱得上是"文"(紋),才可以入選——這是蕭統《文選》選錄史書贊論的美學標準,同時也是蕭統對

"文"的審美特徵論。

五

與文學審美特徵論相聯繫,在文學美的類型上,蕭統提出"典"、"麗"結合的中和美,是他對文學美觀念上的貢獻。

《文選序》和具體的選錄實踐確立了"文"的審美特徵論,強調文采的華美、音調的鏗鏘、聲律的諧和、翰藻之翩翩,但對於這些"文"的特徵,蕭統仍有自己的審美理想貫注其內。他強調文采和翰藻,又反對"浮豔"和過份的華豔,他在《答湘東王求文集及〈詩苑英華〉書》中說:

> 得疏,知須《詩苑英華》諸文製,發函伸紙,閱覽無輟,雖事涉烏有,義異擬倫;而清新卓爾,殊為佳作。夫文典則累野,麗亦傷浮。能麗而不浮,典而不野,文質彬彬,有君子之致。吾嘗欲為之,但恨未逮耳!觀汝諸文,殊與意會。至於此書,彌見其美,遠兼邃古,傍暨典墳,學以聚益,居焉可賞。

因此,在他的文學價值論中,根深蒂固的儒家詩學觀不僅影響他的文學發展進化論、文學價值論和文學審美特徵論,同時也影響到他對美的類型的認可,美與不美之間的"度"的認識,這在《答湘東王求文集及〈詩苑英華〉書》中表露無遺。

孔子提倡文質彬彬的中和美,他一面要"文",否則"行而不遠";另一方面又反對"巧言令色",反對過份的文采,強調"過猶不及",贊美"文質彬彬"。

《論語・雍也》篇:"子曰:質勝文則野,文勝質則史。文質彬彬，然後君子。"孔子把美學要素分爲"文"和"質"兩個互相聯繫，又互相區別的範疇，並要求中和結合，不可得其一舍其一，否則就會產生"野"或"史"的弊端。"野"是"草野"之"野"，是"文"的對立面，"不文"的表現。《儀禮・聘禮》説："辭多則史，少則不達。"可知"史"，是過份浮誇的意思。

對照蕭統與孔子的話，他們所欣賞的美的類型是很相似的，蕭統發展了孔子的"文質彬彬，然後君子"的説法，把它作爲文學評論的術語，提出"典"與"野"，"麗"與"浮"的矛盾和對立統一法則。

"典"，是"典正"、"典則"的意思，是古代的某種審美法則和審美規範，包含了與今天流行的審美觀念相去甚遠的質樸。假如現時的文風過於浮麗、淫靡，學學遠古的典則，不失爲一條糾偏匡時的道路，許多文論家都這麼做了；特別是劉勰《文心雕龍・通變》篇痛疾"楚漢侈而豔，魏晉淺而綺，宋初訛而新。從質及訛，彌近彌淡"，"今才穎之士，刻意學文，多略漢篇，師範宋集"是一條極端錯誤的道路。但是，假如過份質樸，缺少翰藻的修飾，文章又會"野"向極端。"典"，是質樸的褒義詞，"野"是質樸的貶義詞。

從它的對立面來説，"麗"，當然是好事，寫文章的人應該追求"麗"。但"麗"要有度，不能過分，過分的"麗"，會浮在水面變成浮豔，浮豔是一種令人討厭的東西。"彬彬"是内容與形式、"質"和"文"相兼得宜的樣子。蕭統美的準則，是能"麗而不浮，典而不野"，"文"和"質"相兼相濟，如達到君子標準一般達到"典"、"麗"中和的最高境界。

有意思的是，蕭統在這封書信中提出自己的文學理想心嚮往之，恨不能至；卻贊美湘東王的"諸文"是"殊與意會"，並説寫給他的求文集及《詩苑英華》信"彌見其美，遠兼邃古，傍暨典墳，學以聚益，居焉可賞"。用鼓勵的方法，希望弟弟蕭繹在堅持正確的文學觀和美學觀上與他共勉，表現了哥哥對弟弟的關愛和引導。

對蕭綱也一樣。蕭統在玄圃園與學士、名僧講經，講佛法和儒、道之間的融合。蕭綱作《玄圃園講頌》贊美哥哥演講成功，蕭統作《答玄圃園講頌啓令》回贈弟弟蕭綱説：

> 得書並所制講頌，首尾可觀，殊成佳作。辭典文豔，既溫且雅。豈直斐然有意，可謂卓爾不群。

"啓令"用的是同一種鼓勵、關愛加共勉的方法，其中提倡的，仍是"典"、"麗"（豔）結合，"溫"、"雅"結合的中和美。這種中和的、不偏不倚的美，從孔子以來，在中國美學史上一直佔有"主導美"的地位。發展至齊梁，蕭統成了繼承人。

同是繼承人的，還有劉勰、鍾嶸等批評家和蕭統周圍的文人集團。劉勰《文心雕龍・通變》篇專談文、質與時代的關係，文學如何文、質相兼的問題。他以爲，時代愈近，文風愈是訛濫，愈是"侈而豔"、"淺而綺"、"訛而新"，江河日下，"文"、"質"失調，他提出挽救方法是，從"黃唐淳而質，虞夏質而辨，商周麗而雅"處尋找"質"，要求"練青濯絳，必歸藍蒨，矯訛翻淺，還宗經誥。斯斟酌乎質文之間，而櫽括乎雅俗之際，可與言通變矣"。

鍾嶸也是提倡質、文相濟的批評家，他心目中的"文章之聖"曹植就是"體被文質，情兼雅怨"的典型。除了曹植，其他作家都是"偏勝"，劉楨是"質勝文"，王粲是"文勝質"，只有"文"與"質"、"丹彩"與"風力"、"詞采華茂"與"骨氣奇高"相結合，才能達到中和美的極致。

《梁書·何遜傳》記載范雲對何遜的一文一詠,均加嗟賞,謂所親曰:"頃觀文人,質過則儒,麗則傷俗;其能含清濁,中古今,見之何生矣。"劉孝綽《昭明太子集序》說:"深乎文者,兼而善之,能使典而不野,遠而不放,麗而不淫,約而不儉,獨擅衆美,斯文在斯。"其中"質"與"儒","麗"與"俗","清"與"濁","典"與"野","麗"與"淫","約"與"儉",都是互相聯繫,又互相區別,對立統一的美學範疇,能兼而善,方可臻於美的極致。

可以説,宣導"文"與"質","典"與"麗","俗"與"雅"包括"詞采"與"風力"(風骨)的相容相得的文學觀和美學觀,是以蕭統爲核心的文人集團共同的觀念。

(本文原載於《上海師範大學學報》2000年第3期)

蕭綱年譜

梁武帝蕭衍天監二年　癸未（503）　蕭綱一歲

正月，梁武帝詔明慎用刑。四月，蔡法度上《梁律》二十卷，《令》三十卷，《科》四十卷。詔行。

是月，以沈約爲尚書左僕射，尋兼領軍將軍，加侍中。

五月，范雲（451—503）卒，時年五十三。

六月，謝朓輕舟詣闕自陳。詔爲侍中、司徒、尚書令，朓以腳疾不堪拜謁辭之，不許；因請自還東迎母，乃許之。臨發，輿駕復臨幸，賦詩餞别。沈約爲作《侍宴謝朓宅餞東歸應詔》。

十月，蕭綱（503—551）生於顯陽殿。

十一月，沈約丁母憂去職。

梁武帝通道，置大、小道正。

劉勰天監初起家奉朝請，當在本年前後。

鍾嶸天監初奏請嚴士庶、清濁之别，當在本年前後。

丘遲遷中書侍郎、領興邑中正、待詔文德殿。時，梁武帝作《連珠》，詔群臣繼作，遲文最美。

柳惲出爲吳興太守。吳均爲其主簿，未知何時任此官職，姑繫於此年。

任昉出爲義興太守，在任清潔。與到溉、到洽兄弟共爲山澤遊。以范雲卒，作《出郡傳舍哭范僕射詩》。

到沆受詔在文德殿學士省通籍。

到洽遷司徒謝朏主簿，直待詔省，敕使抄甲部書。

沈約作《均聖論》，陶弘景作《難鎮軍〈均聖論〉》，沈約又作《答陶隱居〈難均聖論〉》。

蕭統受《孝經》、《論語》。

陳高祖陳霸先（503—559）生。

梁武帝蕭衍天監三年　甲申（504）　　蕭綱二歲

正月，後將軍、揚州刺史臨川王蕭宏進號中軍將軍。是年，鍾嶸遷中軍臨川王行參軍，劉勰爲臨川王蕭宏記室，鍾、劉同在蕭宏帳下相識。劉孺爲中軍臨川王法曹行參軍，王筠起家中軍臨川王行參軍，劉苞爲中軍臨川王功曹，劉顯解褐中軍臨川王行參軍，陸杲爲蕭宏諮議參軍，均爲蕭宏僚屬。

是月，以沈約爲鎮軍將軍、丹陽尹。是年，沈約作《均聖論》，陶弘景有《難鎮軍沈約〈均聖論〉》，約又作《答陶隱居〈難均聖論〉》。

二月，魏陷梁州。

四月，梁武帝率僧俗二萬人，在重雲殿重閣詔令發願，作《舍道事佛疏文》，表示舍道信佛。按，事見於唐初《辯正論》等佛教文獻，當係僞造。

七月，梁武帝立蕭綜爲豫章郡王。

是年，丘遲出爲永嘉太守，作《永嘉郡教》。遲在郡不稱職，爲有司所糾。

梁武帝蕭衍天監四年　乙酉（505）　　蕭綱三歲

正月，梁武帝詔置五經博士各一人，廣開學館。詔令年不滿三十歲不通一經者，不得爲官。明山賓、賀瑒爲五經博士。又，武帝詔賀瑒爲太子定禮，撰《五經義》。

六月，立孔子廟。

梁武帝約於是年在鎮江舉行水陸大齋，佛教經懺法事，以此類法會道場最爲隆重，由此開始。

劉孝標奉命對文德殿四部及術數類圖書重加校進，撰成《梁文德殿四部書録》。

十月，王宏都督北討諸軍事伐魏，宏軍駐洛口，軍容甚盛。劉勰去職，中書郎、中品詩人丘遲繼任爲記室隨軍；鍾嶸、王筠、劉顯等皆隨軍北伐。鍾嶸、丘遲同在蕭宏帳下，或曾共論詩歌。

是年，到沆遷太子中舍人，又遷丹陽尹丞，以疾不能處職事，遷北中郎諮議參軍。

江淹（444—505）卒，年六十二，諡曰憲伯。

王巾（一作王中）卒，生年不詳。

梁武帝蕭衍天監五年　丙戌（506）　蕭綱四歲

正月，立蕭綱爲晉安郡王。庾肩吾初爲晉安王國常侍，紀少瑜爲晉安國中尉，劉歊天監初爲晉安内史，劉孺爲晉安王友，褚澐三十二歲，爲晉安王中録事。未知何年任此職，姑繫於此。

三月，丘遲作《與陳伯之書》。此前，魏中山王元英督軍以拒梁師，陳伯之因與梁軍對壘，蕭宏命丘遲作書信招降，伯之果率八千人自壽陽、梁城來降。後，魏人殺陳伯之之子，而梁詔以爲西豫州刺史，未及到任，又改通直散騎常侍，不使鎮邊，恐其復叛。

五月，梁武帝設集雅館以招遠學。

六月，蕭統出居東宮，能遍誦《五經》。

九月，蕭宏軍大敗於洛口，蕭宏棄軍而逃。

任昉《四部目録》或成於是年。齊末秘閣遭兵火，經籍渙散。梁武帝以任昉爲秘書監，重新校訂秘閣四部書，於文德殿内列藏衆書，華林園中列藏佛經。佛經外，共列書二千九百六十八種，二萬三千一百零六卷。又取文德林目錄中術數書別爲一部，故梁有五部目錄。按，任昉天監三年入建康，六年出爲新安太守，姑繫其目錄於此年。

是年，到沆（477—506）卒官，時年三十。

謝朓卒，時年六十六歲。

史學家、文學家魏收（506—572）生。

梁武帝蕭衍天監六年　丁亥（507）　蕭綱五歲

衡陽王蕭元簡約於此年進號寧朔將軍，引鍾嶸爲寧朔記室，專掌文翰。何胤隱居會稽若邪山，築室而居。與蕭元簡過往甚密。後山發洪水，漂拔樹石，而此室獨存。元簡命鍾嶸作《瑞室頌》，辭甚典麗。

范縝發表《神滅論》。梁武帝作《敕答臣下審〈神滅論〉》，命王公朝貴及僧正等六十二人撰文批駁范縝，縝不爲所屈。

殷鈞撰成《梁天監六年四部書錄》。

文學家徐陵（507—583）生。

梁武帝蕭衍天監七年　戊子（508）　蕭綱六歲

正月，詔敦崇教學，皇太子、皇子、宗室、王侯於是入學讀書。

是月，詔吏部尚書徐勉定百官九品爲十八班，以班多者爲貴。

二月，增置鎮、衛將軍以下爲十品，一共二十四班；不入十品之內的，另有八班。又設置用於外國的將軍二十四班，一共一百零九號。

四月，蕭統納妃。

九月，立皇子績爲南康郡王。

十一月，詔令僧旻等集上定林寺，節抄佛經以類編纂，翌年四月成《衆經要抄》八十八卷。劉勰預其事。

任昉（460—508）卒。

丘遲（464—508）卒。

蕭綱六歲便屬文，辭采甚美，武帝驚歎，稱之爲"吾家之東阿"。

梁元帝蕭繹（508—554）生。

梁武帝蕭衍天監八年　己丑（509）　蕭綱七歲

九月，蕭統於壽安殿講《孝經》，講畢，親臨釋奠於國學。

十一月，立皇子續爲廬陵郡王。

是歲，蕭綱七歲，出爲雲麾將軍，領石頭戍軍事，量置佐吏。蕭綱自云七歲有詩癖，長而不倦。徐摛爲晉安王蕭綱侍讀。

劉孺爲晉安王友，張率爲雲麾中記室，韋放爲輕車晉安王中兵參軍，賀革起家爲晉安王國侍郎兼太學博士。未知何年任此職，姑皆繫於此。

劉勰遷車騎倉曹參軍。

梁武帝蕭衍天監九年　庚寅（510）　蕭綱八歲

正月，蕭綱遷使持節，都督南北兗、青、徐、冀五州諸軍事、宣毅將軍、輕車將軍、南兗州刺史。張率隨轉任宣毅咨議參軍，並兼記室。

庾於陵出爲宣毅晉安王長史、廣陵太守，行州府事，以公事免。庾肩吾爲晉安國常侍。

正月，梁頒行祖沖之所制訂之《大明曆》。

三月，梁武帝親臨國子學授課。詔令太子以下及王侯子弟可入學者皆入學。畢業期滿，梁武帝又親至國子學策試學生。

禪宗三祖僧璨（510—606）生。

梁武帝蕭衍天監十年　辛卯（511）　蕭綱九歲

正月，豫章王蕭綜遷都督郢、司、霍三州諸軍事、雲麾將軍、郢州刺史。

是月，南康王蕭績遷使持節、都督南徐州諸軍事、南徐州刺史，進號仁威將軍。劉緦任南康王記室，兼東宮通事舍人，未知何年任此職，姑繫於此年。

劉苞（482—511）卒，時年三十。

王褒（511?—574?）或生於此年或稍後。

梁武帝蕭衍天監十一年　壬辰（512）　蕭綱十歲

梁修《五禮》成。

王靈賓拜晉安王妃。妃生有哀太子蕭大器、南郡王蕭大連、長山公主妙紘。

湘東王蕭繹五歲能誦《曲禮》。

梁武帝親注《摩訶般若波羅蜜經》（即《大品經》）。

梁武帝改西曲，制《江南上雲樂》、《江南弄》。

蕭子顯表所修《齊書》。

蕭子雲著《晉史》。

梁武帝蕭衍天監十二年　癸巳（513）　蕭綱十一歲

閏三月，特進、中軍將軍沈約（441—513）卒，時年七十三，曾作《臨終上表》。有司諡曰"文"，上以"情懷不盡曰隱"令改諡隱侯。

蕭綱入爲宣惠將軍、丹陽尹，能親庶務，歷試藩政，所在有稱。

張率隨蕭綱還都，除中書侍郎。

孔休源除少府卿，又兼行丹陽尹事。

庾肩吾遷晉安王宣惠府行參軍，自是蕭綱每徙鎮，肩吾常隨府。

劉遵累遷晉安王宣惠、雲麾二府記室，甚見禮賓。

劉孺爲宣惠晉安王長史，領丹陽尹丞。

周弘正爲丹陽尹晉安王主簿。

到洽出爲臨川內史。

蕭繹年六歲，能爲詩，奉敕作"持萍生已合"之詩。又，蕭繹初生患眼疾，盲一目，未知何年，姑繫於此。按，《冥報記》化此事爲小說，言發生在蕭繹六歲之時。

庾信（513—581）生。

梁武帝蕭衍天監十三年　甲午（514）　蕭綱十二歲

正月，蕭綱出爲使持節，都督荆、雍、梁、南北秦、益、寧七州諸軍事、南蠻校尉、荆州刺史，將軍如故。

蕭綱任荆州刺史，重除樂法才別駕從事史。張率隨府轉爲宣惠咨議，領江陵令。孔休源爲晉安王長史、南郡太守，行荆州府州事。劉之遴遷宣惠記室。馮道根爲宣惠司馬、新興永寧二郡太守。庾肩吾任府中郎。

蕭綱作《述羈賦》。賦云："奉明后之霈渥，將遠述於荆楚。""是時孟夏首節，雄風吹甸。晚解纜乎鄉津，涕淫淫其若霰。舟飄飄而轉遠，顧帝都而裁見。""引領京邑，瞻望弗遠。""觀江水之寂寞，願從流而東返。"是本年出爲荆州刺史時所作。

四月，以郢州刺史豫章王蕭綜爲安右將軍。

七月，立皇子綸爲邵陵王，繹爲湘東王，紀爲武陵王，邑二千户。

賀革爲湘東王侍讀，受敕於永福省爲邵陵、湘東、武陵三王講禮。以邵陵、湘東、武陵同年受封，姑繫於此。

臧嚴爲湘東王侍讀，未知何年任此職，姑繫於蕭繹初封王之時。

是年，蕭繹出閣，自此搜聚圖書，終身以聚書爲樂。

是年，蕭元簡卸任會稽太守，入爲給事黃門郎。鍾嶸隨元簡回建康。

梁武帝蕭衍天監十四年　乙未（515）　蕭綱十三歲

正月，梁武帝爲皇太子蕭統行冠禮。

五月，蕭綱徙爲都督江州諸軍事、雲麾將軍、江州刺史，持節如故。

劉遵隨遷，仍爲雲麾將軍記室。張率隨遷江州，以咨議領記室，出監豫章、臨川郡。庾肩吾爲雲麾參軍，兼記室參軍。徐摛補雲麾記室參軍。

韋粲初爲雲麾晉安王行參軍，俄署法曹。庾仲容遷晉安王功曹史。二人同在晉安王府。

劉杳除雲麾晉安王府參軍。

江革爲雲麾晉安王長史，尋陽太守，行江州府事。按，本年，蕭綱出任江州刺史。尋陽爲江州治所，江革之任尋陽太守、行江州府事或與蕭綱之任江州刺史有關。姑繫於此。

劉慧斐明釋典，蕭綱臨江州，遺以几杖。蕭綱出鎮江州，與蕭統有詩歌贈答，蕭統有《示雲麾弟》七言詩一首。二者均未審爲何年所作，姑繫於此。

蕭綱作《七勵》，此篇蓋應本年武帝求賢詔而作。

蕭繹齔年之時誦咒，約在是年。

是年，《出三藏記集》部分內容已行世。釋僧紹於是年編撰

《華林佛殿衆經目錄》，已取《出三藏記集》中內容。

梁武帝蕭衍天監十五年　丙申（516）　蕭綱十四歲

四月，以蕭綜兼護軍。

十一月，以蕭綜爲安前將軍。

十二月，蕭繹大婚，納徐昭佩爲妃。按，徐妃生世子蕭方等與益昌公主蕭含貞。

是年，梁武帝敕寶唱等撰《經律異相》五十卷。

劉孝標《類苑》編成。劉之遴有《與劉孝標書》，劉孝標作《答劉之遴借〈類苑〉書》。按，本年，梁武帝命諸學士編撰《華林遍略》以高《類苑》，姑以《類苑》成書繫於此年。

太子詹事徐勉舉何思澄、顧協、劉杳、王子雲、鍾嶸弟鍾嶼等五人參與編纂類書《華林遍略》。

鍾嶸《詩品》約成於是年。

陸倕出爲雲麾晉安王長史、尋陽太守、行江州府州事。後以公事免。

梁武帝蕭衍天監十六年　丁酉（517）　蕭綱十五歲

三月，梁武帝敕太醫不得以生類爲藥，敕織官文錦飾，不得爲仙人鳥獸之形，以爲褻衣。裁翦有乖仁恕。

四月，梁武帝詔宗廟祭祀不殺生，不用牲口，以麵代之。朝野喧嘩，武帝不從。

六月，蕭綱去江州任，蕭續繼任江州。

十月，詔以宗廟猶用脯修，更議代之，於是以大餅代大脯，其餘盡用蔬果。又起至敬殿、景陽臺，置七廟座，每月中再設淨饌。

是年，蕭綱行冠禮。

王錫曾除晉安王友，稱疾不行，後敕許受詔停都。後，蕭綱冠日，以府僚攝事。以此將此事繫於是年。

同年，蕭繹出爲寧遠將軍、琅琊、彭城太守。按，蕭綸天監十三年到十六年爲琅琊、彭城太守，十六年去職後未明言繼任者，以蕭衍諸子輪值諸州的情況，蕭繹當爲繼任者。

王筠爲寧朔將軍湘東王長史，行府、國、郡事。賀革爲湘東王府行參軍。未知二人何年任職，姑繫於此。按，寧遠將軍舊爲寧朔將軍。

劉勰兼東宮通事舍人，與蕭統討論篇籍，商榷古今。

吳興太守柳惲（462—517）卒，時年五十三。

梁武帝敕廢境内道觀，道士皆令還俗。

梁武帝蕭衍天監十七年　己亥（518）　蕭綱十六歲

二月，安成王蕭秀（475—518）卒，年四十四歲。蕭綱作《安成蕃王墓誌銘》。

梁武帝疑臨川王蕭宏私藏鎧仗，查看後房，見所藏皆錢三億餘萬及大量布絹等物，大喜。知宏無異志，於是兄弟和睦。

蕭綱徵爲西中郎將，領石頭戍軍事，尋復爲宣惠將軍，丹陽尹，加侍中。

劉孝儀作《爲晉安王讓丹陽尹表》。

蕭綱作《復臨丹陽教》。司馬褧爲晉安王長史，未幾卒。

庾肩吾時爲蕭綱雲麾府記室，司馬褧卒後，蕭綱命記室庾肩吾集其文爲十卷。

劉遵爲晉安王宣惠將軍府記室。

鍾嶸任西中郎晉安王蕭綱記室，頃之，卒官。

蕭綱引周弘正爲主簿。

蕭子雲曾任晉安王文學，未知何年任職，姑繫於此。

蕭統於玄圃園設講,蕭綱作《玄圃園講頌》、《上皇太子〈玄圃園講頌〉啓》。蕭統有《答玄圃園講頌啓令》,是對蕭綱所上頌啓的回復。蕭子雲《玄圃園講啓》云:"曰天監之十七,屬儲德之方宣。惟玉帛之光盛,信昌符之在焉。"(《廣弘明集》卷二十九上)可知,蕭綱啓頌當作於本年。

廬陵王記事何遜約卒於是年或稍後。

僧祐(445—518)卒。

徐摛於丁憂中被丹陽尹蕭綱起爲秣陵令,秣陵在丹陽境,以蕭綱是年出任丹陽尹職,姑繫於此年。按,據《梁書》本傳,徐摛於"王出鎮江州,仍補雲麾府記室參軍,又轉平西府中記室。王移鎮京口,復隨府轉爲安北中録事參軍,帶郯令,以母憂去職。王爲丹陽尹,起摛爲秣陵令。"且事皆在普通四年之前。而蕭綱爲平西將軍在普通四年,爲安北將軍在普通五年,而郯在南徐州轄内,同爲安北録事參軍與郯令似不可能,加之蕭綱爲丹陽尹更在南徐州任前,可見,《梁書》本傳記事頗有舛誤。因此,徐摛經歷不能完全依年譜紀年,須結合蕭綱生平來記述。

梁武帝蕭衍天監十八年　己亥(519)　蕭綱十七歲

四月,梁武帝從慧約於無礙殿受菩薩戒。

釋慧皎編寫《高僧傳》。

蕭繹爲輕車將軍、會稽太守。

王籍隨湘東王赴會稽,作《入若耶溪》詩。臧嚴爲輕車府參軍,兼記室。劉綺爲湘東王國常侍兼記室。

到溉被蕭繹任命爲輕車長史、行府郡事,梁武帝敕蕭繹曰:"到溉非直爲汝行事,足爲汝師,間有進止,每須詢訪。"又,劉孺爲輕車湘東王長史,領會稽郡丞。王僧辯兼中兵參軍事。顧協爲輕車湘東王參軍事,兼記室。以上數人,未知何年擔任相關職務，姑繫於此年。

江總（519—594）生。

慧皎《高僧傳》記事始於漢明帝永平十年（67），終於本年。

劉勰約在是年前後，受敕於定林寺與慧震一起撰經，後出家，法號慧地。

梁武帝蕭衍普通元年　庚子（520）　蕭綱十八歲

十月，蕭綱出爲使持節，都督益、寧、雍、梁、南北秦、沙七州諸軍事，平西將軍，益州刺史，未拜。

蕭綱罷丹陽尹，作《罷丹陽郡往與吏民別詩》。

是年，蕭繹年十三，誦《百家譜》，遂感心氣疾。

蕭統領銜編撰《古今詩苑英華》約在是年，劉孝綽時在東宮，參與編撰。

吳均（469—520）卒，時年五十二。

梁武帝蕭衍普通二年　辛丑（521）　蕭綱十九歲

正月，以南徐州刺史豫章王蕭綜爲鎮右將軍，以蕭綱爲雲麾將軍、南徐州刺史。

孔休源復爲晉安王府長史、南蘭陵太守，別敕專行南徐州事。王規爲雲麾咨議參軍。均當在此年或稍後。

劉遵遷雲麾將軍府記室，隨府轉南徐州治中。

九月，同泰寺初立刹，梁武帝駕臨，蕭綱作《答同泰寺立刹啓》。

蕭統有《示徐州弟詩》當作於此年或稍後。

蕭綱作《與廣信侯書》與廣信侯蕭暎。以蕭暎是年封廣信縣侯，而下年十一月，其父始興王蕭憺卒，武帝後改封蕭暎爲新渝縣侯，故疑此書作於蕭憺生前，姑暫將此書繫於此。

劉孝標（461—521）卒。

徐摛隨府，帶郯令。按，《梁書》本傳載徐摛於"（晉安）王移鎮京口，復隨府轉爲安北中録事參軍，帶郯令，以母憂去職。"以丹陽尹起用徐摛於丁憂中，則徐摛遭母憂當在蕭綱任丹陽尹時或之前，故這裏略去此内容不言。蕭綱爲安北將軍在普通五年以後，時蕭綱出任雍州刺史，而郯在南徐州轄内，則徐摛帶郯令當在蕭綱爲南徐州刺史之時，加之徐摛前爲雲麾將軍記室參軍，隨府轉爲録事參軍不應是安北中録事參軍，而帶郯令則言此時有另外的官職，則應仍在蕭綱府中任職同時帶郯令，以其後爲蕭綱平西記室來看，在南徐州或仍爲雲麾記室。

梁武帝蕭衍普通三年　壬寅（522）　蕭綱二十歲

正月，以蕭續爲雍州刺史。

二月，梁武帝於大愛敬寺造七層靈塔，蕭綱作《大愛敬寺刹下銘》。

九月，智藏（458—522）卒。由蕭機作敘、蕭繹撰銘、蕭挹書寫的智藏法師碑（世稱"三蕭碑"）當成於是年。

十一月，始興王蕭憺（479—522）卒，時年四十五，諡號"忠武"。蕭綱《司徒始興忠武王誄》，當作於此時或稍後。姑繫於此。

劉孝綽編集《昭明太子集》並爲作序。

是年，蕭繹入爲侍中、宣惠將軍、丹陽尹。

約在是年前後，蕭繹始著《金樓子》。

王僧孺（465—522）卒，時年五十八。

張孝秀（481—522）卒，時年四十二。蕭綱與劉慧斐書，述其貞白。

是年，西豐侯蕭正德逃奔於魏，有司奏削封爵。

梁武帝蕭衍普通四年　癸卯（523）　蕭綱二十一歲

正月，梁武帝祠南郊。蕭綱因作《南郊頌》及《上南郊頌表》。

二月，阮孝緒始述《七錄》。

五月，蕭大器生，大器爲蕭綱嫡長子。

是年，蕭綱從爲使持節，都督雍、梁、南、北秦四州、郢州之竟陵、司州之隨郡諸軍事、平西將軍、寧蠻校尉、雍州刺史，出鎮襄陽。按，襄陽爲雍州治所。

徐摛爲平西府中記室。蕭綱出鎮襄陽，徐摛固求隨府西上，遷晉安王咨議參軍。摛子陵被蕭綱引爲寧蠻府軍事。按，蕭綱爲平西將軍、寧蠻校尉，徐摛爲晉安王諮議，徐陵爲寧蠻府軍事，《陳書》徐陵本傳均繫於普通二年，不確，此從《梁書》。

韋粲隨府轉記室，兼中兵如故。

蕭綱臨雍州，作《圖雍州賢能刺史教》，令圖歷代雍州賢能刺史像於廳事，未知此文具體時間，姑繫於此。

蕭綱發《臨雍州革貪墯教》革貪惰，未知此文具體時間，姑繫於此。

蕭綱發教禁牽鉤之戲。按，牽鉤即拔河，雍州舊俗。鉤初發動，皆有鼓節，群噪歌謠，振驚遠近，俗云以此厭勝，用致豐穰。由蕭綱發教禁之，此俗頗息。

蕭綱有《答湘東王慶州牧書》或作於是年。以"雖心慕子文，申威涿郡"諸語來看，所鎮當爲楚地，蕭綱雖曾在天監十三年正月出爲荆州刺史，時蕭繹不過六歲，且七月方被封爲湘東王，此書自不當作於彼時，而襄陽實亦楚地，故將此書繫於蕭綱臨雍州之年。

蕭綱《往虎窟山寺詩》或作於是年或稍前。其時有治中王囧、記室參軍陸罩、前臣刑獄參軍孔燾、州民前吏刑獄參軍王臺卿、西曹書佐鮑至等人和詩。按，王囧曾爲南徐州治中，孔燾曾爲無錫令，無錫又屬南徐州，而如鮑至則在蕭綱赴任雍州後爲蕭綱府"高齋學士"之一，想其入蕭綱幕下自然更早，則蕭綱詩作當作於徐州任上，其餘時間資訊不確，姑將此作繫於蕭綱任職徐州的最後一年。

蕭綱爲南徐州時，曾與陶弘景談論數日，又與何胤有往還，以蕭綱本年去南徐州任，姑繫於此。

蕭昺（477—523）卒，時年四十七，諡"忠"。

是年，蕭正德以其人才庸劣不爲魏所禮遇，乃殺一小兒謊稱己子，遠營葬地，魏人不疑，於是自魏逃歸。蕭正德於文德殿拜見梁武帝，至庭叩頭，武帝泣而誨之，特復本封，仍除征虜將軍。

梁武帝蕭衍普通五年　甲辰（524）　蕭綱二十二歲

正月，平北將軍、南兗州刺史豫章王蕭綜進號鎮北將軍。平西將軍、雍州刺史晉安王蕭綱進號安北將軍。

劉孝儀被任爲安北功曹史，其六弟劉孝威初爲安北晉安王法曹，轉主簿，皆以母憂去職。

劉遵被任爲安北咨議參軍，帶邔縣令。按，劉遵前隨蕭綱轉爲南徐州治中，蕭綱爲雍州，劉遵應隨府轉遷，具體任職不詳，以蕭綱本年進號安北將軍，故將劉遵任職繫於本年。

二月，徐悱卒，生年不詳。徐悱時爲晉安內史，其父徐勉痛悼之，後門客勸解，作《答客喻》以覆。

四月，以雲麾將軍南康王蕭績爲江州刺史。

六月，以會稽太守武陵王蕭紀爲東揚州刺史。

是月，以員外散騎常侍元樹爲平北將軍、北青、兗二州刺史，率衆北伐。

是年，丁貴嬪造京師善覺尼寺，梁武帝敕使蕭綱監造，蕭綱因有《謝敕使監善覺寺起刹啓》、《謝御幸善覺寺看刹啓》、《謝敕齋銅供造善覺寺塔露盤啓》諸文。按，《謝敕齋銅供造善覺寺塔露盤啓》載《廣弘明集》中，明言"臣綱啓"。而《藝文類聚》有《謝敕齋銅造善覺寺塔霹盤啓》，稱爲蕭統所制，恐非。

周捨（469—524）卒，時年五十六，謚曰簡子。朱异代掌機密。

僧副（464—524）卒，時年六十一歲。門徒將爲勒碑旌德，永興公主進啓東宫請著其文，有令遣湘東王蕭繹爲之。

梁武帝蕭衍普通六年　乙巳（525）　蕭綱二十三歲

正月，蕭綱拜表北伐，遣長史柳津、司馬董當門、壯武將軍杜懷寶、振遠將軍曹義宗等衆軍進討，克平南陽、新野等郡。

二月，南徐州刺史廬陵王蕭續還朝。

六月，鎮北將軍、南兗州刺史、攝徐州府事豫章王蕭綜奔於魏。

十二月，邵陵王蕭綸有罪，免官，削爵土。

蕭綱作《祭北行戰亡將客教》以祭奠北伐陣亡戰士。

蕭綱有《臨雍州原減民間資教》，是文内容多涉戰事，當作於是年。

蕭暎改封新渝縣侯或在本年，據此蕭綱《答新渝侯和詩書》不應早於本年。

蕭洽（471—525）卒，時年五十五。

以黄門侍郎爲輕車將軍，置佐史。

梁武帝蕭衍普通七年　丙午（526）　蕭綱二十四歲

四月，蕭宏卒。

四月，詔令各州每年舉薦二人，大郡舉薦一人。蕭繹表薦顧協當在此時，顧協因召拜通直散騎侍郎，兼中書通事舍人。

九月，蕭恢卒。

十月，以丹陽尹、湘東王蕭繹出爲使持節，都督荊、湘、郢、益、寧、南梁六州諸軍事，西中郎將，荊州刺史。

劉之遴轉爲西中郎湘東王長史、南郡太守如故。劉之遴舉宗懍爲湘東王記室。賀革爲西中郎湘東王諮議參軍，帶江陵令。臧嚴隨府轉爲西中郎錄事參軍，後又轉爲安西錄事參軍。歷監義陽、武寧郡。王僧辯隨府轉爲中兵參軍。顏協隨府轉爲記室。以上皆隨府遷轉，均繫於是年。按，據《梁書》顏協本傳，顏協釋褐爲湘東王國常侍，又兼府記室，至蕭繹出鎮荊州時，轉正記室。本傳並言彼時吳郡顧協亦在藩邸，與協同名，才學相亞，府中稱爲"二協"。以顏協長子顏之儀生於普通四年（523）計，顏協釋褐約在此年前後。而顧協於普通六年北討時爲蕭正德引爲府錄事參軍，掌書記，至北伐結束，又被蕭繹舉薦，繼而爲通直散騎侍郎，兼中書通事舍人，且在十一月丁貴嬪卒後，蕭統哀毀骨立，武帝曾使中書舍人顧協傳旨，則顧協恐在蕭繹出爲荊州前就已入朝爲官，則"二協"俱在荊州府恐不可能，故二人均在府或在顏協入府之後、顧協參與北伐之前，或在顧協北伐歸來與出任朝官之間。

周弘直遷爲湘東王府外兵記室參軍，與鮑泉、宗懍、劉緩、劉毅同掌書記。未知何年任此職，姑繫於此。

十一月，丁貴嬪（485—526）卒，時年四十二，諡曰穆。

丁貴嬪卒，太子水漿不入口，上使顧協謂之曰："毀不滅性，況我在邪！"乃進粥數合。太子體素肥壯，腰帶十圍，至是減削過半。

是年，蕭綱權進都督荊、益、南梁三州諸軍事。十一月，以所生母丁貴嬪卒上表陳解，詔還攝本任。在母憂，哀毀骨立，盡夜號泣不絕聲，所坐之席，沾濕盡爛。

是年，蕭綱在雍州旌表孝義之人張景仁，有《甄張景願復仇教》。按，張景仁與張景願當爲同一個人，未審何者爲確，姑皆列於此。

陸倕（470—526）卒，時年五十七。蕭綱曾將陸倕與任昉所作無韻之文與謝朓、沈約之詩並譽爲"文章之冠冕，述作之楷模"。蕭繹爲作《太常卿陸倕墓誌銘》。

劉孝綽攜妾入官府，爲到洽彈劾，孝綽坐免官。孝綽借諸弟將此事傳與蕭綱、蕭繹，又寫別本封呈蕭統，蕭統命焚之，並不開視。到洽兄到溉因此與劉氏兄弟絕交。又，蕭繹至荆州後，曾致書安慰劉孝綽，孝綽並覆書感激。

慧超卒，蕭繹、謝幾卿均曾爲制文，俱刻於墓所。

梁武帝蕭衍普通八年、大通元年　丁未（527）　蕭綱二十五歲

三月，梁武帝幸同泰寺捨身，還宮後大赦，並改元。

十月，菩提達摩或至金陵見梁武帝，話不投契，達磨於是渡江北去，寓止於嵩山少林寺，面壁而坐，終日默然。

是年，蕭綱記室參軍陸罩編撰蕭綱文集八十五卷。蕭綱有《答張纘謝示集書》，當作於書成之後。書云："綱少好文章，於今二十五載矣。"按，"二十五載"云云，生年歟？好文章之年歟？如係後者，則斷不能繫於此年。存疑，姑繫於此。

庾信隨父入府，釋褐晉安王國常侍。

蕭綱令庾信修理晉代羊祜、南齊蕭緬之碑廟，作《修理羊太傅蕭司徒碑教》。又令祭謁南齊司徒安陸王蕭緬，作《祠司徒安陸王教》。

明山賓（443—527）卒，時年八十五，諡曰質子。

張率（475—527）卒，時年五十三。蕭統與晉安王蕭綱令

悼之。

到洽（477—527）卒，時年五十一，謚曰理子。蕭統與晉安王蕭綱令悼明山賓、到洽。

釋僧旻（467—527）卒。蕭綱有《莊嚴旻法師成實論義疏序》，序云："凡如千卷，勒成一部。法師大漸，深相付囑。豈直田生之亡，獨卧施讎之手；馬公之學，方由鄭氏而陳其意云。"則序當作於本年之後，姑繫於此。

酈道元（470—527）卒。

蕭子雲除黃門郎，俄遷輕車將軍，兼司徒左長史。

梁武帝蕭衍大通二年　戊申（528）　蕭綱二十六歲

四月，蕭綱發《北略教》攻魏荆州穰城。

蕭綱總戎北伐，以徐摛兼寧蠻府長史，參贊戎政，教命軍書，多自摛出。

六月，魏南荆州刺史李志據安昌城降，拓地千餘里。

蕭綱有《與魏東荆州刺史李志書》之作。此係勸降書，當繫於本年六月初五李志來降之前。按，書名有誤，"東荆州"當爲"南荆州"。

十月，梁以魏北海王元顥爲魏主，遣東宮直閣將軍陳慶之衛送還北。魏豫州刺史鄧獻以地內屬。是月，曹義宗爲魏軍擒獲，魏解穰城之圍。

蕭綱有《答穰城求和移文》，當作於是年前後。

昭明太子領銜之《文選》約編成於是年。

蕭機（499—528）卒，時年三十，謚曰煬。

傅昭（454—528）卒，時年七十五，謚曰貞子。

蕭子雲入爲吏部。

是年，陳慶之至洛，蕭綜請送求還啓書。時吳淑媛尚在，梁武帝敕使以綜小時衣寄之。信未達而慶之敗。未幾，蕭綜因蕭寶夤叛，爲魏人執，終於魏。

梁武帝蕭衍大通三年、中大通元年　己酉（529）　蕭綱二十七歲

二月，以丹陽尹武陵王蕭紀爲江州刺史。

四月，以安右將軍南康王蕭績爲護軍將軍。

閏六月，蕭績（505—529）卒，時年二十五，諡曰簡。蕭綱作《敘南康簡王薨上東宮啓》。蕭綱似作書與蕭繹，繹有《答晉安王敘南康簡王薨書》爲覆。

九月，梁武帝幸同泰寺，設四部無遮大會，因捨身。公卿以下以錢一億萬奉贖。

十月，梁武帝又設四部無遮大會，會畢，輿駕還宫，大赦，改元。

是年，梁武帝詔給蕭綱鼓吹一部。蕭綱因作《讓鼓吹表》。

蕭綱在雍州，始撰《法寶聯璧》。陸罩等人抄録區分者數歲。以蕭綱下年去雍州刺史職，姑繫於本年。

蕭綱在雍州，爲法聰造禪居寺、靈泉寺，又嘗發願爲諸寺檀越，並作有《爲諸寺檀越願疏》。以蕭綱下年去雍州刺史職，姑繫於本年。

中大通初，陶弘景獻二刀於武帝，一名善勝，一名威勝，並爲佳寶。後武帝以二刀齎蕭綱，蕭綱因作《謝敕賚善勝、威勝刀啓》。未知二事具體在何年，姑繫於此。

蕭綱有《阻歸賦》，云：“伊吾人之固陋，宅璇漢而自通。”“地邇朔場，疆鄰北極。壠樹饒風，胡天少色。”顯係刺雍時期所作。

殷芸（471—529）卒，時年五十九。

蕭綱《與劉孝綽書》，有“頃擁旄西邁”，“足使邊心憤薄，鄉思邅廻"。諸語，或作於雍州，姑繫於此。

蕭子雲遷長兼侍中，轉太府卿。按，蕭子雲任長兼侍中在大通三年，轉太府卿在中大通元年，本年十月改元，以故繫於本年。

梁武帝蕭衍中大通二年　庚戌（530）　蕭綱二十八歲

正月，徵雍州刺史晉安王蕭綱爲都督揚南徐二州諸軍事，爲驃騎將軍、揚州刺史。蕭綱有《讓驃騎揚州刺史表》，當作於此時。

蕭綱罷雍州，柳津等上表請留，劉孝儀爲作《爲雍州柳津請留刺史晉安王表》。

蕭綱將返揚州，作《罷雍州恩教》。又，爲殞命而無力自返的部下作《贍恤部曲喪柩教》。又，自雍州還京途中經潯陽匡山，從匡山大林道場釋智登受菩薩戒。又，有《菩提樹頌》，或作於是年。

是月，以南徐州刺史廬陵王蕭續爲平北將軍、雍州刺史。

王規爲貞威將軍、驃騎晉安王長史。

孔休源加授金紫光禄大夫，仍監揚州。

裴子野（469—530）卒，時年六十二，諡貞子。蕭綱以裴子野有良史之才，而無篇什之美。蕭繹視裴子野爲知己，爲作《裴子野墓誌銘》。

梁武帝蕭衍中大通三年　辛亥（531）　蕭綱二十九歲

二月，蕭琛（？—531）卒，諡曰平子。

四月，蕭統（501—531）卒，時年三十一歲，諡曰昭明。

五月，詔立蕭綱爲皇太子，蕭綱作《謝爲皇太子表》。又，立綱爲太子，朝野多以爲不順，袁昂表立蕭統長子蕭歡爲皇太孫，周弘正表奏蕭綱使讓，蕭綱不能從。

六月，立蕭統子蕭懽爲豫章郡王，蕭譽爲河東郡王，蕭詧爲岳陽郡王。

七月，武帝臨軒策拜，以修繕東宮，權居東府。蕭綱上《拜皇太子臨軒竟謝表》。

庾肩吾爲東宮通事舍人，累遷中録事咨議參軍、太子率更令、中庶子。徐摛轉太子家令，建掌管記，尋帶領直。不久出爲新安太守。時徐庾父子出入東宮，並爲抄撰學士，大受信任，徐庾之體盛行。又，徐摛文體既别，春坊盡學之，"宫體"之號，自斯而起。

劉遵除中庶子。劉孝儀服闋，補洗馬，遷中庶子。蕭淵藻爲太子詹事。韋粲遷步兵校尉，入爲東宮領直，丁父憂去職。柳津爲太子詹事。原東宮屬官，唯敕劉杳留任東宮通事舍人。

王規隨府爲散騎常侍、太子中庶子，侍東宮。太子賜以所服貂蟬，並降令書，悦是舉也。尋爲吴郡太守，蕭綱嘗作《爲王規拜吴郡太守章》，約在是年或稍後。

九月，蕭綱於東城懺悔，有《蒙預懺直疏》詩作，梁武帝、王筠有和詩。是月，蕭綱入華林園寶雲殿，受戒剃頂。於受戒前日受湘東王來書。又，於受戒後作《蒙華林園戒詩》，庾肩吾、釋惠令並有和詩。後，蕭綱作《答湘東王書》，並示所作《蒙華林園戒詩》

十月，梁武帝幸同泰寺，高祖升法座，爲四部衆説《大般若涅盤經》義。

是月，王靈賓拜皇太子妃。

約在是月，蕭繹作書與蕭綱，並附《和受戒詩》，蕭綱又有《答湘東王書》。綱書中議論古今文體、京師文章，雖致譏議，但頗有影響。

蕭綱置文德省學士或在是年。庾信、徐摛、徐陵、張長公、傅弘、鮑至、沈文阿等充其選。確年難考，姑繫於此。後，孔敬通、杜之偉、劉陟、紀少瑜等又在不同時期增補爲東宮學士。

蕭綱以抨擊京師文體著稱的《與湘東王書》或作於本年。此信當作於中大通三年到六年之間。具體作年不可確考，姑繫於此。

蕭綱或於是年命徐陵編《玉臺新詠》。按，《玉臺新詠》具體作年難以確考，其編撰時間當在中大通四年至大同元年之間，姑繫於此。

蕭綱爲母丁貴嬪所造善覺寺碑所作《善覺寺碑銘》成於本年。

蕭綱入爲監撫，上黄侯蕭曄獻《儲德頌》。又，蕭綱在東宮，上黄侯蕭曄與新渝侯、建安侯、南浦侯號爲"東宮四友"，未知確年，姑繫於此。

是年，蕭綱召諸儒如許懋、沈文阿等參録《長春義記》。

蕭子雲出爲貞威將軍、臨川内史。在郡以和理稱，民吏悦之。

何胤（446—531）卒，時年八十六。蕭綱作《徵君何先生墓誌》。

張緬（490—531）卒，時年四十二。

顔之推（531—595）生。

盧思道（531—582）生。

蕭子範上表求撰《昭明太子集》。後蕭綱編撰《昭明太子集》二十卷，又爲作《昭明太子别傳》五卷。未審二事爲何年，姑繫於此。

梁武帝蕭衍中大通四年　壬子（532）　蕭綱三十歲

正月，南平王蕭偉遷中書令、大司馬。蕭綱爲作《爲南平王拜大司馬章》。

是月，立臨川靖惠王蕭宏子蕭正德爲臨賀郡王。正德自結於朱异，上既封昭明諸子，异言正德失職，於是立正德爲臨賀王。

又，以丹陽尹邵陵王蕭綸爲揚州刺史。

又，立嫡皇孫蕭大器封宣城郡王，食邑二千户，蕭綱爲作《爲長子大器讓宣城王表》。蕭綱子蕭大心爲當陽公，邑一千五百户，時大心十歲。蕭綱爲作《爲子大心讓當陽公表》。

二月，新除邵陵王蕭綸有罪，免爲庶人，鎖之於第，經二旬，乃脱鎖，頃之復封爵。蕭綱爲作《謝邵陵王禁錮啓》。蕭綱自覺未盡兄長之職，上啓謝罪。

是月，武陵王蕭紀爲揚州刺史，蕭綱作《爲武陵王讓揚州表》。

五月，孔休源（469—532）卒，時年六十四，謚曰貞子。蕭綱作《爲孔休源舉哀令》。

九月，以西中郎將、荆州刺史蕭繹爲平西將軍。

賀革加貞威將軍，兼平西長史、南郡太守。魚弘爲平西湘東王司馬、新興永寧二郡太守。范胥嘗爲平西湘東王諮議參軍。劉杳爲平西湘東王諮議參軍。江德藻爲安西湘東王外兵參軍。陸雲公爲平西湘東王行參軍。未知諸人何時任此職，姑繫於此。按，江德藻所任"安西湘東王外兵參軍"，安西應爲平西之誤。據《梁書》本傳，德藻爲此職時間當在其父江革卒前，江革卒於大同元年二月，而蕭繹爲安西將軍在同年十二月，故當爲"平西湘東王外兵參軍"。

是月，蕭綱移還東宫。

是年，蕭子顯作《春别詩》四首，蕭綱有和詩，蕭繹又和太子，皆應在本年。

蕭綱《吴郡石像碑》，碑云："中大通四年，歲在壬子，臨汝靈侯奉勅更造銅光二枚。"據此，碑文當作於是年或稍後。

蕭綱、蕭綸、蕭紀三人並在京城，下年二月武帝幸同泰寺開講,兄弟共同署名的《請幸重雲寺開講啓》、《重請開講啓》、《三請開講啓》當作於本年,且當爲此次開講作。按,《廣弘明集》中三啓分別記作《請御講啓》、《重啓請御講》、《又啓請御講》。

又,蕭綱《重謝上降爲開講啓》,云:"敕旨垂許,來歲二月,開金字波若經題。"以下年二月開講故,姑繫此啓於本年。

陸杲(459—532)卒,時年七十四歲,謚曰質子。

許懋(464—532)卒,時年六十九歲。

殷鈞(484—532)卒,是年四十九歲,謚曰貞子。

梁武帝蕭衍中大通五年　癸丑(533)　蕭綱三十一歲

正月,以宣城王蕭大器爲中軍將軍。紀少瑜爲王侍讀。范胥爲王侍讀。王褒爲宣城王文學。張種爲中軍宣城王府主簿。張綰遷中軍宣城王長史。未審諸人各於何時任此官職,姑繫於王初開府之時。

二月,梁武帝幸同泰寺,講《金字摩訶波若經》,會者數十萬人。開講之初,蕭綱因病未能赴會,作《謝開講般若經啓》,梁武帝敕答安慰蕭綱。據蕭綱《答湘東王書》可知其後於開講第十三日赴會,已是三月之事。

三月,蕭綱獻《大法頌》。梁武帝有敕答。蕭綱以《大法頌》示邵陵王蕭綸,綸作《答皇太子示大法頌啓》。

又,蕭子顯作《御講金字摩訶般若波羅蜜經序》,記此次開講之盛況。

是月,南平王蕭偉(476—533)卒,時年五十八歲,謚曰元襄。

八月,蕭淵猷卒,謚曰靈。蕭綱作《中書令臨汝靈侯墓誌銘》。

蕭會理時拜輕車將軍、湘州刺史。蕭綱爲從子會理作《爲南康王會理讓湘州表》。

梁武帝蕭衍中大通六年　甲寅（534）　蕭綱三十二歲

《法寶聯璧》成書，蕭綱領銜編撰，命湘東王蕭繹爲序。

王錫（499—534）卒，時年三十六。

是年，梁出師南鄭，詔湘東王繹節度諸軍。

是年，北魏分裂爲東魏與西魏，隔黃河而治。

梁武帝蕭衍大同元年　乙卯（535）　蕭綱三十三歲

正月，改元。

二月，江革卒，謚曰彊子。

四月，以安北將軍廬陵王蕭續爲安南將軍、江州刺史。

十一月，徐勉（466—535）卒，時年七十，謚爲簡肅公。武帝即日臨殯。蕭綱亦舉哀朝堂，其《儀同徐勉墓誌銘》當作於本年。

十二月，蕭繹進號安西將軍。

劉之亨代劉之遴爲安西湘東王長史、南郡太守。兄弟二人號爲"大南郡"、"小南郡"。

何思澄爲安西湘東王録事參軍。劉緩爲安西湘東王記室，時居西府文學之首。劉孝勝爲湘東王安西主簿記室。顧越除安西湘東王府參軍。到鏡爲安西湘東王法曹行參軍。姑皆繫於蕭繹進號之年。

庾肩吾時任湘東王録事參軍，俄以本官領荆州大中正。

是歲，梁武帝臨幸同泰寺，再設無遮大會。蕭綱作《望同泰寺浮圖詩》，王訓、王臺卿、庾信有和作。

是年，蕭恭出爲雍州刺史，蕭綱因嘗任雍州，略諳彼處風俗，有手令致蕭恭。

是年，當陽公蕭大心出爲使持節、都督郢、南、北司、定、新五州諸軍事、輕車將軍、郢州刺史。蕭綱以其幼，恐未達民情，戒之曰："事無大小，悉委行事，纖毫不須措懷。"又，蕭綱別有《誡當陽公大心書》，確年無考，或亦作於本年，姑繫於此。

宮體詩創作日盛。據《隋書·文學傳序》，"梁自大同之後，雅道淪缺，漸乖典則，爭馳新巧，簡文、湘東啓其淫放，徐陵、庾信分路揚鑣。"

劉遵（488—535）卒，時年四十八。蕭綱作《與劉孝儀令悼劉遵》。遵自隨蕭綱在藩及在東宮，以舊恩，偏被恩寵，同時莫及。

蕭綱《謝上降爲開講啓》，云："來歲正月，開講《三慧經》……"以梁武帝大同二年正月開講《三慧經》，此啓當作於本年。

梁武帝蕭衍大同二年　丙辰（536）　蕭綱三十四歲

十月，武帝詔大舉伐東魏。東魏侯景將兵七萬入侵楚州，虜刺史桓和；進軍淮上，南、北司二州刺史陳慶之擊破之，景棄輜重走。

十一月，詔北伐衆班師。

十二月，魏請通和，詔許之。

是月，以吳興太守、駙馬都尉、利亭侯張纘爲吏部尚書。

是年，蕭子雲遷員外散騎常侍、國子祭酒，領南徐州大中正。頃之，復爲侍中，祭酒、中正如故。

陶弘景（456—536）卒，時年八十一，諡曰貞白先生。蕭綱爲作《華陽陶先生墓誌銘》，蕭繹作《隱居先生陶弘景碑》，蕭綸作《隱居貞白先生陶君碑》。

劉杳（479—536）卒，時年五十八。按，《梁書》本傳載劉杳卒年五十，然又稱其十三歲丁父憂，據《南齊書》劉聞慰本傳，其父卒於永明九年，則劉杳當生於昇明三年（479）。

阮孝緒（479～536）卒，年五十八。

王規（492—536）卒，時年四十五。蕭綱出臨哭，作《與湘東王令悼王規》、《庶子王規墓誌銘》。

王訓（511—536）卒，時年二十六。文章之美，爲後進領袖，在春宮特被恩禮。

菩提達摩卒。

梁武帝蕭衍大同三年　丁巳（537）　蕭綱三十五歲

二月，以尚書左僕射何敬容爲中權將軍，護軍將軍蕭淵藻爲安右將軍、尚書左僕射。以尚書右僕射謝舉爲右光祿大夫。以安南將軍廬陵王蕭續爲中衛將軍、護軍將軍。

三月，立昭明太子子蕭礜爲武昌郡王，蕭譽爲義陽郡王。

四月，以南琅邪、彭城二郡太守河東王蕭譽爲南徐州刺史。

五月，征武陵王蕭紀爲使持節、宣惠將軍、都督揚、南徐二州諸軍事、揚州刺史。

七月，東魏使者兼散騎常侍李諧、副史吏部郎盧元明、通直侍郎李業興等至建康，梁武帝引見之。

八月，梁武帝幸阿育王寺，赦天下。

閏九月，安西將軍、荊州刺史湘東王蕭繹進號鎮西將軍。

徐君蒨爲湘東王鎮西諮議參軍。鮑幾爲湘東王中錄事參軍、鎮西諮議參軍，卒於任。徐陵爲鎮西中記室參軍。胡僧祐爲鎮西錄事參軍。江祿爲鎮西王錄事參軍。孔奐除鎮西湘東王外兵參軍。未知諸人何時任此職，姑皆繫於此。

是月，改授武陵王蕭紀爲持節、都督益、梁等十三州諸軍事、安西將軍、益州刺史，加鼓吹一部。

是年，蕭子顯出爲仁威將軍、吳興太守，至郡未幾，卒，時年五十一，諡曰驕。《梁書》本傳載其卒年四十九，恐非。據蕭繹《法寶聯璧序》，中大通六年（534），子顯年四十八，則如果卒年無誤的話，大同三年，子顯當爲五十一歲。

蕭綱左夫人卒。其長南海王蕭大臨，時年十一，遭左夫人憂，哭泣毀瘠，以孝聞。

梁武帝蕭衍大同四年　戊午（538）　蕭綱三十六歲

正月，以中軍將軍宣城王蕭大器爲中軍大將軍、揚州刺史。

七月，以南琅琊、彭城二郡太守岳陽王蕭詧爲東揚州刺史。

十二月，兼國子助教皇侃表上所撰《禮記義疏》五十卷。

智顗（538—597）生。

梁武帝蕭衍大同五年　己未（539）　蕭綱三十七歲

正月，以護軍將軍廬陵王蕭續爲驃騎將軍、開府儀同三司，以安右將軍、尚書左僕射蕭淵藻爲中衛將軍、開府儀同三司。中權將軍、丹陽尹何敬容以本號爲尚書令，吏部尚書張纘爲尚書僕射，都官尚書劉孺爲吏部尚書。

七月，以驃騎將軍、開府儀同三司廬陵王蕭續爲荊州刺史。

是月，以荊州刺史湘東王蕭繹入爲護軍將軍、安右將軍，領石頭戍軍事。王僧辯兼府司馬。臧嚴隨府除安右錄事。蕭繹《別荊州吏民詩》當作於此時。

九月，蕭繹自荊州還。九日從梁武帝遊樂遊苑，受敕爲軍主。賦詩蒙賞，道義被稱。

蕭繹在京時，嘗侍蕭綱講，作《皇太子講學碑》。又，嘗與蕭綱兄弟歡宴，自夜至朝。姑皆繫於此。

是月，以都官尚書到溉爲吏部尚書。

十一月，東魏使散騎常侍王元景、通直散騎侍郎魏收來聘。

十二月，以吳郡太守謝舉爲中書監，新除中書令鄱陽王蕭範爲中領軍。

是歲，臨城公婚，娶太子妃侄女，蕭綱議婚，從徐摛之議，令停省"婦見"禮儀，並作《停省婦見令》。

殷不害遷鎮西府記室參軍，尋以本官兼東宮通事舍人。是時朝廷政事多委東宮，不害與舍人庾肩吾直日奏事。

劉孝綽（481—539）卒官，時年五十九。

顔協（498—539）卒，時年四十二。蕭繹作《懷舊詩》以傷之。

沈洙轉爲中軍宣城王限内參軍。按，解巾湘東王國左常侍，蕭繹本年入京，而蕭大器時爲揚州，沈洙得從湘東王府屬官轉爲宣城王中軍府屬官，姑將沈洙轉任中軍宣城王限内參軍繫於此，解巾之事當在此前。

梁武帝蕭衍大同六年　庚申（540）　蕭綱三十八歲

二月，以江州刺史邵陵王蕭綸爲平西將軍、郢州刺史，雲麾將軍豫章王蕭懽爲江州刺史。

九月，袁昂（461—540）卒，時年八十。遺疏不受贈謚，又敕諸子不得言上行狀及立志銘，凡有所須，悉皆停省。上不許，贈本官，謚穆正公。

十二月，蕭懽卒，謚曰安王。

是月，蕭繹出爲使持節、都督江州諸軍事、鎮南將軍、江州刺史，蕭綱設宴送別。

張嵊爲鎮南將軍湘東王長史、尋陽太守。王僧辯爲雲騎將軍、府司馬。臧嚴隨府爲鎮南諮議參軍。劉緩遷鎮南湘東王録事參軍，隨府江州，卒。周弘直爲録事參軍，帶柴桑縣令。朱詹爲湘東王鎮南録事參軍。沈衆爲鎮南湘東王記室參軍。宗懍隨府，以母憂去職。未知諸人何時任其職，姑皆繫於此。

是年，蕭綱作《疑禮啓》，問大功之末及下殤之小功行婚冠嫁三嘉之禮於梁武帝。

蕭綱召朱异於玄圃講《周易》，蕭綱《請右將軍朱异奉述制旨易義表》當作於是年。時朱异宣講梁武帝《老子義》，朝士及道俗聽者千餘人，爲一時之盛。

賀革（479—540）卒官，時年六十二歲。

梁武帝蕭衍大同七年　辛酉（541）　蕭綱三十九歲

二月，蕭子雲出爲仁威將軍、東陽太守，蕭綱於宣猷堂設宴送別。張纘《侍宴餞東陽太守蕭子雲應令詩》、蕭綱《和蕭東陽祀七里廟詩》當作於此時期，姑繫於此。

五月，以蕭會理兼領軍。

十月，以劉孺爲吏部尚書。

十一月，梁武帝撰成《孔子正言》二十卷。梁武帝有《撰〈孔子正言〉竟述懷詩》，江總預同此詩。梁武帝撰《五經講疏》及《孔子正言》，專使孔子祛檢閱群書以爲義證。又，武帝撰正言始畢，制述懷詩，江總預同此作。帝覽總詩，深見嗟賞。轉侍郎。

是月，以臧盾爲領軍將軍。

十二月，梁武帝於宮城西立士林館，延集學者。領軍朱异、太府卿賀琛、舍人孔子祛等遞相講述，朱异、賀琛講制旨義，常使沈洙爲都講。

時皇太子、宣城王亦於東宮宣猷堂及揚州廨開講。於是四方郡國，莫不向風。又，皇太子又召異於玄圃講《易》，未知事在何時，姑繫於此。

國子博士周弘正曾於此講授，聽者傾朝野，未知事在何時，姑繫於此。又，張綰亦嘗與朱异、賀琛遞述制旨《禮記》、《中庸》

義，事在大同十年後，列此以證士林館延集學者甚衆。

士林館立，虞荔制碑，奏上，武帝命勒之於館，仍用荔爲士林學士。又，甘露降士林館，謝藺獻頌，武帝嘉之。

是歲，交州土民李賁攻刺史蕭諮，諮輸賂，得還越州。李賁事，前後四年乃平。

蕭綱釋奠於國學。時樂府無孔子、顔子登歌詞，尚書參議令杜之偉制其文，伶人傳習，以爲故事。陸雲公《釋奠應令詩》當作於此時期，姑繫於此。

蕭綱四子大臨十五歲、五子大連十五歲，蕭綱作《求寧國、臨城二公入學表》表二子同入學，時議者以與太子有齒冑之義，疑之。朝臣議之，何敬容、張纘等皆以爲可，梁武帝制曰："可。"二公同入國學。

陸罩以母老求去，公卿以下祖道於征虜亭，蕭綱賜黃金五十斤。

是年，紀少瑜被引爲東宮學士。殷不害除東宮步兵校尉。

隋文帝楊堅（541～604）生。

臧嚴卒官，時爲湘東王鎮南諮議參軍。

梁武帝蕭衍大同八年　壬戌（542）　蕭綱四十歲

正月，安成郡劉敬躬挾左道以反，内史蕭説委郡東奔，敬躬據郡，進攻廬陵，取豫章，妖黨遂至數萬，前逼新淦、柴桑。

二月，江州刺史湘東王蕭繹遣司馬王僧辯、中兵曹子郢討之。

三月，蕭繹擒敬躬送京師，劉敬躬被斬於建康市。

九月，蕭綱作《大同八年九月詩》。

是歲，梁武帝撰成《孔子正言章句》，詔下國學，宣制旨義。國子祭酒到溉表求列武帝所撰《正言》於學，請置《正言》助教二人，學生二十人。尚書左丞賀琛又請加置博士一人。國學始招

《正言》學生,袁憲、張譏皆曾爲《正言》生。

戚袞或以《正言》起家。按,《陳書》本傳,戚袞年十九,梁武帝敕策孔子《正言》並《周禮》、《禮記》義,袞對高第。然,戚袞卒於太建十三年(581),時年六十三歲,則年十九當在大同三年(537),此恐有誤。

是歲,蕭繹在江荆間召置學生,親爲講授《老》、《莊》,顏之推年十二,頗預末筵。

顧協(470—542)卒,時年七十三,謚曰溫子。

曇鸞(476—542)卒,時年六十七。

劉孺(484—542)卒,時年五十九,謚曰孝子。按,劉孺大同七年十月,復爲吏部尚書,以母憂去職。居喪未期,以毀卒,故繫於本年。

梁武帝蕭衍大同九年　癸亥(543)　蕭綱四十一歲

三月,顧野王修成《玉篇》三十卷。是書乃奉蕭綱令撰修,書成,蕭綱嫌其書詳略未當,令蕭愷作刪改。

四月,林邑王破德州,攻李賁,賁將范修又破林邑王於九德,林邑王敗走。

是月,蕭綱設宴餞別湘州刺史張纘。蕭綱有《贈張纘詩》,庾肩吾有《侍宴》。纘述職經途作《南征賦》。

六月,蕭繹母阮修容(477—532)卒,時年六十七。

七月,蕭綱作《大同九年秋七月詩》。

十一月,安西將軍、益州刺史武陵王蕭紀進號征西將軍、開府儀同三司。

十二月,領軍將軍臧盾卒;以輕車將軍河東王蕭譽爲領軍將軍。

是歲,白雀集東宮,劉孝威上頌,其辭甚美。

劉顯（481—543）卒，時年六十三。劉之遴上《乞皇太子爲劉顯志銘啓》，復應蕭綱令爲撰墓誌銘。劉顯與河南裴子野、南陽劉之遴、吴郡顧協，連職禁中，遞相師友。顯博聞强記，過於裴、顧。又，蕭繹嘗援裴子野、劉顯、蕭子雲爲知己。

梁武帝蕭衍大同十年　甲子（544）　蕭綱四十二歲

正月，李賁於交阯建國，國號越。置百官，建元天德。

三月，梁武帝幸朱方，蕭大連與兄大臨並從，頗得武帝賞識。三月，又幸蘭陵、謁建寧陵，使蕭綱入守京城。又，幸京口城北固樓，改北固爲北顧。梁武帝作《還舊鄉》詩，又作《登北顧樓詩》，蕭綱有《奉和登北顧樓詩》和武帝。

五月，廣州人盧子略反，刺史新渝侯蕭暎討平之。本年冬天，蕭暎卒，蕭繹爲作《侍中新渝侯墓誌銘》。

十月，蕭綱作《大同十年十月戊寅詩》。

是歲，蕭綱選精兵以衛宮内。事武帝年高，諸王莫肯相服，並權侔人主，邵陵王蕭綸尤與東宫不協。

劉潛出爲臨海太守，伏波將軍。蕭綱《餞臨海太守劉孝儀蜀郡太守劉孝勝》云"二龍今出守"，則詩當作於是年。

是年，東魏以散騎常侍魏收任正常侍，兼中書侍郎，修國史。自梁魏通好以來，魏國書中每云："想彼境内寧靜，此率土安和。"武帝復書，去"彼"字而已。收定稿云："想境内清晏，今萬里安和。"武帝亦仿效之。

是年，蘇綽作《大誥》。

賈思勰《齊民要術》成書。

梁武帝蕭衍大同十一年　乙丑（545）　蕭綱四十三歲

是歲，梁武帝遣交州刺史楊瞟討李賁，以陳霸先爲司馬。賁敗，奔嘉寧城，諸軍圍之。

是時，賀琛作《條奏時務封事》，武帝大怒，召主書於前，口授敕責琛。琛奉敕，但謝過而已，不敢復有指斥。

蕭綱大同中憫囚徒作《囚徒配役事啓》，武帝弗從。以本年爲大同最末一年，姑繫於此。

皇侃（488—545）卒，時年五十八。

韋粲出爲持節、督衡州諸軍事、安遠將軍、衡州刺史。皇太子蕭綱出餞新亭。

蕭綱禮遇太醫正姚僧垣，僧垣子姚察年十三，蕭綱引於宣猷堂聽講論難，爲儒者所稱。

蕭繹《玄覽賦》作於是年。又，蕭繹所生母阮修容卒於大同九年（543）六月，於是年六月歸葬江寧，蕭繹爲母所作傳，在《金樓子·后妃》中，傳記當作於本年。

庾肩吾有《爲武陵王謝拜儀同章》，以蕭紀本年爲散騎常侍、征西大將軍、開府儀同三司，姑繫於本年。肩吾子信時爲通直散騎常侍，爲員外郎，聘於東魏。

梁武帝蕭衍大同十二年　中大同元年　丙寅（546）蕭綱四十四歲

正月，交州刺史楊㬭克交趾嘉寧城，李賁竄入獠洞，交州平。

三月，梁武帝出同泰寺大會，停寺省，講《金字三慧經》。捨身。

四月，蕭綱以下奉贖梁武帝。武帝於同泰寺解講，設法會，大赦，改元。是夜，同泰寺起火，武帝更起十二級浮圖。

七月，以蕭統子蕭譽爲東揚州刺史。

八月，蕭譽卒。以蕭正義即本號東揚州刺史，蕭綸爲鎮東將軍、南徐州刺史。

十月，以蕭詧爲雍州刺史。

是年，蕭繹在江州嘗有不豫，《金樓子·終制》或作於此前後。又，蕭繹有《江州記》、《廬山碑》等。以上數事確年不可考，以蕭繹下年爲荆州刺史，姑繫於本年。

蕭子雲還拜宗正卿。

梁武帝蕭衍中大同二年　太清元年　丁卯（547）　蕭綱四十五歲

正月，廬陵王蕭續卒。按《梁書》記其卒時年四十四，誤。

是月，蕭繹徙爲使持節，都督荆、雍、湘、司、郢、寧、梁、南、北秦九州諸軍事、鎮西將軍、荆州刺史。

蕭繹作《遷荆州輸江州節表》。又，以再爲荆州，有《後臨荆州詩》、《示吏民詩》等，當作於是年。

王沖爲鎮西長史、明威將軍、南郡太守。王僧辯爲貞毅將軍、鎮西諮議參軍，後代柳仲禮爲竟陵太守，改號雄信將軍。周弘直隨府爲録事諮議參軍，帶當陽縣令。姚僧垣爲鎮西府中記室參軍，鮑檢爲鎮西中記室參軍，宗懍爲湘東王府別駕、江陵令。徐世譜將領鄉人事蕭繹。姑皆繫於此。

是月，高歡卒，侯景叛東魏，降西魏。

二月，西魏司徒侯景求以十三州内屬，武帝遂以景爲大將軍，封河南王，大行臺，承制如鄧禹故事。

三月，武帝幸同泰寺，設無遮大會，捨身，公卿等以錢一億萬奉贖，皆如大通故事。

是月，遣司州刺史羊鴉仁、兗州刺史桓和、仁州刺史湛海珍等應接北豫州。

四月，梁武帝還宫，大赦天下，改元。

六月，以前雍州刺史鄱陽王蕭範爲征北將軍，總督漢北征討諸軍事。

七月，羊鴉仁入懸瓠城。詔以懸瓠爲豫州，壽春爲南豫，改合肥爲合州，北廣陵爲淮州，項城爲殷州，合州爲南合州。

八月，王師北伐，以南豫州刺史蕭淵明爲大都督。後，又以大將軍侯景錄行臺尚書事。

十一月，魏遣大將軍慕容紹宗等至寒山。梁魏大戰，蕭淵明敗績，及北兗州刺史胡貴孫等並陷魏。紹宗進圍潼州。

十二月，梁武帝遣太子舍人元貞還北爲魏主。

是月，以前征北將軍鄱陽王蕭範爲安北將軍、南豫州刺史。

是年，有神馬出，蕭綱獻《寶馬頌》。

陸雲公（511—547）卒，時年三十七。

蕭繹作《登江州百花亭懷荊楚》，以蕭繹本年去江州任，姑繫於本年。

楊衒之約自是年起作《洛陽伽藍記》。

《檄梁文》當作於是年。

王籍卒，時年六十八。蕭繹再爲荊州後，引王籍爲府諮議參軍，代作塘令。王籍爲作塘令，不理縣事，少時卒，當卒於任上。

蕭子雲復爲侍中、國子祭酒，領南徐州大中正。

梁武帝蕭衍太清二年、梁臨賀王蕭正德正平元年　戊辰（548）　蕭綱四十六歲

正月，魏慕容紹宗大敗侯景。是月，梁因納侯景所得河南之地盡還於魏。侯景敗歸，梁以大將軍侯景爲南豫州牧，本官如故。又，以安北將軍、南豫州刺史鄱陽王蕭範爲合州刺史。

二月，東魏高澄求與梁朝通好，蕭淵明遣使啓上，梁武帝亦欲息兵，乃與魏和通。侯景不安，屢加諫議，蕭衍不聽。後，梁遣徐陵使東魏，復修前好。

三月，以蕭綸爲平南將軍、湘州刺史、同三司之儀，以蕭淵藻爲征東將軍、南徐州刺史。

是日，屈獠洞斬李賁，傳首京師。至此，李賁之亂平息。

四月，以蕭譽爲湘州刺史。

五月，以蕭綸爲安前將軍、開府儀同三司。

是月，先以張纘爲領軍將軍，俄改授使持節、都督雍、梁、北秦、東益、郢州之竟陵司州之隨郡諸軍事、平北將軍、寧蠻校尉。時，蕭譽爲湘州刺史。張纘輕慢蕭譽，譽留纘不遣，二人構釁。

閏七月，西天竺真諦至建業，梁武帝供養於寶雲殿。

八月，以右衛將軍朱异爲中領軍。侯景以討朱异等爲名舉兵叛。武帝詔蕭範爲南道都督，蕭正表爲北道都督，柳仲禮爲西道都督，裴之高爲東道都督，詔蕭綸都督衆軍討景。

九月，侯景用王偉計，直攻建康。

十月，侯景襲譙州、歷陽，引兵臨江。叛軍求誅朱异。武帝將誅之，蕭綱曰："賊以异等爲名耳，今日殺之，無救於急，適足貽笑將來，俟賊平誅之未晚。"蕭綱製《愍亂詩》、《圍城賦》指斥朱异。又，蕭綱面啓武帝曰："請以事垂付，願不勞聖心。"帝曰："此自汝事，何更問爲。內外軍事，悉以付汝。"蕭綱停中書省指授軍事。時梁開國老將喪亡殆盡，後進少年皆在外，軍旅指揮於是統決於羊侃，蕭綱深依仗之。

時蕭綱命蕭正德守宣陽門，命庾信守朱雀門，蕭正德密應侯景，叛軍至，蕭正德降景，庾信棄軍而走。叛軍登東宮牆以攻臺城，蕭綱令焚東宮，臺殿遂盡，所聚圖籍數百櫥，皆爲灰燼。侯景乃圍臺城以絶內外。

十一月，侯景立蕭正德爲帝，正德以女妻之。蕭推拒守東府，城陷而卒。後，蕭綱請武帝巡城，以粗安衆心。翌日，有江子一等三兄弟戰死，武帝因作《贈江子一、子四、子五詔》。

是月，蕭繹都督諸州發兵入援，並遣將發兵江陵。蕭綸率衆自淮南入援京師，敗於侯景。又，鄱陽王蕭範遣世子嗣、雄信將軍袤之高等帥衆入援，次於張公洲，以待上流諸軍。

十二月，羊侃（495—548）卒於圍内，年五十四。尚書令謝舉（479—548）卒於圍内。

是月，蕭繹子方等將步騎一萬人援建康，發自公安，據《遣上封令》，蕭繹前後總遣六軍，此爲第三軍。

是月，司州刺史柳仲禮、前衡州刺史韋粲、高州刺史李遷仕、前司州刺史羊鴉仁等並帥軍入援，推仲禮爲大都督。

是年，蕭綱頻於玄圃講《老》、《莊》，學士吳孜時寄詹事府，每日入聽，何敬容以爲憂。綱子大器亦講《老》、《莊》。

蕭子雲逃民間。

蕭愷卒於圍中。殷不害從蕭綱入臺城。沈文阿奉蕭綱命招募士卒，入援京師。臺城陷後，文阿保吳興，後竄於山野。（《陳書·儒林傳》）

庾仲容（475—548）卒，時年七十四。

到溉（477—548）卒，時年七十二。

劉之遴（477—548）卒，年約七十二。按，《梁書》本傳，明言太清二年卒。《南史》言之遴爲蕭繹鴆殺，未明言何時。《通鑒》記其卒於太清三年，未知何據，故仍依《梁書》本傳。

王僉（504—548）卒，時年四十五。承聖三年，蕭繹追詔曰："賢而不伐曰恭，謚恭子。"

梁武帝蕭衍太清三年　蕭正德正平二年　己巳（549）蕭綱四十七歲

正月，韋粲（496—549）營破遇害，時年五十四。朱异

（483—549）卒，時年六十七。

蕭方等及王僧辯軍至。柳仲禮所都督諸軍與蕭綸軍合，然力不齊，自李遷仕、樊文皎軍爲侯景破後，援軍不復戰。

何敬容卒於圍內。

二月，侯景用王偉計，乞和，蕭綱固請，梁武帝許之，封侯景，於是盟會。時武帝敕令侯景撤軍，並令入援諸軍班師。侯景詐和，圍軍未退，蕭綱命蕭會理、蕭退等移軍。蕭譽、蕭愷淹留不進，蕭繹聞敕欲歸，爲史所譏。

時，張纘譖蕭譽、蕭詧於蕭繹，蕭繹殺蕭愷，與蕭譽、蕭詧兄弟構釁。

是月，侯景表陳武帝十失，上啓背盟。

三月，蕭會理、羊鴉仁等與侯景戰，皆敗。後，侯景謁見武帝、蕭綱，侍衛皆驚散，唯徐摛、殷不害在側。令蕭大款以詔命解外援軍，臺城陷落。

宮城失守，蕭子雲（487—549）東奔晉陵，餒卒於顯靈寺僧房，時年六十三，謚曰光侯。據《梁書》本傳，蕭子雲齊建武四年（497）時年十二，封新浦縣侯。又，蕭繹《法寶聯璧序》，中大通六年（534），蕭子顯年四十八，則子顯當生於永明五年（487），子雲爲其弟，生年當不早於永明五年（487），則建武四年時年十二恐有誤，當爲十一。

是月，蕭綱皇后王靈賓卒。

四月，蕭方等歸，蕭繹知臺城陷落，不免坐懷觀望。是月，梁武帝以所求不供，憂憤寢疾。

五月，武帝卒於淨居殿，時年八十六。蕭綱即皇帝位，追尊丁貴嬪，追諡王氏，立蕭大器爲太子，並封諸子。

蕭正德爲侯景所殺。

是月，蕭韶自建康出奔江陵，以密詔授蕭繹侍中、假黃鉞、大都督中外諸軍事、司徒、承制,自餘藩鎮並加位號。蕭繹秘不發喪。蕭繹命蕭方等擊河東郡王蕭譽等,方等戰死。蕭繹乃與蕭詧兄弟相爭,蕭詧軍敗,殺張纘(499—549),纘卒後,蕭繹收聚其書二萬卷。蕭詧遣妃王氏與世子嶚爲質於西魏,請爲附庸,西魏封蕭詧爲梁王。

八月,侯景自進位相國,封二十郡爲漢王。

十一月,葬梁武帝,廟號高祖。葬於修陵。

十二月,侯景攻下三吳之地,使蕭大連行揚州事。蕭綸出奔鄱陽,蕭大心以江州讓之,不受,引兵西上。

是年,顏之推釋褐爲湘東王國右常侍,以軍功加鎮西墨曹參軍。

王筠(481—549)卒,時年六十九。

蕭子範(486—549)卒,時年六十四。

蕭愷(506—549)卒,時年四十四。

伏挺(484—549)卒,時年六十六。

梁(武帝蕭衍太清四年) 簡文帝大寶元年 庚午(550) 蕭綱四十八歲

正月,頒《改元大寶大赦詔》。蕭綱初即位,制年號將曰"文明",以外制强臣,取《周易》"内文明而外柔順"之義。恐侯景覺,乃改爲"大寶"。

蕭繹不遵"大寶"年號,猶稱"太清四年"。時朝士亦因蕭綱爲侯景所制,多西上荆州,往歸蕭繹。

是月,西魏楊忠克安陸,安陸、竟陵皆降於忠,於是漢東之地盡入西魏。

邵陵王蕭綸到江夏,郢州刺史蕭恪推綸爲盟主。蕭綸承制,置百官。

二月，侯景攻陷廣陵。頒《解嚴詔》。侯景納蕭綱女溧陽公主。侯景逼蕭綱幸西州。

是月，西魏楊忠進逼，蕭繹遣蕭方略爲質，與西魏結好。時蕭譽請救於蕭綸，蕭綸作《與湘東王書》，使釋長沙之圍，蕭繹復書陳蕭譽有罪，不可解圍之狀。

三月，侯景請蕭綱禊宴於樂遊苑，帳飲三日。蕭綱撰《秀林山銘》並序。

四月，王僧辯攻克長沙，執殺蕭譽，傳首江陵。蕭繹以王僧辯爲左衛將軍，加侍中、鎮西長史，以蕭韶爲長沙王。

蕭繹始爲蕭衍發喪，方刻蕭衍像，置於百福殿，事之甚謹，動靜必咨。又，下令大舉討侯景，移檄遠近。

是月，蕭綱建齋設會，度人出家。

五月，蕭紀移告征、鎮，使世子圓照帥兵三萬受蕭繹節度。圓照軍至巴水，蕭繹授以信州刺史，令屯白帝，未許東下。

是月，北朝東魏禪位於齊。

六月，以蕭大連行揚州事。蕭大款、蕭大成、蕭大封皆自信安間道奔江陵。

是月，西魏令蕭詧發哀嗣位，詧辭不敢當。西魏丞相宇文泰使榮權册命蕭詧爲梁王，於是始建臺，置百官。

七月，蕭詧入朝西魏。

八月，蕭繹遣王僧辯、鮑泉等率舟師一萬東趣江、郢，拒任約，求迎蕭綸還歸江陵以授湘州。

九月，王僧辯逼進，蕭綸棄郡出走，郢州遂爲蕭繹所得。蕭繹以蕭恪爲中衛將軍、尚書令、開府儀同三司，蕭方諸爲郢州刺史，王僧辯爲領軍將軍。封蕭大款爲臨川郡王，蕭大成爲桂陽郡王，蕭大封爲汝南郡王。以蕭應爲江州刺史，以徐文盛爲長史行府州事，督諸將拒侯景將任約於武昌。以裴之高爲新興、永寧二郡太守。

是月，蕭綸請和於北齊，北齊以蕭綸爲梁王。

蕭綱葬皇后王靈賓於莊陵。使蕭子範、張纘制哀策文，綱覽讀之，曰："今葬禮雖闕，此文猶不減於舊。"

侯景自進位相國，封二十郡，爲漢王，加殊禮。

十月，侯景又逼蕭綱幸西州曲宴，自加宇宙大將軍，都督六合諸軍事。蕭綱驚曰："將軍乃有宇宙之號乎！"

立皇子大鈞爲西陽郡王，大威爲武寧郡王，大球爲建安郡王，大昕爲義安郡王，大摯爲綏建郡王，大圜爲樂梁郡王。

是月，蕭會理等以建康空虛，謀誅侯景及其謀臣，事敗見殺。

又，侯景遣人殺武林侯蕭咨，以咨常出入蕭綱寢卧也。

十一月，蕭紀統諸軍發成都，湘東王以書止之。

蕭恪、蕭大款等拜牋推蕭繹爲相國，總百揆，繹不許。蕭繹遣前寧州刺史徐文盛督衆軍拒約。南郡王前中兵張彪起義於會稽若邪山，攻破浙東諸縣。

是歲，蕭繹於江陵造天宮寺，迎釋法聰處之。

劉孝儀（486—550）病卒，時年六十五歲。劉孝威（496—550）隨司州刺史柳仲禮西上，至安陸，遇疾卒，時年五十五。

（梁武帝太清五年） 簡文帝蕭綱大寶二年 豫章王蕭棟天正元年 梁武陵王蕭紀天正元年 辛未（551） 蕭綱四十九歲

二月，楊忠執殺蕭綸。

三月，北齊以蕭繹爲梁相國，建梁臺，總百揆，承制。

四月，侯景派宋子仙、任約襲郢州，執刺史蕭方諸、行事鮑泉等。

初五，侯景入江夏，又乘勝西上。蕭繹以王僧辯爲大都督，率衆東下擊侯景。僧辯軍至巴陵，聞郢州已破，因留成之。景進寇巴陵，連戰不能克。

五月，蕭繹遣胡僧祐援巴陵，陸法和自請擊任約，蕭繹許之，二軍會合。侯景遣任約率衆拒援軍。

六月，僧祐等擊破任約，擒送江陵。侯景解圍焚營宵遁，王僧辯督衆軍追景，克魯山，下郢州。

時，蕭大器從侯景軍，嘗走失，以北走是叛父非避賊也不肯逃，從侯景還歸建康。

七月，蕭繹以蕭韶監郢州事。侯景還至京師。王僧辯軍次湓城。陳霸先率所部，將會王僧辯，屯於巴丘。

八月，王僧辯前軍獲勝，蕭繹命僧辯且頓潯陽以待諸軍之集。又，下令勸農，以作戰備。

是月，侯景廢太宗爲晉安王，幽於永福省。又矯詔禪位於豫章嗣王蕭歡子蕭棟，改元大正，大赦。

侯景害皇太子蕭大器、尋陽王蕭大心、西陽王蕭大鈞、武寧王蕭大威、建平王蕭大球、義安王蕭大昕及尋陽王諸子二十人。又，遣使害南海王蕭大臨於吳郡，南郡王蕭大連於姑孰，安陸王蕭大春於會稽，新興王蕭大莊於京口。

蕭綱被拘，請殷不害與居處。幽繫之時，有題壁自序，又爲《連珠》二首。

以侯景廢蕭綱立蕭棟，陳霸先等奉表於江陵勸進。

九月，蕭繹以王僧辯爲江州刺史。

十月，侯景遣人殺蕭綱於永福省，綱時年四十九。侯景謚綱曰明皇帝，廟稱高宗。

明年，三月癸丑，王僧辯率前百官奉梓宮升朝堂，世祖追崇爲簡文皇帝，廟曰太宗。四月乙丑，葬莊陵。

是年，徐摛（471—551）卒，時年八十一歲。

庾肩吾（487—551）卒，時年六十五歲。蕭繹爲作《中書令庾肩吾墓誌》。

（本文原載於《蕭綱評傳》，上海古籍出版社 2018 年版，孫鴻博博士作了修改）

論蕭繹的文學觀念

梁武帝蕭衍的三個兒子：蕭統、蕭綱、蕭繹，都在中國詩學史上留下了非凡的業績。

以齊梁"三蕭"，比漢魏"三曹"，是絕對有意思的事情。明人張溥《漢魏六朝百三家集·梁武帝集題辭》以蕭衍比曹操，說"梁武帝《净業賦序》，即曹孟德之《述志令》也"。同樣，以蕭氏兄弟比曹氏兄弟，張溥也說：

> 昭明（蕭統）簡文（蕭綱），同母令德，文學友于，曹子桓（曹丕）兄弟弗如也。①

從"三曹"到"三蕭"，不僅有貫珠聯璧，前後輝映，堪稱美談的意義；而且一根詩學的中軸綫，貫穿了三百多年來審美的變化和詩學的演進，並見文學承傳與家族政治的關係。從"三曹"到"三蕭"，正合了"江山代有才人出，各領風騷數百年"的贊語。

蕭繹（508—555），字世誠，小字七符，自號金樓子，南蘭陵（今江蘇常州市西北）人。是梁武帝蕭衍第七子，蕭統、蕭綱的弟

---

① 張溥著，殷孟倫注：《漢魏六朝百三家集題辭注·梁元帝集題辭》，人民文學出版社，1981年，第209頁。

弟。初封湘東王,歷任會稽太守、丹陽尹、荆州刺史、江州刺史等職。侯景作亂,他奉命在江陵舉兵討伐,大寶三年(552),平定侯景之亂,即帝位於江陵,史稱梁元帝。在位三年,西魏攻破江陵,他被殺,追尊爲孝元皇帝,廟曰世祖。

萧繹幼年患眼疾,盲一目,然穎悟好學,五歲能誦《曲禮》,六歲解爲詩。及長,不好聲色,但博覽群書,"頗有高名,獨爲詩賦,婉麗多情,妾怨迴文,君思出塞,非好色者不能言"①。可惜平定侯景之亂以後,看似大有作爲的梁中興局面只是曇花一現。致使"挾陳思之才,攘子桓之坐"② 的梁元帝萧繹真的只是"眇僧"的化身。作爲一個人,他有些極端,但也充滿人情味。他寫給八弟武陵王萧紀的信,使一千多年以後的張溥讀了覺得"兄弟肥瘦,讓棗推梨;上林聞鳥,宣室披圖。友于之情,三復流涕。漢明東海,詞無以加"③。他既聰明、博學,又迷信、偏執;明明知道清談誤國,但習性不改,在國家危急存亡之際仍在清談,講不著邊際的學問,思想老在某種極端中徘徊衝突。《梁書·元帝紀》說他失敗的原因之一是"稟性猜忌",不肯把大本營移到金陵,致使自己過於靠近西魏前綫;而且不怎麽留心政道,"不隔疏近,御下無術,履冰弗懼",既沒有領導藝術,也不了解下情,在政治、軍事、管理、做皇帝方面都沒有才能,但是一位絕對優秀的學者和讀書人④。在西魏的軍隊已經大兵壓境的時候,他仍於龍光殿爲群臣講解《老子》義,由"尚書左僕射王褒爲執經",直

---

① 張溥著,殷孟倫注:《漢魏六朝百三家集題辭注·梁元帝集題辭》,人民文學出版社,1981年,第215頁。
② 同上。
③ 同上。
④ 萧繹《金樓子·立言》篇云:"道家虛無爲本,因循爲務,中原喪亂,實爲此風。何(晏)、鄧(颺)誅於前,裴(頠)、王(衍)滅於後,蓋爲此也。"

到魏軍圍襄陽，內外戒嚴，他才停講。在西魏大軍攻打江陵最危險的時候，他兼通的儒學、道學、文學、玄學、史學關鍵時刻都幫不上忙。冬十月，魏軍兵臨城下，他出枇杷門，親自臨陣督戰，無奈梁六軍敗績，魏軍破門，他回天乏術，遂與太子及江陵男女百姓數萬口均遭荼毒。

蕭繹才思敏捷，下筆成章，爲世所稱，四十七歲，已留下驚人的著述，計有《金樓子》、《孝德傳》、《忠臣傳》、《丹陽尹傳》、《注漢書》、《周易講疏》、《內典博要》、《連山》、《洞林》、《老子講疏》、各地地方志等四百餘部、文集五十卷，已佚，明人張溥輯有《梁元帝蕭集》。

像他的人一樣，蕭繹的文學觀向來爲研究者把握不準。從他姓蕭，是蕭統、蕭綱的弟弟，一家兄弟並稱"三蕭"，有的學者就以爲他們的觀點類似，對文學的看法也屬齊魯之政，兄弟之文，歸爲一派；從他《金樓子·立言》篇爲文下定義"吟詠風謠，流連哀思者謂之文"①、"至如文者，惟須綺縠紛披，宮徵靡曼，唇吻遒會，情靈搖蕩"② 看，有的學者就以爲蕭繹和蕭綱是形式主義的代表；從蕭繹反復提倡"立言不朽"和《金樓子》中自比周公、孔子、太史公和其他儒學氣息很重的話來看，有的學者又以爲他與蕭統文學觀相同。

總之，對"三蕭"的態度和評價，比較多的研究者是：基本肯定蕭統，正面批評蕭綱，完全忽略蕭繹。

像劉勰撰《文心雕龍》，鍾嶸撰《詩品》，劉晝撰《劉子》，蕭統編纂《文選》一樣，蕭繹撰有《金樓子》，晉宋以來，齊梁之際

---

① （梁）蕭繹撰，許逸民校箋：《金樓子校箋》，中華書局，2011年，第966頁。

② 同上。

學術之昌盛，文化氛圍之濃厚，著書風氣之盛熾，由此可見一斑。但不可理解的是，《金樓子》像它的主人一樣被歷史忽略了。

梁代那麼重要的一部典籍，使中國文學從歷史、哲學、各種非文學的母胎中分離、發展，並取得獨立的標誌性理論之一，以致有些日本學者以爲可與劉勰《文心雕龍》、鍾嶸《詩品》鼎足而三的蕭繹的《金樓子》，目前的研究者卻很少，在二十世紀末，對於《金樓子》，我們應該說一聲慚愧。

因爲，我們老是引它的《立言》篇以爲己用，引《立言》篇又老引那麼幾句，對《立言》篇以外的部分，就知之甚少，甚至全然不知。當前，研究《文心雕龍》已經熱火朝天，擁有"龍學"、"龍刊"和一支訓練有素的隊伍，研究《詩品》也逐漸取得階段性的成果，《金樓子》仍少人問津，迄今爲止沒有一部研究專著，大陸甚至沒有一本注本[1]，論文也只有寥寥幾篇，這種情況，正如它在歷史中散失、湮沒不彰，如今靠類書輯佚流傳的悲劇性結局。

蕭氏三兄弟出身同一個家庭，有相同的思想環境、讀書方式，使他們都兼通儒、佛、道，有很類似的知識結構。但由於經歷不同，年歲的差別，特別是他們各自形成的文學集團不同，受不同文人的影響，使他們的文學觀產生差異。若仔細分析他們的理論，不偏不倚地全面考察，則可以得出以下的結論：

"三蕭"是三個圓圈，蕭統在前，蕭綱在後，蕭繹居中；居中的蕭繹的文學觀與蕭統、蕭綱有部分重疊；與蕭統重疊的部分多，與蕭綱重疊的部分少；可知蕭繹的文學觀，雖與蕭綱有相似的地

---

[1] 關於《金樓子》的注本，十多年前曾由新嘉水泥公司文化基金會出版過一本由臺灣王夢鷗教授指導、許德平撰寫的碩士論文《金樓子校注》。蓽路藍縷，甚爲難得。

方,但比較而言,更接近蕭統。

如果把齊梁以來的文學觀分爲:

(一)"國史守舊派";

(二)"儒學折衷派";

(三)"審美新變派",

那麽,蕭統、蕭繹可歸於"儒學折衷派",儘管蕭繹在很重要的文學審美特徵的認識方面與蕭統異而與蕭綱同。

在另一個文學集團裏,與蕭統、蕭繹走着不同道路的蕭綱和蕭子顯的文學觀念,則屬於"審美新變派",代表了齊梁文學發展方向的另一種新思潮。

蕭繹與蕭統接近,其共同的核心在儒學思想折衷及中和美學方面,兩人的文學觀不僅有不兼容的地方,總體特色也不同。

蕭統更多的時候體現"共性",蕭繹則體現"個性";與蕭統"兼容"的,"包羅"的,"集大成式"的編纂思想和著述態度相比,蕭繹則有"個人"的、"獨特"的、"私家著述"的特點;體現蕭統特點的是《文選》,體現蕭繹特點的是《金樓子》。

對文學的發展,蕭繹、蕭統有相似的觀點。蕭統的觀點是在《文選序》裏正面提出來的,他要選"文",就必須說明"文"的發展演化問題;但蕭統的論點,與劉勰在《文心雕龍·時序》篇裏說的"時運交替,質文代變,古今情理"① 大致相同,沒有特別的新意和獨特的解會,只是儒學氣味比劉勰《文心雕龍·時序》淡薄一些。劃時代的《文選序》要求立論穩妥,立論穩妥就難以有新意和獨特的解會。

蕭繹則不同,蕭繹沒有正面論述文學的發展問題,但在他的《內典碑銘集林序》中,涉及"論文之理"和"屬詞之體":

---

① 見劉勰《文心雕龍·時運》篇。

夫世代亟改，論文之理非一；時事推移，屬詞之體或異。①

由於時代的發展，時事的變化，文學，包括文學的體式也會發展變化，這是毫無疑義的。就這個結論，蕭繹也與劉勰、蕭統相同，但"論文之理"，即評論的理論、觀念也會隨時代、時事的發展變化而變化，卻是蕭繹個人極富創造意識的新見，是前人沒有説過，後來的文論家也很少涉及，應值得我們珍視的。蕭繹《金樓子》的論述，會突然有你想不到的精彩之處往往如是。

在文學思想方面，與蕭統一樣，蕭繹也非常重視儒家的"三不朽"。《左傳·襄公二十四年》：

　　穆叔如晉。范宣子逆之，問焉，曰："古人有言曰'死而不朽'，何謂也？"……穆叔曰："……魯有先大夫曰臧文仲，既没，其言立，其是之謂乎！豹聞之：'大上有立德，其次有立功，其次有立言。'雖久不廢，此之謂不朽。"②

穆叔把人死後的"不朽"分爲三等，第一是"立德"，第二是"立功"，第三是"立言"。"立言"的"言"，在《左傳》的時代，指包括文學作品在内的政教言論，以後被人奉爲圭臬，成爲儒學中的經典，並深深地影響了蕭繹，在蕭繹的《金樓子》裏，經常有關於儒家立功、修德的論述，如《立言》篇：

　　楚人畏荀卿之出境，漢氏追匡衡之入界，是知儒道實有

---

① 逯欽立輯校：《先秦漢魏晉南北朝詩》，中華書局，1983年，第3053頁。
② 楊伯峻編著：《春秋左傳注》，中華書局，1990年，第1087—1088頁。

可尊。故皇甫嵩手握百萬之衆而不反,豈非儒者之貴乎?①

《書》稱:"立功立事,可以永年。"君子之用心也,恒須以濟物爲本,加之以立功,重之以修德,豈不美乎?②

"立言"的思想不斷豐富,不斷發展,不斷進化,至魏晉時代曹丕給予它新的涵義。

曹丕以"人的自覺"、"文的自覺"的思想觀念和現代語彙對"立言"加以闡釋,使之變成"蓋文章經國之大業,不朽之盛事。年壽有時而盡,榮樂止乎其身,二者必至之常期,未若文章之無窮。是以古之作者,寄身於翰墨,見意於篇籍,不假良史之辭,不托飛馳之勢,而聲名自傳於後"③,把文章的作用上升爲可以超越時空、超越貧賤、超越自我個體生命和政治生命永恒而輝煌的事業。

曹丕的這一關於"文章"和"作者"的認識無疑具有劃時代的意義,這一劃時代的意義至齊梁時已爲大多數人所接受,並成爲一種共識。

蕭統從要求極嚴的屬於子書的《典論》中,選出《論文》一篇,就是發現了其中的意義,要不是蕭統《文選》選錄,《典論·論文》很可能和《典論》的其他篇目一樣湮没不彰;而蕭繹則正面贊同曹丕的觀點,不僅是贊同,而且是身體力行,不折不扣地照着做,《金樓子序》說:

余於天下爲不賤焉。竊念臧文仲既殁,其言立於世;曹

---

① (梁)蕭繹撰,許逸民校箋:《金樓子校箋》,中華書局,2011年,第922頁。
② 同上,第920頁。
③ 同上,第4頁。

子桓云:"立德著書,可以不朽。"杜元凱言:"德者非所企及,立言或可庶幾。"故户牖懸刀筆,而有述作之志矣。①

蕭繹明確説自己的"述作之志",是受了曹丕《典論·論文》的影響。《金樓子》第十三《雜記》篇又轉述曹植《與楊德祖書》説:

> 吾志不果,吾道不行,將來采史官之實録,時俗之得失,爲一家之言,藏之名山,此外徒虚言耳。②

在蕭繹的一生中,讀書和著書立説的時間,確實比他搞政務、搞軍事的時間更長。對曹丕"年壽有時而盡,榮樂止乎其身"的緊迫感,蕭繹同樣有十分敏鋭的感覺,《金樓子》第六卷《自序》篇中説:

> 人間之世,飄忽幾何? 如鑿石見火,窺隙觀電;螢覩朝而滅,露見日而消。豈可不自序也。③

七句話,六句用了四個比喻,如火、如電、如螢、如露,寫時間短暫,人世飄忽,反襯應抓緊時間立言,此時不寫"自序",更待何時也? 不僅如此,蕭繹對自己期許頗高,自視頗高,在儒學和著述上,大有不讓前賢、舍我其誰的口氣,《金樓子·立言》篇説:

---

① (梁)蕭繹撰,許逸民校箋:《金樓子校箋》,中華書局,2011年,第1頁。
② 同上,第1252頁。
③ 同上,第1343—1344頁。

> 周公没五百年有孔子，孔子没五百年有太史公。五百年運，余何敢讓焉。①
>
> 揚雄作賦，有夢腸之談；曹植爲文，有反胃之論。生也有涯，智也無涯；以有涯之身，逐無涯之智，余將養性養神，獲麟於《金樓》之制也。②

把自己與周公、孔子、太史公放在同一個座標上，並用孔子的"獲麟"比喻自己寫作《金樓子》，蕭繹正是在非常個性化的語言中，通過對生命的失望表現自己對《金樓子》"絶筆"式的重視。

蕭繹寫作《金樓子》是爲了立言，立言是儒家核心思想之一，"立言"要求"言"對政治教化，對移風易俗的社會作用，蕭繹非常重視這種作用，《立言》篇說：

> 諸子興於戰國，文集盛於二漢，至家家有製，人人有集。其美者足以敘情志，敦風俗；其弊者祇以煩簡牘，疲後生。往者既積，來者未已。③

用"敘情志"與"敦風俗"兩條標準，贊美由諸子發端，盛於兩漢，迄於今日的私家著述的美者，表現了與蕭統相類似的觀點。即文學"美者"的價值，既要"經夫婦，成孝敬，厚人倫，美教化，移風俗"的社會作用，又要能抒發情性，有娛賓遣興的功能。

---

① （梁）蕭繹撰，許逸民校箋：《金樓子校箋》，中華書局，2011年，第798頁。
② 同上，第857頁。
③ 同上，第852頁。

兼顧社會作用和個人性情的兩個方面，立論與蕭統同樣穩妥。

在"文"與"質"，"典"與"麗"的中和美學方面，蕭繹的觀點與蕭統也別無二致。蕭繹在《內典碑銘集林序》論述的中和美，包括"實"與"味"，"豔"與"華"，"質"與"野"，"博"與"繁"，"省"與"率"，"文"與"質"，"約"與"潤"，以及這些美學範疇的對立統一與文章體制、風格的關係，甚至比蕭統在《文選》和《答湘東王求文集及〈詩苑英華〉書》裏論述得更詳盡徹底：

> 繁則傷弱，率則恨省；存華則失體，從實則無味。或引事雖博，其意猶同；或新意雖奇，無所倚約；或首尾倫帖，事似牽課；或翻復博涉，體製不工。能使豔而不華，質而不野；博而不繁，省而不率；文而有質，約而能潤；事隨意轉，理逐言深，所謂菁華，無以間也。①

文辭"繁"，文骨就"弱"，但過於"省"，又會感覺"草率"；"華麗"有餘，就會失去體格，過於"質實"，文章又會淡而無味，做到美中和很難，所以要"豔而不華，質而不野；博而不繁，省而不率；文而有質，約而能潤"，在諸多美學因素上保持均衡。

以上說的，除了表明蕭繹與蕭統同具儒家中和美的觀念，還講了如何在文中使用事類典故，典事和新意的關係問題，這也是前代和同時代文論家很少正面論述的。

鍾嶸《詩品》論詩，反對在詩中用典事②，但不反對在"經

---

① 逯欽立輯校：《先秦漢魏晉南北朝詩》，中華書局，1983年，第3053頁。
② 鍾嶸《詩品序》云："夫屬詞比事，乃為通談，若乃經國文符，應資博古；撰德駁奏，宜窮往烈。至乎吟詠情性，亦何貴於用事？'思君如流水'，既是即目；'高臺多悲風'，亦唯所見；'清晨登隴首'，羌無故實；'明月照積雪'，詎出經史？觀古今勝語，多非補假，皆由直尋。"

國文符"、"撰德駁奏"中運用；但在"經國文符"、"撰德駁奏"中如何用典事？鍾嶸沒有說明；劉勰《文心雕龍》專設《事類》篇，講事類與文章的關係；與鍾嶸不同的是，他不僅贊成在文章中用事類，而且贊成在詩歌中用典事，把事類典故看成是天經地義的事①。但是，劉勰主要強調文章用事類典故的重要性，對如何運用事類的方法仍然講得很簡單，也沒有從美學範疇、對立統一的角度加以說明。

與劉勰相同的是，蕭繹也認爲文章中應該徵引事類，否則文章的"新意"將"無所倚約"，但他對徵引事類理解得比較全面，深知引用不當引起的種種弊端。所以說明具體引用時的注意事項：譬如，引用的事類要廣博，但意思不能重複雷同；引用的事類要條理清晰，安排妥帖，但不能過於拘謹，以致顯得呆板木然，"事似牽課"；應該信筆揮灑、"博涉"，但不能有傷整飭，使體制變形。總之，要"事隨意轉，理逐言深"，明確"事（類）"、"言（辭）"與"意"、"理"的主、從關係和具體寫作時層層推進、步步深入的方法。因此，蕭繹關於事類的論述，對劉勰的《文心雕龍·事類》篇無疑是一個補充。

沒有證據說蕭繹的立言思想來源於蕭統，也沒有證據說蕭繹寫作《金樓子》是受了蕭統編纂《文選》的影響。但是，諸王之間、兄弟之間不僅在政治上，而且在文學集團和著書立說方面競爭得非常激烈，卻是不爭的事實。

蕭繹與蕭統文學觀不一致的地方是他們對"文"審美特徵的認識有深、淺，寬、窄的不同。這就是《立言》篇中經常爲人們提及的：

---

① 劉勰《文心雕龍·事類》篇云"事類者，蓋文章之外，據事以類義，援古以證今者也"，"明理引乎成辭，徵義舉乎人事"。

吟詠風謠，流連哀思者謂之文。①

至如文者，惟須綺縠紛披，宮徵靡曼，唇吻遒會，情靈搖蕩。②

"風謠"，是指受民歌影響的樂府詩，也是當時文人創作的時尚。與鍾嶸《詩品》評曹丕、謝惠連、吳邁遠、鮑行卿使用過的"新歌"、"綺麗歌謠"、"風人答贈"、"風謠"是同一個意思。

這表明了蕭繹心目中的"文"的審美特徵，要像流行的吟詠情性的歌謠，有流連情思的作品才能稱之"文"；至於"文"的標準，必須像精美的絲織品那樣文采絢爛，音節要靡靡動聽，語言要精練，要有動蕩感人的情思性靈。這是蕭繹論文的核心，在中國古代文學理論史和美學史上具有重要的意義。

儘管蕭繹也指出今之世俗的浮華輕靡，《立言》篇反對"縉紳"之士和"閭巷小生"推波助瀾的不良風氣："夫今之俗，搢紳稚齒，閭巷小生，學以浮動為貴；用百家則多尚輕側，涉經記則不通大旨。苟取成章，貴在悅目。龍首豕足，隨時之義，牛頭馬髀，強相附會。事等張君之弧，徒觀外澤；亦如南陽之里，難就窮檢矣。"③ 使人聯想起鍾嶸《詩品序》中"觀王公縉紳之士，每博論之餘，何嘗不以詩為口實。隨其嗜欲，商榷不同。淄澠並泛，朱紫相奪；喧議競起，準的無依"和"故詞人作者，罔不愛好。今之士俗，斯風熾矣。才能勝衣，甫就小學，必甘心而馳騖焉。於是庸音雜體，各各為容。至使膏腴子弟，恥文不逮，終朝點綴，分夜呻吟。獨觀謂為警策，眾睹終

---

① （梁）蕭繹撰，許逸民校箋：《金樓子校箋》，中華書局，2011年，第966頁。
② 同上。
③ 同上，第967頁。

淪平鈍"① 的話，但是，蕭繹對"文"流連哀思的內容特性，在文采、聲韻、情靈上的美學要求，不僅比蕭統《文選》大大地前進了一步，向純文學的方向發展。並且，還以此爲思想基礎，在實際選録作品的標準上，也表現出與蕭統，同時與鍾嶸《詩品》大異其趣。

顔之推《顔氏家訓·文章》篇記載説：

> 吾家世文章，甚爲典正，不從流俗；梁孝元在蕃邸時，撰《西府新文紀》，無一篇見録者。亦以不偶於世，無鄭、衛之音故也。有詩、賦、銘、誄、書、表、啓、疏二十卷，吾兄弟始在草土，並未得編次，便遭火盪盡，竟不傳於世。衘酷茹恨，徹於心髓！操行見於《梁史·文士傳》及孝元《懷舊志》。②

蕭繹在蕃王宅邸，曾命蕭淑參與編纂諸臣僚友之文，成《西府新文》十一卷。西府，即江陵蕭繹的蕃邸，江陵是蕭繹奉詔討伐侯景的起兵之處和即帝位地方，同時是當時梁代的首都，政治、經濟、文化的中心，最高軍事指揮所和蕭繹最後的葬身之地。

蕭繹編《西府新文》事，在蕭統編《文選》之前？還是編《文選》之後？這個非常有意思的問題可留待他日考證。但有一點是可以肯定的，《西府新文》中的"新文"二字，表明了蕭繹選文的標準和對文的要求，當與他自己所提倡的"吟詠風謡，流連哀思者謂之文"，"至如文者，惟須綺縠紛披，宫徵靡曼，脣吻適會，情靈摇蕩"的理論有關，而與蕭統編纂《文選》時的選文標準和

---

① （南朝梁）鍾嶸撰，曹旭集注：《詩品集注》（增訂本），上海古籍出版社，2011年，第74頁。

② （南朝梁）顔之推撰，趙曦明注，盧文弨補注：《顔氏家訓》，中華書局，1985年，第91—92頁。

對文的要求不同。

蕭繹的《西府新文》唐代仍可以看到,《隋書·經籍志》裏仍有著録,但今佚不傳,這使"新文"的具體内容,究竟哪些作品被選入？稱爲"新文",已難詳悉。但有一點是知道的,就是顔之推的父親顔協的作品一篇也没有入選。

顔之推在《顔氏家訓·文章》篇中所謂"吾家世文章",説他家族的文學傳統,一點也没有誇張,顔氏家族確實有着非常優秀的文學傳統。

顔之推的父親顔協是當時著名的文學家,曾撰有"詩、賦、銘、誄、書、表、啓、疏二十卷"。對顔協的文學活動,《梁書·文學傳》曾有記載:"顔協,字子和,琅琊臨沂人也。七代祖含,晉侍中、國子祭酒、西平靖侯。父見遠,博學有志行。……協幼孤,養於舅氏。少以器局見稱。博涉群書,工於草隸。釋褐湘東王國常侍,又兼府記室。世祖出鎮荆州,轉正記室。時吴郡顧協亦在蕃邸,與協同名,才學相亞,府中稱爲'二協'。……大同五年,卒,時年四十二。世祖甚歎惜之,爲《懷舊詩》以傷之。其一章曰:'弘都多雅度,信乃含賓實；鴻漸殊未昇,上才淹下秩。'"①《北周書·顔之儀傳》也有類似的記載②。

由此我們可以看出三點:

一是顔協確有才學,以致蕭繹《懷舊詩》也説他"上才淹下秩",爲他惋惜；

二是顔協撰有詩、賦、銘、誄、書、表、啓、奏各種作品,可供蕭繹編《西府新文》選擇；

---

① （唐）姚思廉撰:《梁書》,中華書局,1973年,第727頁。
② 《周書·顔之儀傳》曰:"父協,以見遠蹈義忤時,遂不仕進。梁元帝爲湘東王,引爲府記室參。協不得已,乃應命。梁元帝後著《懷舊志》及詩,並稱贊其美。"

三是顏協死後蕭繹歎惜、懷念,《家訓》謂寫《懷舊志》,《梁書》謂寫《懷舊詩》,説明與顏協的私人關係非常好。

在這種情況下,蕭繹命蕭淑編纂《西府新文》,對顏協的作品一篇也没有選録,很讓顏之推傷心。其中的原因,應該是不可妥協的觀念上的。正是顏之推説,是他的父親顏協"亦以不偶於世",作品"無鄭、衛之音故也"。這裏的"鄭衛之音",指當時的浮華輕靡之文,其實一種當時流行的新時尚。

《南史·蕭惠基傳》説:"宋大明以來,聲伎所尚,多鄭、衛,而雅樂正聲鮮有好者。"① 鍾嶸《詩品》轉述從祖鍾憲説的:"大明、泰始中,鮑、休美文,殊已動俗。"② "美文",其實是當時流行的"新"文,是文人學習民歌以後形成的新風格。蕭繹《西府新文》選録的,也許正是這種"新文"和"美文"。

顏協的作品"訖無一篇見録",是因爲没有帶鄭衛之音的"新文"和"美文",没有"新文"和"美文",照顏之推的言外之意是"吾家世文章,甚爲典正,不從流俗",不屑爲之。

這種"新文"和"美文"的駭世"動俗",與當時人的審美意識新變互爲因果。蕭繹敏鋭地感受到這種"動俗"與"新變"所代表的新的美學内涵,並形成自己新的文學思想,這使他在對"文"的審美特徵上,有比哥哥蕭統更深的認識,對"文"、"筆"的解釋也更純粹,更接近當代意識;同時,像顏協,自己很欣賞的才學之士,因爲堅持"典正","不從流俗",所以只能"訖無一篇見録",這些都是必然的。

有意思的是,鍾嶸對大明、泰始以來的"美文"及"動俗"

---

① (唐)李延壽撰:《南史》,中華書局,1975年,第500頁。
② (南朝梁)鍾嶸撰,曹旭集注:《詩品集注》(增訂本),上海古籍出版社,2011年,第228頁。

的風氣，基本上採取了貶斥的態度，而堅持"典正"，"不從流俗"則被當作優點來贊美。《詩品》"齊黃門謝超宗"等七人條即贊美"檀、謝七君，並祖襲顏延，欣欣不倦，得士大夫之雅致"①，"唯此諸人，傳顏、陸體，用固執不移，顏諸暨最荷家聲。"② 這是鍾憲影響下鍾嶸的文學觀。

還有，鍾嶸《詩品》對所有帶民歌意味的風謠詩及其詩人，都給予較低的評價。如評曹丕"新歌百許篇，率皆鄙直如偶語"③；評謝惠連"又工爲綺麗歌謠，風人第一"④；評吳邁遠"吳善於風人答贈"⑤；評鮑行卿"甚擅風謠之美"⑥。這些都是對中、下品詩人給予的中、下品評語。而蕭繹卻把"吟詠風謠，流連哀思"中的"風謠"作爲"文"的標準風格，其文學觀不同也如是。

《北史·文苑傳序》論當時的文風說：

> 簡文（蕭綱）、湘東（蕭繹），啟其淫放。

把蕭繹與蕭綱相提並論，說他們共同開啓了"淫放"之風，也許說得誇張了一點，事情並沒有那麼嚴重。但卻從一個側面說明了，在文學的審美特徵方面，蕭繹的文學觀與蕭統不同，與鍾嶸有別，倒與蕭綱接近。

(本文原載於《上海師範大學學報》1999年第1期)

---

① （南朝梁）鍾嶸撰，曹旭集注：《詩品集注》（增訂本），上海古籍出版社，2011年，第578頁。
② 同上。
③ 同上，第256頁。
④ 同上，第372頁。
⑤ 同上，第585頁。
⑥ 同上，第631頁。

鍾嶸與沈約：齊梁詩學理論的碰撞與展開

　　鍾嶸《詩品》和劉勰《文心雕龍》堪稱六朝文學批評史上的雙璧。而劉勰、鍾嶸的文學理論批評，都和當時的文壇巨匠沈約有關。他們曾先後求譽於沈約。劉勰著《文心雕龍》，"負其書候約出，干之於車前，狀若貨鬻者"。約"大重之，謂爲深得文理，常陳諸几案"（《梁書·劉勰傳》）。而鍾嶸"嘗求譽於沈約，約拒之"（《南史·鍾嶸傳》）。爲追宿憾，報復沈約。鍾嶸撰寫《詩品》品五言詩，把沈約放在"中品"。本文解析這段公案，論述鍾嶸與沈約的關係。不僅是一個名公巨卿與位末名卑、長期沉淪下僚者的關係，一個文壇領袖與一個文學評論家的關係，更是兩個理論巨人的關係，通過對鍾嶸與沈約關係的研究，可以清理中國文學史和批評史發展到齊梁這一歷史階段中出現的觀念變化和滲透在觀念變化中的個人因素；看一看，感情中的理性和理性中的感情、同中的異和異中的同是如何膠著糾纏在一起，並且共同推動文學和文學批評發展前進的。

一

　　沈約是鍾嶸的前輩，是齊、梁間著名的文學家和文學理論家。因請爲"延譽"被拒，鍾嶸對沈約很不滿，等沈約逝世後，鍾嶸撰成《詩品》，把一代名公巨卿沈約置之"中品"，并加貶斥。這就是《南史·鍾嶸傳》裏說的：

> 嶸嘗求譽於沈約，約拒之。及約卒，嶸品古今詩爲評，言其優劣，云："觀休文衆製，五言最優。齊永明中，相王愛文，王元長等皆宗附約。於時謝朓未遒，江淹才盡，范雲名級又微，故稱獨步。故當辭密於范，意淺於江。"蓋追宿憾，以此報約也。

本段記載，有鍾嶸爲"追宿憾"而故意打壓沈約的意思。因此，明清以來，對鍾嶸置沈約"中品"是"追宿憾"、"報約"的說法，意見不同。明胡應麟《詩藪·外編》卷二說："休文四聲八病，首發千古妙銓，其於近體，允謂作者之聖。而自運乃無一篇，諸作材力有餘，風神全乏。視彥昇、彥龍，僅能過之。世以鍾氏私憾，抑置'中品'，非也。"清張錫瑜《詩平》說："嶸之評約，實非有意貶抑。沈詩具在，後世自有公評。衡以范、江，適得其分。'報憾'之言，所謂以小人之腹，度君子之心耳。延壽載之，爲無識矣。"清許印芳《萃編》說："隱侯列'中品'，已不爲屈。《南史》猶稱其追報宿憾。史書可盡信哉！"范文瀾《文心雕龍注》："《南史》喜雜采小說家言，恐不足據以疑二賢也。"

事實的真相，成了歷史的啞謎；歷史有太多無法解釋也無法破譯的啞謎，因爲，短促的生命個體與漫長的歷史經常形成不成比例的對照；在幾百年甚至幾千年長長的歷史中，一些很精彩的個人片斷經常會被忽略。像鍾嶸求譽沈約這件事，載在歷史，已經不是碎片，而具有完整的形態。只是沒有預先準備好可作旁證的材料，以致今天有些研究者採取回避的態度，不承認，不相信這條材料，以爲是小說家言。我以爲，此事載在《南史》，言之鑿鑿，即使沒有旁證，也仍然是存於歷史的精彩的個人片斷，你無法否定它，正如你無法否認《南史》已經存在的記載。

其實，置沈約於"中品"、批評沈約和"追宿憾"、"報約"是兩個問題：一是沈約居"中品"是否合適？批評得是否正確？二是鍾嶸與沈約之間是否存在"宿憾"？以上幾家把兩個問題混爲一談，以沈約應居"中品"，否定鍾嶸與沈約之間可能存在的"宿憾"。唯紀昀別具隻眼，《四庫全書總目提要》卷一九五說："史稱嶸嘗求譽於沈約，約弗爲獎借，故嶸怨之，列約'中品'。案，約詩列之'中品'，未爲排抑。惟《序》中深詆聲律之學，謂'蜂腰鶴膝，僕病未能；雙聲疊韻，里俗已具'，是則攻擊約說，顯然可見。言亦不盡無因也。"這裏論述置沈約"中品"，"未爲排抑"；而鍾嶸和沈約之間，確實可能存在"宿憾"。古直《鍾記室詩品箋》也說："約身參佐命，劫持文柄。其人雖死，餘烈猶存。仲偉紆回曲折，列之'中品'，蓋有苦心焉，非特不排抑而已。"最爲鍾氏知音。

有意思的是，在對別人的贊美上，沈約並不是一個吝嗇的人。相反，爲了贏得社會的聲譽，鞏固作爲文壇領袖的地位，沈約其實是繼晉張華以後一個典型的愛惜人才、獎掖後進、提攜新人的人，最著名的例子是對劉勰《文心雕龍》的提攜、獎掖和贊美。

《梁書·劉勰傳》說：

> 初，勰撰《文心雕龍》五十篇，論古今文體。……既成，未爲時流所稱。勰自重其文，欲取定於沈約。約時貴盛，無由自達，乃負其書，候約出，干之於車前，狀若貨鬻者。約便命取讀，大重之，謂爲深得文理，常陳諸几案。

實際上，除了劉勰，受到沈約獎掖、扶持、提攜的文學之士還有很多。如張率、陸倕、謝舉、劉顯、何思澄、蕭幾、蕭子顯、王筠、吳均、何遜等人。試舉數例，以資説明：

  湘州刺史楊公則，曲江之故吏也。……及公則卒，（蕭）幾爲之誄，時年十五，沈約見而奇之，謂其舅蔡撙曰："昨見賢甥楊平南誄文，不減希逸（謝莊）之作。"（《梁書·蕭幾傳》）

  （蕭子顯）嘗著《鴻序賦》，尚書令沈約見而稱曰："可謂得明道之高致，蓋《幽通》之流也。"（《梁書·蕭子顯傳》）

這是對蕭幾誄和蕭子顯賦的稱贊，"蓋《幽通》之流也"的口吻，使人想起《晉書·左思傳》裏張華贊美左思《三都賦》："班、張之流也。"以及《世説新語》載張華説《三都賦》"此《二京》可三"的話，其語式、語調都是相同的。《梁書·張率傳》説："（張率）與同郡陸倕，幼相友狎，嘗同載詣左衛將軍沈約，適值任昉在焉，約乃謂昉曰：'此二子，後進才秀，皆南金也。'"其口吻，也與張華《與褚陶書》"常恐南金已盡，而復得之於吾子"差不多。除了贊美誄、賦之美外，還有對文章作手的褒獎：

  沈約嘗見（吳）均文，頗相稱賞。（《梁書·吳均傳》）

  尚書令沈約當世辭宗，每見（王）筠文，咨嗟吟詠，以爲不逮也。（《梁書·王筠傳》）

這些材料都表明，沈約是一個樂意提攜别人和幫助别人的人。求譽沈約，應該不難。但奇怪的是，同樣是求譽，同樣是文學批評家，用了低三下四方法的劉勰，得到了沈約的贊賞，而鍾嶸得不到，這是不可理解的。

沈約爲什麼拒絕鍾嶸，不肯爲鍾嶸延譽？

因爲他們在詩學觀念、詩學本質和詩學發展的認識上，有不能苟合的分歧。

現在已經無法瞭解，鍾嶸求譽沈約，是不是也像劉勰那樣，背着個布袋，像擺地攤的小販子那樣帶着他的《詩品》"干之於車前"？但既要求譽於人，總要拿自己的"作品"給別人看，鍾嶸拿出的，不會是他對《周易》的見解，而是後來成爲《詩品》的某些部分。因爲鍾嶸受劉士章啓發欲撰《詩品》的想法早在十數年前，而"江淹才盡"的傳説剛發生不久即進入鍾嶸的視野，成爲《詩品》中的材料。這些都説明，《詩品》有一個不斷寫作、不斷完善的過程。還有一條可以證明沈約在世鍾嶸就已經在寫作的材料，就是下文還要提及的《詩品·下品》對"宋尚書令傅亮"的品評："季友（傅亮）文，余常忽而不察。今沈特進撰詩，載其數首，亦復平美。"從"今沈特進"的口吻看，鍾嶸寫傅亮條的時間應在沈約官加"特進"的天監十一年（512）不久，因爲《詩品》正式評沈約時，稱沈約是"梁左光禄沈約"，其中是有區別的。

當鍾嶸爲沈約奬掖後進、提攜新人的名聲所迷惑，也許還受到同道劉勰成功的鼓勵。比他早十多年完成《文心雕龍》的劉勰，就是通過"干謁"的形式，求譽沈約，由沈約"取定"，得到贊美，最後大獲成功的。這些，都成了鍾嶸"求譽"沈約的範本和出發點。

鍾嶸去求譽沈約了。我們可以推測，當時鍾嶸即使不給沈約看《詩品》的初稿，只與沈約談聲律論或詩歌發展觀，沈約也會堅決地"拒之"，而且非常明確，一點没有商量的餘地。因爲二人不同的詩學觀，尤其是聲律論上的巨大分歧，形同水火，不啻詩學仇家。沈約當然不可能爲鍾嶸延譽，而鍾嶸撰寫《詩品》批評沈約，也就成了意料中的事。

二

　　鍾嶸與沈約的分歧主要有：
　　一是二人對當世詩風和詩歌成就評價截然不同。
　　對當世詩風和詩歌成就的評價，是大是大非的問題，是一個專業的批評家無可回避的問題，即便現在，我們也未必能分清鍾嶸與沈約之間誰對誰錯，有的沒有對錯，是一個事物的兩方面，沈約和鍾嶸各持一面；因爲兩個人的地位不同，角度不同，沈約在臺上，鍾嶸在臺下；沈約是"唱戲"的，鍾嶸是"評戲"的；一個是矛，一個是盾；一個是批評者，一個是批評對象；自然會對戲本身有不同的看法，沈約會說"好極了"，鍾嶸會說"糟透了"。只有劉勰非常聰明，《文心雕龍》雖然體大思精、面面俱到，但他對當朝的文學問題，基本不談。
　　而鍾嶸不同，《文心雕龍》在前，《詩品》後出，鍾嶸必須面臨兩種選擇：要麼也像他的前輩劉勰一樣，繞開矛盾，不談近世；要麼就冒與世人觀點對立的風險，他顯然覺得，不涉近世而侈談詩學理論和五言優劣不啻隔靴搔癢，雖有風險也只能選擇後者。但涉及近世，矛盾就不可避免。
　　二是對漢以來詩歌發展和流變問題，二人回答不同。
　　對這一問題，鍾嶸的回答是：詩歌的發展是有曲折的，詩歌高峰應該在建安時期，至宋、齊、梁則有誤入歧途、走火入魔的趨勢。故鍾嶸《詩品》的上品名單，漢三人（李陵、班婕妤、古詩算一人）、魏三人（曹植、劉楨、王粲）、晉五人（阮籍、陸機、潘岳、張協、左思），而餘下宋、齊、梁三代，只給了謝靈運一人。漢魏當然是重點，漢魏以外，他寧可多給晉一點，也不多給宋、齊、梁，除了今不如昔的觀念，還有糾偏和强烈表達自己詩學觀的用意。

而沈約在《宋書·謝靈運傳論》中，只以發展新變的詩學觀看問題："降及元康，潘、陸特秀，律異班、賈，體變曹、王，縟旨星稠，繁文綺合，綴平臺之逸響，采南皮之高韻，遺風餘烈，事極江左。"他只説潘岳、陸機是曹、王的繼承和變體，不作高下評判，鍾嶸則以爲潘、陸均不如曹植。沈約説："爰逮宋氏，顔、謝騰聲。靈運之興會標舉，延年之體裁明密，並方軌前秀，垂範後昆。"他認爲，宋代文學在文學史上有起承前啓後的作用，比前代文學毫不遜色。而鍾嶸《詩品》則非常嚴厲地批評了宋代文學。這些，都是他們對漢以來詩歌發展觀念的不同之處。

三是對"聲律論"的評價及其發明權問題。

沈約在《宋書·謝靈運傳論》裏説：

> 夫五色相宣，八音協暢；由乎玄黄律吕，各適物宜；欲使宫羽相變，低昂互節，若前有浮聲，後須切響；一簡之内，音韻盡殊；兩句之中，輕重悉異。妙達此旨，始可言文。
>
> 自騷人以來，此秘未睹。至於高言妙句，音韻天成，皆暗與理合，匪由思至。張、蔡、曹、王，曾無先覺；潘、陸、謝、顔，去之彌遠。
>
> 世之知音者，有以得之，知此言之非謬，如曰不然，請待來哲。

以上這些話，沈約都以發現千古秘密的自信和自己就是發明人的口吻，高度評價"聲律論"對於詩歌創作的作用，揭示了漢以來至於晉宋無人知曉的聲律入詩的方法，所謂"張、蔡、曹、王，曾無先覺，潘、陸、謝、顏，去之彌遠"，那是大家都在寫，但無人知曉的詩歌聲律問題。

沈約另撰《四聲譜》，以爲"在昔詞人，累千載而不寤，而獨得胸衿，窮其妙旨。自謂入神之作"。因爲書佚，無從考證沈約是否就是聲律論的發明人。而後來的《南齊書·陸厥傳》只是說："永明末，盛爲文章。吳興沈約、陳郡謝朓、琅琊王融以氣類相推轂。汝南周顒善識聲韻，約等文皆用宮商，以平、上、去、入爲四聲，以此制韻不可增減，世呼爲'永明體'。"講了"永明體"產生的時間，有哪些詩人？以及"永明體"對文字、聲韻的要求等等，也沒有涉及在中國文學史上有重要意義的"聲律論"的發明人是不是就是沈約。

只有鍾嶸《詩品》辨彰清濁，認真地論述"聲律論"的發明權的問題，鍾嶸《詩品序》說：

> 王元長創其首，沈約、謝朓揚其波。

即從正面糾正了這一事實，發明人是王元長，而不是沈約，沈約不過因爲他的身份關係，成了代言人而已。鍾嶸的話雖然沒有其他證明材料，但鍾嶸是當世之人，與王元長、沈約、謝朓有的有交往，如與謝朓論詩等；又沈約有崇己抑人之病，在他編纂的《宋書》裏，爲他的祖父曲筆迴護，改寫事實，被人發現，作了檢討。《宋書》多取他人的資料，卻不注明。這種把他人成績算在自己賬上的做法，沈約是心虛的。對於"聲律論"及其發明權的問題，恐亦如此。

針對沈約自謂發現"千古之秘"的說法，二十三歲的齊秀才陸厥也著文反駁，陸厥《與沈約書》說：

第三輯　齊梁新變／鍾嶸與沈約：齊梁詩學理論的碰撞與展開

> 但觀歷代眾賢，似不都闇此處，而云"此秘未睹"，近於誣乎？……自魏文屬論，深以清濁爲言；劉楨奏書，大明體勢之致。岨峿妥帖之談，操末續顛之説，興玄黄於律吕，比五色之相宣，苟此秘未睹，茲論爲何所指邪？故愚謂前英已早識宫徵，但未屈曲指的，若今論所申。……論者乃可言未窮其致，不得言曾無先覺也。

陸厥認爲，早在建安時代，曹、劉等人就已發現聲律與詩歌的關係，並用聲律的原理進行創作，有許多名篇佳制可以證明，不必等到宋、齊以後的沈約再來發現。所謂"此秘未睹"、"曾無先覺"，近於誣言。陸厥初生牛犢不怕虎，他以批判者的犀利，數説沈約的荒謬，口氣嚴峻得像師傅在教訓徒弟，這使沈約不得不寫《與陸厥書》反駁。

《與陸厥書》重申《宋書·謝靈運傳論》中的觀點，強調五言詩兩句十字之内，應盡平仄相配、低昂互節變化之能事，肯定這是五言詩重要的新法則：

> 自古辭人，豈不知宫羽之殊，商徵之别？雖知五音之異，而其中參差變動，所昧實多。故鄙意所謂"此秘未睹"者也。以此而推，則知前世文士便未悟此處。

對這一場爭論，鍾嶸始終高度關注。陸厥因父被誅感痛而卒，在陸厥和沈約都去世了以後，鍾嶸著《詩品》，繼續反駁沈約，《詩品序》説：

> 昔曹、劉殆文章之聖，陸、謝爲體貳之才，鋭精研思，千百年中，而不聞宫商之辨，四聲之論。或謂前達偶然不見，

岂其然乎?

　　故三祖之词,文或不工,而韵入歌唱。此重音韵之义也,与世之言宫商异矣。今既不被管弦,亦何取於声律耶?

　　锺嵘不仅在《诗品序》里提出"声律论"的发明人应该是王融,"声律论"对诗歌创作同时带来很多负面影响以外,还在"下品"设"陆厥"条。"下品·陆厥"条说:

　　观厥文纬,具识文之情状①。自制未优,非言之失也。

　　陆厥、锺嵘所论,意颇契合。故此条可与《诗品序》及"中品·沈约"条对读。锺嵘设此条,品评厥诗仅是带过;锺嵘说,陆厥的诗写得不怎么样,但陆厥的"文纬""具识文之情状",支持陆厥反对沈约的声律论。在这场声律论的争论中,锺嵘坚定地站在陆厥一边,实际上就是对沈约的打击。

　　四是在具体诗人、诗歌作品的评价上,二人存在着严重的分歧。

　　在对"建安七子"的评价中,谁是"七子"的冠冕?这个问题早就存在,持不同观点不奇怪,奇怪的是,两种观点截然鲜明地对立。江淹在《杂体诗序》曰:"公幹、仲宣之论,家有曲直。"

　　"家有曲直"的内涵是,在当时的两大审美——词采和风骨方面,人各持一端。

----

①　"文之情状",人民文学出版社陈延傑注本及一般通行注释本作"丈夫之情状"。日本中沢希男《诗品考》:"'丈夫',当为'文'之讹。'文'误为'丈',因文意不通,后人遂在'丈'下窜入'夫'字。"韩国车柱環《锺嵘诗品校证补》,钱锺书《管锥编》所说同,因据《吟窗》、《格致》、《诗法》、《词府》诸本改。

沈約和劉勰認爲冠冕應該是王粲。《宋書·謝靈運傳論》敘述說："子建、仲宣（王粲）以氣質爲體。"將曹植與王粲並美，不提劉楨；劉勰《文心雕龍·明詩》篇則説："兼善則子建、仲宣，偏美則太冲、公幹。"以爲王粲在劉楨之上，他們的論點基本上是相同的。

鍾嶸主張風骨、詞采相濟，以爲漢以來至高無上，完美無缺的詩人是曹植。曹植的詩歌體現了"文"與"質"，"風力"與"丹彩"，"骨氣奇高"與"詞采華茂"、剛柔相濟統一的美學要素。曹植以外，詩人皆有不足：劉楨有風骨，但"雕潤恨少"；王粲"文秀"，但"質羸"，均爲"偏勝"詩人。但在詞采與風骨偏勝之中，鍾嶸更重視"質"與"風骨"。據此劉楨優於王粲。故稱"上品·劉楨"條説"陳思已下，楨稱獨步"；《詩品序》謂"曹、劉殆文章之聖"；"上品·曹植"條謂"孔氏之門如用詩，則公幹升堂，思王入室"，表明在詩歌美學理想上，與沈約、劉勰存在原則分歧。

此外，在鍾嶸確定的詩歌流派中，劉楨源出"古詩"，"古詩"源出《國風》，爲主流正統一系；王粲則源出李陵，李陵源出"楚辭"，則是輔助主流的旁系。由源出看鍾嶸的安排，王粲也不及劉楨。鍾嶸假如想求譽於沈約，就不該有這種體系和想法。

高木正一氏的《鍾嶸的文學觀》（《鍾嶸詩品》所收論文）説：《文心雕龍·才略》篇、《宋書·謝靈運傳論》認爲王粲爲"建安七子"冠冕，以曹、王並稱，而"鍾嶸以爲劉楨比王粲地位更高的説法，實在是以一種獨特的評判和對當時定評的挑戰"[①]。其實，比《詩品》行世更早的裴子野的《雕蟲論》（實爲《宋略·總

[①] 參見高木正一著、曹旭譯《鍾嶸的文學觀念》，吉林出版社 1990 年 6 月。

論》）裏，已經說："其五言爲家，則蘇、李自出，曹、劉偉其風力，潘、陸固其枝葉。"同樣標舉曹植、劉楨而不提王粲，裴子野和鍾嶸一樣，也認爲，"偉其風力"，使詩歌裏充滿風力精神，是比詞藻形容更重要的東西。

鍾嶸的詩學觀，反對"詞不貴奇，競須新事"，把矛頭對準王融、任昉；反對輕薄之徒"笑曹、劉爲古拙，謂鮑照羲皇上人，謝朓今古獨步"。特別是糾正"聲律論"的發明權問題、反對在詩中以平、上、去、入制韻問題，這些觀點就像錐子放在口袋裏，早晚會戳出來。沈約拒絕爲鍾嶸延譽，一定是鍾嶸詩學觀念的"錐子"刺痛了沈約的什麼部位。

沈約也評論五言詩，他經常贊譽後生和同時代詩人的作品。《梁書》載沈約對詩人和詩歌作品贊譽的有：

（謝舉）年十四嘗贈沈約五言詩，爲約所贊賞。（《梁書·謝舉傳》）

（何思澄）爲《遊廬山詩》，沈約見之，大相稱賞，自以爲弗逮。約郊居宅新構閣齋，因命工書人題此詩於壁。（《梁書·何思澄傳》）

同樣書之於壁的還有劉顯的詩：

（劉顯）嘗爲上朝詩，沈約見而美之，時沈約郊居宅新成，因命工書人書之於壁。（《梁書·劉顯傳》）

謝舉、何思澄、劉顯的詩，在當時并不十分知名，但沈約仍然給予贊美，而對當時謝朓、何遜等著名的詩人，沈約更是贊美

有加:

> (謝)朓善草隸,長五言詩,沈約常云:"二百年來無此詩也。"(《南齊書·謝朓傳》)
>
> 沈約亦愛其(何遜)文,嘗謂遜曰:"吾每讀卿詩,一日三復,猶不能已。"(《梁書·何遜傳》)

假如説,《梁書》中沈約贊美蕭子顯的賦有重複張華贊美左思的嫌疑,則沈約把自己喜歡的詩歌作品書於新居之壁的做法,倒是開了唐人先河①。

對沈約那麼重視的何遜、謝朓、謝舉、何思澄和劉顯,鍾嶸完成《詩品》的時候,除了謝朓已經去世,置之"中品",其餘何遜、謝舉、何思澄、劉顯都在世,鍾嶸未品及。但鍾嶸不會重視沈約欣賞的謝舉、何思澄、劉顯等人,假如他們死在鍾嶸完成《詩品》之前,他們的詩能不能入品,都是問題。能入"下品","預此宗流"就算不錯了。有一個例子可以旁證。大概在天監十一年(512),沈約官至"特進",不久,他選過當時人的詩,名爲《集鈔》②。

《集鈔》集了多少詩?鈔了哪些人的作品?因已亡佚,説不清楚。但是,沈約選過傅亮的詩,對於曾助劉裕建宋,後迎文帝劉義隆即位,官至尚書令、左光祿大夫,掌一時表册文翰的傅亮,不管是出於同僚的尊重還是朋友的情誼,沈約對傅亮的詩還是非

---

① 如殷璠《河嶽英靈集》卷下云:"(王)灣詞翰早著,爲天下所稱,最者不過一、二。游吴中作《江南意》詩云'海日生殘夜,江春入舊年',詩人已來,少有此句。張燕公(説)手題政事堂,每示能文,令爲楷式。"不過沈約請别人寫,張説是自己寫。

② 《隋書·經籍志》載:"梁特進沈約集,沈約撰,《集鈔》十卷。"

常欣賞的。今存沈約所撰《宋書·傅亮傳》裏，猶載有傅亮的《奉迎大駕道路賦詩》一首①。

據鍾嶸自己説，他寫作《詩品》時，曾參考過沈約的《集鈔》，鍾嶸想評傅亮的詩，但對傅亮不太瞭解，於是取沈約編的《集鈔》來看，看了以後，便把傅亮放在"下品"裏，對傅亮，也連同沈約，給了這樣的評價：

  季友（傅亮）文，余常忽而不察。今沈特進撰詩，載其數首，亦復平美。

對於沈約重視的詩人和前輩，鍾嶸不僅把他放在"下品"，又漫不經心地説對傅亮的詩"忽而不察"，似乎不值得重視，勉強看了沈約的《集鈔》，裏面選了傅亮的詩，讀過以後，覺得一般般。此條其實還批評了沈約與謝靈運、張隱同樣有"逢文即書"的缺點②。

三

沈約在當時不僅是文章巨公、詩壇領袖，也是一個非常自負的聲律論發明家和詩歌評論家。鍾嶸《詩品》把他放在"中品"。現在看，是一個有眼光的做法，鍾嶸《詩品·中品》"梁左光祿沈

---

① 《奉迎大駕道路賦詩》曰："夙棹發皇邑，有人祖我舟。餞離不以幣，贈言重琳球。知止道攸貴，懷禄義所尤。四牡倦長路，君轡可以收。張邴結晨軌，疏董頓夕輈。東隅誠已謝，西景逝不留。性命安可圖，懷此作前修。敷衽銘篤誨，引帶佩嘉謀。迷寵非予志，厚德良未酬。撫躬愧疲朽，三省慚爵浮。重明照蓬艾，萬品同率由。忠諮豈假知，式微發直謳。"

② 見鍾嶸《詩品序》："至於謝客集詩，逢詩輒取；張隱《文士》，逢文即書。"

約"條説：

> 觀休文衆製，五言最優。詳其文體，察其餘論，固知憲章鮑明遠也。所以不閑於經綸，而長於清怨。齊永明中，相王愛文，王元長、約等皆宗附之。於時，謝朓未遒，江淹才盡，范雲名級又微，故約稱獨步。雖文不至，其功麗，亦一時之選也。見重閭里，誦詠成音。嶸謂：約所著既多，今剪除淫雜，收其精要，允爲中品之第矣。故當詞密於范，意淺於江也。

《詩品》評重要的詩人，均追溯源流。沈約的源流，是出於鮑照。但鍾嶸很謹慎，不僅"詳其文體"，而且"察其餘論"，並很確定、很負責任地説"固知憲章鮑明遠也"。

沈約源出鮑照，而鮑照又"源出於二張"，張協的詩歌特點是"巧構形似之言"、"風流調達"、"詞彩蔥蒨，音韻鏗鏘，使人味之，亹亹不倦"。張華的詩歌特點是"其體華豔"、"巧用文字，務爲妍冶"，"兒女情多，風雲氣少"。鮑照"得景陽之諔詭，含茂先之靡嫚"。張協和張華都源出王粲。王粲風力骨氣不足，文詞秀逸，以"丹彩"勝；又，王粲源出李陵，李陵源出《楚辭》，故知沈約即是《騷》在齊梁之代表，是"文采派"在齊梁的延續。這就決定了沈約的詩歌"不閑於經綸，而長於清怨"。同時決定了沈約在王粲和劉楨的比較中，會站在王粲文采派一邊。

《梁書・沈約傳》謂約"博物洽聞，當世取則。謝玄暉善爲詩，任彥昇工於文章，約兼而有之，然不能過也"。從"兼而有之"可知，沈約詩、文兼善，在創作上比較全面；但就"不能過也"可知，沈約就某一單項來説，均處在任、謝之間，比任彥昇好一點，比謝玄暉差一點，這與《詩品》對沈約的評價是一致的。

風格和表達的內容有關，風格和人有關，從身世上看，雖然沈約因爲自己的勤奮努力，並在政治上跟對了人，所以在齊梁發跡。但是，他青少年時期的經歷，對他一生都有決定性的影響。在南朝宋皇室的内訌中，由於父親沈璞對孝武帝劉駿的號令顯得有點猶豫，站隊不及時，被孝武帝劉駿所殺。是年，沈約十三歲。跟着母親逃竄、流寓、擔心受怕，過缺鹽少米的日子。這就是《梁書·沈約傳》上説的"約幼潛竄，會赦免。既而流寓孤貧，篤志好學，晝夜不倦。母恐其以勞生疾，常遣減油滅火"。這種經歷，都和屈原、李陵有相似之處，不免種下"怨"的情節。此後，沈約一直小心翼翼地對待自己的榮華富貴，但他心裏的"怨"，還經常產生。譬如由齊入梁後，"約久處端揆，有志台司，論者咸謂爲宜，而帝終不用，乃求外出，又不見許"。故作《郊居賦》賦志。其中"降紫皇於天闕，延二妃於湘渚。浮蘭煙於桂棟，召巫陽於南楚"，"傷余情之頽暮，罹憂患其相溢。悲異軫而同歸，歎殊方而並失"，乃是《楚辭》之牢騷，見沈約詩歌之淵源，真與屈原的《離騷》很接近。

也有不謹慎的時候，就會險遭不測。根據《梁書》本傳，一次，沈約侍宴，正好有人獻栗，徑寸半，帝奇之，問曰："栗事多少？""與約各疏所憶，少帝三事。出謂人曰：'此公護前，不讓即羞死。'帝以其言不遜，欲抵其罪，徐勉固諫乃止。及聞赤章事，大怒，中使譴責者數焉，約懼遂卒。"這些，都是"清怨"詩風的根源。

鮑照的詩"貴尚巧似，不避危仄，頗傷清雅之調。故言險俗者，多以附照。"(《詩品·鮑照》條)沈約亦受其影響，雖然"危仄"、"險俗"的特點，沈約不像鮑照那樣明顯，但在"雅"、"怨"之間，則得"怨"而有傷於"雅"。

《南齊書·文學傳論》把當時的詩歌分爲三體，其中鮑照一體是"發唱驚挺,操調險急,雕藻淫豔,傾炫心魂。亦猶五色之有紅紫,八音之有鄭、衛。"這就是《詩品》稱:"貴巧似,不避危仄,頗傷清雅之調。故言險俗者,多以附照。"沈約致力於五言詩,從於流俗,力求詩歌格調清新、形象生動、語言凝練,讓盡可能多的讀者接受。因此,學習鮑照就成了必然。這種學習,鍾嶸以爲除了理論,就創作本身也看得出來。

鍾嶸評沈約"五言最優",可知沈約對當時新興五言詩的關注,是一個對五言詩寫作具有"自覺意識"的人。《梁書·何遜傳》引梁元帝蕭繹評論説:"詩多而能者沈約,少而能者謝朓、何遜。"

蕭繹是著名的宮體詩人,蕭繹推崇沈約,把沈約放在謝朓和何遜之上,就引出一個非常有趣的話題,即《梁書·簡文帝紀》:"(天監)十七年,(蕭綱)徵爲西中郎將,領石頭戍軍事。"鍾嶸任西中郎晉安王蕭綱記室,一年之内卒於任上。可知,鍾嶸《詩品》其時已經完成。作爲記室,鍾嶸沒有理由不把已經定稿的《詩品》讓有"詩癖"的蕭綱翻檢或披閱。蕭綱雖然離當皇太子還有十幾年時間,由他主導的"宮體詩"流行,也還有十幾年甚至更長的時間。但是,《南史·梁簡文帝紀》説:"(簡文帝蕭綱)弘納文學之士,賞接無倦……雅好賦詩,其自序云,七歲有詩癖,長而不倦。"是年蕭綱十六歲,許多宮體詩風格的作品,事實上已經開始寫作。

我想説的是,鍾嶸也許未及見宮體詩,也不知道以後徐陵編輯《玉臺新詠》,專門收集這方面的詩歌作品。但是,宮體詩的前奏,像沈約的一些詠物詩和描寫美人的肌膚、服飾、外貌、心理的詩歌,已經和宮體詩沒有什麼區別。如沈約的《領邊繡》:"纖手製新奇,刺作可憐儀。縈絲飛鳳子,結縷坐花兒。不聲如動吹,無風自移枝。麗色儻未歇,聊承雲鬢垂。"《腳下履》:"丹墀上颯遝,玉殿下趨鏘。逆轉珠佩響,先表繡袿香。裾開臨舞席,袖拂繞歌堂。所歡忘懷妾,見委入羅床。"還有如《詠篪》:"江南簫管地,妙響發孫枝。殷勤寄玉指,含情舉復垂。雕梁再三繞,輕塵四五移。曲中有深意,丹誠君詎知。"《登高望春》:"登高眺京洛,街巷紛漠漠。回首望長安,城闕鬱盤桓。日出照細黛,風過動羅紈。齊童躡朱履,趙女揚翠翰。春風搖雜樹,葳蕤綠且丹。寶瑟玫瑰柱,金羈玳瑁鞍。淹留宿下蔡,置酒過上蘭。解眉還復斂,方知巧笑難。佳期空靡靡,含睇未成歡。嘉客不可見,因君寄長歎。"《夢見美人》:"夜聞長歎息,知君心有憶。果自閶闔開,魂交睹容色。既薦巫山枕,又奉齊眉食。立望復橫陳,忽覺非在側。那知神傷者,潺湲淚沾臆。"

這些詩,鍾嶸是看到了的。看到這些作品,鍾嶸是什麼態度?作何感想?史料闕如。假如我猜想不錯的話,鍾嶸看到這些詩,自然會產生不滿的情緒,因此,說沈約"長於清怨"或"剪除淫雜,收其精要,允爲中品之第"還是客氣的。以前的研究者都沒有論及鍾嶸對早期"宮體詩"或"准宮體詩"的看法。我猜想,這裏的"剪除淫雜",也許就是指沈約的這一類詩歌。

"淫雜"在《詩品》中還有一個用例,就是《詩品·鮑令暉韓蘭英》條中評鮑令暉的"惟《百韻》淫雜矣"。《百韻》詩今不存,但根據當時的記載,"百韻"詩是長了一點、過分了一點。

當然,沈約喜歡語言的流暢、清新、簡潔,宣導"三易"(易見事、易識字、易讀誦)。而不乏"險",即以奇特的想像、警策的語彙和跳躍的節奏,表達新鮮的近於唐人的意境。如《別范安成》:"生平少年日,分手易前期。及爾同衰暮,非復別離時。勿言一尊酒,明日難再持。夢中不識路,何以慰相思?"如果說"勿言一尊酒,明日難再持"前,還是舊題蘇李詩送別的老套,至"夢中不識路,何以慰相思?"意思則既"險"且"仄"矣。又如《登北固樓詩》:"六代舊山川,興亡幾百年。繁華今寂寞,朝市昔喧闐。夜月琉璃水,春風柳色天。傷時爲懷古,垂淚國門前。"其筆力和鮑照的詩非常接近,有唐人的神采和風韻。

沈約接受鮑照更多的地方是"俗"。因此,很多風景,在鮑照那裏如五丁開山、峨眉橫絶,屬於"造景";在沈約那裏則相對平易自然,屬於"寫景"。至於採用雜言樂府的形式,題材的廣泛,詩歌中有不少描寫地位低微的人如思婦、遊子生活思想感情,則沈約更繼承了鮑照,以"見重閭里"的詩歌,開闢了既"俗",又含"清怨"的"永明體"。

《詩品序》説:"次有輕薄之徒,笑曹、劉爲古拙,謂鮑昭義皇上人,謝朓今古獨步。而師鮑照,終不及'日中市朝滿';學謝朓,劣得'黄鳥度青枝'。徒自棄於高聽,無涉於文流矣。"此處"輕薄之徒"謂誰?日本《詩品》班《鍾氏詩品疏》(高木正一《鍾嶸詩品》同)以爲,推尊"謝朓今古獨步"的,乃是沈約。《梁書·謝朓傳》載,沈約嘗云:"二百年來無此詩(謝朓詩)。""鍾嶸這裏雖未點名,但指的卻都是沈約。"又沈約源出鮑照,《中品·沈約》條謂"詳其文體,察其餘論,固知憲章鮑明遠也"。由文體作法,乃至詩歌理論,沈約皆學步鮑照,足見其之推尊。"謂鮑照義皇上人",或亦與暗詆沈約有關(詳見拙《詩品集注》有關部分)。

此外,根據我的研究①,原下品序"昔曹、劉殆文章之聖"至"閭里已甚",爲中品的"後序"或"小序"。細繹此段文字,主旨提倡詩歌音節自然之美,要求"清濁通流,口吻調利",反對平、上、去、入,蜂腰鶴膝的詩學主張,具有特定的解釋性的内容,解釋當今名公巨卿、文壇領袖沈約,爲什麽被置之中品的原

---

① 參見拙文《詩品的稱名與序言的位置》,《中州學刊》1989 年第 5 期。

因。對於齊梁來説，沈約也許是最有可能進入上品的人物；對鍾嶸來説，既置沈約於中品，不管是不是"報宿憾"，鑒於沈約在當時的地位和影響，不僅評價要慎重；還要充分説理，要有理論根據。故此"後序"或"小序"緊接中品"梁左光禄沈約"條後，一、針對沈約説聲律論千古未睹，是他的獨創論；二、針對聲律論引起的弊端和危害；三、互見《中品・沈約》條品語，從品語和"後序"兩方面證明，沈約在中品適得其所。此後辨明音韻之義，指陳聲律論帶來的危害，均與沈約有關，故應爲中品的"後序"或"小序"，歸於中品之後。

四

鍾嶸與沈約的最後一層關係是，鍾嶸意在總結從漢五言詩産生以來，至齊、梁的中國詩歌，特别要總結興盛於齊代永明體的利弊得失，沈約是一個重要的繞不過去的人物。

在宋、齊、梁的文壇上，沈約有創作、有理論、有影響，又任朝廷高官，具有最大的無形資産。他承上啓下、承前啓後，對宋、齊、梁的文學和文學理論，有重要的"座標"作用。鍾嶸當然看到這一點，在《詩品》"沈約"條中也説："齊永明中，相王愛文，王元長、約等皆宗附之。於時，謝朓未遒，江淹才盡，范雲名級又微，故約稱獨步。"在這一個特定的歷史時期内，沈約無論在詩壇和詩學理論上，都是"獨步"的。

按理説，永明體有三位主要代表的詩人，除了沈約，還有謝朓和王融，但其時，謝朓、王融已經逝世，范雲、任昉也相繼亡故，在世的，僅有沈約一人。沈約的存在，標誌了一個時代的存在；沈約死去，標誌一個時代的結束。只有一個時代結束，才能蓋棺定論。

雖然沈約去世以後，緊接着去世的有柳惲和何遜，但等他們去世時，《詩品》已經完成定稿工作同時離鍾嶸去世也已爲期不遠。可見，即便柳、何在詩歌上都有相當的成就，有非常鮮明的特點，但他們並不在鍾嶸的期待範圍之內，這與《詩品》中相當部分與沈約有關，暗含期待寫沈約的情況形成鮮明的對照。這也可以理解爲鍾嶸"追宿憾"、"報約"的思想支點和時間契機。這種期待也是符合邏輯的。從對當代名公巨卿、文章領袖的評判，正可以清理一下齊梁以來的詩壇和創作上混亂、聲律上訛濫以及種種走火入魔、誤入歧途的情況。假如不把沈約放進來，許多問題，特別是聲律問題就說不清楚，《詩品》的齊、梁部分就難以寫得到位和精采。

尤其是，沈約不死，按照《詩品》"其人既往，其文克定"（《詩品序》）的體例，就不能對沈約進行品評。後來的蕭統《文選》，差不多也以沈約爲選文的下限，也都暗示了沈約代表一個時代的意義。《詩品》中處處表現出對沈約的在意，讓史臣覺得，鍾嶸對沈約的態度有點特殊，有點異常，聯繫鍾嶸求譽被拒的事件，這就是《南史》所說的"追宿憾"和"報約"。

遭到沈約拒絕後的鍾嶸，並非僅僅沉浸在痛苦和沮喪之中，而是在痛苦和沮喪中更清晰、更明確地認識到自己的文學思想和審美的價值，以及和沈約文學思想、審美之間深刻的分歧。被人拒絕的屈辱，成了鍾嶸寫作《詩品》的反推動力；而與沈約之間存在的詩學分歧和審美分歧，也讓鍾嶸堅定了在沈約逝世後完成《詩品》的決心，並在與沈約論爭的基礎上，展開五言詩的理論和批評。

有趣的是，既然人們對《梁書·劉勰傳》中劉勰求譽沈約的事從不懷疑，那麼，我們也沒有理由懷疑《南史·鍾嶸傳》中鍾嶸求譽沈約的記載。但鍾嶸置沈約於"中品"，對沈約提出批評，都不是出於"追宿憾"的私人感情,而是出於一個批評家的責任,爲了對從漢以來的五言詩發生、發展,特別是到了齊、梁以後的狀況,有一個總結性的評判。一句話,鍾嶸內心有一個偉大的目標——就是爲了創立自己心中的文學理念和詩歌美學。

對於劉勰和鍾嶸來說,身爲名公巨卿的沈約都是一種令人敬畏、必須仰望的前輩,是一個時代理論、創作最高的平臺。無論劉勰、鍾嶸求譽成功不成功,都同樣會對他們產生作用力。成功的,產生鼓勵的推動力;失敗的,產生積極的反作用力。劉勰屬於前者,鍾嶸屬於後者。這些站在巨人肩膀上的成就,無疑代表了當時最出色的文學理論批評。

齊梁的文學理論,包括"聲律論",就是在陸厥和鍾嶸等反對派的批評中逐步修正、成熟,從繁瑣的"四聲八病",走向唐代"平仄二元"的。這些,都和"求譽"以及在碰撞中展開的文學觀念有關。

(本文原載於《上海師範大學學報》2009 年第 6 期,署名:曹旭、楊遠義)

第四輯

宮體詩系列

"風骨美"被建安詩人寫過了;"田園美"被陶淵明寫過了;"山水美"被謝靈運寫過了;"詠物美"被永明詩人寫過了。現在輪到梁太子蕭綱在東宮領導一群文學青年試驗"人體美"詩歌的時候了。世界萬物中,女性及其服飾是美的頂端。從"風骨"到"田園",到"山水"到"詠物",到"美人"——六朝詩歌美學是一串連在一起的"一顆也不能少"的珍珠項鏈呢。

論宫體詩的審美意識新變

宫體詩是我國齊梁時代詩歌觀念發生重大變化後産生的新詩體，新變後宫體詩的審美意識對唐詩乃至整個古典詩歌的發展産生了不可低估的影響。

對宫體詩的産生、發展、功過，目前學術界還有不少模糊觀點。説宫體詩是帝王荒淫腐朽生活的反射和折光①，是"床笫之言揚於大庭"②，仿佛哪一位神靈叛逆，詩國女神調錯了弦瑟，給這片浄土帶來了罪孽。事實情况並不如此簡單。

最早記載宫體詩産生的《梁書·徐摛傳》説："（摛）遍覽經史，屬文好爲新變，不拘舊體。""（晉安）王入爲太子，轉家令，""摛文體既别，春坊盡學之。'宫體'之號，自斯而起。"《梁書·簡文帝紀》説："（簡文帝）雅好題詩。其序云：'余七歲有詩癖，長而不倦。'然傷於輕豔，當時號曰宫體。"以上兩條記載説明：宫體詩産生在簡文帝任東宫太子的梁中大通三年（531）前後宫掖中，徐摛是始作俑者，由簡文帝蕭綱學習提倡而成一時風氣。

根據史傳記載，宫體詩的首創者徐摛、簡文帝以及爲簡文帝所接賞的宫體詩人劉孝儀、劉孝威、陸杲、蕭子雲、庾肩吾等人

---

① 見劉大傑《中國文學發展史》（上海古籍出版社1982年版）中"南北朝的文學趨勢·色情文學"章節。
② 見章太炎《國故論衡》："自梁簡文帝初爲新體，床笫之言，揚於大庭，訖陳、隋爲俗。"（上海古籍出版社2003年版）

算不得荒淫放蕩，有的還在歷史上留下剛正的清名。《梁書》説劉孝儀"爲人寬厚，內行尤篤"，説陸晏"性婞直，無所忌憚。既而執法憲臺，糾繩不避權幸"，説蕭子雲，"性沉静，不願仕進"，"出爲貞威將軍臨海內史，在郡以和理，民吏悦之"，簡文帝本人更是"器守寬弘"，"實有人君之懿"，嗜陶淵明詩，爲賊臣侯景囚禁作《幽縶題壁自序》説："有梁正士，蘭陵蕭綱。立身行己，終始若一。風雨如晦，雞鳴不已。非欺暗室，豈沉三光？"臨終前表現了君子慎獨的本色。梁朝君主算不得荒淫是史家公認的事實。

宫體詩産生於梁而不産生在確實驕奢淫靡的漢末桓、靈或司馬氏掌權之際，足見與荒淫生活無多大關係。這就是一代英主唐太宗在鞍馬間也喜愛並創作宫體詩、把"梁陳宫掖之風""掃地並盡"的大詩人李白集中也可以找出幾首宫體詩來的原因。隋代李諤、唐代諫臣魏徵以爲"雅道淪缺，漸乖典則"，斥之爲"淫放"、"輕浮"、"妖體"、"亡國之音"（《隋書·文學傳序》）。事實上用的是道德術語而不是在進行文學批評。

宫體詩成了一個國家因各種複雜政治、歷史原因而覆滅的替罪羊。杜牧憤然指責"商女不知亡國恨，隔江猶唱《後庭花》"①，李商隱暗示"地下若逢陳後主，豈宜重問《後庭花》"②，也都毫無例外地把政治與文學混爲一談。他們當然不領悟自己駕輕就熟的格律精嚴、語言華美、對偶工巧的近體詩形式，正是宫體詩的産兒，宫體詩的聲律、對偶、詞采等形式美學和審美意識爲盛唐詩歌最輝煌的高潮作了無私的獻身。

既然宫體詩不是天外來客，且延綿數百年，以至"不無清豔

---

① 杜牧《泊秦淮》詩有"商女不知亡國恨，隔江猶唱後庭花"句。
② 李商隱《隋宫》詩有"地下若逢陳後主，豈宜重問後庭花"句。

之詞,用助嬌嬈之態"的"花間集"仍是它的子嗣,那麼,它的產生和發展就有比"梁書"或"南史"羅列現象更深刻的原因。宮體詩審美意識新變"新"在哪裏?"變"向何處?它是如何一步一步變化的?這是本文所要解決的幾個問題。

一、新變的歷程——美在次第展開

漢末"白骨蔽平原"①、"千里無雞鳴"②的動亂社會裏,"三曹"、"七子"在鞍馬間橫槊賦詩,表現出對人民痛苦離亂生活的同情和關切,抒寫自己爲拯救人民、報效國家的渴望和建功立業的雄心壯志。遭罹厄運的蔡琰以不幸的身世凝聚敘事長詩,歌唱哀怨和離亂。"雅好慷慨","志深而筆長",整個建安詩壇出現劉勰所謂"五言騰踴,文帝、陳思,縱轡以騁節,王(粲)、徐(幹)、應(瑒)、劉(楨),望路而爭驅"(《文心雕龍·明詩》)的彬彬以盛的局面。於是,大聲鏜鎝,慷慨悲涼猶如幽燕老將而剛健多氣,構成了建安詩歌的總體風貌。這就是六朝和唐宋文論家常常稱道的"建安風骨"。

但是,事物總是不斷發展的。建安風骨在剛產生的襁褓中便孕育起否定自己的因素。因爲戎馬風塵之色,鳴鏑鏜鎝之聲固然壯人膽色,奪人心魄,但畢竟比較單調,不夠悅耳,生活需要號角和鼓鼙,同樣需要絲竹管弦,需要休息、娛樂和鬆弛。儘管被鍾嶸譽爲"骨氣奇高,詞采華茂,體被文質,情兼雅怨"(《詩品》)的曹植詩歌具有"風骨"與"丹彩"結合的美,但我國的詩歌不會停留在不具備聲律形式美的建安時代裏足不前。作爲

---

① 王粲《七哀詩》有"出門無所見,白骨蔽平原"句。
② 曹操《蒿里行》有"白骨露於野,千里無雞鳴"句。

"衆作之有滋味"(《詩品序》)的五言詩,既然經過長期的醞釀準備並在東漢末年產生,就必然要跨過建安時代向更高的層次和階段邁進。

自建安迄於齊梁,隨着社會生活和思想觀念的變化,人們的審美心理、審美意識也發生演化和新變,新變的歷程就是美在次第展開的歷程。

緊接着向詩界沖來的新潮流是:田園恬静美的被發現,哲理入詩失敗的試驗、自然山水美感的産生、受印度佛教梵文影響逐漸興起的聲律理論和平、上、去、入四聲的運用、對服飾美和人體對稱幾何綫條美的頓悟,都促使詩人們揚棄了那種與建安特定時代相聯繫的內容和風格特徵,而把田園、山水、服飾和人體美這些嶄新的審美內涵帶入了詩歌。

"采菊東籬下,悠然見南山。"① 仿佛梆笛臨水,洞簫橫吹,先是陶淵明田園詩牧歌般迷人的曲調喚起了人們對田園生活的嚮往和隱逸的情趣。接着,在政治鬥爭的旋渦中急流勇退的謝靈運在自然山水中找到了慰藉和知音。抱着搞政治我不如人、賞山水人不如我、惟以發現自然山水美爲己任的志趣,以明净清麗的筆觸爲我們展現一幅幅"池塘春草"②、"山水清暉"③的絶佳圖景,使人得到無法言喻的快感和山水美享受。大謝之後的小謝,同樣以"朔風飛雨"④的蕭條和千里似練的澄江⑤,引起人們對山水美的驚歎和神往。以致欣賞山水美成了一種時髦的風尚和士人的共同愛好,使欣賞山水成了士人日常生活中不可或缺的部分。

---

① 陶淵明《飲酒》其五有"採菊東籬下,悠然見南山"句。
② 謝靈運《登池上樓》有"池塘生春草,園柳變鳴禽"句。
③ 謝靈運《石壁精舍還湖中作》有"昏旦變氣候,山水含清暉"句。
④ 謝朓《觀朝雨詩》有"朔風吹飛雨,蕭條江上來"句。
⑤ 謝朓《晚登三山還望京邑》有"餘霞散成綺,澄江静如練"句。

既然欣賞山水美，領略其中的真趣成爲日常生活的組成部分，而事實上又不可能每天去光顧名山大川。作爲權宜之計，人們便在自己的住宅邊鑿池引流，植木種卉，以玲瓏別致、巧奪天功的假山和流觴曲水代替和模仿大自然的真山真水，以達到朝夕相見之目的。於是，各種風格的庭園建築美學便在南朝宋、齊、梁之際迅速發展起來——美學從山野走向庭宇，一步步向生活靠近。隔着窗櫺和一層薄薄的窗紗，從歌頌自然的造化，到描寫庭園建築之美，進而表現室內的帳鉤、妝奩、團扇和各種小物件的詠物詩就成爲一種十分自然的過渡，再進一步把人也作爲一種廣義的"物"，把"人體"作爲"物體"來描摹歌詠，這就是《梁書·徐摛傳》所謂"不拘舊體"、"好爲新變"的具體內容和必然結果。於是，人們似乎從渾渾噩噩的原始混茫狀態中震醒過來，猛然頓悟到人體自身，包括服飾就是一種集自然美和人工美大成的和諧整體。於是，"春坊盡學之"，"宮體之號，自斯而起"，從田園詩到宮體詩，從建安到齊梁，不斷發現審美領域的新大陸：

建安風骨美→田園美→山水美→庭園建築美→物器美→人體美。隨着美的次第展開，我們正可以考察我國古典詩歌內容、形式、審美意識是如何新變並在梁代形成宮體的整個過程。

二、新變的特徵：人體服飾、形式美學種種

宮體詩審美新變主要表現在對人體服飾細緻入微的刻畫和對美貌女子哀怨心緒的描寫上。

（一）盡態極妍的人體美與服飾美

佳麗盡關情，風流最有名。約黃能效月，裁金巧作星。

粉光勝玉靚，衫薄擬蟬輕。密態隨流臉，嬌歌逐軟聲。朱顏半已醉，微笑隱香屛。（蕭綱《美女篇》）

朱絲玉柱羅象筵，飛琯促節舞少年。短歌流目未肯前，含笑一轉私自憐。（蕭繹《白紵詞》）

以上二詩同寫歌舞，通過"飛琯促節"、"嬌歌軟聲"和對衣衫、容貌、聲色的刻畫，前者表現了嬌歌的美貌少女，後者則描寫了旋舞的美貌少年。詩末均化"美"爲"媚"，以動態的美——隱於香屛和含笑一轉引起人們的愛憐。又如江洪《詠歌姬》詩中對人體和服飾的刻畫描寫："寶鑷間珠花，分明靚裝點。薄鬢約微黃，輕紅淡鉛臉。發言芳已馳，復加蘭蕙染。浮聲易傷欹，沈唱安而險。孤轉忽徘徊，雙蛾乍舒斂。不持全示人，半用輕紗掩。"蕭綱的《詠內人晝眠》寫得更有代表性："夢笑開嬌靨，眠鬟壓落花。簟文生玉腕，香汗浸紅紗。"真可謂刻畫細微、盡態極妍地表現晝眠內人人體與服飾之美，尤以竹簟紋印上手臂的刻畫爲精細傳神。

不僅以歌女、美婦、內人爲描寫對象的詩以表現人體美爲己任，連寫景狀物，描寫隆隆雷聲和枝間和風也都喜歡以人體特徵作比喻。如宮體詩人劉孝威《和皇太子春林晚雨》詩云："雲樹交爲密，雨日共成虹。雷舒長男氣，枝搖少女風。……"以"長男"的粗獷聲氣比作雷鳴發舒，以"少女"的柔媚婀娜喻風之柔和和暗示枝條飄拂之美。一陰一陽，剛柔相濟。

五言詩中對人體、服飾美的描寫，漢樂府已開其端。《陌上桑》、《孔雀東南飛》以及《古詩十九首》中"青青河畔草"諸篇都是著名的例子，文人仿作有辛延年的《羽林郎》等，但長期以來並未受到人們的重視。魏晉齊梁的文論家大多重聲文、形文和語言的駢偶、音韻的和諧，卻不能認識人體描寫和服飾描寫之美。

劉勰《文心雕龍・樂府篇》專談樂府卻不提《陌上桑》和《孔雀東南飛》；《物色》、《誇飾》諸篇專談對宮室建築美和自然景色美的描摹刻畫，卻未談及對人體美和服飾美的刻畫描寫。曹丕、范曄、陸機、沈約、鍾嶸、蕭統、蕭子顯、顏之推等人及其文論對此均未置一詞。

在建安風骨美→田園美→山水美→庭園建築美→物飾美→人體美的意識鏈中，魏晉齊梁的文論家還大都把眼光集中於"建安風骨"之美上。既對田園美認識不足，又未發現涉及人體美這一環節。理論的空白是創作貧弱的表現。宮體詩的產生，帶來了五言詩描寫人體服飾美的創作高潮。描寫人體服飾美不再是羞於見人的事，嗣承《詩經》"桃之夭夭，灼灼其華"起興，在五言詩中第一次把女子比作花畢竟是天才的舉動。這正如蕭綱在《答新渝侯和詩書》中贊譽的"風雲吐於行間，珠玉生於字裏。跨躡曹（植）、左（思），含超潘（岳）、陸（機）"，"性情卓絕，新致英奇"。在人的性情得到充分展露和審美意識的"新"和"奇"上，宮體詩完全可與文章之聖曹植、具有風力的左思、文彩披錦的潘岳、太康之英陸機的詩歌各領一時風騷。

（二）展現女子內心的情緒天地

幾乎在描寫人體服飾美的同時，宮體詩把筆觸伸向了女子心理，描寫了她們歡樂、痛苦、哀傷等各種情緒天地。

從楚辭《九歌・山鬼》"思公子兮徒離憂"和《湘夫人》"帝子降兮北渚，目眇眇兮愁予。裊裊兮秋風，洞庭波兮木葉下"所籠罩的哀怨清愁開始，以悲為美就成了我國古典詩歌中一個重要的美學傳統。從宋玉《九辯》"悲哉！秋之為氣"，到庾信《哀江南賦序》："不無危苦之辭,惟以悲哀爲主。"以悲爲美確實具有移情動魄、感蕩人心的藝術力量。以致以"悲"、"哀"、"怨"論詩在南朝文論中形成了一種傳統。鍾嶸《詩品》即以此作爲品評詩人作品的重要標準。如評李陵"文多悽愴,怨者之流",評班婕妤"怨深文綺",評曹植"情兼雅怨",評左思"文典以怨",評沈約"長於清怨"等。其中最哀怨動人的莫如表現婦女內心的哀怨和悲傷。《詩品》論詩歌發生的人際原因時列舉"漢妾辭宮"、"孀閨淚盡"、"女有揚蛾入寵,再盼傾國"等,都是以婦女哀怨心理感人的例子。流行南朝的《丁都護歌》、《子夜歌》、《懊儂歌》、《烏夜啼》、《華山畿》等樂府民歌,多表現男女愛情生活和婦女相思之情,聲調婉轉悲傷,內容和原來的本事都帶有女性特有淒迷哀怨、悱惻動人的感情①。這種感情在宮體詩中找到了更爲廣闊的表現天地。宮體詩著力描摹婦女的內心世界,或襲用樂府舊題,或即事自創新調、有描寫思婦月下懷人、相思之情縈繞着飛閃螢火的《秋閨夜思》,有刻畫女子被人遺棄時內心痛苦的《詠人棄妻》,有歌唱對鏡女子嬌羞、驚喜之態的《美人晨妝》,有吟詠牛郎、織女相逢暗渡寄托女子繾綣期待之情的《七夕》等,語言聲調更趨華美,內心世界展示得更蘊籍豐富。

(三)拓展形似體物的新方法

與表現人體服飾美和婦女心緒等特徵相聯繫,宮體詩的審美特徵和審美意識新變還表現在形似體物的描寫方法和詩中聲韻、對偶和詞藻諸形式美上。隨着審美領域的拓展和審美意識的新變,不同的對象要求賦予不同的形體、運用不同的表現方法,以適應新的趣味和傾向。在繪畫領域,別體細微、隨物賦形正取代寫意

---

① 參閱王運熙老師《六朝樂府與民歌》。

和以氣韻爲主的表現方法而成爲一種新的藝術思潮。晉、宋以顧愷之、陸探微爲代表主張骨法用筆、追求氣韻生動的繪畫風格逐漸被齊謝赫、隋展子虔、鄭法士等人重應物象形、隨物賦彩的審美趣味所代替。

張彥遠《歷代名畫記》評論説："上古之畫，跡簡意澹而雅正，顧（愷之）、陸（探微）之流是也。中古之畫，細密精緻而臻麗，展（子虔）、鄭（法士）之流是也。"張彥遠的話雖有褒貶，我們卻可以從中窺見晉、宋迄隋繪畫風格和審美意識上的新變。齊梁重形似鋪寫以描摹細密，毫髮畢現的齊畫家謝赫爲代表。重圖物寫貌的謝赫批評追求簡古、空靈境界的宋畫家宗炳爲"必有損益，跡非準的"，並在所著《古畫品錄》中置之於甚低的六品之中。姚最《續畫品》説謝赫"點刷精研，意存形似"，"別體細微，多從謝始"。其審美趣味截然不同如此。

其時，與繪畫同步發展的詩歌藝術也正朝着體物形似的道路上發展。劉勰《文心雕龍·物色篇》談齊梁詩文形似體物、密附切狀的描寫方法説："近代以來，文貴形似，窺情風景之上，鑽貌草木之中。吟詠所發，志惟深遠；體物爲妙，功在密附。故巧言切狀，如印之即泥，不加雕削，而曲寫毫芥，故能瞻言而見貌，即字而知時也。"如果説謝靈運的山水詩還夾雜"情"和"理"的成份，不全是體物形似的描寫，那麼，到宮體詩人手裏，這種體物形似、隨物賦采的描寫方法正日趨細密，日趨成熟。

（四）創建律詩——奠定詩歌的形式美學

明胡應麟《詩藪》説："五言律詩，肇自齊梁，而極盛於唐。"這裏的"齊梁"主要指齊梁宮體詩。胡氏還明確説陰鏗的《新成安樂宮》詩爲"百代近體之祖"。詠新成安樂宮詩屬宮體範圍。按照胡氏的説法，近體律詩肇自齊梁宮體，而其發展，自有綫索可尋。

《南史・陸厥傳》說："永明末盛爲文章，吳興沈約、陳郡謝朓、琅琊王融，以氣類相推轂，汝南周顒，善識聲韻。約等文皆用宮商，將平、上、去、入四聲，以此制韻，有平頭、上尾、蜂腰、鶴膝。五字之中，音韻悉異；兩句之內，角徵不同。不可增減，世呼爲永明體。"謝朓、沈約、王融作爲先行者，作詩講求四聲八病，對近體律詩的產生起了先導作用。

（明）楊慎《五言律祖》以謝朓、王融、沈約等人的作品爲律詩之祖，正是從這個意義上的肯定。但事物的發展需要時間和失敗爲代價，以近體律詩的標準及其聲律論驗之，三賢或其他永明詩人的作品，或平仄不調，或對偶不穩、或韻律不協，尚不能與近體律詩應聲符節。永明詩人以後，宮體詩人繼起。孜孜不倦的藝術追求終於使聲律更加精密，平仄更加協暢，屬對更加工穩，句式更加固定。"衆裏尋她千百度，驀然回首"，近體律詩終於在千百次的呼喚和探尋中產生。律詩肇自宮體，胡氏舉陰鏗詩爲例並非孤證。我們不妨再舉宮體詩代表詩人徐陵的作品爲例：

裊裊河堤樹，依依魏主營。江陵有舊曲，洛下作新聲。妾對長楊苑，君登高柳城。春還應共見，蕩子太無情。（《折楊柳》）

關山三五月，客子憶秦川。思婦高樓上，當窗應未眠。星旗映疏勒，雲陣上祁連。戰氣今如此，從軍復幾年！（《關山月》）

以上詩歌已全合格律。基本合律尚有微拗者如《關山月》第一首,《秋日別庾正員》、《詠織婦》等。徐陵存詩四十首,合律和近於合律的竟然占了大半,比例爲 62.5%[①]。如果考慮到盛唐詩人也有相當部分不合律的詩,律詩創於徐陵宮體之説應可成爲定論。《關山月》(二首)中"星旗映疏勒,雲陣上祁連"、"蒼茫繁白暈,蕭瑟帶長風。羌兵燒上郡,胡騎獵雲中",《秋日別庾正員》中"朔氣淩疏木,江風送上潮"諸句,其蒼茫風塵之氣,悲涼雄闊之風,高邁的境界,精熟的語言,都已直逼唐人,置之右丞集中,細校其風神駿骨,亦可與《使至塞上》、《觀獵》諸篇相頡頏。

五律而外,五絶、五排、七古、七律、七排諸形式如何?徐陵詩中,與五言排律相合的有《和簡文帝賽漢高祖廟》、《春情》、《山齋》等四首。七言再看宮體詩代表作家江總《閨怨篇》:

寂寂青樓大道邊,紛紛白雪綺窗前。池上鴛鴦不獨自,帳中蘇合還空然,屏風有意障明月,燈火無情照獨眠。遼西水凍春應少,薊北鴻來路幾千。願君關山及早度,念妾桃李片時妍。

全詩由起至結,幾乎全用對仗。其中"屏風有意障明月"一聯,在工整的對仗中跌宕流走,以移情屏風,怨艾燈火寫女主人公哀怨的變態心理,直是唐人句法。故《古詩賞析》説:"友人下近村云:'此種七言,專工對仗,已開唐人排律之體。'良然。"宮體詩另一位代表詩人庾信對形式的貢獻更爲明顯。明張溥《庾子山集題辭》説:"史評庾詩'綺豔',杜工部又稱其'清新'、'老成',此六字者,詩家難兼,子山備之。""夫唐人文章,去徐(陵)、庾最近,窮形寫態,模範是出。"楊慎《升庵詩話》説:"庾

---

① 見顧學頡《徐陵爲律詩首創人説》,載《藝文志》1983 年第一輯。

信之詩,爲梁之冠絕,啓唐人之先鞭。"劉熙載《藝概》說:"庾子山《燕歌行》開唐初七古,《烏夜啼》開唐七律。其他體爲唐五絕、五律、五排所本者,尤不可勝舉。"五言作爲當時詩歌的主要形式,發展過程已爲大家所熟知。七言詩從北朝樂府、鮑照發展到宮體,在諸多形式美的武裝下也漸入唐音。作爲對形式美孜孜不倦追求探索的報償,在盛唐蔚爲大國的五律直接肇自齊梁成了宮體詩堪以自豪的豐碑。因此,不妨可以總括說,五、七言排律、五、七言近體律詩所具有的音韻、聲律、對偶、詞藻的形式美,正是宮體詩審美意識新變後重要的藝術特徵。

三、新變的原因:思想理論・民歌影響・與生活中的美攜手同行種種

宮體詩審美意識新變有種種原因:

(一) 道德思想的鬆弛

首先,漢末農民大起義給社會帶來強烈的衝擊,打碎了原有中央集權定漢儒一尊的凝滯的板塊。層封的冰窟開始融化,禁錮的思想開始鬆弛;漢儒插的思想籬笆被扒開無數缺口,僞道德的禁區被踏得一片狼藉。人們不再承認許多原來習以爲常的法則。詩爲何物?如何發生?功用何在?言情還是言志?這些道學家看來早就解決不成問題的問題,都一齊擺在人們的面前,需要詩人和理論家作出艱難而不容回避的解答。冷靜的忖度,獨立的思考最終帶來打破傳統的創新。"聲律論"發現千古未睹之秘,"文筆說"討論什麼是純文學,把無韻之文稱爲"筆",有韻之文稱之"文",都需要大膽的懷疑和首創精神。作爲現代意義上的文學正艱難地從歷史、哲學和各類學術著作的母胎中痛苦地分娩出來,

成爲一門獨立、完整的事業和學科。一種要求衝破道德束縛和典據的滯累，自由抒寫性情和最大程度馳騁想像的文學理論開始產生。

（二）文學放蕩論的產生

作爲宮體詩重要作家和理論家的蕭繹在《金樓子·立言篇》中説："至於文者，惟須綺縠紛披，宮徵靡曼，唇吻遒會，情靈搖盪。"從純文學的角度出發，蕭繹不僅強調詩歌用韻，還要求聲律上"宮徵靡曼，唇吻遒會"；文藻上"綺縠紛披"；情調風格上"情靈搖盪"。以己之情靈引起讀者情靈的搖盪和共鳴。這種理論觀念，正是他寫《蕩婦秋思賦》、《鴛鴦賦》、《詠晚棲鳥》、《詠秋夜》等宮體詩的思想基礎。宮體詩宣導者蕭綱在《誡當陽公大心書》提出："立身之道，與文章異。立身必須謹慎，文章且須放蕩。"這一"放蕩"，是當時普遍使用的概念。與《漢書·東方朔傳》"指意放蕩，頗復詼諧"、《世説新語》注引《名士傳》"劉伶肆意放蕩，以宇宙爲狹"意思相近，指創作時感情坦露和語言表達不受束縛、自由馳騁想像之意。這種將"立身"與"文章"，真實世界和幻想世界截然分開的文學放蕩論，既是審美意識新變的產物，又反過來促進了審美意識的新變。

（三）與生活中的嗜美風氣攜手同行

魏晉以來品評人物的風氣和由此形成"九品中正"的選人制度，形成社會上重視儀表服飾的嗜美風尚，是宮體詩審美意識新變的又一原因。

東漢以來的戰亂、瘟疫和各種災害，使人們對自然、社會以及自身的認識急遽地豐富起來。與《古詩十九首》中嗟歎人生之短促、怨恨時光之飄忽相對應，論述人的外貌、才性的識鑒理論開始發展。曹魏實行的"九品中正制"就是在劉劭《人物志》之類識鑒理論基礎上建立起來的。一個讀書人能否被"一見即識"，門第之外，外表服飾之美起着重要作用。從外表舉止識別氣質、才性和能力大小，發展到衣帽取人和普遍重視外貌服飾美的社會風氣。

《世說新語·容止篇》載："潘岳妙有姿容，好神情，少時挾彈出洛陽道，婦人遇者，莫不連手共縈之。左太冲絶醜，亦復效岳遨遊，於是羣嫗齊共亂唾之，委頓而反。"《容止篇》又載：蘇峻作亂後，陶侃欲處死庾亮，但與庾亮見面後，"庾風姿神貌，陶一見便改觀，談宴竟日，愛重頓至"。愛美的風氣不僅遍及上層士人，也遍及下層人民。《晉書》中說王濛貌美，"居貧帽敗，自入市買之，嫗悦其貌，遺以新帽"。以貌美名震一時的衛玠從豫章到下都，"人久聞其名，觀者如堵牆，玠先有羸疾，體不堪勞，遂成病而死，時人謂'看殺衛玠'"。

嗜美風氣必然導致對美的孜孜不倦的追求，上層士人如此，下層人民亦如此；女性如此，男性亦然。如何熏香、佩器、飾物、著衣，包括化妝打扮、人體美、服飾美既已成爲全社會的注意中心，就必然反映到詩歌中來，寫作人體服飾美、字句如珠璣圓潤諧美的宮體詩，與追求面容體態、佩器熏香的生活出於共同的審美意識。在整個社會的嗜美風氣，宮體詩與生活中新變的審美意識攜手同行。

（四）與民歌交互影響

宮體詩審美意識的產生和新變還與民歌影響有關。現存宮體，不少襲用了當時民歌的標題和內容。而一些民歌又殘留着文人模仿的痕跡，兩者交互影響。劉師培《中古文學史》說："宮體之名，雖始於梁，然側豔之辭，起源自昔。晉宋樂府如《桃葉歌》、《碧玉歌》、《白紵歌》、《白銅鞮歌》，均以淫豔哀音，被於江左，迄於蕭齊，流風益盛。其以此體施用五言詩者，亦始晉宋之間，後有鮑照，前有惠休，特至於梁，其體尤昌。"

產生在以建康（今南京）、荆、襄爲中心的吳歌西曲，帶有經濟繁榮、商業發展後的市民意識，並以其獨特的藝術魅力贏得了人們普遍的歡迎。《世説新語·言語篇》説："桓玄問羊孚，何以共重吳聲？羊曰：'當以其妖而浮。'""妖而浮"者，實指包含其中的新意識和新的藝術魅力。

東晉南渡以後，士人鄙棄如"老婢聲"的"洛下詠"，紛紛轉向南方民歌，學習模仿。《齊書·王儉傳》記載齊高帝與群臣共同欣賞《子夜歌》。《王敬則傳》記載明帝聽王仲雄鼓琴作《懊儂曲》之事。《金樓子》説："齊武帝有寵姬何美人死，帝深凄愴。後因射雉，登岩石望其墳，乃命布席奏伎，呼工歌陳尚歌之，爲吳聲鄙曲，帝掩歎久之。"別有感人心處的吳聲西曲在上層士大夫"雅正"詩文的排擠下，冒着一片"淫聲"、"妖浮"的唾駡，一步步從委巷走向大雅之堂，成了宮庭裏的寵兒。

從晉宋至齊梁，著名詩人湯惠休、鮑照、沈約、王融、柳惲、吳均，乃至大多數宮體詩人，都有數量可觀的擬民歌作品，如湯惠休的《白紵歌》，鮑照的《代白紵歌辭》，沈約的《四時白紵歌》，梁武帝的《采蓮曲》、《江南弄》等等，這些擬民歌作品風格哀怨，遣詞豔麗，已與宮體詩屬同一種美學範疇，宮體詩之名雖在梁代出現，而晉宋以來文人仿作的民歌作品早就成爲它的濫觴，民歌中滲透的新的市民意識，已被宮體詩吸取，成了新審美意識的一部分。

（五）風騷辭賦的遺傳

宮體詩審美意識的新變，還與傳説詩賦中對女性形象描寫有一脉相承的关系。

女性作爲詩賦的描寫對象，從《詩經·衛風》中的"碩人其頎，衣錦褧衣"發端，在楚辭的《大招》中有了更鋪衍的描寫。由於《楚辭》對漢賦的影響，這種對美女的鋪陳描寫在漢賦中又得到進一步的擴展和發揚。宋王楙《野客叢書》説："自宋玉《好色賦》，相如擬之爲《美人賦》，蔡邕又擬之爲《協和賦》，曹植爲《靜思賦》，陳琳爲《止欲賦》，王粲爲《閑邪賦》，應瑒爲《正情賦》，張華爲《永懷賦》，江淹爲《麗色賦》，沈約爲《麗人賦》。轉轉規仿、以至於今。"正説明《詩經》中的對碩人"手臂"、"皮膚"、"頸項"、"皓齒"、"方額"、"蛾眉"、"美目"以及"巧笑"和"錦衣"描寫，是如何通過《楚辭》、漢賦的"轉轉規仿"而遺傳下來的。

曹植的《洛神賦》中寫洛神（實爲人體美）臉龐體態美寫了"肩"、"腰"、"頸"、"皓腕"、"雲髻"、"修眉"、"丹唇"、"皓齒"、"明眸"、"靨輔"、"骨像"，寫儀態用了"儀靜"、"體閑"、"柔情"、"綽態"、"媚語"；寫服飾用了"奇服"、"羅衣"、"瑤碧"、"華琚"、"金翠首飾"、"明珠"、"文履"、"輕裾"、"玉佩"、"瓊琚"等等，從《詩經》到《洛神賦》的人體服飾美描氣，既有辭句的變化，飾物種類的增加，描寫部位的擴大，更有貫注其間的審美意識的變化。

由於賦鋪敘和體物的描寫方法，賦中不厭其煩地羅列地理、山川、名物、風俗、節氣甚至被後人用來當作記載地理、山川、名物的類書和百科詞典。描寫美女也從頭到腳，纖毫畢現，因此，漢以來描寫美人的辭賦仿佛開着一個大型美容店和珠寶服裝公司。宮體詩作者可以從那些商店的貨架上毫不費力地買到時裝、首飾和假髮、假花來裝點他們詩中的女主人公。只要把宮體詩中描寫服飾、器物、人體美的詞句與漢賦中的美人賦及受漢賦影響的

《陌上桑》、《羽林郎》等作一對照，宮體詩新變後的審美因素有相當部分來自風騷辭賦的遺傳就會十分清楚①。

四、新變的意義：建安風骨——齊梁宮體——盛唐氣象

宮體詩審美意識新變的意義在於對建安風骨的否定並由此帶來詩歌內容、形式上的革新，對唐詩的發展產生重大影響。

唐人殷璠《河嶽英靈集》論盛唐詩歌取得高度成就的原因是盛唐詩"既閑新聲，復曉古體；文質取半，風騷兩挾；言氣骨則建安爲儔，論宮商則太康不逮"，是"風骨"與"聲律"兼備的結果。風骨從"建安風骨"中來，聲律則從"齊梁宮體"（包括永明體）而來。盛唐氣象，是"建安風骨"、"齊梁宮體"所有風格特點和形式美學合乎邏輯的發展和繼承。"齊梁宮體"否定"建安風骨"，又被"盛唐氣象（風骨）"所否定。從建安至盛唐，我國詩歌的發展正表現爲一個週期。

作爲詩歌兩次向對立方面轉化形成的盛唐氣象，在詩歌思想內容奮發有爲、充滿昂揚的時代精神，語言剛健有力、豪邁俊爽方面，與"建安風骨"的某些特徵相似，但卻是更高層次上的相似。這種螺旋式的發展，正是因爲宮體詩審美意識和宮體詩提供了新的形式美的緣故。

歷史是一個合理而有機的整體，詩國燦爛的美景是形式與內容共同創造的。建安詩人面對漢末《古詩》提供的五言詩形式，擴大了詩歌的題材，拓展了詩歌的內涵，提高了詩歌的造型和表

---

① 參見鄺健行《宮體詩成因試探》，載《中國詩歌論稿》，香港新亞研究所版。

現力，以充實的內容、剛健爽朗的語言創造出一種昂奮的風力和雄健開張的詩歌精神。宮體詩人則旨在吸取風騷辭賦中的美學内涵和民歌中的新意識，以聲韻、對偶、詞采表現人體美和服飾美，繼永明詩人之後努力探索詩歌形式美學的奧秘，爲我國的詩歌發展提供形式美。只重形式或只重内容而否定任何一方都同樣偏頗。盛唐詩歌的七寶樓臺，拆去建安時代的"風骨"或齊梁宮體的形式美都會不成片斷。贊美盛唐詩歌、貶斥齊梁宮體無疑與最後一隻餅吃飽肚子埋怨白吃了前幾隻餅的人一樣愚蠢。

在盛唐詩歌對宮體詩的否定揚棄中，除了聲韻、對偶、詞藻等形式美以外，宮體詩在内容、題材、描寫方法、新變後的審美意識等方面，都對唐詩產生重大影響，以致成了盛唐詩的參與因素和重要組成部分。如宮體詩描寫宮女春怨的一些詩歌，直接形成了唐詩中富有魅力，帶有哀怨色彩的"宮詞"和"春閨曲"。王昌齡、王建等詩人還因宮詞擅名。《全唐詩》中，這類作品的數量是相當可觀的。這一事實，惜爲文學史家所忽視。

此外，宮體詩中由宮幃通向邊塞的詩歌，開了盛唐邊塞詩的先聲，形成了盛唐詩歌中重要的組成部分。不説南北文風合流的庾信、徐陵、王褒等人描寫邊塞的詩已入唐調，告別了鮑照時代的粗獷和豪放，且隨意舉梁簡文帝蕭綱一些描寫邊塞的詩句與唐人詩句相對照：

蕭綱："送陣出黄雲"，"洗兵逢驟雨"。（《隴西行》）

岑參："朝登劍閣雲隨馬，夜渡巴江雨洗兵"。（《奉和杜相公發益州》）

蕭綱："嫖姚校尉初出征"，"貳師將軍新築營"。（《從軍行》）

王維:"護羌校尉朝乘障,破虜將軍夜渡遼"。(《出塞》)

蕭綱:"高旗出漢墉","悲笳動胡塞"。(《雁門太守行》)
王維:"征蓬出漢塞,歸雁入胡天"。(《使至塞上》)

蕭綱:"小婦趙人能鼓瑟,侍婢初笄解鄭聲"。(《從軍行》)
李頎:"遼東小婦年十五,慣彈琵琶解歌舞"。(《古意》)

僅以上句式,立意的相似之處,即可窺見從宮體詩向唐代邊塞詩發展過渡的嬗變之跡。

在審美意識上的影響則更爲深遠,齊梁宮體往往由宮幃通向邊塞,盛唐邊塞詩則多由邊塞回歸春閨。宮體以邊塞戰士的苦辛作爲閨中少婦相思的點綴,邊塞詩則以閨中春情反襯戰士的苦辛。同樣都是將邊塞的雄奇美與閨中的娟秀美,陽剛美與陰柔美進行對比映襯以取得巨大藝術魅力的創作方法。李白供奉翰林時期的作品,白居易《長恨歌》對人物容貌體態的刻畫及語言特點都可以看出這種影響。事實上,漢魏渾成質樸的語言不經過宮體詩的精工打磨,就很難達到唐人字如珠璣的精熟華美的高度。這是毋庸置疑的。

在詩國燦爛的星空裏,一千多年前出現的宮體詩曾像哈雷彗星一樣受人咒詛並已在夜空中殞没,然而在未來的世紀裏,我們卻仍可看清它拖着的長長的光明的尾巴。

(本文原載於《文學遺産》1988年第6期)

宮體詩與文學放蕩論

宮體詩在梁代產生，不是什麼怪胎，而是中國詩學分娩的必然；宮體詩是中國歷代詩學沙龍裏喜歡打扮、重視服飾美、人體美和喜歡訴說情緒天地的宮廷佳人。

作爲影響深遠的詩歌流派和詩歌類型，宮體詩從產生至消亡，至少有一百年以上的歷史；宮體詩學則延綿數世紀，其內涵伴隨中國詩學的發展已成爲其中不可或缺的審美要素。歷時如此之長，影響如此之大的宮體詩，它的產生、發展、繁榮，絕對有理論的支撐和思想的指導。但現在的宮體詩理論，似乎既不系統，又不完整，只是一些任人掇拾的書信和理論的碎片，其實是一種沒有深入探究的誤解。

本文以蕭綱的"文學放蕩論"爲核心，結合蕭繹和其他宮體詩人的序跋、書信、言論，從整體上考察蕭綱的宮體詩學理論，包括詩歌的發生論、本質論、創作論、功能論和新變論。考察宮體詩創作和"文學放蕩論"之間的互動關係。把"立身"與"文章"，把身邊真實的世界和文學幻想世界截然分開的"文學放蕩論"，既是宮體詩審美意識新變的產物，反過來又指導創作，促進審美意識的新變，在中國古代詩學上，具有獨一無二的意義。

蕭綱的宮體詩學有幾個特點：一是具有批判的鋒芒和理性精神，二是具有系統性、完整性和自成詩學體系，三是具有獨創的理論核心，四是具有現實意義和普遍意義，在宮體詩創作實踐中產生，又反過來指導宮體詩的創作。

一

蕭綱詩學理論第一個顯著的特點：就是具有批判的鋒芒和理性的精神。我們先讀一段文字，這是魏陳思王曹植的《與楊德祖書》：

> 僕少好爲文章，迄至於今，二十有五年矣。然今世作者，可略而言也。昔仲宣獨步於漢南，孔璋鷹揚於河朔，偉長擅名於青土，公幹振藻於海隅，德璉發跡於大魏，足下高視於上京。當此之時，人人自謂握靈蛇之珠，家家自謂抱荆山之玉……辭賦小道，固未足以揄揚大義，彰示來世也。
>
> 昔揚子雲先朝執戟之臣耳，猶稱壯夫不爲也。吾雖德薄，位爲藩侯，猶庶幾戮力上國，流惠下民，建永世之業，流金石之功，豈徒以翰墨爲勳績，辭頌爲君子哉！若吾志未果，吾道不行，則將采庶官之實錄，辯時俗之得失，定仁義之衷，成一家之言，雖未能藏之名山，將以傳之同好，此要之白首，豈可以今日論乎？

信寫於西元二一六年，曹植二十五歲，與曹丕爭立太子已進入漸處下風的失敗階段。因爲他喝醉酒，私自坐着王室的馬車，打開了王宮的正門——司馬門，在國家舉行典禮，只有皇帝本人才能走的"馳道"上策馬馳騁、縱情遊樂，曹操大怒。此事就發生在這一年前後，所以，這封書信有明顯不得意的情緒化傾向。

不管怎麼說，讀到曹植這封書信的蕭綱，對曹植說的這些話很不滿意。他在《答張纘謝示集書》中說：

　　　　綱少好文章，於今二十五載矣。竊嘗論之：日月參辰，火龍黼黻，尚且著於玄象，章乎人事，而況文辭可止，詠歌可輟乎？不爲壯夫，揚雄實小言破道；非謂君子，曹植亦小辯破言。論之科刑，罪在不赦。

蕭綱將自己的文集給曾任太子舍人、吏部尚書的張纘看，張纘看了，寫信表示感謝，收到感謝信的蕭綱意猶未盡，又寫了這封信。

這封信有幾個有意思的地方：第一，曹植寫信的時候，年齡是二十五歲，蕭綱寫這封信的時候，年齡也是二十五歲。也許是一種巧合，也許是一種模仿；假如是巧合，即同樣年齡段的文學青年，對文學事業會勃發出類似的青春激情；假如是模仿，則蕭綱也許意識自己也到了曹植當年給楊修寫信的年齡，到了應該直面社會，對文學問題發表自己看法的時候了。

第二，無獨有偶的是，蕭綱這封信的開頭，竟然和曹植信的開頭一樣。曹植說："僕少好爲文章，迄至於今，二十有五年矣。"蕭綱說："綱少好文章，於今二十五載矣。"蕭綱的話和曹植的話其實都有話外之音，就是說，我已經不是小孩子了，在文章方面，我也涉獵很長時間，有資格說話了。巧合也好，模仿也好，這個意思，他們是一樣的。

三是，曹植的書信提到漢代的揚雄對文學的言論①；蕭綱也提到揚雄對文學的言論。曹植對揚雄的言論正面肯定："昔揚子雲先朝執戟之臣耳，猶稱壯夫不爲也。"蕭綱提到揚雄的言論則完全否定，並和曹植合在一起批判："不爲壯夫，揚雄實小言破道；非謂君子，曹植亦小辯破言。論之科刑，罪在不赦。"其中要把揚雄

---

① 揚雄在《法言·吾子》中說："或問：'吾子少而好賦？'曰：'然。童子雕蟲篆刻。'俄而曰：'壯夫不爲也。'"

和曹植的言論定爲"不赦"之大罪，不是蕭綱的法制意識有多强，也不完全出於戲謔的口吻，而是用戲謔表達極致的嚴厲；表達理所當然、不容置辯、舍我其誰的激情與勇氣。

蕭綱於普通二年（521）出爲外藩，任雍州刺史、後都督揚南徐二州諸軍事、任驃騎將軍，去年春正月又調任揚州刺史，離開京城已經有九年時間。此前成功地舉行過北伐、在嚴酷激烈的鬥爭中得到磨煉、已經二十九歲的蕭綱，其成熟度和决斷力以及自信心都有了很大的提高。帶着胡霧征塵和邊地風沙，聽慣塢笛塞笳，也帶着奮發的意氣回到建康的他，對流行於京城語言浮疏、節奏拖遝、言不由衷的詩風感到十分驚訝。這種完全背離了詩歌比興傳統和風騷意蘊的詩歌，怎麼會有這樣大的市場？於是，憤怒和責任感使他大聲疾呼，對陳舊、懦鈍和闡緩的風氣，猛烈地加以批判。他在《與湘東王書》中説：

> 比見京師文體，懦鈍殊常，競學浮疏，争爲闡緩。玄冬修夜，思所不得，既殊比興，正背風騷。

這是蕭統死後被立爲皇太子的蕭綱，在寫了一系列的《謝爲皇太子表》、《拜皇太子臨軒竟謝表》以後，又在懷着悲傷的心情爲哥哥蕭統編《昭明太子集》並撰寫《昭明太子別傳》的間隙裏，寫給弟弟湘東王蕭繹的信。

"懦鈍殊常，競學浮疏，争爲闡緩"、"既殊比興，正背風騷。"是針對京師文體陳舊的現狀説的。所謂"懦鈍殊常，競學浮疏，争爲闡緩"，指的是一味摹仿儒家的經書，因雍容而闡緩，因質樸而枯槁，引經據典、坐而論道以致浮疏。這種出於經書，而非出於人的性情；出於盲目模仿、生搬硬套，而非出於對客觀物象有敏鋭審美感受的作品，決無真摯感人的藝術魅力。在這股風潮中，

很多人一學謝靈運,二學裴子野,讓蕭綱覺得奇怪:

> 又時有效謝康樂、裴鴻臚文者,亦頗有惑焉。何者?謝客吐言天拔,出於自然,時有不拘,是其糟粕。裴氏乃是良史之才,了無篇什之美。是爲學謝則不屆其精華,但得其冗長;師裴則蔑絶其所長,惟得其所短。謝故巧不可階,裴亦質不宜慕。

謝靈運和裴子野,都有自己的長處,但模仿者不知道謝靈運、裴子野的長處在哪裏,生吞活剥的結果,畫虎不成反類犬。

在當皇太子的這一年裏,雖然大赦天下、修繕和擴建蕭統以前住過的東宫不是他的事,但作爲政權的接班人,舉國上下的關注度、人氣度,足以使他找不到自己。政務繁忙,千頭萬緒,儒、佛、道,很多人事都要打交道、都要他出面敷衍。在這種情況下,這封信竟然寫了730多字,甚至比《謝爲皇太子表》、《拜皇太子臨軒竟謝表》的文字加起來還要長;因爲信是附録在《梁書》和《南史》"庾肩吾傳"裏的,很可能還有刪節。因爲信没有稱呼,開頭就是"吾輩亦無所遊賞,止事披閲,性既好文,時復短詠"。直奔主題。至最後八字"相思不見,我勞如何",算是講了哥哥分内的話,其餘的文字都在講詩歌。由此可以看出,蕭綱對詩學的關心,其時代感和原則性是非常强的。

蕭綱雖然説:"吾既拙于爲文,不敢輕有掎摭。"但批判的鋒芒,可謂前無古人,此前曹丕、陸機、劉勰,甚至鍾嶸,都没有他這樣的勇氣和力度。説曹植"小辯破言",鍾嶸想都不敢這樣想[①]。"論

---

① 參見曹旭《鍾嶸的文學觀念與詩學思想》,《上海師大學報》1996年第1期。

之科刑，罪在不赦"，曹丕、陸機、劉勰、鍾嶸，即使《典論・論文》、《文賦》、《文心雕龍》和《詩品》重寫，他們也永遠不會説這樣的話。當然，個人書信和正式的詩學著作也是有區别的。

　　蕭綱的詩學批判，其可貴之處，不僅在於感覺的敏鋭、鋒芒的鋭利，還在於他的理性精神。即不以親疏關係、不把個人感情、愛好夾雜其中的純粹的詩學批判，在整個中國文學批評史上都具有標杆性的意義。

　　其實，蕭綱是曹植的粉絲，曹家的文學功業是蕭家的偶像，曹植是蕭綱的偶像，而且不是一般的偶像。曹植的詩學地位，十六歲的蕭綱在任西中郎晉安王、領石頭戍軍事的時候，記室鍾嶸就反覆給他強調過的①。鍾嶸《詩品・上品》把曹植奉爲"文章之聖"，贊美曹植的詩歌"骨氣奇高，詞彩華茂。情兼雅怨，體被文質。粲溢今古，卓爾不群"，"譬人倫之有周、孔，鱗羽之有龍鳳，音樂之有琴笙，女工之有黼黻"。相信這些句子，蕭綱耳熟能詳。

　　可以證明的是，蕭綱在另一封《與湘東王書》中説："歷方古之才人，遠則揚、馬、曹、王，近則潘、陸、顔、謝。"這裏的揚，即揚雄；曹，指曹植，都是創造文學經典的人，説明揚雄和曹植在他心目中的存在。但崇拜歸崇拜，批判歸批判，不夾雜個人情感，這就是蕭綱詩學的理性精神。

　　蕭綱對謝靈運詩歌的利鈍分得很清楚："謝客吐言天拔，出於自然；時有不拘，是其糟粕。"對學習謝靈運成功的詩人，如寫《入若耶溪》的詩人王籍，蕭綱也表示欣賞。《南史》卷二一《王

---

　　①　見《梁書・簡文帝紀》："(天監)五年，(蕭綱)封晉安王；(天監)十七年，徵爲西中郎將，領石頭戍軍事。"《南史・鍾嶸傳》："遷西中郎晉安王記室……頃之，卒官。"

弘傳》附王籍傳説："籍好學，有才氣，爲詩慕謝靈運。至其合也，殆無愧色。時人咸謂康樂之有王籍，如仲尼之有丘明，老聃之有嚴周。"《顔氏家訓·文章篇》記載："王籍《入若耶溪》詩云：'蟬噪林逾静，鳥鳴山更幽。'江南以爲文外斷絶，物無異議。簡文吟詠，不能忘之。"學得好的他吟詠不忘，學得糟糕的他批評指正。

謝靈運是前朝名流，裴子野則是當代文章名人。梁天監七年（508），在中書郎、國子博士范縝的薦舉下，默默無聞的裴子野和他的《宋略》二十卷突然出現在人們眼前。范縝上書梁武帝，建議由裴子野替代自己任國子博士。讀過《宋略》的尚書徐勉則認爲，裴子野應該任著作郎掌國史。與當朝名公任昉有姻親但不巴結，尤其記載"淮南太守沈璞（沈約的父親）"被殺是因爲他"不從義師故也"，使在《宋書》沈璞傳中隱瞞事實真相的沈約向裴子野道歉。裴子野的"硬漢"形象、人品和文章名重一時。特別值得一提的是，裴子野和湘東王蕭繹還是莫逆知己。普通七年（526），十九歲的蕭繹任丹陽尹，有善政，裴子野就寫了《丹陽尹湘東王善政碑》，碑文中爲這位十九歲的青少年編了許多好聽的話。所以，蕭繹在《金樓子》序言中説："裴幾原（子野）、劉嗣芳（顯）、蕭光侯（子雲）、張簡憲（纘），余之知己也。"《金樓子·立言》篇中記載與裴子野論學之語。裴子野死後，蕭繹寫了《散騎常侍裴子野墓誌銘》，這些，蕭綱不會不知道。因此，在湘東王面前批評裴子野尤其不容易。即便如此，蕭綱還是要把作爲"良史"的裴子野和"了無篇什之美"的裴子野區別開來。知己歸知己，詩學歸詩學，這同樣是蕭綱詩學的理性精神。

總之，與弟弟湘東王蕭繹保持聯繫，同聲共氣。希望自己和蕭繹就像曹丕、曹植主導建安文壇那樣，以批判當前京師陳舊而懦鈍的文體爲契機，確立梁代新的詩學觀，領導新潮流，建立新詩學，同時充滿對弟弟的鼓勵和希望：

文章未墜，必有英絕領袖之者，非弟而誰？每欲論之，無可與語，思吾子建，一共商榷。

說湘東王蕭繹是蕭家的"曹子建"，使"蕭家的文學"與"曹家的文學"前後相繼。這時，湘東王蕭繹雖然遠在荆州，但蕭綱與他頻繁地書信往返，在文學創作新變的運動中，蕭繹心照不宣地成了宮體詩學的副領袖。

二

蕭綱的宮體詩學，除了有批判鋒芒和理性精神，也具有系統性、完整性，自成體系。

對詩歌"是如何產生"作出回答的，是詩歌的發生論；對詩"是什麼"作出回答的，是詩歌的本質論；對寫詩是"爲了什麼"作出回答的，是詩歌的功能論；對詩歌"如何保持審美和感人力量"作出回答的，是詩歌的新變論。蕭綱和宮體詩的理論家對此一一作出自己的回應。對於詩歌的發生，蕭綱在《答張纘謝示集書》中以爲：

  至如春庭落景，轉蕙承風；秋雨且晴，簷梧初下；浮雲生野，明月入樓。時命親賓，乍動嚴駕；車渠屢酌，鸚鵡驟傾。伊昔三邊，久留四戰；胡霧連天，征旗拂日；時聞塢笛，遙聽塞笳；或鄉思淒然，或雄心憤薄。是以沉吟短翰，補綴庸音，寓目寫心，因事而作。（《藝文類聚》五十八）

六朝詩學對於詩歌的發生，多以爲自然四季感蕩的原因。陸機《文賦》說"遵四時以歎逝，瞻萬物而思紛；悲落葉於勁秋，喜柔條於芳春；心懍懍以懷霜，志眇眇而臨雲。"劉勰《文心雕龍・物色》篇說："春秋代序，陰陽慘舒。物色之動，心亦搖焉。蓋陽氣萌而玄駒步，陰律凝而丹鳥羞，微蟲猶或入感，四時之動物深矣。……歲有其物，物有其容；情以物遷，辭以情發。一葉且或迎意，蟲聲有足引心。況清風與明月同夜，白日與春林共朝哉。是以詩人感物，聯類不窮。"鍾嶸《詩品》序論詩歌發生說："若乃春風春鳥，秋月秋蟬，夏雲暑雨，冬月祁寒，斯四候之感諸詩者也。嘉會寄詩以親，離群托詩以怨。至於楚臣去境，漢妾辭宮，或骨橫朔野，或魂逐飛蓬，或負戈外戍，或殺氣雄邊；塞客衣單，孀閨淚盡；又士有解佩出朝，一去忘返；女有揚蛾入寵，再盼傾國：凡斯種種，感蕩心靈，非陳詩何以展其義，非長歌何以釋其情？"《梁書・蕭子顯傳》錄其《自序》，敘述寫作經歷時說：

  若乃登高目極，臨水送歸，風動春朝，月明秋夜，早雁初鶯，開花落葉，有來斯應，每不能已也。

  陸機、劉勰、蕭子顯自然觸動、四季感蕩的層面，蕭綱也說了；但在這之外，社會的感蕩，人世的悲歡離合，同樣是詩歌發生的原因，能同時涉及這一層面的理論家，除了他的記室老師鍾嶸以外，就是蕭綱了。和鍾嶸不同的是，鍾嶸的社會感蕩和人生感蕩論，舉的是"楚臣"和"漢妾"這些歷史人物，而蕭綱舉的，也許是自己在沙場的經歷。
  事實上，任雍州刺史的蕭綱在二年前北伐中，破魏之南鄉郡、晉城，又破馬圈、彫陽二城；圍繞穰城的戰鬥，尤其激烈。因爲穰城是魏屬荊州的治所，幾經争奪，最後穰城守將求和，蕭綱作《答穰城求和移文》，命令守將前來投降。此後，蕭綱又爲此次北伐戰争中陣亡的將士祭奠。因此，"伊昔三邊，久留四戰；胡霧連天，征旗拂日；時聞塢笛，遙聽塞筯；或鄉思淒然，或雄心憤薄。是以沉吟短翰，補綴庸音，寓目寫心，因事而作"，就是蕭綱的親歷。

　　蕭綱長期生活在邊塞前綫，對山川的險阻、戰争的酷烈和民間的疾苦，是一個體會得比王維、高適、岑參更深刻的皇太子。筆者曾經粗略地統計，發覺王維、高適、岑參和其他唐代邊塞詩人的詩句，有不少是從蕭綱的詩歌中奪胎而來的。因此，就詩歌的發生論而言，蕭綱自己的感受，比鍾嶸借歷史説得更加真實深切。

　　對於詩歌的本質，蕭綱同樣作出了回答，詩歌是"吟詠情性"的，《與湘東王書》説：

　　　　若夫六典三禮，所施則有地，吉凶嘉賓，用之則有所。未聞吟詠情性，反擬《内則》之篇，操筆寫志，更摹《酒誥》之作；"遲遲春日"，翻學《歸藏》；"湛湛江水"，遂同《大傳》？

　　因爲詩歌吟詠情性的本質，因此，就没有必要堆砌典故，把詩寫得像《内則》、《酒誥》、《歸藏》、《大傳》那樣枯燥乏味。作爲宫體詩副領袖的湘東王蕭繹，與他的哥哥持有同樣的詩學觀念和詩學態度。他在《金樓子·立言》篇中，把哥哥的詩學觀念，進一步變成對詩歌具體的美學要求。這就是：

　　　　吟詠風謡，流連哀思者謂之文。
　　　　至如文者，惟須綺縠紛披，宫徵靡曼，唇吻遒會，情靈摇蕩。

蕭繹的這一段話，成爲衡量中國文學和詩歌性質的"標杆"。這一"標杆性"的理論，乃是在中國文學史上對文學和詩學的最純粹的規定，和後來的"純文學"有點接近。

從純粹的詩歌出發，蕭繹不僅強調詩歌用韻，還要求在聲律上"宮徵靡曼，唇吻遒會"，文藻上"綺縠紛披"，情感上"情靈搖蕩"，風格上"流連哀思"。以自己的情緒引起讀者心靈的搖蕩和心緒上的共鳴。這種理論觀念，無疑是他寫作《蕩婦秋思賦》、《鴛鴦賦》和《詠晚棲烏》、《詠秋夜》等宮體詩的思想基礎。由此，中國詩歌的本質論，在先秦兩漢詩言志和陸機詩緣情的基礎上，又得到進一步的確定和淨化。

蕭繹還在《內典碑銘集林序》中，談文學新變和文章風格說：

夫世代亟改，論文之理非一；時事推移，屬詞之體或異。但繁則傷弱，率則恨省；存華則失體，從實則無味。或引事雖博，其意猶同；或新意雖奇，無所倚約。或首尾倫帖，事似牽課；或翻覆博涉，體製不工。能使豔而不華，質而不野；博而不繁，省而不率。文而有質，約而能潤；事隨意轉，理逐言深。所謂菁華，無以閒也。（《廣弘明集》二十）

其中"世代亟改，論文之理非一；時事推移，屬詞之體或異"是最典型的宮體詩新變理論。蕭繹認爲，"論文之理"，不是一元的，而是多元化的，應該隨着"時事"而"推移"；"屬詞之體"，也應該隨着時代變化而變化。表面上看，這種說法和劉勰《文心雕龍·通變》篇中"文辭氣力，通變則久"、"文律運周，日新其業。變則可久，通則不乏"以及《文心雕龍·時序》篇中"時運交移，質文代變，古今情理，如可言乎"、"故知文變染乎世情，興廢繫乎時序"看起來很相似，但劉勰說的是"文章之理"的變化,蕭繹說的是"論文之理"的變化,兩者是不同的,蕭繹的理論是對劉勰理論的深化。

在這裏,蕭繹還闡釋了他的文章風格學,對寫作提出了一系列的美學要求。至於"繁則傷弱,率則恨省;存華則失體,從實則無味",在"繁"與"率"之間、"華"與"實"之間、"文"與"質"之間、"約"與"潤"之間,要"事隨意轉,理逐言深"。在總結劉勰、鍾嶸、蕭統等人理論的基礎上,對創作提出了全面的美學要求,發展出宮體詩的創作論,這也是對中國文學批評史的一種貢獻。

在詩歌新變理論上,蕭綱、蕭繹既受到沈約、劉勰、鍾嶸的影響,更受到蕭子顯的影響。蕭繹上述的宮體詩創作原則,也和蕭子顯《南齊書·文學傳論》中說的"言尚易了,文憎過意;吐石含金,滋潤婉切;雜以風謠,輕唇利吻;不雅不俗,獨中胸懷;輪扁斫輪,言之未盡;文人談士,罕或兼工"意思相近。

蕭子顯反對詩中黴米砂礫一般的典事,叫人咽不下去,不得不吐出來;他反對復古,反對闡緩冗長,反對酷不入情的態度,哪怕是謝靈運這樣的大師,有這種傾向,也要反對;讀詩應該是輕鬆愉悅的事,話要簡易明白,行文要婉轉流暢,句子要滋潤生動;不妨採納一點歌謠的風格進來,不要過分雅,也不要過分俗。總之,詩是美文學,要讓人讀了性情解放,神明超越。這就是《文學傳論》一開始就說的"文章者,蓋性情之風標,神明之律呂也"。如果把這段話和曹丕《典論·論文》中說的"蓋文章,經國之大業,不朽之盛事"比較一下,哪怕是瞎子,看不見字,聽聽聲音,也知道時代不同了。

在詩歌創作論上,蕭子顯在他的《自序》中還說到"每有製作,特寡思功,須其自來,不以力構",強調創作依靠靈感,依靠獨特的審美感悟能力;靈感之來,則文章不必閉門苦思、向壁虛構,而自有佳篇。

最讓蕭綱、蕭繹傾心的,也許是蕭子顯《南齊書・文學傳論》中説的"五言之制,獨秀衆品。習玩爲理,事久則瀆;在乎文章,彌患凡舊;若無新變,不能代雄"。這些話説得太好了,完全是經典。沒有出息的文學家,總喜歡模仿和點化前人的作品,奪胎换骨、點鐵成金,或模仿其語言,或承襲其意境,何若蕭子顯説的"新變"以後"代雄"耶!

蕭子顯比蕭綱大十六歲①。他在天監年間撰成《南齊書》,已經是一個很成熟的歷史學家和文學批評家了,而蕭綱還是個十歲左右的孩子,蕭綱對蕭子顯一直處於仰望的態勢可以想見。直到蕭綱當上了皇太子,在蕭子顯新變文學理論營養中長大的蕭綱,才有能力、有資格和蕭子顯進行詩學對話。

除了蕭子顯,比蕭綱小四歲的徐陵,于普通四年(523)和父親徐摛一起入晉安王蕭綱幕,也是宫體詩學的一件大事。與蕭綱幾經離合的徐摛爲參軍,同時帶了十七歲的兒子徐陵入幕,名義上參與軍事,更多是參與文事。此後,蕭綱便命徐陵編《玉臺新詠》;根據日本學者興膳巨集的考證②,徐陵《玉臺新詠》的編成,在中大通六年(534)。徐陵在《玉臺新詠序》③裏説:

> 優遊少托,寂寞多閒。厭長樂之疏鐘,勞中宫之緩箭。……無怡神於眺景,惟屬意於新詩。庶得代彼皋蘇,蠲

---

① 根據吳光興《蕭綱蕭繹年譜》考證,《梁書》卷三五本傳所載蕭子顯卒年有誤。蕭子顯卒于梁大同元年(535)。亦參見曹道衡、沈玉成《中古文學史料叢考》,第 574—575 頁。

② 見興膳宏《玉臺新詠成書考》,收入《六朝文學論稿》,彭恩華譯,嶽麓書社 1986 年版。

③ 參考章培恒《再談〈玉臺新詠〉的撰録者問題》及談蓓芳《〈玉臺新詠〉版本補考》,均見《上海師範大學學報》哲學社會科學版,2006 年第 1 期。

兹愁疾。……選録豔歌，凡爲十卷，曾無參於雅頌，亦靡濫於風人。……方當開兹縹帙，散此縚繩，永對玩於書幃，長循環於纖手。豈如鄧寫《春秋》，儒者之功難習；竇專黄老，金丹之術不成。……東儲甲觀，流詠止於《洞簫》。變彼諸姬，聊同棄日。①

編《玉臺新詠》的目的，是爲了讓宫體詩更好地讀、更好地寫、更好地保存和流傳。在這個意義上，蕭綱才命徐陵爲宫體的類型詩和相同審美的詩編製一隻精緻美麗的花籃，並貼上標籤。而宫體詩學的本質論和功能論，正潛移默化地讓詩從經國之大業、不朽之盛事，一點點向生活、向審美、向娱樂人生和人感情需要的方向移位。綜上可知，宫體詩學是具有系統性、完整性和自成體系的。

三

如果説蕭綱的詩歌發生論、本質論、功能論、新變論都多少受前人的影響，而對詩歌創作論的闡述，則是蕭綱獨特的創造發明，是蕭綱的理論核心。蕭綱在《誡當陽公大心書》中説：

> 汝年時尚幼，所闕者學。可久可大，其唯學歟？所以孔丘言："吾嘗終日不食，終夜不寢，以思，無益，不如學也。"若使牆面而立，沐猴而冠，吾所不取。立身之道，與文章異。立身先須謹重，文章且須放蕩。

---

① 參見日本林田慎之助著、曹旭譯《南朝文學放蕩論的審美意識》，《上海師大學報》增刊 1986 年 3 月。

"立身先須謹重，文章且須放蕩。"這是一個辯證的而充滿理性精神的命題。但用狹隘的階級鬥爭的眼光看，有人還是不看你的"立身謹重"，而誤解你的"文章放蕩"。有的文學史認爲，"文學放蕩論"是提倡描摹色情的理論主張，是通過淫聲媚態的宮體詩以滿足變態性心理的要求；有人認爲蕭綱是想把"放蕩"的要求寄托在文章上，用寫文章來代替縱欲和荒淫，是蕭綱寫宮體詩荒淫無恥的自白，這些説法都是不正確的。其實，蕭綱所説的"放蕩"，並不是我們現代漢語裏"放縱浪蕩"的意義，而有其特定時代的涵義。

　　"放蕩"一詞，是當時用得很普遍的概念。與《漢書·東方朔傳》中"指意放蕩，頗復詼諧"、《三國志·魏書·王粲傳》"（阮）籍才藻豔逸，而倜儻放蕩，行己寡欲，以莊周爲模則"以及《世説新語》注引《名士傳》中"劉伶肆意放蕩，以宇宙爲狹"的意思相近，指創作時感情大膽坦露、語言表達不受束縛、想像自由馳騁之意。

　　這是作爲父親的蕭綱，告誡兒子的一封書信。十三歲的兒子蕭大心爲郢州刺史，初次離開家門，出爲遠藩，蕭綱寫信告誡他的三件事：一是引用了孔子的話，告誡蕭大心要好好學習，切不可做"牆面而立，沐猴而冠"的人；二是告誡蕭大心做人立身先須"謹重"；三是説寫文章且須"放蕩"。這裏的"文章放蕩"，是在誡"立身之道"時作爲對比涉及的。而"先須"和"且須"，在語義上亦有先後主次的不同①。

　　爲什麽誡"立身之道"會涉及"文章放蕩"呢？因爲蕭大心和他父親一樣，也是自幼愛好詩歌寫作的人。《太平御覽》卷六〇

---

① 參見歸青《"文章且須放蕩"辨——兼與某些説法商榷》，載《上海大學學報》1994年6期。

二引《三國典略》說:"(大心)十歲並能屬文。嘗雪朝入見,梁武帝詠雪,令二童(蕭大心、蕭大器)各和。並援筆立成。"所以,蕭綱要求兒子要好好讀書以後,又叮囑兒子要好好做人,這是"誡"的主要內容,為了達到告誡的目的,蕭綱用了兒子最能接受、也最感興趣的——寫詩歌的道理來反襯。蕭綱的話其實已經告訴我們,蕭大心寫詩,已經懂得"放蕩"的意義。正因為是蕭大心懂的道理,所以蕭綱才用來作立身的對比。可以推測,關於"文章放蕩"的創作論,蕭綱已經不止說過一遍,並且已經成為蕭大心的寫作理念。

那麼,"放蕩"一詞,到底是什麼意思呢?"放蕩"的內涵,是指思想內容?藝術形式?還是指寫作方法?也是耐人尋味的。目前學術界並無一致的看法。我的意見是,放在當時的歷史背景下,不可能說你的詩應該寫得輕豔放蕩一點,或寫一點女性歌聲舞姿的內容。這不是父親對一個十三歲要出遠門的兒子應該說的話。蕭綱說的,應該是對寫詩的一般性指導,如何馳騁想像,自由揮灑,思路要"放"而能"蕩"起來等等。因為宮體詩題材廣泛,不僅僅是女性的容貌和歌聲舞姿。蕭綱指導兒子寫詩的內容,他也早就說過,兒子也是知道的,這就是"寓目寫心,因事而作"。

總之,宮體詩學的產生和建立,決不是無源之水、無本之木,而有一個漸變、量變和質變的過程;是在蕭綱和宮體詩人群大量寫作的基礎上慢慢形成的。那麼,創作是如何昇華成理論的呢?

北伐功成的蕭綱,信心滿滿地請記室陸罩為自己編文集計八十五卷,從蕭綱編成八十五卷文集可知,他是一個努力創作而多產的詩人。蕭綱在《與湘東王書》中說:"吾輩亦無所遊賞,止事披閱,性既好文,時復短詠。雖是庸音,不能閣筆,有慚伎癢,更同故態。"可知,寫詩是蕭綱和其他宮體詩人的一種生存狀態,他們生活在寫詩、交流詩歌和互相品評的氛圍裏。而交流詩歌和互相品評的過程,是寫作的過程,同時是理論昇華的過程。

新渝侯蕭暎,是蕭綱叔父蕭憺的兒子,是"東宮四友"之一,被視爲蕭家的"千里駒"。

所謂"東宮四友",雖然歷史記載不詳,但我猜測,應該不會是什麼政治集團,而是文學集團,是宮廷裏的文學沙龍。在這個詩歌沙龍裏,蕭暎和蕭綱就詩歌互相交流、互相切磋。蕭暎作和詩三首,蕭綱寫了《答新渝侯和詩書》:

> 垂示三首,風雲吐於行間,珠玉生於字裏,跨躡曹、左,含超潘、陸,雙鬢向光,風流已絕;九梁插花,步搖爲古,高樓懷怨,結眉表色,長門下泣,破粉成痕,復有影裏細腰,令與真類,鏡中好面,還將畫等。此皆性情卓絕,新致英奇。故知吹簫入秦,方識來鳳之巧,鳴瑟向趙,始睹駐雲之曲,手持口誦,喜荷交並也。(《藝文類聚》五十八)

三首是和詩,和誰的詩?蕭綱的嗎?這封信中似乎沒有關涉自己詩歌的消息。不管和誰的詩,總是"風雲吐於行間,珠玉生於字裏"的宮體詩,蕭綱給予很高評價的原因,其實是借對新渝侯蕭暎宮體詩的評價,表達了他與湘東王蕭繹,以及其他優秀宮體詩人的作品,已完全達到了"跨躡曹、左,含超潘、陸"的歷史高度,是曹植、左思、潘岳、陸機以後生機勃勃的新文學。

隨着徐摛、徐陵父子和庾肩吾、庾信父子入晉安王蕭綱幕;圍繞在蕭綱周圍的宮體詩人便雲蒸霞蔚,托乘後車者,抱篇章而景慕,映餘暉以自燭,創作越來越繁盛。蕭統逝世,蕭綱任皇太子,宮體詩的名稱和新變的詩歌與理論,便溢出東宮的圍牆,被寫進歷史,成爲影響唐代一百年的新詩體和中國詩學審美中的一環。

四

　　理論，是創作實踐的總結；同時，反過來又會指導這一時代的文學創作發展。這是一個基本的規律。這種將"立身"與"文章"和身邊真實的世界和文學中幻想的世界截然分開的"文學放蕩論"，既是審美意識新變的產物，又反過來促進了審美意識的新變。這就使自成系統的宮體詩學，具有普遍的現實意義。

　　經常被作爲批判對象列舉的《詠內人晝眠》，就是蕭綱"文學放蕩論"的實驗作品。

　　　　北窗聊就枕，南簷日未斜。攀鉤落綺障，插捩舉琵琶。夢笑開嬌靨，眠鬟壓落花。簟紋生玉腕，香汗浸紅紗。夫婿恒相伴，莫誤是倡家。

　　《詠內人晝眠》，描寫自己太太睡覺的姿態。批判的人説，你爲什麼要描寫太太睡覺的姿態？這不是腦子有毛病嗎？這些人的批判，常常以他們心中過時的倫理道德和似是而非的政治標準爲依據，因此駁斥他們很容易，就是：我爲什麼不能描寫太太睡覺的姿態？是我的腦子有毛病？還是你自己的腦子有毛病？

　　儘管不是所有的人都會去"詠內人晝眠"，但"看內人晝眠"，也許是每一個丈夫都會遇到的生活情景，是成人生活的一部分，並沒有什麼"淫靡"和"色情"的地方。假如丈夫用詩和夫人開玩笑，也沒有什麼不嚴肅或可以指責的。你要是指責，以爲不嚴肅，那麼，不僅讀詩你是"外行"；生活上，你也是"外行"。無非以前没有人這樣寫，現在寫了。其實，以前陶淵明就寫過《閑情賦》的；蕭統説《閑情賦》是陶集中的"白璧微瑕"，就遭到蘇東坡的嘲笑①。

我想說的是，對於這首詩，蕭綱心裏想的是什麽呢？蕭綱心裏想的，也許就是用這首《詠內人晝眠》來體現自己的"文學放蕩論"。

此詩十句，可分前八後二。前面八句，描寫了"夢笑"、"嬌靨"、"眠鬢"、"落花"、"簟文"、"玉腕"、"香汗"和"紅紗"，在感官上展現了美麗、温柔和高貴、甜美的女性形象，雖然詩中的女性没有表現出鮮明的情感和獨特的個性，但那是另一種詩學；在這裏，睡着的美人只是一張圖畫，是一種極富感官美的客觀存在。用"睡眠"來寫"美人"，是一種"睡美人"形象，與西方"醉了的酒神"和"睡着的愛神"屬於同樣的創造，蕭綱也許有這種意識。夢中綻開的"嬌靨"，被"眠鬢"壓扁了的"落花"；以及生於手臂上的"簟紋"；就其句式的工整性、物象的鮮明性、音韻的和諧性和描寫的細膩性，蕭綱都有意識地超越了前人的作品。更重要的是，她已不再是曹植《洛神賦》中的"冰美人"和凌波縹緲的女神，而是"紅紗"浸滿"香汗"的現實中的女性。

以上所有對美人的描寫——請别誤會——詩末二句，"夫婿恒相伴，莫誤是倡家"。這使詩歌在舊道德的邊緣上"蕩秋千"。有人説，這是不離不棄，常共廝守，又是何等的情專！其實，蕭綱這首詩裏寫的，不是"情"專不專的問題，而是在進行一場詩歌理念變革，用外表的女性形態美和極富感官美的客觀存在，來表達自己的審美主張。

詩末只有兩句，卻擔負了"立身先須謹重"的道德標準，劃

---

① 見蘇軾《東坡志林》云："淵明作《閒情賦》，所謂'國風好色而不淫'者，正使不及《周南》，與屈、宋所陳何異？而統大譏之，此乃小兒强作解事也。"

了一道"黄綫",形成了道德上的安全距離;作爲"文章的放蕩"論的創作試驗,用二句"道德"語,對抗了前面八句的"性感"語,平衡了"文章放蕩"和"立身謹重"兩方面的要求,這正是蕭綱的藝術追求,標新立異地領導詩歌創作的新潮流。蕭綱也許曾經想過,千年以後,他被人批判不足惜,要是他這番良苦的用心竟然沒有人領會和理解,就有點可惜了。

從寫法上看,前八句基本上用"賦"的方法鋪寫,八句是一個意思;後二句突然剎住,一個陡轉,意思截然斷開,形成二與八的對恃與反襯,有一種出人意外的效果,後世詞中,多用此法。

再說"放蕩"有時是民歌的本色,文人的"放蕩"理論,加上民歌的大膽直率,就形成了意想不到的藝術效果,如蕭綱的《烏棲曲》四首其一:

芙蓉作船絲作竿,北斗橫天月將落。採桑渡頭礙黃河,郎今欲渡畏風波。

不知道是什麽原因?長夜過去了,但情"郎"始終沒有來。在小船上等待了整整一個晚上的女子陷入了痛苦的思念之中。月亮就要下去了,你爲什麽還不來?是不是黃河太寬?還是你怕風波太大?芙蓉花葉一般的小船和用一層層絲纏繞的竹篙,都是癡情女子堅貞美好的心意;礙于黃河,畏於風波的,是"郎"的猶豫、害怕?還是人言可畏?

詩歌語言清新,風格優美,感情樸實,江南水的韻味始終在詩裏流暢,唐人的精緻玲瓏、韻味獨具的七絕是怎麽發展起來的?蕭綱這首屬於宮體詩的《烏棲曲》,就是一首前驅詩。如果不信,你看,李白讀了這首詩,有一種激動,於是他也用民歌體,寫了六首《橫江詞》,其中三首,就是對蕭綱這首詩的回應:

> 海潮南去過潯陽，牛渚由來險馬當。橫江欲渡風波惡，一水牽愁萬里長。
>
> 橫江西望阻西秦，漢水東連楊子津。白浪如山那可渡？狂風愁殺峭帆人。
>
> 橫江館前津吏迎，向余東指海雲生。"郎今欲渡緣何事，如此風波不可行！"

李白的幾首都是議論，解釋"情郎"為什麼沒有來約會的原因。就詩論詩，均不如蕭綱的那首《烏棲曲》寫得好。所以胡應麟《詩藪》盛贊蕭綱的《烏棲曲》："奇麗精工，齊梁短古，當為絕唱。"又說："太白《橫江詞》全出此。"說六首《橫江詞》"全出此"沒錯，但回應女子呼喚的聲音，最動人的還是我例舉的這幾首。

由此可見，在蕭綱的作品裏，因為有民歌的流動，邊塞的體驗，他寫的宮體詩，不僅僅只是綺羅的光澤、肌膚的細膩、鬢髮的華麗、女子的美麗，還開拓出詩歌創作題材的新領域，拓展了一個偌大而廣闊的世界，實踐了他"吟詠情性"、"寓目寫心"和"文章放蕩"的詩歌主張。

蕭綱宮體詩的題材，采自"寓目"、"寫心"，即寓之於目而感之於心的景象和人物，同時"因事而作"；這與"文章合為時而著，歌詩合為事而作"的唐代白居易的寫作原則倒很接近；白居易在《長恨歌》中對女性用柔軟的綫條描繪，用五色的筆致鋪陳，很少用典，也都汲取了宮體詩的審美經驗和寫作技巧。不同在於，齊梁是女性美在詩歌中覺醒的時代，這使蕭綱的宮體詩和文學放蕩論，處在詩歌與女性美的交叉點上；而在人與詩已經結婚的唐代，齊梁人與詩初戀的朦朦朧朧和忐忑不安，至此已徹底消除；

詩歌的各種題材、各種風格在唐代開始大鳴大放，所有的美不再羞怯，也不再陌生。

走向世俗——是宮體詩的特點。有人不喜歡世俗，不喜歡宮體詩；喜歡不喜歡不要緊，但我們不應該排斥世俗；正確的態度是，精神的天問，世俗的圖畫，一切藝術的真實，我們都需要，無論是頤和園陽光下的台榭行人，還是宋徽宗卷帙中的山水花鳥。

（本文原載於《上海師範大學學報》2010 年第 4 期，署名：曹旭、文志華）